VALERIE BIELEN

# *Nur mit deinen Augen*



atb aufbau taschenbuch

VALERIE BIELEN, 1971 in München als Tochter einer Journalistin und Kinderbuchautorin geboren, wurde als junge Frau in die venezianische Gesellschaft eingeführt. Hautnah erlebte sie über Jahre das Leben und Treiben der Stadt und ihrer Menschen. Nach dem Abschluss ihres Studiums in Florenz und New York arbeitete sie in New York, Amsterdam, London und Locarno. Zurzeit lebt sie mit ihrem Mann und ihren Kindern in Basel.

*Nach dem Tod ihrer Mutter führt Alice ein langweiliges Leben in Berlin – doch spontan entschließt sie sich, eine Stelle als Au-pair-Mädchen in Venedig anzunehmen, obschon sie mit vierundzwanzig eigentlich dafür zu alt ist. Der Traum erweist sich als Alptraum. Sie muss den ganzen Tag im Haushalt der Familie Scarpa arbeiten. Nur die Nächte gehören ihr – und nachts trifft sie Tobia, einen schwerreichen Amerikaner, der erblindet ist. Mit viel Geduld schafft Alice es, seine wahre Identität zu lüften und ihm Venedig nahezubringen. Doch sie hat nicht damit gerechnet, dass damit auch ihr Leben in Gefahr gerät.*

VALERIE BIELEN

# *Nur mit deinen Augen*

ROMAN

atb aufbau taschenbuch

MIX
Papier aus verantwortungsvollen Quellen
FSC® C083411

ISBN 978-3-7466-3082-3

Aufbau Taschenbuch ist eine Marke
der Aufbau Verlag GmbH & Co. KG

2. Auflage 2015

Umschlaggestaltung Mediabureau Di Stefano,
Berlin unter Verwendung der Motive von
Mark Owen/Trevillion Images, Paul McGee/
Moment/Getty Images und Qweek/istockphoto
gesetzt aus der Andrade Pro
durch Greiner & Reichel, Köln
Druck und Binden CPI books GmbH, Leck, Germany
Printed in Germany

www.aufbau-verlag.de

# Kapitel ❁ Eins

»Waren Sie schon einmal in Venedig?«

Die ältere Dame, die mir gegenüber im Zugabteil saß, sah mich neugierig durch ihre dicken Brillengläser an. Ich schloss mein Buch. Es hatte keinen Sinn, weiterzulesen, da diese Frau – schon seit Verona – versuchte, eine Konversation zu beginnen.

»Nein. Leider nicht. Es wird mein erstes Mal werden.«

»Sie werden es lieben! Ich war schon mindestens zwanzig Mal dort und kann immer noch nicht genug bekommen. Sie müssen wissen«, sie näherte sich mir vertrauensvoll, »mein verstorbener Mann und ich, wir haben uns in Venedig verlobt. Es gibt ja keine romantischere Stadt.«

Umständlich und unter Verwendung aller nur denkbaren Ausmalungen begann sie von ihrem verstorbenen Mann zu erzählen, von ihrer Verlobung und den Reisen der letzten vierzig Jahre. Ihre Worte schienen an mir vorbeizuziehen wie die flache, eintönige Landschaft vor dem Zugfenster, während meine Gedanken zu meiner Mutter wanderten. Ich musste schlucken, wenn ich mir vorstellte, wie sehr sie sich über diese Reise gefreut hätte.

Jahrelang hatte sie in ihrem Notizbuch jeden Artikel über die Stadt gesammelt, hatte sich in Reisebüros Kataloge geben lassen und Hotelbeschreibungen aus dem Internet gelesen. Immer im Wissen, dass es für sie unmöglich sein würde, als Multiple-

Sklerose-Kranke im Endstadium durch eine Stadt mit Hunderten von Brücken zu kommen. Ganz zu schweigen von der Tatsache, dass unsere Finanzen nicht einmal einen Billigflug von Berlin nach Venedig erlaubt hätten. Aber ihr Optimismus und ihre Hoffnung auf eine glückliche Wendung waren unerschütterlich gewesen, und so hatten wir abends in unserem kleinen Apartment in Teltow auf den Betten gelegen und uns ausgemalt, wie es sein würde, mit einer Gondel auf dem Canal Grande zu fahren oder einen Aperitif im Café Florian einzunehmen.

»Sehen Sie das nicht auch so?«

Meine Abteilnachbarin wartete auf eine Antwort. Ich hatte keine Ahnung, was sie zuletzt gesagt hatte, und doch entschied ich mich, mich ihrer Meinung anzuschließen. Hatte ich nicht gelernt, dass geringer Widerstand in den meisten Fällen der beste Ausweg war, um unerwünschte Konversationen zu beenden oder wenigstens zu verkürzen?

»Absolut. So sehe ich das auch. Sie haben ganz recht.«

Aber ich hatte das Durchhaltevermögen meines Gegenübers unterschätzt. Sie wollte das Gespräch nicht einfach so verebben lassen. Erneut setzte sie an: »Bleiben Sie lange in Venedig?«

Bei meiner Antwort konnte ich ein Lächeln nicht unterdrücken. Stolz schwang in meiner Stimme, als ich sagte: »Ich werde für ein halbes Jahr als Au-pair bei einer venezianischen Familie arbeiten.«

Die Dame nickte anerkennend und zog ihre Augenbrauen bedeutungsvoll hoch.

»Dann werden Sie ja selbst zur Venezianerin! Passen Sie nur auf, dass Sie sich nicht verlieben und am Ende nicht wieder in die Realität zurückkehren wollen. Das geht nämlich einigen so. Die Italiener sind berüchtigte Verführer!«

Ich lächelte. Wenn es etwas gab, das ich in Venedig nicht vorhatte, war es, mich zu verlieben. Nur zu gut hatte ich erlebt, was eine Liebesaffäre mit einem Italiener bedeuten konnte – mein eigener Vater hatte meine Mutter während ihres Sprachaufenthaltes in Rom kennengelernt, in vier romantischen Tagen verführt und geschwängert. Meine Mutter hatte immer geschworen, dass es die glücklichsten Tage ihres Lebens gewesen waren, aber ich hatte nur die Konsequenzen sehen können: eine einundzwanzigjährige Mutter, die sich statt in Diskos zu gehen und zu studieren mit Windelwechseln und Aushilfsjobs herumschlagen musste, weil mein Vater keinen Unterhalt zahlen wollte und sich unauffindbar ins Ausland abgesetzt hatte. So etwas würde mir – bei aller Romantik – nicht passieren. Mein Leben in den nächsten Monaten sollte aus Museumsbesuchen bestehen, aus dem Aufsaugen der Atmosphäre und dem Treiben in dieser einmaligen Stadt. Endlich würde ich die Düfte riechen können, von denen meine Mutter geträumt hatte, die Farben der südlichen Sonne sich auf den Palazzi und im Wasser spiegeln sehen, die Geräusche von Barkassen und dem leichten Ruderschlag der Gondeln erfahren. Das war genug Romantik, und falls ich mich wirklich nach Liebesgeschichten sehnen sollte, so würde ich diese Sehnsucht so wie bisher in meinen Büchern ausleben, aber ganz sicherlich nicht mit einem Venezianer, der Frauen wie Sand am Meer haben konnte.

»Ich glaube nicht, dass ich an einer Liebesgeschichte interessiert bin.«

Das Gesicht meiner Abteilnachbarin verzog sich enttäuscht.

»Sie wollen sich doch eine solche Erfahrung nicht entgehen lassen? Sie sind jung, Sie müssen was erleben!« Gekränkt von meinem eindeutigen Desinteresse, packte sie ihren Trolley und erhob sich.

»Wir werden in zehn Minuten ankommen, und ich hasse es, den engen Bahnsteig entlanggehen zu müssen. Venedig ist nämlich ein Kopfbahnhof. Wollen Sie mich nicht begleiten und jetzt schon nach vorne gehen? Dann sind Sie hinterher schneller.«

»Nein, vielen Dank, aber ich möchte gerne die Lagune betrachten können, wenn wir über die Brücke in die Stadt einfahren.«

Endgültig beleidigt, weil ich ihren Ratschlag nicht angenommen hatte, schob die alte Dame energisch die Schiebetüre des Abteils auf und verabschiedete sich mit einem kühlen »Auf Wiedersehen und alles Gute«.

Erleichtert lehnte ich mich zurück und war froh, mich endlich wieder der Aussicht widmen zu können. Wir hatten in Mestre gehalten, Nun war der Zug erneut angefahren. Ein grässliches Industriegebiet tauchte auf. Starkstrommasten, Fabriken und eine unüberschaubare Anzahl Gleise, die sich in alle Richtungen verzweigten. Dann endlich lichtete sich der Horizont, und die Lagune war zu erkennen. Mein Gesicht näherte sich dem Fenster, um einen besseren Blick zu erlangen.

Eine Brücke erstreckte sich über die Lagune. Ich konnte sehen, wie der Zug, an dessen hinterem Ende ich saß, in einer leichten Kurve über das graue Wasser fuhr. Mein Blick glitt über die Wasseroberfläche, die sich nun zu beiden Seiten erstreckte. Unzählige verstreute Holzpfähle waren zu sehen, Fischerboote versprühten weiße Gischt hinter sich, während sie zügig ein mir unsichtbares Ziel anstrebten, klobige Bojen kennzeichneten den Weg an ein paar Stellen für größere Schiffe, und über allem breitete sich ein schier endloser Himmel aus, dessen stahlgrauer Farbton sich im Wasser widerspiegelte und den Horizont kaum erkennen ließ.

Doch wo war die Farbenpracht, die ich erwartet hatte? Wo waren das smaragdgrüne Wasser und die grünen Inseln, von denen in Touristenführern gesprochen wurde, und wo war der azurblaue Himmel, den alle Bekannten meiner Mutter beschrieben hatten, die je hier gewesen waren. Statt eines Glücksgefühls überkam mich in dieser trostlosen grauen Landschaft ein Gefühl der Einsamkeit und Trauer. Bedrückt sah ich nach vorne und wartete verängstigt, ob auch die Stadt einen ebenso trostlosen Eindruck machen würde.

Neugierig suchten meine Augen nach den vertrauten Bildern aus Fotobänden und Prospekten, und endlich entdeckte ich zu meiner Linken – hinter der deprimierend anmutenden Autobrücke, die neben dem Zug entlangführte – Kirchtürme, einer höher als der andere, Boote, die in Wasserstraßen einfuhren, und kleine und größere Häuser, die sich ohne Plan abwechselten und sich in den verschiedensten Farben gegen das fahle Licht dieses ersten Märztages abhoben. Erleichtert atmete ich auf: Wenigstens die Stadt selbst schien mich nicht zu enttäuschen.

»Ich komme.«

Die Worte entglitten mir, ohne dass ich sie hatte aussprechen wollen, und in meine Augen traten

Tränen – zu lange hatte ich mir diesen Augenblick ausgemalt: mein erster Blick auf Venedig. Oder war es die Müdigkeit, die mich übermannte? Es wäre nicht verwunderlich gewesen, nach mehr als fünfzehn Stunden im Zug, auf einem harten Sitz und im Wissen, dass ich fast all meine Habe in den zwei Koffern über mir hatte und es niemanden außer einer mir völlig unbekannten Familie in Venedig gab, der sich wirklich dafür interessierte, wo ich war.

Ich dachte daran zurück, wie ich vor knapp drei Wochen während meiner Mittagspause im Buchladen die *Süddeutsche Zeitung* gelesen hatte und über das Inserat der Familie Scarpa gestolpert war: Familie mit zwei Söhnen sucht deutsches Au-pair ab sofort in Venedig. Und ohne auch nur eine Minute darüber nachzudenken, ob es vernünftig war, mit vierundzwanzig Jahren einen – wenn auch schlecht bezahlten – festen Arbeitsplatz als Buchhändlerin gegen eine Stelle als Au-pair einzutauschen, hatte ich mich entschlossen, eine Bewerbung abzuschicken.

War ich nicht bisher in meinem Leben immer vernünftig gewesen, um ja nicht dem Beispiel meiner Mutter zu folgen? Abitur, Germanistikstudium und schließlich Buchhändlerin. Keine finanziellen und emotionalen Eskapaden und immer noch in der kleinen Mietwohnung in Teltow. Ein Leben, das aus Arbeiten, Lesen und meinen Tagträumen in der S-Bahn bestand. Nicht sehr aufregend, aber komfortabel, risikoarm und ohne schmerzhafte Überraschungen. Nichts hatte ich seit dem Tod meiner Mutter vor zwei Jahren verändert, und bisher hatte mich dieses Leben ausgefüllt. Ich war mir glücklich vorgekommen. Innerhalb von Sekunden aber hatte mich dieses kleine Inserat wie ein Magnet angezogen und aus meiner Lethargie gerissen. Kaum zu Hause, hatte ich einen Brief mit meinem Lebenslauf verfasst und am nächsten Morgen mit klopfendem Herzen zur Post gebracht. Tagelang hatte ich mein Mobiltelefon nicht aus den Augen gelassen und den Briefkasten mehrmals am Tag geöffnet, bis ich endlich eine kurze, aber enthusiastische E-Mail erhielt, in der mich die Familie Scarpa bat, so schnell wie möglich die Stelle anzutreten und ihnen mitzuteilen, mit welchem Zug ich eintreffen würde, so dass man mich am Bahnhof Santa Lucia abholen könnte.

Innerhalb von zwei Wochen hatte ich meine Wohnung an eine Studentin, die bei uns im Laden jobbte, untervermietet, meinem Chef eine kürzere Kündigungsfrist abgerungen und die wenigen Dinge, die mir wichtig waren, in zwei Koffer gepackt. Meine Mutter hätte sich köstlich amüsiert, wenn sie mich gesehen hätte, und wahrscheinlich gemeint, dass ich endlich damit beginnen würde, etwas aus meinem Leben zu machen.

Ich wurde aus meinen Gedanken gerissen. Der Zug war in den Bahnhof eingefahren und kam zu einem abrupten Halt. Mit all meiner Kraft hievte ich die schweren Koffer aus der Gepäckablage zur Tür und auf den Bahnsteig. Die Gastfamilie hatte mir geschrieben, dass sie mich am Ende des Bahnsteiges erwarten würden, und ich war erleichtert bei dem Gedanken, das Gepäck nicht allein durch ganz Venedig schleppen zu müssen.

Als ich endlich im vorderen Teil des Kopfbahnhofs anlangte, hatten die meisten meiner Mitreisenden schon den Ausgang erreicht, und die Masse von

Touristen, Studenten, Arbeitern und anderen Fahrgästen, die aus dem Zug geströmt war, hatte sich verlaufen. Mein Blick glitt über die wenigen Menschen, die noch um mich herum zu sehen waren: drei Nonnen, die sich über die Ankunft einer vierten freuten, ein junger Mann, der eifrig auf seinem Blackberry tippte, und zwei junge Mädchen, die kichernd in der Ecke standen und den nächsten Zug auf diesem Gleis zu erwarten schienen. Von meiner Gastfamilie war nichts zu sehen.

Nervös kramte ich mein Mobiltelefon aus der Tasche und drückte auf die gespeicherte Nummer der Familie Scarpa. Nach vier Klingellauten antwortete ein Anrufbeantworter und bat darum, eine Nachricht zu hinterlassen. In meinem besten Italienisch, das meine Mutter mir jeden Sonntagnachmittag mit ihren Sprachkassetten eingetrichtert hatte, erklärte ich, dass ich auf dem Bahnsteig warten würde. Nachdem ich aufgelegt hatte, setzte ich mich erschöpft auf einen meiner beiden Koffer und starrte auf die riesige Bahnhofsuhr über der Anzeigetafel. Selbst der Sekundenzeiger schien im Schneckentempo seine Runde zu drehen. Ich nahm ein Buch aus meinem Rucksack und versuchte zu lesen, aber bei jeder Person, die sich dem Bahnsteig näherte, blickte ich auf und erwartete, endlich ein freundliches Gesicht zu sehen, das sich für die Verspätung entschuldigen und mich abholen würde. Doch nichts dergleichen geschah.

Nach etwas mehr als einer Stunde beschloss ich, die Adresse der Scarpas aus meinem Rucksack zu holen und mich selbst auf den Weg zu machen. Angst stieg in mir auf. Hatten die Scarpas ihre Meinung geändert und vergessen, mir zu sagen, dass sie jemand anderes gefunden hatten? War alles nur ein Scherz gewesen?

Vielleicht half mir die Panik, die sich langsam in mir breitmachte, meine schweren Koffer unter Einsatz all meiner Kräfte die breite Treppe zur Vaporetto-Haltestelle hinunterzuschleppen. Unzählige Male hatte ich von den Vaporetti, den öffentlichen Transportbooten, die sozusagen die Wasserbusse der Stadt waren, gehört und mir ausgemalt, wie es sein würde, eines zu benutzen. Doch nun konnte ich weder die Vaporetti noch den so lang ersehnten Anblick der Stadt genießen. Mir entgingen das geschäftige Treiben von Booten die an- und ablegten, die Eleganz der sanft schaukelnden Gondeln, die an Pfählen angebunden waren, und die Schönheit der Paläste, die sich zu meiner Linken entlang des Canal Grande aneinanderreihten. Meine ganze Aufmerksamkeit galt allein den Koffern, meinen jetzt schon entkräfteten Armen und dem Vaporetto-Ticketstand.

Endlich erreichte ich das Häuschen vor der Ablegestelle, reihte mich in die Schlange ein, um dem Verkäufer dann endlich die Adresse meiner Gastfamilie unter die Augen zu halten, die – wie in Venedig üblich – nur einen Stadtteil und eine Nummer zeigte, aber keinen Straßennamen. Ohne viel Hoffnung fragte ich mich, ob er daraus schlau werden würde. Doch der Mann musterte mich freundlich, identifizierte mich sofort als Ausländerin und antwortete mir, ohne zu zögern, allerdings so langsam er konnte und in einfachstem Italienisch: »Sie müssen das Vaporetto Linie 1 bis San Angelo nehmen und dann bis zum Campo Santo Stefano laufen. Dort fragen Sie den Mann in der Bar *Sport*. Er wird Ihnen sagen können, welches Haus es ist.«

Vaporetto, Linie 1, eine niedrige und laute Barkasse, legte drei Minuten später an. Ich setzte mich erschöpft auf einen der Plastikstühle im Heck. Trotz der winterlichen Kälte klebten meine Haare auf meiner Stirn, und es fühlte sich an, als würden Schweißbäche unter meinem dicken Parka meinen Rücken hinabfließen. So hatte ich mir meine Ankunft wahrlich nicht vorgestellt, aber wenigstens war die Panik durch Müdigkeit und Resignation verdrängt worden, und ich beschloss, was auch kommen würde, wenigstens diesen Augenblick zu genießen. Nie wieder würde ich Venedig zum ersten Mal sehen. Ich wollte mir diesen speziellen Moment nicht von einer schlechten Laune verderben lassen.

Der Anblick, den ich nun endlich entlang des Canal Grande wahrnehmen konnte, war überwältigend: Grandiose Palazzi mit reich verzierten Balkonen und Fassaden schienen sich in ihrem Prunk übertreffen zu wollen. Gondeln wurden geschmeidig und ohne sichtbare Anstrengung von selbstbewussten Männern an uns vorbeigesteuert. Schneidige Motortaxis pflügten durch das Wasser, einen Schweif aus schäumender Gischt hinter sich herziehend. Vaporetti kreuzten mit lauten Motoren den Canal, um an einer der schwimmenden Ponton-Haltestellen anzuhalten, die durch die Bewegungen der vielen unterschiedlichen Boote hektisch auf und ab wippten. Wartende Passagiere, die sich auf diesen Plattformen befanden, glichen gelassen und graziös die unsteten Bewegungen durch kaum wahrnehmbare Verlagerungen ihres Gewichtes aus. Es war faszinierend zu sehen, wie allem und jedem eine Form höchster Eleganz und Schönheit innewohnte.

Langsam dämmerte es, und in einigen der Paläste gingen die ersten Lichter an. Ich entdeckte drapierte Vorhänge, kostbare Deckenbemalungen und seidenbespannte Wände. Unweigerlich stellte ich mir vor, wie es sein musste, in einem solchen Palazzo zu leben. Wer waren die Menschen, die es sich leisten konnten, in solchen Häusern zu wohnen? Waren sie glücklicher als ich, weil sie in diesem Luxus schwelgten und ein solches Panorama tagtäglich sehen konnten? Wovon konnten diese Menschen noch träumen, sie, die doch schon alles zu besitzen schienen. Und ich ertappte mich bei dem Gedanken, ob ich in meinen Monaten als Au-pair jemals die Chance bekommen würde, einmal einen solchen Palazzo betreten zu dürfen.

Meine Tagträume wurden unterbrochen, als das Vaporetto langsam an einer Art Fährboot, das einer Gondel glich, vorbeifuhr, auf dem mehrere elegante Menschen den Canal Grande überquerten. Kamen diese Menschen von der Arbeit? Sie hatten Aktenkoffer und Rucksäcke bei sich, wie man es von normalen Menschen erwarten würde, die einer regulären Arbeit nachgingen. Aber in Anbetracht dieser Kulisse, die mich mehr an ein Theater als an eine Stadt erinnerte, wirkten sie surreal und fehl am Platz. Eine mondäne Venezianerin neben mir zog fröstelnd den Kragen ihres Pelzmantels hoch und bearbeitete dann erneut angestrengt die Tastatur ihres Mobiltelefons, während wir langsam die Rialtobrücke passierten. Es erschien mir unfassbar, dass sie die um uns herrschende Schönheit nicht wahrnahm, und es wurde mir bewusst, dass man wohl trotz dieser Pracht nach einer Weile abstumpfte, wenn der Anblick zur Gewohnheit wurde.

Das Boot traf in San Angelo ein. Ich hievte meine Koffer über die Landebrücke hoch in eine enge Gasse, die kaum genug Platz aufwies, um das Gepäck hinter mir herzuziehen. Es dauerte keine fünf Minuten, bis sich meine schlimmste Befürchtung erfüllte und ich auf die erste zierliche Brücke traf. Meine ganze Kraft aufbietend, schleppte ich erst den einen und dann den anderen Koffer über die Stufen, um auf der anderen Seite meinen Weg fortzusetzen. Diese Prozedur wiederholte sich in den nächsten zehn Minuten weitere drei Male, und schon fing ich an zu zweifeln, ob ich den richtigen Weg genommen hatte. Ich stöhnte bei dem Gedanken, umkehren zu müssen, als ich mich endlich auf einem großen Platz wiederfand und vor mir im leicht aufkommenden Nebel die Bar *Sport* erblickte.

Erschöpft trat ich durch die beschlagene Glastür, an der noch mehrere Faschingsdekorationen des soeben vergangenen Carnevale hingen, und trat unter dem Klingeln mehrerer Glöckchen ins Innere. Meine Arme zitterten vom langen Ziehen und Tragen.

»Entschuldigen Sie.« Ich lehnte mich außer Atem an den Tresen. »Dürfte ich Sie bitte etwas fragen?«

Der dicke Barista drehte sich mürrisch zu mir um, sagte aber nichts.

»Wo finde ich bitte diese Adresse?« Ich zeigte ihm meinen Zettel.

Ohne zu zögern, deutete der Mann aus dem Fenster zu einer Gasse und machte mir mit der Hand das Zeichen für eine zwei, um dann nach links zu zeigen. Ich sollte wohl diesen Weg bis zur zweiten Gasse links gehen und dort abbiegen. Überrascht realisierte ich, dass niemand in dieser Stadt Stadtpläne zu verwenden schien, und ich kann mich jetzt noch erinnern, wie altmodisch und unpraktisch ich diese Art der Wegbeschreibung damals fand. Ich wusste noch nicht, dass Pläne jeder Art nicht zu dieser Stadt passten und dass es oft der Umweg war, der einen schneller oder einfach besser ans Ziel führte.

Ich bedankte mich beim Barmann und wollte wieder meine Koffer hochhieven, um zum Ausgang zu wanken, als er ungefragt ein kleines Glas vor mir abstellte und es mit Weißwein füllte.

»Für den Weg.«

Ich schüttelte den Kopf, da ich so gut wie nie trank, aber sein Gesichtsausdruck zeigte mir, dass er keinen Widerstand duldete. So trank ich in fast schon gierigen Zügen das Glas aus und musste mir eingestehen, dass ich mich endlich um einiges besser fühlte.

»Wie viel macht es?«

Abschätzig schüttelte er den Kopf und bedeutete mir, dass es aufs Haus ging. Mein Anblick musste wirklich jämmerlich sein.

Die Koffer wieder in meinen schmerzenden Händen, verließ ich die Bar und erreichte nach einigen Minuten ein hohes Gebäude, das im Gegensatz zu den Nachbarhäusern, erst vor kurzem neu verputzt worden war und in hellen Ockerfarben vor mir aufragte. Müde lehnte ich mich an die Hauswand und entdeckte neben der verzierten hölzernen Eingangspforte ein bronzenes Klingelschild mit sechs Knöpfen. Erfreut stellte ich fest, dass im Gegensatz zu den meisten anderen Wohnungen beim Knopf der Scarpas ein Name eingetragen war. Eine Stimme ertönte aus der Sprechanlage: »Wer ist da?«

»Alice Breuer.«

»Oh, mein Gott.«

Die schrille Stimme, die diesen Ausruf getätigt hatte, verstummte, und ein Summer war zu hören. Entschlossen drückte ich die Tür auf. Vor mir lag eine enge Treppe, und dem Klingelschild nach vermutete ich, dass sich die Wohnung der Familie im obersten, dem vierten Stock befand. Ich schloss die Augen, um all meine Kraft zusammenzunehmen und die Koffer nach oben zu ziehen, als ich jemanden auf der Treppe nach unten springen hörte. Die mir nun schon bekannte Frauenstimme schrie von oben: »Giorgio! Hilf ihr mit dem Gepäck!«

Erleichterung machte sich in mir breit. Denn es war wohl kaum zu erwarten, dass der Sohn der Familie mir dabei helfen würde, das Gepäck nach oben zu bringen, wenn ich nicht doch gebraucht würde. Schon tauchte vor mir ein schlaksiger braunhaariger Junge von zwölf Jahren auf, der mir lächelnd seine Hand entgegenstreckte.

»Giorgio Scarpa.«

Ich schlug in seine Hand ein und erwiderte meinen Namen.

Zusammen schoben und hoben wir den ersten Koffer bis in den vierten Stock, wo mich eine attraktive, aber etwas zu stark geschminkte Frau von Mitte dreißig empfing. Anscheinend hatte ich sie während einer kurzen Siesta gestört, da sie nur mit einem eleganten weißen Seiden-Morgenrock bekleidet war.

»Ich bin Ilaria Scarpa und das«, sie deutete auf den kleinen Jungen, der neben ihr aufgetaucht war und mich mit großen braunen Augen anstarrte, »das ist Frederico, mein jüngster Sohn.«

Sie gab dem Kind, das laut der E-Mails zehn Jahre alt sein sollte, aber wesentlich jünger wirkte, einen leichten Knuff in den Arm. Frederico reichte mir schüchtern die Hand, um sich im gleichen Augenblick wieder abzuwenden und mit seinem Bruder in das Fernsehzimmer zu verschwinden. Signora Scarpa aber streckte mir mit theatralisch ausschweifender Gestik ihre magere Hand entgegen.

»Entschuldigen Sie bitte, dass ich völlig vergessen habe, dass Sie heute ankommen, Allegra. Es ist einfach zu viel los. Erst der Carnevale, dann die Einweihung des neuen Anbaus der Fondazione Fernandi und heute Abend die Einladung des Schweizer Konsuls. In dieser Stadt kommt man einfach zu nichts.« Sie seufzte laut auf und strich sich durch ihre roten Locken. »Ich bin eigentlich aus Mailand, und da lässt man sich mit den Einladungen wenigstens ein paar Tage Zeit, schließlich sind es ja in einer solchen Kleinstadt wie Venedig immer dieselben Gäste, die eingeladen werden. Man müsste wirklich nicht einen solchen Stress veranstalten!«

Mit diesen Worten drehte sie sich um, ohne mir die Gelegenheit zu geben, meinen Namen zu korrigieren, und bedeutete mir mit einem Wink einzutreten. Zögernd betrat ich das Apartment und folgte ihr in einen Gang, der mit wahrscheinlich kostbaren, antiken Möbeln so zugestellt war, dass man ihn kaum passieren konnte. Mehrere verschlossene Türen gingen davon ab, schließlich gelangten wir in einen Salon. Große geblümte Sofas mit lässig drapierten Kissen waren um einen modernen Glastisch gestellt, auf dem ein gigantisches Blumenbouquet thronte, an der Wand hingen goldgerahmte Ansichten von Venedig, und über allem schwebte ein enormer Kronleuchter aus Muranoglas. Ich war angesichts der protzigen Pracht sprachlos.

Mit einer lässigen Handbewegung wies Signora Scarpa mich an, auf einem der drei Sessel Platz zu nehmen, und ließ sich selbst auf das geblümte Sofa fallen.

Leise versuchte ich einen Einwand anzubringen: »Ich habe noch einen Koffer unten an der Tür abgestellt.«

Sie zuckte mit den Schultern. »Ist die Haustür zu?«

»Ich glaube, ja.«

»Dann besteht kein Grund zur Sorge. Wir sind hier in Venedig, hier kommt nichts weg – nicht mal in fünfhundert Jahren.« Sie kicherte. Eine übertriebene Heiterkeit lag in ihrer Stimme, die in mir den Eindruck erweckte, dass Venedig für sie etwas Lächerliches an sich haben musste. Warum wohnte sie bloß hier, wenn es ihr anscheinend so wenig gefiel?

»Mein Mann kann den Koffer hochbringen, wenn er gleich nach Hause kommt.«

»Aber ...« Ich dachte an meine Tagebücher und Fotos – meinen ganzen Besitz und alle damit verbundenen Erinnerungen. »Ich möchte ihn lieber gleich hochbringen.« Schüchtern fügte ich an: »Dann kann ich auch auspacken.«

Sie zuckte erneut die Schultern, aber ihr aufgesetztes Lächeln verschwand und verwandelte sich in einen Ausdruck abfälligen Erstaunens. »Tun Sie, was Sie nicht lassen können, und rufen Sie mich, wenn Sie wieder oben sind.«

Signora Scarpa erhob sich. Es war ersichtlich, dass sie alles an mir nur umständlich fand – meine Ankunft, mein Gepäck, mein Benehmen. Ich folgte ihr aus dem Zimmer, und nachdem ich wahrgenommen hatte, dass mit Giorgio als Hilfe nicht mehr zu rechnen war, da er zusammen mit seinem Bruder gebannt im Nachbarzimmer eine amerikanische Serie im Fernsehen verfolgte, machte ich mich allein auf den Weg nach unten, um meinen zweiten Koffer zu holen. Nach zehn Minuten hatte ich es endlich geschafft, alles Gepäck in den vierten Stock zu hieven, und betrat das Apartment erneut. Von meiner Gastgeberin war nichts zu sehen.

»Signora Scarpa?«

Mein Ruf hallte durch das Apartment. Nach ein paar Momenten erschien Ilaria Scarpa mit einem ungeduldigen Gesichtsausdruck in einer der Türen. Sie hatte sich umgezogen und war nun in eine cremefarbene Seidenbluse sowie einen dazu passenden hautengen Rock gekleidet. Mit einer Bewegung ihrer stark beringten Hand bedeutete sie mir schweigend, während sie eine Haarnadel aus dem Mund nahm, um diese in ihrem Haar zu fixieren, ihr in ein weiteres Zimmer zu folgen. Ich betrat hinter ihr den Raum und stellte fest, dass es sich um das Speisezimmer handelte. Acht zierliche, antike Stühle waren um einen ebenso kostbaren und alten Tisch arrangiert und wurden von einem weiteren Muranokronleuchter erleuchtet. Erstaunt überlegte ich mir, dass der Leuchter wahrscheinlich größer als meine gesamte Küche in Teltow war.

Meine Gastgeberin wies mich erneut an, mich zu setzen, und nahm mir gegenüber Platz.

»Es tut mir wirklich furchtbar leid, dass ich heute nicht am Bahnhof war, aber wissen Sie«, sie seufzte theatralisch, »ich habe so viele gesellschaftliche Verpflichtungen, und da kommt es leider ab und zu vor, dass ich mich im Datum irre oder einfach etwas vergesse.«

Ich nickte, aber sie schien gar keine Reaktion von mir zu erwarten.

»Mein Mann ist es eigentlich, der die Au-pair-Mädchen einweist. Leider ist er noch nicht da, und ich muss auch gleich weg, aber Sie werden sich schon gut zurechtfinden, Allegra. Schließlich sind ja auch noch Giorgio und Frederico da, wenn Sie irgendwelche Fragen haben.«

Zum zweiten Mal hatte sie mich mit einem falschen Namen angeredet. Vorsichtig berichtigte ich sie: »Mein Name ist Alice, nicht Allegra.«

»O ja, entschuldigen Sie. Natürlich, Alice.« Sie fuhr sich zerstreut durch die roten Haare. »Also, wie gesagt, wir haben viele Verpflichtungen und wenig Zeit. Wir verlassen uns also ganz auf Sie. Volle Verantwortung! Sie verstehen?«

Mit ihren großen geschminkten Augen sah sie herablassend auf mich herab, und ich war mir nicht sicher, ob sie meinte, dass mein Italienisch nicht gut genug war, um sie verstehen zu können, oder ob sie mich für begriffsstutzig hielt.

»Aber ja, ich verstehe. Verlassen Sie sich nur ganz auf mich«, antwortete ich ihr demütig.

Signora Scarpa lächelte mich an. »Na, das ist ja wunderbar. Dann könnten Sie vielleicht schon heute Abend aushelfen? Ich meine, ich muss jetzt unbedingt zu einer wirklich wichtigen Veranstaltung, und wir haben leider keinen Babysitter gefunden. Die Kinder müssten noch etwas essen. Eigentlich hätte sich mein Mann geopfert und wäre zu Hause geblieben, aber könnten Sie nicht schon gleich heute anfangen? Sie wollten doch nicht weggehen, oder?«

So hatte ich mir meinen ersten Abend in Venedig eigentlich nicht vorgestellt. Ursprünglich hatte ich mir ausgemalt, ein wenig durch die Gassen zu schlendern und vielleicht irgendwo meine erste echte italienische Pizza zu essen, aber Signora Scarpas Blick machte mir klar, dass ein Nein für sie nicht in Frage kam.

Mit einem erzwungenen Lächeln nickte ich. »Aber natürlich. Ich mache es gerne.«

»Sie sind ein Schatz!«

Signora Scarpa drückte mich an sich, hauchte zwei Küsse auf meine Wangen und erhob sich.

»Wir sehen uns dann morgen wieder ... Alice.«

Sie war im Begriff, sich zu verabschieden, ohne mich auch nur im Geringsten eingewiesen zu haben.

»Dürfte ich Sie bitte fragen, wo mein Zimmer ist?«, wagte ich leise vorzubringen. Ich war von mir selbst erstaunt, wie gefasst ich ihr komplettes Desinteresse an mir, meiner Reise und an meinem Wohlergehen ertrug.

Signora Scarpa schlug sich mit der Hand gegen die Stirn. »Ach natürlich! Sie kennen ja die Wohnung noch gar nicht!«

Sie trippelte in Louis-Vuitton-Stilettos, die ich bisher nur aus amerikanischen Fernsehserien kannte, vor mir zum Korridor, während sie weitersprach.

»Also, das Apartment hat vierzehn Zimmer, von denen sich zwölf auf diesem Stockwerk befinden, eines ist im Erdgeschoss – aber da bewahren wir eigentlich nur das Gerümpel auf –, und ein Zimmer liegt im Dachgeschoss.«

Sie trat zu einem schweren roten Samtvorhang, den sie zur Seite zog und der den Blick auf eine schmale hölzerne Wendeltreppe mit abgetretenen Stufen freigab.

»Das Au-pair-Zimmer befindet sich dort oben.« Ihr Blick fiel auf ihre Uhr. »Ich muss jetzt leider gehen. Sie schaffen es ja sicherlich allein. Bis später.«

Ohne mich noch einmal anzusehen, drehte sie sich um, stöckelte zu einem Schrank, um sich eine Pelzstola herauszuangeln, griff nach einer ledernen Handtasche mit diversen Goldschnallen, die auf dem Sideboard gelegen hatte, und zog die Haustür hinter sich ins Schloss. Fassungslos sah ich ihr nach. Mit einer solchen Frau sollte ich die nächsten sechs Monate verbringen? Nur langsam und zögerlich schob ich den Vorhang zur Seite und stieg die Treppe hinauf. Ich dachte wehmütig an mein gemütliches Apartment in Teltow, das ein gefühltes Leben lang mein Zuhause gewesen war. In mir stieg die Gewissheit auf, dass es ein Fehler gewesen war, in diese Stadt zu kommen, um hier zu arbeiten.

Als ich die dünne, nur noch teilweise mit blättriger weißer Farbe bedeckte Sperrholztür sah, die meine Unterkunft vom Treppenhaus abgrenzte, machte ich mich auf ein Sammelsurium alter, abgeschrammter Möbel gefasst. Mein Atem stockte, als ich die Klinke herunterdrückte.

Doch der Anblick, der sich mir bot, war überwältigend. Mein Blick streifte nur kurz ein altersschwaches Doppelbett und einen hässlichen Metalltisch mit unpassendem orangefarbenem Plastikstuhl, bis ich, gebannt vom atemberaubenden Anblick, der sich mir durch ein drei Meter breites, staubiges Panoramafenster bot, innehielt. Venedig lag mir zu Füßen. Berauscht begriff ich, dass dieser Teil des Hauses wohl mal ein Künstleratelier gewesen war. Über Hunderte von Dächern konnte ich bis zum Canale della Giudecca, der Kirche San Giorgio Maggiore und bis zur Lagune sehen. Trotz der eintretenden Dunkelheit erkannte ich Boote, die sich mit ihren grünen und roten Lichtern der Stadt näherten, und ein imposantes weißes Kreuzfahrtschiff, das bunt illuminiert in See stach. Ich bemerkte die Lichter von Inseln und weiteren Schiffen und sah, wie sich eine zarte Nebelbank wie ein Schleier langsam vor den Horizont schob.

Vorsichtig näherte ich mich dem Fenster und stellte fest, dass es an einer Stelle einen beweglichen Teil gab, der sich als Tür öffnen ließ und auf eine kleine, etwas morsche Terrasse führte. In Stadtführern über Venedig hatte ich von solchen Konstruktionen, sogenannten Altanen, gelesen, die in früheren Zeiten den wohlhabenden Damen der Stadt zum Bleichen ihrer Haare gedient hatten. Nun befand ich mich selbst auf einer solchen – recht wackeligen – Konstruktion, die sich nur mit ein paar Balken auf das Dach aufzustützen schien. Normalerweise hätte ich den Altan aus Vorsicht lieber nicht betreten, aber magisch vom grandiosen Ausblick angezogen, zögerte ich keinen Augenblick und trat ins Freie. Der Wind strich durch meine Haare. Ich nahm die Gerüche der Stadt und des Meeres in mich auf und konnte mich gerade noch beherrschen, nicht die Arme auszustrecken und mich wie im Film *Titanic* zu fühlen. An diesem hoch erhobenen und einsamen Ort schien ich die Herrscherin Venedigs zu sein. Was interessierte mich noch, wie schön oder hässlich das Zimmer war oder wie unfreundlich die Scarpas sich gaben, wenn ich nur diese Aussicht genießen konnte!

Fröstelnd, aber überglücklich trat ich zurück ins Zimmer und begann meinen Rucksack auszupacken.

Die Koffer würde ich später aus dem Stockwerk der Scarpas hochzerren, falls dies bei der engen Wendeltreppe überhaupt möglich war. Ich sah mich um. Außer dem Bett, dem Plastikstuhl und einem Tisch, der über und über mit Farbklecksern bedeckt war, bot das Zimmer einen senfgelben Linoleumboden, einen wackeligen Schrank aus den fünfziger Jahren und eine Tapete, die sich an mehreren Stellen von der Wand löste. An der Decke baumelte eine Lampe aus grünem Glas.

Noch immer fröstelte es mich, und mir wurde bewusst, dass es, außer einem kleinen Elektrowärmer neben der Tür, keine Heizung gab. Ich konnte nur froh sein, dass es März war und ich auf wärmere Temperaturen hoffen konnte.

Nachdem ich zum hinteren Teil des Zimmers gegangen war, entdeckte ich eine weitere, ebenso nachlässig gestrichene, dünne Sperrholztür, die in ein winziges Badezimmer führte. Das Bad war mit einem WC und einer Dusche ausgestattet, wobei Letztere nur aus einem Abfluss im Boden und einem dünnen ausgeblichenen Plastikduschvorhang bestand. Das Toilettenpapier musste man wohl, wenn man duschte, zur Seite räumen, um es nicht komplett zu durchfeuchten.

Mein Blick fiel auf den Spiegel, der über dem Waschbecken angebracht war. Im Spiegelbild erblickte ich die schlanke, blasse, junge Frau mit den etwas zu weit auseinanderstehenden tiefgrünen Augen und langen aschblonden Haaren. Im Gegensatz zu den schicken Venezianerinnen, die ich bisher in der Stadt gesehen hatte, war ich ein hässliches Entlein. Ich lächelte mein Spiegelbild an – es bestand nun wirklich keinerlei Gefahr, dass ein Venezianer sich für mich interessieren würde. Die Frau im Zug hätte es besser wissen sollen.

Nachdem ich meinen Rucksack verstaut hatte, holte ich meine restlichen Sachen. Die Kinder saßen immer noch vor dem Fernseher und sahen nun eine Reality-Show, als ich meine Koffer durch den Gang wuchtete. Gerade wollte ich sie fragen, was sie sich zum Abendessen wünschten, als ich eine Stimme hinter mir vernahm und mich umdrehte.

»Sie sind wohl Signorina Breuer?«

Ein attraktiver Mann von Ende vierzig mit silbrig meliertem schwarzem Haar und in einem kastanienbraunen, maßgeschneiderten Anzug streckte mir seine Hand entgegen.

»Mein Name ist Luca Scarpa.«

Dankbar erwiderte ich sein freundliches Lächeln und nickte.

»Haben Sie sich schon alles angesehen? Das Zimmer ist vielleicht nicht so wohnlich, aber der Altan!« Er machte eine ausladende Geste der Begeisterung, die mich an die Theatralik seiner Frau erinnerte. »Der Altan ist ein wunderbarer Ort. Finden Sie nicht auch?«

Meine Meinung schien ihn nicht wirklich zu interessieren, denn schon redete er weiter.

»Aber vergessen Sie vor allem nicht die Arbeit! Wir haben da schon schlechte Erfahrungen gemacht, und Sie sind ja nicht hier, um nur die Aussicht zu genießen.«

Sein Lächeln war einem harten Zug gewichen, und ich sah, dass er den Smalltalk hinter sich gelassen hatte und nun zum geschäftlichen Teil kommen wollte.

»Wie ich bereits in meiner Mail schrieb, haben wir hohe Ansprüche an unsere Au-pairs. Schließlich bieten wir Ihnen ja auch Venedig.«

Er bedeutete mir, ihm in die Küche zu folgen, während er weitersprach. Bisher hatte ich noch nicht ein Wort entgegnen können.

»Wir erwarten, dass Sie alle Einkäufe erledigen. Wir haben dafür ein Haushaltsportemonnaie, das wir streng kontrollieren. Sie werden es hier finden.« Er zeigte auf eine Küchenschublade. »Alle Ausgaben, für die Sie keine Rechnungen ablegen, werden Ihnen vom Gehalt abgezogen. Außerdem wünschen wir, dass Sie sich um das Putzen des Hauses kümmern und das Essen für die Kinder kochen. Meine Frau und ich essen so gut wie nie zu Hause. Es wird für Sie also nicht schwierig sein, und Sie dürfen natürlich mit den Kindern zusammen essen. Ich bitte Sie allerdings, mir jeden Montag eine Liste der Gerichte zu geben, die Sie für die Woche planen. Wir hatten nämlich schon einmal ein Au-pair, das jeden Tag nur Pfannkuchen machte. Die Jungen haben sich erst nach zwei Monaten beschwert, aber natürlich erwarten wir mehr Abwechslung und eine gesündere Kost.«

Wieder wies er mich an, ihm zu folgen, diesmal ins Wohnzimmer zu den Jungen.

»Sie sind für die Hausaufgaben von Giorgio und Frederico verantwortlich.« Er deutete auf die beiden. »Ich wünsche, dass Sie diese sorgfältig und gewissenhaft, zusammen mit den Kindern, jeden Tag machen. Das Gleiche gilt für die Klavierübungen von Giorgio und für Fredericos Cello. Mittwoch haben die Kinder Unterricht. Sie müssen hingebracht werden, damit sie rechtzeitig ankommen und nicht schwänzen. Meine Frau wird Ihnen das erste Mal zeigen, wo die Lehrer wohnen, ab dann bringen Sie die Kinder hin. Und vor allem müssen die Jungen selbstverständlich jeden Tag mindestens dreißig Minuten üben. Es ist erforderlich, dass Sie sich dabei neben sie setzen. Spielen Sie ein Instrument?«

»Nein, leider nein.« Meine Mutter hatte sich kaum das Schulmaterial leisten können, ganz zu schweigen von teuren Instrumenten und Musikstunden.

Er zuckte gleichgültig mit den Schultern.

»Nun, man kann ja nicht alles haben.« Er schien zu überlegen. »Ansonsten ist das fürs Erste alles. Hier sind die Schlüssel.« Er überreichte mir einen Schlüsselbund mit diversen altertümlichen Schlüsseln. »Briefkasten, Haustür, Wohnungstür und einen Schlüssel zum Abstellraum im Erdgeschoss, wo sich Koffer und Taschen befinden.«

Er schien sich schon abwenden zu wollen, als ihm noch etwas einfiel.

»Ach ja, beinahe hätte ich es vergessen – wir haben sehr viele gesellschaftliche Verpflichtungen. Ich bin Notar, und meine Frau ist Vorsitzende einer der wichtigsten Stiftungen von Venedig. Wir erwarten von Ihnen, dass Sie die Kinder, wenn wir außer Haus sind, betreuen. Das abendliche Babysitten ist fester Bestandteil unseres Arrangements mit Ihnen. Ihr einziger freier Tag wird Sonntag sein. Haben Sie sonst noch Fragen?«

Benommen stand ich vor ihm.

Vieles von dem, was er mir gesagt hatte, war in den E-Mails, die ich von den Scarpas erhalten hatte, nicht einmal ansatzweise angedeutet worden. Aber was half es jetzt, damit zu hadern, dass diese Familie ihre Au-pairs ausnutzte und als billiges Hauspersonal sah? Ich war nicht nach Venedig gekommen, um schon wieder abzureisen. Daher zwang ich mich, an den Altan und die herrliche Aussicht zu denken. Sollte es mir doch gleich sein, dass ich abends nicht ausgehen konnte. Ich würde in meiner Traumstadt wohnen können und sie bewundern – was wollte ich mehr?

Ohne eine Frage zu stellen, schüttelte ich den Kopf und sagte mit leiser Stimme und gesenktem demütigem Blick: »Nein. Es ist glasklar, was zu tun ist, Signore Scarpa. Verlassen Sie sich auf mich.«

# Kapitel ❀ Zwei

Mein Leben in Venedig entwickelte sich so, wie es sich schon am ersten Tag abgezeichnet hatte: Die Familie Scarpa nahm mich voll in Anspruch. Giorgio und Frederico waren nette Jungen, die mich schnell ins Herz schlossen. Was blieb ihnen auch anderes übrig bei einer Mutter, die frühestens um elf Uhr aus dem Bett kam, dann ein kleines Frühstück einnahm, um sich für einen Aperitif, eine Versammlung ihrer diversen Wohltätigkeitsvereine fertigzumachen oder in den exklusiven Boutiquen mit ihren Freundinnen zu shoppen? Man konnte es als Ausnahme ansehen, falls sie ihre Söhne mehr als zwei Stunden am Tag sah.

Signore Scarpa hingegen arbeitete hart. Er ging morgens früh in sein Büro und kam abends nicht vor sieben nach Hause. Dann versuchte er sich für die Arbeiten seiner Söhne zu interessieren oder setzte sich mit ihnen vor den Fernseher, streifte seine Schuhe ab, legte die Füße auf den Couchtisch und spielte ein Computerspiel. Meist blieb aber nicht viel Zeit, bis er mit seiner Frau zu einer Abendveranstaltung ging oder sich entschuldigte, dass er noch zu einem späten Klientenbesuch aufbrechen musste. Signora Scarpa schien dies nicht zu stören, was mir umso unverständlicher war, da nach allen abendlichen Arbeitsausflügen derselbe penetrante Parfumgeruch aus seiner Kleidung strömte.

Ich ging dazu über, die Jacken auf dem Altan auslüften zu lassen und die Wäsche so schnell wie möglich in die Waschmaschine zu stecken. Aber wenn ich ehrlich war, konnte ich ihm seine Untreue nicht übelnehmen, da seine Frau ihn eindeutig nicht liebte und ihn anscheinend nur wegen seines Status und seines Einkommens geheiratet hatte.

Die wirklich Leidtragenden waren Giorgio und Frederico, die eigentlich das Potenzial gehabt hätten, intelligente und liebevolle Kinder zu sein, aber von ihren Eltern keinerlei Aufmerksamkeit erfuhren und trotz aller Computerspiele, Pay-per-View-Sendern und teuerster Kleidung nicht glücklich waren.

Sie taten mir aufrichtig leid, und auch wenn ich – nach einem langen Tag mit Einkäufen, Kochen und Putzen – gerne müde in mein Bett gefallen wäre, brachte ich sie in ihre Schlafzimmer und führte das Ritual ein, ihnen eine Gutenachtgeschichte vorzulesen oder mir für sie Geschichten auszudenken. Während dieser Momente, wenn ich auf Giorgios Bett kauerte und meiner Fantasie freien Lauf ließ, um Räuber, Drachen und Ritter zu erfinden, dachte ich an meine Mutter zurück und bedankte mich im Stillen für ihre Erziehung. Wie oft hatte ich ihr vorgeworfen, dass wir arm waren, und hatte sie für ihre Träumereien und falschen Lebensentscheidungen getadelt. Ich hatte es gehasst, die Einzige in der Klasse gewesen zu sein, die mit einer Aldi-Tüte als Sporttasche herumlief, und hatte meine Klassenkameraden beneidet, die Nintendos und später Mobiltelefone in die Schule mitgebracht hatten. Erst jetzt begriff ich, wie sehr ich meine Mutter unterschätzt hatte und welches Geschenk sie mir mit den unzähligen gemeinsamen Stunden, dem Geschichtenerfinden und dem Vorlesen ihrer Lieblingsbücher gemacht hatte. Für mich waren keine neue Gucci-Tasche oder ein Fernseher nötig, um mich aus der harten Realität zu holen und ein Gefühl von Glück und Zufriedenheit zu erlangen. Ich schloss einfach meine Augen und ließ meinen Gedanken freien Lauf. Diese Flucht aus der Wirklichkeit hatte mir während der Schulzeit oft Probleme eingebracht, wenn ich mal wieder nicht der Physik- oder Mathelektion gefolgt war, sondern mich in meinen Träumen verloren hatte. Aber diese Fähigkeit war es wohl auch, die es mir ermöglichte, die ersten Wochen bei der Familie Scarpa zu überstehen. Stoisch ertrug ich ihre Zänkereien und Nörgeleien und widersprach nie.

Von Venedig selbst hatte ich allerdings bisher noch nicht wirklich etwas sehen können. Nachdem Signora Scarpa mir am ersten Tag alle für ihre Angelegenheiten wichtigen Orte gezeigt und notdürftig erklärt hatte, wann ich wo sein sollte, hatte man mich mir selbst überlassen. Meine Wege begrenzten sich allerdings in den meisten Fällen auf unser Quartier und die unzähligen Botengänge, die ich für die Scarpas erledigen durfte. Selten blieb mir nach den täglichen Aufgaben noch die Zeit, um meine eigenen Ziele anzusteuern. Spätestens nach dem Abendessen musste ich mich als Babysitter bereithalten, damit die Scarpas ausgehen konnten.

Und so erlebte ich Venedig hauptsächlich auf meinem Altan. Jeden Abend verbrachte ich, in meine alte, zerschlissene grüne Jacke, auf meinem kleinen Balkon, während ich die unzähligen Boote und das Kommen und Gehen in der Lagune, den Gassen und auf den Brücken beobachtete. Obwohl mir bewusst war, wie wenig sich mein Leben im Grunde verändert hatte, schmerzte mich dies nicht sonderlich. Ich war nicht nach Venedig gekommen, um Freundinnen zu finden. Schon in Teltow war ich mir selbst immer die beste Gesellschaft gewesen – die oberflächlichen Gespräche meiner Kolleginnen über Männer, Shopping und die besten Urlaubsorte hatten mich immer gelangweilt, und nie war mir ein Mensch begegnet, der meine Liebe für die Stille, die Schönheit des Augenblicks und den Zauber des Verträumten teilen konnte.

Es waren also nicht die menschlichen Kontakte, die ich vermisste, sondern die Tatsache, dass ich so wenig von meiner neuen Heimat sehen konnte. Je mehr Tage verstrichen, in denen ich nur immer wieder die gleichen Tätigkeiten und Wege auszuführen hatte, desto schwerer wurde mir ums Herz, und ich fürchtete, niemals wirklich die Stadt erleben zu können. Ich hasste es, mich nachmittags durch die Touristenmassen zu schlängeln, um für Signora Scarpa etwas in einem Geschäft abzuholen, ohne dabei je mehr als ein paar hundert Meter von der Wohnung entfernt zu sein. Ich verspürte Widerwillen, schwere Taschen von der Piazzale Roma zum Vaporetto zu schleppen, wenn Signore Scarpa den wöchentlichen Einkauf auf dem Festland erledigt hatte, und dabei nichts anderes zu sehen als dieselben Häuser, an denen ich immer vorbeikam. Und es waren nur die Momente, wenn ich in unserem Quartier beim Metzger, Bäcker oder bei der freundlichen Frau von der Reinigung verweilen konnte, die mir das Gefühl gaben, wirklich in Venedig angekommen zu sein.

Am Ende meiner dritten Woche bei den Scarpas saß ich wieder einmal auf dem Altan. Die Kinder waren soeben ins Bett gegangen, und meine Gasteltern waren zu einem Fest im Palazzo Barbarigo aufgebrochen. Erschöpft setzte ich mich auf die alten Planken und betrachtete die Lichter der Stadt im Widerschein des perfekten Vollmondes, dessen Licht sich im Wasser des Canale der Giudecca spiegelte. Ein paar Boote brachten Fahrgäste zu ihren Hotels. Das entfernte Geräusch von Lachen war zu hören, und ich konnte nicht umhin, darüber nachzudenken, welches wohl mein letztes Fest gewesen war? Die Abiturfeier vielleicht oder die paar Lesungen in der Buchhandlung – wenn man denn einen Stehempfang als Fest bezeichnen konnte.

Ein Geräusch riss mich aus meinen Gedanken. Auf einem Balkon, in einigen Metern Entfernung hatte sich eine Tür knarzend geöffnet, und ein Mann war ins Mondlicht getreten. Noch nie hatte ich diesen Balkon wahrgenommen, der mehr einer Loggia denn einem Altan glich und keine fünf Meter von mir entfernt lag. Ich zog meine Knie näher heran und kauerte mich gegen die Wand, um nicht gesehen zu werden. Es war leicht zu erkennen, dass der Fremde keine Menschen in dieser Umgebung anzutreffen erwartete. Auch wenn ich sein Gesicht nicht ausmachen konnte, sah ich, wie sein schwarzes, gelocktes Haar im Mondlicht glänzte und bis auf seine Schultern fiel. Sein Gang war aufrecht und stolz, und seine Haltung strahlte Kraft und Stärke aus, während seine Hände sanft über die Brüstung der Loggia strichen.

Er war augenscheinlich ganz in Schwarz gekleidet, ein eng anliegender Rollkragenpulli zeichnete seinen muskulösen Körper nach. Ich schätzte ihn auf Anfang dreißig. Er war ein attraktiver Mann von dem Typus, den ich schon oft bei meinen Erledigungen in den Cafés und Bars der Stadt beobachtet hatte – oberflächlich und selbstverliebt und stets auf die nächste Eroberung aus. Ein Italiener, wie es wohl auch mein Vater gewesen war.

Desinteressiert wollte ich mich wieder dem Panorama widmen, als ich eine überraschende Veränderung an dem Fremden beobachten konnte. Langsam senkte er seinen Kopf, er lehnte sich nach vorn und stützte sich mit den Armen auf die Brüstung. Statt Stärke drückten seine Züge nun Schmerz aus; einen Schmerz, der ihn niederzuringen schien. Mehrere Minuten verblieb er in dieser Position und war völlig in sich versunken. Schließlich ging ein Ruck durch seinen Körper, er richtete sich auf, drehte sich um, griff nach dem Türrahmen und trat zurück in den Raum.

Während der ganzen Zeit hatte ich es nicht gewagt, mich zu rühren, und hatte so leise wie möglich geatmet. Wer war der Fremde und was ließ ihn so verzweifeln? Ich war mir sicher, noch nie einen Mann gesehen zu haben, der zwei solch unterschiedliche Seiten gezeigt hatte.

In den nächsten Tagen ertappte ich mich dabei, in jeder freien Minute in mein Zimmer zu gehen und zur Loggia zu starren. Es verging keine Stunde, in der ich nicht an den Fremden denken musste, und ich versuchte, mir die Gründe für seine Trauer vorzustellen: eine verflossene Liebe, der Verlust eines engen Verwandten oder der finanzielle Ruin? Das Geheimnisvolle an ihm zog mich an und wirkte wie ein Magnet auf meine Fantasie. Ich musste mir eingestehen, dass ich meinen Nachbarn wiedersehen wollte.

Doch als er nach fast einer Woche noch immer nicht auf die Loggia getreten war, begannen ernüchternde Gedanken mich zu erfassen: Vielleicht war er nur ein Gast des Hauses gewesen oder ein Tourist, der eine Woche in Venedig verbracht hatte und nun abgereist war. Wahrscheinlich würde ich ihn niemals wiedersehen.

Wie immer hatte ich es mir, nachdem die Kinder versorgt und im Bett waren, auf meinem Altan gemütlich gemacht. Es war nun Ende März, und die Temperaturen fingen an, frühlingshaft zu werden. Gerade hatte ich mir ein Glas Wasser eingeschenkt, mich auf mein Sitzkissen gesetzt und betrachtete die Stadt, als ich hörte, wie die Tür der Loggia nebenan geöffnet wurde. Unwillkürlich kauerte ich mich zusammen, um nicht gesehen zu werden.

Im Licht des Halbmondes sah ich, wie der Fremde auf die Loggia trat – stockend und zögerlich. Ich konnte an seinen hängenden Schultern sofort erkennen, dass er seine Melancholie nicht verloren hatte. Langsam setzte er sich auf einen aus Korb geflochtenen Gartenstuhl, der auf der Loggia stand. Müde streckte er sich aus, sein Blick war starr auf den Sternenhimmel gerichtet.

Ich wagte nicht, mich zu rühren, doch diesmal verweilte er viel länger auf der Loggia, und als mein Bein einzuschlafen drohte, versuchte ich mich so leise wie möglich in eine andere Position zu bringen, ohne den Blick von ihm zu nehmen. Ich kam mir wie ein Voyeur vor, brachte es aber gleichzeitig nicht fertig, mich abzuwenden oder ihn anzusprechen.

Fast hatte ich es geschafft, mich wieder hinzusetzen, als mein Fuß die nun leere Plastikwasserflasche, aus der ich mir eingeschenkt hatte, umstieß. Mit einem hohlen Geräusch fiel sie auf die Planken des Altans und rollte ins Innere. Mein Atem stockte. Er würde mich entdecken.

»Wer ist da?«

Seine Stimme klang tief und kräftig durch die Nacht. Er hatte sein Gesicht zu mir gewandt und sah mir direkt in die Augen. Endlich konnte ich sein fein geschnittenes, aber dennoch männliches Gesicht mit hohen Wangenknochen und einem energischen Kinn erkennen. Er war der attraktivste Mann, dem ich je begegnet war, und seine dunklen Augen schienen mich förmlich zu durchbohren. Verschämt senkte ich meinen Blick und war im Begriff, eine Entschuldigung zu murmeln, als ein Zweifel mich durchfuhr. Warum hatte er mich nicht direkt angesprochen? Ich sah wieder auf, und zu meinem Erstaunen hatte er seinen Blick wieder den Sternen zugewandt und schien in sich versunken zu sein. Er musste mich gesehen haben. Warum hatte er zuvor nichts gesagt? War er zu höflich?

Ich beobachtete ihn weiter. Schließlich stand er auf und ging langsam zurück ins Innere, während er sich am Türstock abstützte.

Verwirrt blieb ich auf dem Altan zurück.

Als ich am frühen Morgen übermüdet in die Küche trat, stellte ich erfreut fest, dass Signore Scarpa noch nicht das Haus verlassen hatte. Er hielt die neuste Ausgabe der Wirtschaftszeitung *24 ore* in der Hand, deren seltsame, lachsrosa Farbe mir für eine Wirtschaftszeitung lächerlich vorkam, und war im Begriff zu gehen. Meine Stimme zitterte, als ich ihn ansprach.

»Signore Scarpa, dürfte ich Sie etwas fragen?«

Er blieb stehen und sah mich neugierig an. Mir war bewusst, dass ich ihn noch nie direkt angesprochen hatte, sondern bisher nur seinen Anweisungen gefolgt war.

»Natürlich, gerne.«

Ich zögerte. »Es gibt eine Loggia, die man von dem Altan meines Zimmers sehen kann. Wissen Sie, welche ich meine?«

Er sah mich aufmerksam an. »Du meinst die Loggia, die auf dem Nachbardach in Richtung Canal Grande liegt, hinter dem schmalen Dach der Rossi?«

»Ja, es ist eine Art Balkon, mit einem gemauerten Aufgang und einer Balustrade aus Säulen. Er liegt nur wenige Meter entfernt, und ich glaube, dazwischen ist das Hinterhaus der Rossi, aber ich kann es nicht ganz einordnen, weil ich das Haus selbst nicht kenne, es muss sich in einer anderen Calle befinden.«

»Für euch Fremde muss es wirklich schwierig sein, die Orientierung zu behalten, bei all den Häusern, die hier stehen, aber trotzdem in verschiedenen Straßen ihre Aufgänge haben. Aber das Haus, das du meinst, kann eigentlich nur die Loggia des Palazzo Segantin sein.« Und in seiner unnachahmlich direkten Art fügte er an: »Warum interessiert sie dich?«

Verunsichert senkte ich meine Augen. »Ich habe gestern einen Mann auf die Loggia treten sehen.« Meine Stimme wurde noch leiser. »Einen jungen, schwarzhaarigen Mann.«

Er nickte nachdenklich. In seiner Stimme klang fast so etwas wie Betroffenheit mit. »Ich wusste nicht, dass er auf die Loggia geht.« Dann seufzte er und fuhr fort: »Ein tragischer Fall. Sein Name ist Tobia Manin. Ich weiß nicht viel über ihn, habe ihn selbst erst zwei Mal gesehen. Er geht ja so gut wie nie aus dem Haus. Aber, soweit ich weiß, ist er stockblind.«

Bei diesen Worten fühlte ich mich, als ob mir der Boden unter den Füßen weggezogen worden wäre.

»Er ist wohl Amerikaner. Den Palazzo Segantin hat er vor knapp einem Jahr gekauft und ist dann vor sechs Monaten eingezogen.«

»Lebt er allein?«

Verwundert zog Signore Scarpa seine Augenbrauen hoch. »Du scheinst dich ja sehr für ihn zu interessieren. Nein, er lebt mit einer Haushälterin und einem Portier zusammen. Ein Bruder, der in den USA lebt, ist der einzige Besucher, den er hat. Und dann hat er noch so einen Hund, einen Blindenhund, der ihn führen kann.« Augenzwinkernd fügte er hinzu: »Von einer Frau oder Freundin weiß ich nichts.«

Ich fühlte, wie ich errötete.

»Ich würde ihn mir aber aus dem Kopf schlagen, er ist nichts für dich. Er ist zwar steinreich, aber ein blinder Mann, der als Eremit leben möchte. Außerdem wünscht er keine Gesellschaft.«

»Woher wissen Sie das?«

Ich war von meiner eigenen Frage überrascht. Wie konnte ich nur so forsch sein, das war so ganz und gar nicht meine Art.

»Glaubst du, dass jemand, der einen der schönsten Palazzi am Canal Grande kauft, nicht eingeladen wird? Glaubst du, ein Mann wie Manin, der blind und rätselhaft ist, würde die Leute nicht interessieren?« Er lachte spöttisch auf. »Alice, Venedig ist klein. Jeder kennt hier jeden, da fällt es schnell auf, wenn jemand nicht Teil der Gesellschaft werden will. Ich glaube, dass kaum eine venezianische Familie Manin nicht schon mindestens einmal zu einem Essen oder einem Fest eingeladen hat. Er hat noch nie eine dieser Einladungen angenommen, und ich wüsste nicht, dass es jemanden gibt, den er jemals bei sich empfangen hat.« Er nahm seine Zeitung und seinen Mantel. »Ich muss jetzt wirklich gehen. Du hast mich schon zu lange aufgehalten.« Signore Scarpa sah mich eindringlich an. »Und was Manin betrifft: Schlag ihn dir aus dem Kopf.«

Ohne ein weiteres Wort ging er zur Tür und ließ mich ratlos in der Küche zurück.

Den ganzen Tag über war ich unkonzentriert, vergaß, das Waschpulver in die Waschmaschine einzufüllen, zerbrach eine der neuen Nespressotassen und versäumte es, ein Bouquet beim Floristen abzuholen. Immer wieder ging mir der Anblick Tobia Manins auf dem Altan durch den Kopf. Wie war er wohl erblindet, oder war er es schon immer gewesen? War es seine Behinderung, die ihn zu einer solchen Trauer geführt hatte? Und warum wollte er nicht unter Menschen gehen? Diese Gedanken beschäftigten mich, als ich nach dem Mittagessen die vergessenen Blumen endlich vom Floristen abholen wollte und erst vor dem Laden bemerkte, dass dieser – wie fast alle Läden in Venedig – erst um sechzehn Uhr wieder öffnen würde. Ratlos stand ich vor dem Geschäft – ich war eine halbe Stunde zu früh dran. Sollte ich nach Hause gehen und wiederkehren, wenn Frederico und Giorgio von der Schule gekommen waren, oder sollte ich hier warten, bis der Laden öffnete?

Unentschlossen lehnte ich mich an die Ecke eines der Häuser des leeren Campo, als mein Blick auf die kleine Calle Brea fiel. Zwar war ich noch nicht wirklich ortskundig in Venedig, aber mein Viertel hatte ich langsam zu überblicken begonnen, und ich wusste, dass diese Calle mich in Richtung Canal Grande führen würde. Vielleicht hatte ich ja gerade genug Zeit, um mir den Palazzo Segantin von außen anzusehen?

Mit schnellen Schritten ging ich die Gasse entlang und erreichte die rückwärtige Fassade von zwei Palazzi am Canal Grande. Doch als ich nach oben sah und versuchte eine Loggia zu erkennen, stellte ich schnell fest, dass weder die Ausrichtung noch das Dach stimmen konnten. Der Palazzo Segantin musste mehr zu meiner Rechten liegen. Ich fluchte über meinen schlechten Orientierungssinn, der einem in Venedig schnell zum Verhängnis werden konnte. Aber entschlossen, nicht so schnell aufzugeben, lief ich zurück zum Campo und bog in eine dunkle Gasse, von der ich hoffte, dass sie, um einen Häuserblock versetzt, zum Canal Grande führen würde. Vierstöckige Häuser rahmten den schmalen und dunklen Weg, und nach wenigen Metern war ich mir schon nicht mehr sicher, dass ein Palazzo über eine solch schmuddelige enge Gasse zu erreichen war, als mein Weg plötzlich vor einem großen Eichenholzportal endete, das selbst jetzt, am helllichten Tag, im Schatten lag. Unwillkürlich fühlte ich mich eher an einen Höhleneingang als an eine Haustür erinnert, ein Eindruck, der noch dadurch verstärkt wurde, dass über dem Portal ein massiver Steinlöwe abgebildet war und mich anzustarren schien. Mein Blick glitt die schroffe Steinfassade entlang bis zum vierten Stockwerk, wo sich unverkennbar die Balustrade der Loggia abzeichnete. Dies war also der Palazzo Segantin.

Ich begutachtete das Türschild – kein Name war angeschrieben, nur ein einziger, bronzener Klingelknopf glänzte im Halbdunklen. Für einen Moment überlegte ich, ob ich ihn betätigen sollte. Aber was hätte ich sagen können: »Hallo, ich habe Sie gestern gesehen und bin neugierig, warum Sie so zurückgezogen leben und blind sind?«

In diesem Augenblick öffnete sich das Portal, und ein älterer, mürrisch wirkender Mann trat mit einem Besen heraus. Er musste der Portier sein, den Signore Scarpa erwähnt hatte. Erschrocken trat ich einen Schritt zurück.

»Was wollen Sie hier?« Er deutete mit seinem Besen auf mich.

»Ich habe mich wohl verlaufen.«

Ich versuchte den Eindruck einer dieser hilflosen Touristen zu vermitteln. Mein Blick nahm einen verwirrten Ausdruck an, ich ließ meine rechte Hand in meinen kleinen Rucksack gleiten, wo ich anscheinend einen nutzlosen Stadtplan vermutete. Wie ich erwartet hatte, zeigte sich der Mann nicht sonderlich hilfsbereit. Er versuchte nicht, mir den Weg zu weisen, sondern sah mich nur abschätzig an. Dann senkte er seinen Besen und begann die Steine vor dem Portal zu kehren, während er vor sich hin murmelte. Ich lief die Gasse zurück, die ich eben genommen hatte, und war froh, nach wenigen Minuten den lichtdurchfluteten, frühlingshaften Platz zu betreten. Kam es mir nur so vor, oder war es am Portal eiskalt gewesen? Ich fröstelte noch immer.

Gedankenverloren holte ich beim Floristen, der

nun geöffnet hatte, die Blumen ab und trat meinen Rückweg zum Apartment der Scarpas an. Schon im Korridor konnte ich den Fernseher hören und war mir sicher, Frederico und Giorgio mit ein paar ungesunden Snacks davor anzutreffen. Müde zog ich meine Jacke aus, stellte den Blumenstrauß in eine der Vasen und ging zu den Jungen, um den Fernseher auszuschalten und sie zu ermahnen, ihre Hausaufgaben zu machen.

Aber während Giorgio und Frederico neben mir am Mahagonitisch saßen und versuchten, geometrische Formen korrekt zu berechnen, drifteten meine Gedanken immer wieder zu Tobia Manin ab.

»Wie kann ich diese Ecke berechnen, wenn ich nur einen Winkel habe?«, riss mich Frederico aus meinen Gedanken. Geduldig erklärte ich es ihm. Als er es endlich verstanden hatte, bestürmte mich Giorgio, mit ihm seine englischen Vokabeln zu büffeln, und es war schon fast sechs Uhr, als ich endlich bemerkte, dass ich mich daranmachen musste, das Abendessen vorzubereiten. Die Scarpas würden bald eintreffen.

»Wir sind fertig mit den Hausaufgaben, aber ...« Ich konnte den Satz nicht beenden, da die Jungen schon aufgesprungen waren, um zum Fernseher zu rennen. Resigniert rief ich ihnen nach: »Dreißig Minuten, maximal! Dann ist das Essen fertig.«

Sorgsam packte ich die Schulsachen in die Rucksäcke, um einen Tadel von Signore Scarpa zu vermeiden, der nichts mehr hasste, als im Apartment umherliegende Gegenstände der Kinder zu sehen, wenn er nach Hause kam. Nach einer letzten Kontrolle begab ich mich in die Küche, wo ich damit begann, die Sauce für die Gnocchi vorzubereiten.

Immer wieder musste ich an Tobia Manin denken. Ich war sogar, nachdem ich meine Jacke in meinem Zimmer aufgehängt hatte, auf den Altan gestürzt, um zu sehen, ob ich nicht den Eingang des Palazzo Segantin vom Altan aus einsehen konnte. Und ich hatte mich dabei ertappt, glücklich zu sein, als ich den Eingang am Ende der schmalen Calle, die unterhalb meines Daches lag, erkannt hatte.

Die Scarpas nahmen mich fast jede Minute des Tages in Beschlag. Natürlich konnte ich fernsehen, am Computer durchs Internet surfen oder meine Bücher lesen, aber meistens war ich so müde, dass ich spätestens um zehn Uhr abends einschlief. Das Resultat war, dass ich dann um vier Uhr nachts aufwachte und es nicht mehr schaffte einzuschlafen. Ich hatte es bisher nicht zu Stande gebracht, diesen seltsamen Rhythmus in den Griff zu bekommen.

Plötzlich durchzuckte mich ein Einfall. Warum sollte ich diese Morgenstunden nicht nutzen? Statt mich unruhig im Bett zu wälzen, konnte ich diese Zeit auch dafür verwenden, das zu tun, wofür ich eigentlich nach Venedig gekommen war: durch die Stadt zu streifen.

Ich war begeistert von meinem Einfall – die Scarpas waren um diese Uhrzeit von ihren Abendveranstaltungen zurück, und es bestand keine Gefahr, dass die Jungen allein im Apartment sein würden. Also beschloss ich, noch in derselben Nacht zum ersten Mal aufzubrechen. Fröhlich begann ich die Gnocchi ins heiße Wasser zu geben. Der Gedanke beflügelte mich: Endlich würde ich wieder Herrin meines Lebens werden.

Als ich in dieser Nacht um kurz nach vier Uhr erwachte, zog ich mich rasch an, schlich die Treppe hinunter, öffnete leise die Tür und verließ das Apartment.

Es war kühler, als ich erwartet hatte. Fröstelnd zog ich meine Jacke hoch. Noch nie war ich nach dem Abendessen in Venedig auf der Straße gewesen. Die Stadt war vollkommen anders, als ich sie vom Tage her kannte. Die Touristenströme waren verschwunden. Keine Geräusche von Lastenbooten, Vaporetti und Kinderrufen drangen zu mir. An den Ecken standen nicht wie sonst Menschen in Grüppchen, die sich den letzten Klatsch und Tratsch erzählten. Die Gassen und Kanäle waren ausgestorben, und das warme Licht der altertümlichen Straßenlaternen verlieh den Gebäuden und Plätzen eine kupferfarbene Patina.

Ich hatte keine Angst, da ich wusste, dass Venedig – entgegen dem Eindruck, den die vielen populären Krimis erweckten – als sichere Stadt galt. Die Verbrechensrate war eine der niedrigsten im ganzen Land.

Ohne wirklich ein Ziel anzupeilen, schlenderte ich vom Campo San Luca zur Riva del Carbon und betrachtete den Canal Grande mit der Rialtobrücke. Außer mir war kein Mensch zu sehen, und selbst der Markt von Rialto lag noch im Dunkeln. Allein ein paar vergessene Blumenstängel erinnerten an das geschäftige Treiben des Tages, wenn hier die Marktleute zwischen ihren fetten Doraden, eisgekühlten Scampi und Bergen von Obst und Gemüse um Kundschaft buhlten. Versonnen strich ich über die verlassenen Bänke und Vitrinen, um weiter entlang des Canal Grande zu schlendern.

Die Palazzi umrahmten imposant das Wasser. Leere Boote wogten in der leichten Strömung, und zum ersten Mal konnte ich das Geräusch des Wassers hören, das an die Fondamenti schwappte. Ein unbeschreibliches Glücksgefühl überkam mich. Wann hatte ich mich das letzte Mal so frei und unbeschwert gefühlt? Die Stadt schien nur mir allein zu gehören. Ich fühlte mich wie eine Märchenkönigin in meiner eigenen Zauberwelt.

Für zwei Stunden ließ ich mich durch die Calli, über Campi und Brücken und entlang der Rive treiben und genoss die Stille und den Zauber, der sich über die Stadt gelegt hatte. Erst die Morgendämmerung und das Auftauchen des einen oder anderen Passanten gemahnte mich daran, wieder meinen Weg zum Apartment finden zu müssen.

Als ich die Wohnungstür hinter mir schloss, seufzte ich auf. Endlich hatte ich das Venedig gefunden, das ich gesucht hatte – eine Stadt zwischen Traum und Wirklichkeit. Erleichtert begriff ich, dass ich für diesen köstlichen Genuss keinen Tobia Manin brauchte.

# Kapitel ❁ Drei

Dieser erste nächtliche Ausflug war der Start meines neuen Lebens. Die täglichen Erledigungen für die Scarpas absolvierte ich mit der gleichen Routine und Zuverlässigkeit, die meinen bisherigen Lebensweg bestimmt hatten. Emsig lief ich für Signora Scarpa von Geschäft zu Geschäft. Pünktlich brachte ich Frederico und Giorgio zu ihren Musikstunden, zu ihrem Rudertraining und sonstigen Terminen, und sorgfältig kümmerte ich mich um Haus und Essen, um meine Gasteltern bei Laune zu halten.

Doch sobald ich nachts das Apartment verließ, fühlte ich eine bisher unbekannte Stärke und Einzigartigkeit in mir aufsteigen, die mir die Kraft gab, die Tage durchzustehen. Es gab nur die Stadt und mich – die Geräusche des Wassers, des Windes und den Hall meiner Schuhe auf dem Straßenpflaster; den salzigen Geruch des offenen Meeres, der über die Lagune zu mir getragen wurde; das fahle Licht der Lampen, das sich im Wasser widerspiegelte und dieses Labyrinth aus Straßen, Gässchen und Plätzen sanft umhüllte und wie eine Theaterbeleuchtung aus vergangenen Tagen hervorhob. All das schien nur für mich und meine Augen zu existieren. Ich sog es, hungrig nach Schönheit und Harmonie, überschwänglich in mich auf.

Manchmal traf ich auf einen Touristen, der sich verlaufen hatte, oder einen Studenten, der von einer Party zurückwankte. Aber in vielen Nächten begegnete mir während meines gesamten Spaziergangs niemand, und ich begann es als störend zu empfinden, wenn ich bemerkte, dass ich nicht allein auf der Straße war. Es erschien mir wie das Eindringen in meine Intimsphäre, und es durchbrach den Zauber, der während dieser Stunden über der Stadt lag, wenn ein Fremder meinen Weg kreuzte.

Ich befand mich auf dem Campo San Vidal und wollte eigentlich über die Holzbrücke der Accademia nach Dorsoduro gelangen, als ich aus einer Calle Schritte hörte. Verärgert über die Störung beschloss ich, stehenzubleiben, um den Fremden vorbeigehen zu lassen, und dann meinen Weg in einer anderen Richtung fortzusetzen. Da ich mich schlecht einfach in Warteposition auf den Platz stellen konnte, hatte ich es mir angewöhnt, in solchen Situationen so zu tun, als wäre das Schnürband meines Turnschuhs aufgegangen. Gerade wollte ich mich also bücken, als ein Mann aus der Calle trat und mich erschaudern ließ. Es war Tobia Manin. Neben ihm lief ein beigefarbener Labrador, der auf seinem Rücken ein Blindengeschirr trug, dessen Griff Tobia Manins linke Hand fest umschloss. Sie schienen direkt in meine Richtung zu kommen. So leise ich konnte, erhob ich mich und blieb wie erstarrt stehen, während ich sie beobachtete.

Manin war nur wenige Meter von mir entfernt. Das Licht der Straßenlampen hier am Campo fiel auf ihn. Er hatte sein Gesicht tief in das Revers einer eleganten dunkelblauen Wolljacke verborgen; dennoch konnte ich erkennen, dass seine Augen dunkel und völlig unverletzt schienen, aber starr auf die Ferne gerichtet waren. Sein erloschener Blick gab keinerlei Emotionen preis, nur seinen Mund umspielte ein leichtes, angespanntes Zucken, während er dem Hund folgte, dem er bedingungslos zu vertrauen schien.

Sie waren nun fast neben mir, und ich erwartete schon, dass der Hund mich anbellen würde, als dieser eine leichte Bewegung nach rechts machte, um seinen Besitzer sicher über die Brücke zu führen. Ich hielt den Atem an und wartete ab, aber bildete ich es mir ein oder hatte Tobia, als er nur knapp an mir vorbeiging, für den Bruchteil einer Sekunde innegehalten? Es war so schnell gegangen, dass ich es nicht mit Sicherheit sagen konnte, doch ich wunderte mich, ob er wohl meine Schritte gehört hatte und wusste, dass sich jemand auf dem Platz befand. Oder hatte sein Zögern nur in meiner Einbildung stattgefunden?

Ich wartete, bis seine Schritte verhallt waren, um meinen Weg fortzusetzen, nun aber in entgegengesetzter Richtung. Erstaunt fragte ich mich, was Tobia Manin veranlasst hatte, zu dieser Stunde durch Venedig zu laufen? Er schien nicht von einem Fest oder einem spät geendeten Abendessen zu kommen, dafür war seine Kleidung zu leger. Auch ein Weg zum Bahnhof schied aus – dies war die entgegengesetzte Richtung, und außerdem hatte er keinerlei Gepäck dabei. Konnte es sein, dass Tobia Manin so wie ich diese einsamen Stunden für Spaziergänge nutzte?

Nachdenklich lief ich durch die Stadt, aber es war mir unmöglich, wieder zu der unbeschwerten Stimmung zu finden, die bisher meine Nächte gekennzeichnet hatten. Verärgert musste ich erkennen, dass Tobia Manin erneut meine Gedanken beherrschte.

Über die nächsten Tage versuchte ich vergeblich, mich wieder ganz auf meine Spaziergänge zu konzentrieren, die Tage so schnell wie möglich hinter mich zu bringen und nicht mehr an Tobia Manin zu denken. Die Stille der Nacht, das ruhig vor sich hin wiegende Wasser und die Reflexionen der Sonnenaufgänge in den Kanälen erstaunten mich jeden Tag aufs Neue und halfen mir, mich abzulenken.

Wenn ich aber verfroren nach Hause kam und versuchte mich in meinem Bett aufzuwärmen, bevor ich mich den Aufgaben der Scarpas widmen musste, überkamen mich Gedanken an meinen seltsamen Nachbarn. Überrascht stellte ich fest, wie sich seit unserer Begegnung an der Brücke die Anziehungskraft, die Tobia Manin auf mich ausübte, verändert zu haben schien. Hatten mich bisher wohl eher Mitleid und die Neugierde getrieben, so schien dieses nächtliche Zusammentreffen mir eine komplizenhafte Vertrautheit vermittelt zu haben.

Ich war mir bewusst, dass ich noch nie ein Wort mit ihm gewechselt hatte und er meine Existenz nicht einmal ahnte. Dennoch fühlte ich mich ihm näher verbunden, als ich es je zuvor, seit dem Tod meiner Mutter, bei einem anderen Menschen gefühlt hatte. Tobia Manin schien ein Einzelgänger zu sein, ein Mensch, der die Einsamkeit suchte und an der Gesellschaft anderer nur wenig Gefallen fand. Er spazierte nachts durch eine leere Stadt, er liebte eine abgeschiedene Loggia, er vermied den Kontakt zu Menschen. Ähnelte er mir nicht im Grunde? Ich ertappte mich dabei, in ihm einen Seelenverwandten zu sehen, und versuchte mich davon abzuhalten, indem ich mir vorstellte, dass sein Leben als Eremit wohl mehr mit seiner Behinderung denn mit seiner wahren Natur zusammenhing. Vielleicht war er erst spät erblindet und wollte sich so nicht mehr zeigen, oder vielleicht konnte er nachts auch einfach nur besser durch die Stadt laufen, wenn ihm keine Touristen den Weg versperrten. Aber tief in meinem Inneren hegte ich die Hoffnung, dass es dieselbe Freude an der Stille und Abgeschiedenheit sein könnte, die auch mich verzauberte.

Mehrere Tage vergingen, ohne dass ich Manin sah. Die Scarpas und ich hatten einen Tagesablauf gefunden, der es kaum mehr nötig machte, mit dem Signore oder der Signora zu kommunizieren. Morgens fand ich Zettel mit neuen Aufträgen vor, und abends schrieb ich auf, was ich erledigt und für den nächsten Tag geplant hatte. Frederico und Giorgio gingen in die Schule, erledigten ihre Aufgaben, erzählten mir während unseres gemeinsamen Abendessens ohne ihre Eltern von ihren Erlebnissen in der Schule und sahen, so oft, wie ich es ihnen erlaubte, ihre amerikanischen Serien.

Der Frühling schien sich nicht richtig entschließen zu können, in der Stadt Einzug zu halten. Noch immer musste ich mich auf meinen Spaziergängen mit mehreren Kleiderlagen bedecken, um die feuchte Kälte, die in alle Knochen zu dringen schien, einigermaßen abwehren zu können. Auch an diesem Morgen – es war mehr als eine Woche seit meiner letzten Begegnung mit Tobia Manin vergangen – war ich in meinen dicken Parka und meinen braunen Rollkragenpulli gehüllt, als ich in eine enge – mir unbekannte – Gasse trat.

Die Gasse war so schmal, dass ich mich in meiner ausladenden Kleidung kaum drehen konnte, und die Enge gab mir eine seltsame Beklommenheit, die sich steigerte, als ich bemerkte, dass sie ewig lang zu sein schien. Hastig lief ich weiter, um so schnell wie möglich ans andere Ende zu gelangen, als ich das Hecheln eines Hundes und Schritte mir entgegenkommen hörte. Meine Gedanken begannen zu rasen: Ich hatte einen zu großen Teil der Gasse hinter mich gebracht, um schnell genug zurückzugelangen und Tobia Manin ausweichen zu können. Fieberhaft überlegte ich – der Moment schien gekommen, ihn endlich ansprechen zu können, doch der Gedanke ängstigte mich.

Verzweifelt blickte ich mich um und entdeckte nur ein paar Schritte vor mir eine kleine Türöffnung. Mit zwei leisen Schritten hatte ich mich in die Tiefe der Öffnung gedrückt und wagte kaum mehr zu atmen, um keine Aufmerksamkeit auf mich zu lenken.

Zuerst sah ich den Labrador, dann tauchte Tobia Manin hinter ihm auf. Er schien die Gasse ebenfalls nicht zu kennen, denn die rechte Hand, die nicht das Blindengeschirr umspannte, war vorsichtig auf Kopfhöhe nach vorne gestreckt. Er vermutete offenbar, dass Blumenkästen oder andere Gegenstände in den Weg ragen könnten. Als der Hund mich in der Türöffnung stehen sah, verharrte er kurz, zog dann aber wieder an und ging an mir vorbei. Erneut hielt ich meinen Atem an, als Tobia Manin langsam an mir vorbeischritt, einen Moment zögerte und sich wohl fragte, warum der Hund stehengeblieben war. Dann aber stumm seinen Weg fortsetzte.

Sobald er nicht mehr zu sehen war, atmete ich erleichtert auf, doch kaum hatte ich realisiert, dass ich erneut die Gelegenheit verpasst hatte, ihn kennenzulernen, als ich mich im Stillen schon über mich selbst ärgerte. Jeden anderen hätte ich wahrscheinlich mit einem höflichen »Salve« begrüßt, wenn er mir zum zweiten Mal innerhalb weniger Tage begegnet wäre, aber bei Tobia Manin schaffte ich es einfach nicht, die Stille zu durchbrechen, die ihn von mir trennte.

Die nächsten drei Tage konnte ich das Haus nicht mehr nachts verlassen, da Signore und Signora Scarpa zu einer Hochzeit nach Rom eingeladen worden waren und ich die Jungen nicht alleine lassen wollte. Ich entschied mich dafür, das Beste aus diesen Tagen zu machen. Gemeinsam gingen wir ins Kino, aßen zu Mittag an den Zattere und besuchten unter dem Protest der Jungen, die lieber einige neue Videospiele ausprobiert hätten, die eben eröffnete Fondazione Fernandi für moderne Kunst. Das Wetter war umgeschlagen, die kalten, aber klaren Tage waren einem warmen, regnerischen Aprilwetter gewichen, das die Stadt in Grau tauchte.

Beim Eintreffen der Scarpas hatte das Hochwasser, Aqua Alta, die Stadt erobert. In einigen Stadtteilen waren kleine Holzbrücken aufgestellt worden, um es den Bewohnern zu ermöglichen, das Wasser, welches große Teile der Stadt nun bedeckte, trockenen Fußes überqueren zu können. Über eben solche Planken balancierte ich, als ich an diesem Morgen wieder von meiner ersten nächtlichen Exkursion seit Tagen zurückkam. Mein langes Haar war klitschnass. Müde strich ich mir die triefenden Strähnen aus dem Gesicht. Ich war nicht sehr weit gekommen. Als ich an der Calle Caotorta ankam, endete der Steg, auf dem ich mich bewegt hatte, und ich musste wohl oder übel ins Wasser steigen, das bis an den Rand meiner Stiefel reichte. Mühsam arbeitete ich mich voran, bis ich endlich wieder eine Planke in der Ferne sah und auf diese zuwatete. Erschöpft erklomm ich den Steg und lehnte mich schwer atmend an die Hauswand, als ich schräg hinter mir aus einem Hauseingang eine dunkle warme Stimme in akzentfreiem Italienisch vernahm.

»Wir sind uns schon länger nicht mehr begegnet.«

Erschrocken drehte ich mich um. Hinter mir stand, im Schatten eines Sottoportico, Tobia Manin und blickte mit seinen starren, leblosen Augen in meine Richtung. Der pitschnasse Hund saß ihm zu Füßen. Es dauerte mehrere Sekunden, ehe ich mich gefangen hatte.

»Sie kennen mich?«

»Waren Sie nicht neulich auf dem Campo bei der Accademia-Brücke? Und vor vier Tagen in der engen Gasse beim Fenice?« Seine Augenbrauen hoben sich leicht.

»Ja, aber ...« Ich stotterte. »Woher wissen Sie das?«

Zum ersten Mal schien ein Lächeln seinen Mund zu umspielen: »Sie meinen, ich hätte Sie ja nicht gesehen?«

»Ja, das meine ich, oder ...«, ich war verunsichert, »können Sie sehen?«

Bildete ich es mir ein, oder hatte er in seiner Jackentasche eine Faust geballt, als er antwortete?

»Nein. Das kann ich nicht.«

»Woher wissen Sie also, dass ich es war?«

Er zögerte, eine zarte Röte überzog seine bleichen Wangen.

»Ihr Duft.«

»Mein Duft?« Ich stutzte.

»Sie haben wahrscheinlich keinen Meter neben mir gestanden, und wie Sie sich vorstellen können, muss man als Blinder ein paar andere Fähigkeiten entwickeln, um sich zu orientieren. Ich habe mir also Ihren Duft eingeprägt.«

»Rieche ich?«

Ich besaß kein Parfum und konnte daher nur annehmen, dass er meinen Schweiß gerochen hatte. Unwillkürlich wich ich zurück.

»Es ist nicht so, wie Sie denken. Es ist kein unangenehmer Körpergeruch.«

Er schien etwas anfügen zu wollen, hielt dann jedoch inne. Eine Pause entstand. Wir schienen beide nicht zu wissen, was wir sagen sollten. Schließlich durchbrach ich die Stille.

»Warum haben Sie sich ausgerechnet meinen Duft eingeprägt?«

Leicht spöttisch neigte er seinen Kopf zur Seite, als er antwortete: »Weil es nachts um vier nicht so viele Versuchungen gibt, sich den Duft von jemand anderem einzuprägen.«

Ich schluckte. Natürlich war dies der Grund, aber nach seinen ersten Worten hatte ich mir kurz eingebildet, dass er an mir echtes Interesse gehabt haben könnte. Ich biss mir auf die Lippe.

Ohne eine Antwort von mir abzuwarten, griff Manin mit der einen Hand nach dem Blindengeschirr des Hundes, während er sich mit der anderen leicht zum Gruß an die Stirn tippte.

»Es ist spät, und das Wasser steigt immer noch. Sie sollten nach Hause gehen, wenn Sie sich nicht erkälten wollen. Aber vielleicht treffen wir uns ja wieder einmal bei einem unserer nächtlichen Spaziergänge – dann sagen Sie aber doch bitte einfach etwas, es ...« Er hielt im Satz inne, um erneut anzusetzen: »Es würde mich freuen.«

Ich sah ihm nach, als er dem Hund über die Planken folgte und in eine der Gassen einbog. Was sollte ich denken? Auf der einen Seite hatte Tobia Manin mir eben gesagt, dass er sich meinen Duft eingeprägt hatte und sich freuen würde, mich wiederzusehen, und gleichzeitig hatte er keine weitere Minute mehr mit mir verbringen wollen und war regelrecht geflohen. Er hatte sich nicht nach meinem Namen erkundigt, wollte nicht wissen, wer ich war, wo ich wohnte oder warum ich in Venedig war. Aber auch ich hatte keine einzige Frage gestellt. Hatte Signore Scarpa nicht zum Beispiel gesagt, dass Tobia Manin Amerikaner war? Wieso sprach er dann perfekt Italienisch? Enttäuscht begab ich mich auf den Rückweg. Endlich hatte ich den geheimnisvollen Tobia Manin kennengelernt, aber er schien mir nun ein nur noch größeres Rätsel zu sein.

Die nächsten Tage hielt das schlechte Wetter an, und sogar die Scarpas verließen das Haus kaum noch. In den Nachrichten wurde von den schlimmsten Hochwasserpegeln seit zwanzig Jahren gesprochen. Ich beschloss, dass dies nicht das Wetter für nächtliche Exkursionen war, und setzte mich auf meinem Plastikstuhl auf den Altan, um wenigstens so die Stadt in ihren Nebelschwaden und unter dunklen Wolken betrachten zu können.

Wieder und wieder kreisten meine Gedanken um meinen rätselhaften Nachbarn. Lange hatte ich mir überlegt, wie ich ihn nach unserem ersten Gespräch einschätzen sollte, und war zu dem Schluss gekommen, dass meine ursprüngliche Einschätzung richtig gewesen war: Tobia Manin war eitel und arrogant. Er hatte mir in wenigen Worten seine verbliebenen Fähigkeiten demonstriert und mir klargemacht, dass er sich für mich als Person in keinerlei Weise interessierte. Falls ich mir eingebildet hatte, dass zwischen ihm und mir irgendwelche Ähnlichkeiten bestehen sollten, so hatte ich mich verrannt. Er suchte nicht die Einsamkeit, sondern wollte sich in der Dunkelheit überlegen fühlen. Ich war verärgert über meine Sentimentalität. Was hatte ich mir nur dabei gedacht, ihn für einen Seelenverwandten zu halten? Und ich schwor mir, ihn bei unserer nächsten Begegnung, ob auf der Loggia oder auf der Straße, nicht zu beachten und ihm aus dem Weg zu gehen.

Dies war immer noch mein Vorsatz, als ich am Sonntag bemerkte, wie die Tür der Loggia geöffnet wurde und Manin ins Freie trat. Leise erhob ich mich und versuchte, so geräuschlos wie möglich ins Innere zu schleichen. Ich hatte schon fast das Fenster erreicht, um ins Innere zu steigen, als mein Blick für einen Moment auf ihm haften blieb. Ohne es zu wollen, sah ich den wahren Tobia vor mir, der die gestellte Selbstsicherheit und Arroganz abgelegt hatte und mir ungewollt seine Emotionen und wahren Gefühle offenbarte. Ich sah seine angespannten Muskeln, die bereit schienen, auf jedes Geräusch zu reagieren, die stolze und doch gebrochene Haltung und die sich vorsichtig entlangtastenden Hände. Und für einen kurzen Augenblick erschien vor mir nicht Tobia Manin, sondern ein gefangenes Tier, ruhelos und nervös auf der Loggia wartend. Ein Panther, der im Käfig saß und sehnsüchtig in die Freiheit blickte, aber dessen Hoffnungen gestorben waren. Mein Herz zog sich zusammen. Unendlich traurig sah ich ihn an und war von meinem Gefühl so überwältigt, dass ich nicht bemerkte, wie mir, wie so oft in der feuchten Luft Venedigs, ein leises Niesen entwich.

Manin blickte auf und lauschte in meine Richtung.

»Salute.«

»Danke.«

Meine Stimme war so leise, dass sie kaum noch wahrnehmbar war, und ich hoffte inbrünstig, dass er mich nicht erkennen würde. Doch sein Gesicht verfinsterte sich augenblicklich. Er hatte mich erkannt.

»Beobachten Sie mich eigentlich immer, ohne sich bemerkbar zu machen?«

Ich schloss die Augen und biss mir auf die Lippen. Er hatte recht. Wie würde ich mich fühlen, wenn ich beobachtet würde, während ich mich allein wähnte? Langsam öffnete ich die Augen und sah ihn an.

»Entschuldigen Sie bitte, aber mein Altan liegt leider nur ein paar Meter von Ihrer Loggia entfernt, und ich kann nicht umhin, Sie zu sehen.«

Der gepeinigte Ausdruck, der sich bei meinem letzten Wort auf seinem Gesicht abzeichnete, ließ mich erst jetzt den doppelten Sinn meiner Aussage spüren. Natürlich – ich konnte sehen, und er konnte es nicht. Wie hatte ich nur einen solchen Begriff verwenden können? Gerade wollte ich mich entschuldigen, als er mir mit deutlich härterer Stimme zuvorkam: »Ja, Sie können nicht umhin, mich zu sehen. Wie dumm von mir, das nicht bedacht zu haben. Entschuldigen Sie bitte.«

Er wandte sich der Tür zu.

»Warten Sie!«

Ich wollte ihn nicht in dieser Stimmung gehen lassen und stand auf, um so nah wie möglich an die Brüstung zu gehen.

»Es tut mir leid.«

Er blieb stehen, drehte sich aber nicht in meine Richtung.

Ermutigt sprach ich weiter: »Es ist eigentlich nicht meine Art, Menschen zu beobachten, aber bitte versuchen Sie mich zu verstehen. Als ich Sie vor einigen Wochen das erste Mal hier oben gesehen habe, waren Sie so in Ihre Gedanken vertieft, dass ich es nicht gewagt hätte, Sie in einem solch intimen Moment zu stören. Es wäre mir erschienen, als würde ich in Ihre Privatsphäre eindringen. Und so habe ich lieber gar nichts gesagt.« Ich hielt inne, doch noch immer hatte er mir nicht sein Gesicht zugewandt. »Und als ich Sie dann auf dem Campo wiedertraf, hatte ich mich so daran gewöhnt, nichts zu Ihnen zu sagen, dass es mir natürlich erschien, Sie nicht anzusprechen. Ich weiß, dass es falsch war, aber es ist nicht immer einfach, das Richtige zu tun. Ich verspreche Ihnen, ich werde mein Bestes tun, es nicht wieder zu machen.«

Eine Pause entstand. Ich senkte meinen Blick und musste mich mit aller Kraft dazu zwingen, kein weiteres Wort zu sagen.

»Wer sind Sie?«

Ich war erstaunt über seine direkte Frage und sah auf. Noch immer hatte er sich nicht in meine Richtung gewandt.

»Wer ich bin? Mein Name ist Alice Breuer. Ich bin Deutsche und arbeite als Au-pair bei der Familie Scarpa. Das Zimmer, in dem ich wohne, gehört zu diesem Altan.«

»Wieso sprechen Sie so gut Italienisch?«

»Meine Mutter liebte Italien und ...«

Ich zögerte. Warum sollte ich ihm noch mehr von mir erzählen? Ich kannte ihn doch gar nicht. Aber irgendwie erschien es mir nur folgerichtig, ihm seine Fragen zu beantworten, da ich selbst ihn schon so lange beobachtet hatte.

»Mein Vater ist Italiener.«

»Ihre Erklärung hat eine seltsame Reihenfolge – man würde meinen, dass ein italienischer Vater für eine korrekte Sprache wichtiger ist als eine italienvernarrte Mutter?«

Seine Stirn hatte sich in Falten gelegt, und er schien jedem meiner Worte mit äußerster Aufmerksamkeit zu folgen.

Ich versuchte, meine Stimme so gleichgültig wie möglich klingen zu lassen, als ich antwortete: »Meine Eltern haben sich früh getrennt.«

Tobia setzte erneut zu einer Frage an, und wieder war ich überrascht, wie direkt er auf den Punkt kam.

»Was machen Sie nachts in den Gassen? Spionieren Sie mir nach?«

»Nein, nein. Absolut nicht.« Kurz schüttelte ich meinen Kopf, bis ich mich erinnerte, dass er es ja gar nicht sehen konnte.

»Bis zu dem Abend, als wir uns auf dem Campo trafen, wusste ich nicht, dass auch Sie nachts spazieren gehen.«

Er schien sich wieder auf jedes meiner Worte zu konzentrieren, sein Gesicht war regungslos geworden, und ich redete weiter, ohne zu wissen, was er von meinen Worten hielt.

»Tagsüber bin ich zu beschäftigt, um wirklich viel von der Stadt zu sehen, und außerdem«, er würde mich vielleicht nicht verstehen, aber wenn ich schon bei der Wahrheit war, konnte ich auch alles sagen: »Sie werden es vielleicht nicht verstehen, aber nachts ist die Stadt für mich am schönsten.« Meine Stimme zitterte leicht. »Es gibt keine Touristen, die vollkommene Ruhe ist atemberaubend und ...« Ich stockte. »Sie denken vielleicht, ich spinne, aber nachts habe ich das Gefühl, die Stadt ganz für mich allein zu haben.«

Erfreut stellte ich fest, dass sein Mund sich zu einem Lächeln verzog.

»Und dann treffen Sie auf mich, und ich zerstöre Ihnen die Illusion.«

Ich war erleichtert, er war mir offenbar nicht mehr böse. Seine Haltung hatte sich entspannt, und endlich war sein Gesicht mir zugewandt. Ich nahm meinen Mut zusammen und stellte ihm eine Gegenfrage.

»Da Sie nun wissen, warum ich nachts unterwegs bin, darf ich Sie fragen, was Sie nachts auf den Straßen machen?«

Er nickte belustigt.

»Nur fair, wenn Sie mich das Gleiche fragen.« Seine Stimme wurde ernster. »Aber wenn es Ihnen nichts ausmacht, würde ich die Konversation lieber nicht weiter auf dem Dach führen. Sie wissen es vielleicht nicht, aber Venedig hat viele Augen und Ohren. Ich denke, es wäre daher besser, unser Gespräch ein anderes Mal fortzusetzen. Nun wissen wir ja endlich, woran wir sind.«

Und wie schon bei unserem ersten Treffen tippte er sich an die Stirn und verließ die Loggia. Sprachlos blieb ich zurück. Es erschien mir, dass ich diesem Mann mein ganzes Leben gebeichtet hatte, und er hatte nicht eine einzige Frage beantwortet und war erneut abrupt aufgebrochen. Ich fühlte mich bloßgestellt und gedemütigt. Mit Tränen in den Augen ließ ich mich auf mein Bett fallen und fühlte mich wie ein dummes Schulmädchen.

Ich war erstaunt, als ich am nächsten Morgen erwachte und die Kirchenuhr sieben Uhr schlug. Meine Träume waren wirr und lebhaft gewesen, und so fühlte ich mich trotz des langen Schlafs nicht erfrischt, sondern matt und aufgewühlt. Immer wieder war Tobia Manin in meinen Träumen aufgetaucht und hatte mich mit Fragen gemartert.

Als ich die Vorhänge zum Altan aufzog, stellte ich fest, dass wenigstens das Wetter meine Gefühle nicht widerspiegelte. Über Nacht hatten sich die Regenwolken verzogen, die Stadt erstrahlte im Glanz eines klaren Frühlingstages. Ich hörte Vögel zwitschern und sah durch mein Fenster den tiefblauen Himmel über der Lagune, die voller Boote war.

Als ich den Frühstücksraum der Scarpas betrat, waren Frederico und Giorgio schon dabei, ihre Cornflakes zu essen, und sahen mich neugierig an.

»Verschlafen?« Giorgio grinste.

Ich schüttelte den Kopf. »Nur ein wenig spät dran.«

Geräuschvoll leerte Frederico sein Orangensaftglas mit einem Strohhalm, während Giorgio verschmitzt fortfuhr: »Wir haben dich gestern Abend mit Manin reden hören.«

»Bitte?«

»Unser Fenster liegt unter deinem Altan.«

Frederico grinste mich an, und schlagartig erkannte ich, wie recht Manin damit gehabt hatte, nicht weiterzureden. Was für ein Schaf ich war! Ich hatte ihm unrecht getan – jedes weitere Wort wäre fehl am Platz gewesen, und er hatte es gewusst, obwohl ich es war, die es hätte begreifen sollen.

Gegenüber den Kindern stellte ich mich dumm: »Was habt ihr denn gehört?«

»Dass du glaubst, die Stadt gehört dir.« Giorgio kicherte.

Ich biss mir auf die Lippe. »Und was noch?«

»Manin hat dich abserviert.«

Ich senkte meinen Blick. So war es wohl gewesen, oder wenigstens hatte es so geklungen.

Frederico fiel seinem Bruder ins Wort und wollte mich anscheinend trösten: »Du musst dir aber nichts dabei denken. Er macht das mit allen so, sagt meine Mutter.«

»Ach ja? Was sagt denn eure Mutter sonst noch über ihn?«

Giorgio überlegte.

»Er ist seltsam und stinkreich. Und natürlich ist er blind.«

»Super beobachtet.« Ich bedachte ihn mit einem abfälligen Blick, von dem ich hoffte, dass er ihn einschüchtern würde. »Das ist mir auch schon aufgefallen.«

»Er scheint aus Amerika zu kommen.«

»Dafür spricht er aber hervorragend Italienisch – ohne Akzent. Wisst ihr wieso?

Weder Giorgio noch Frederico hatte darauf eine Antwort, sie griffen zu ihren Schulrucksäcken, um sich von mir zu verabschieden.

»Frag ihn doch selbst, wenn ihr euch das nächste Mal auf dem Dach seht.«

Giorgio lachte mich schelmisch an und folgte Frederico in den Korridor und nach draußen. Erleichtert darüber, sie aus dem Haus zu haben und die Konversation relativ unbeschadet hinter mich gebracht zu haben, schloss ich die Tür hinter ihnen und entschuldigte mich in Gedanken bei Tobia Manin.

Während ich das Frühstücksgeschirr wegräumte, überlegte ich, wann ich ihn wohl das nächste Mal sehen würde. Er schien sich, in allem, was er tat, so sicher zu sein, dass ich nicht glauben konnte, dass er unser Zusammentreffen einem Zufall überlassen würde, falls er mich wirklich wieder treffen wollte. Aber wollte er das überhaupt? Was sollte ein Mann wie er, reich, gutaussehend, weltgewandt, wenn auch blind, für ein Interesse an einem uninteressanten Au-pair haben, das ihn zu beobachten schien und anscheinend nichts Besseres zu tun hatte, als nachts durch Venedig zu wandeln und auf Altanen zu sitzen? Würde er nicht, wenn er wirklich Kontakt suchte, jemand anderes wählen?

# Kapitel ❁ Vier

Ich musste eine Woche warten, um zu erfahren, wann ich darauf hoffen konnte, Tobia Manin wiederzusehen. Tagelang hatte er sich weder auf dem Altan gezeigt, noch hatten sich unsere nächtlichen Spaziergänge gekreuzt. Ich befürchtete schon, dass er mich mied, als die Antwort auf meine Frage ausgerechnet von Signora Scarpa kam. Gerade war ich aus der Reinigung zurückgekommen, als sie mir schon auf der Treppe entgegenstürzte.

»Alice. Deine erste Einladung!« Sie war ganz aus dem Häuschen.

»Hier.«

Sie schwenkte einen elfenbeinfarbenen Pergamentumschlag und nahm mir die Anzüge ab, die ich gesäubert zurückgebracht hatte.

»Heute kamen die Einladungen. Wir haben auch eine, deshalb musste ich deine gar nicht öffnen, um zu wissen, was drinnen ist.«

Für einen kurzen Augenblick fragte ich mich erstaunt, ob sie häufiger meine Post kontrollierte.

»Tobia Manin gibt einen Kostümball. Alles, was in Venedig Rang und Namen hat, ist eingeladen.« Ihre sonst so schrille Stimme nahm für einen Augenblick einen fast normalen Klang an. »Warum er dich eingeladen hat, ist mir allerdings nicht ganz klar. Wir müssen natürlich einen Babysitter für die Kinder organisieren – was nicht ganz einfach wird, aber ... Was zählt, ist, dass er einen Ball gibt. Wir hatten ja schon alle nicht mehr zu hoffen gewagt, den berühmten Manin kennenzulernen, und jetzt gibt er sogar ein Fest!«

Sie war wirklich aufgeregt. Theatralisch bedeutete sie mir, ihr in den Salon zu folgen, und warf die Anzüge achtlos auf das Sofa.

»Ich habe ihn ja selbst noch nie zu Gesicht bekommen, aber alle sagen mir, dass er blendend aussieht und steinreich ist.« Sie sah mich fragend an. Fast schien sie wirklich einmal nachzudenken. »Ich muss wirklich sagen, ich bin erstaunt, woher er deinen Namen überhaupt wusste. Kennst du ihn?«

Ich bin mir sicher, dass meine Haut die Farbe einer überreifen Tomate annahm, und schon wollte ich stotternd zu einer Antwort ansetzen, als ich bemerkte, dass ein anderer Gedanke von Signora Scarpa Besitz ergriffen hatte und sie meine Kleidung wie mit einem Scanner abtastete. »Willst du nicht lieber absagen?« Ihr Blick wurde fast mitleidig. »Das Thema des Abends ist Ludwig der XIV., der Sonnenkönig in Venedig. Das bedeutet große Kostüme.« Sie machte eine ausladende Geste. »Solche, wie nur Minou und das Atelier Parisien sie anbieten. Das kannst du dir nie und nimmer leisten. Was wirst du nur anziehen?«

Sie plapperte weiter, aber ihre letzten Worte hallten in mir nach. Ich begriff, dass sie recht hatte. Nie würde ich mir ein Kostüm leisten können, das mich auf einem solchen Fest zwischen allen Reichen und Schönen der Stadt nicht lächerlich aussehen lassen würde.

Beim Putzen hatte ich hinter dem Küchenschrank einen kurzen Blick auf die Rechnung der Scarpas für zwei simple orientalische Kostüme – Anlass war ein Kostümball des Chinesischen Konsulats im Juli letzten Jahres gewesen – werfen können und wusste nun, dass die Preise für ein passendes Kostüm sicherlich in die Tausende von Euro gehen würden.

Signora Scarpa redete weiter. Ich schnappte Wortfetzen auf, die irgendetwas mit ihrem Kostüm, ihren Haaren und ihrem Schmuck zu tun hatte, aber meine Konzentration galt ganz und gar der Einladung, die sie mir in die Hand gedrückt hatte. Hastig entschuldigte ich mich.

Auf dem Bett in meinem Zimmer öffnete ich zitternd das Kuvert und entnahm ihm ein Büttenpapier. In geschwungener kalligrafischer Schrift wurde um die Teilnahme von Signorina Alice Breuer für ein Kostümfest am zwanzigsten Mai um zwanzig Uhr im Palazzo Segantin gebeten. Das Thema des Abends sollte »Louis XIV a Venezia« sein. Um Kostümierung und eine Bestätigung der Einladung wurde gebeten.

Mein Herz klopfte so heftig, dass ich den Pulsschlag an meinem Hals verspürte. Dies war die Erfüllung eines Traumes: ein Fest in Venedig, sogar ein Kostümfest und in einem echten Palazzo. Nie hätte ich es für möglich gehalten, dass mir solch ein Glück widerfahren sollte. Überglücklich hätte ich durchs Zimmer tanzen sollen, aber stattdessen ergriff Trauer von mir Besitz. Ich schluckte bei der Vorstellung, dass ich absagen müsste, weil ich mir kein Kleid leisten konnte. Meine wenigen Ersparnisse waren für die Beerdigung meiner Mutter aufgebraucht worden, und in der kurzen Zeit, die ich im Buchladen als Festangestellte gearbeitet hatte, hatte ich noch nicht wieder etwas ansparen können. Ganz zu schweigen vom lächerlichen Gehalt, das die Scarpas mir zahlten. Ein passendes Kostüm war für mich finanziell vollkommen unerreichbar, und so setzte ich mich niedergeschlagen an meinen Schreibtisch und formulierte meine Absage an Tobia Manin. Immer wieder stellte ich meine Worte um, versuchte auszudrücken, dass es mir leidtat, aber gewisse Umstände mich dazu zwangen abzusagen.

Als es eine Stunde später an meiner Zimmertür klopfte, hatte ich endlich etwas verfasst, was ich gerade als einigermaßen akzeptabel einschätzte und in einen Briefumschlag gesteckt hatte.

»Bitte?«

Giorgio schob seinen Kopf herein und begrüßte mich mit einem saloppen »Ciao«, um mir dann ein kleines, hellblaues Kuvert entgegenzustrecken.

»Ist gerade für dich abgegeben worden.«

Erstaunt sah ich auf den Brief und bedankte mich bei Giorgio, der aber schon wieder auf dem Weg nach unten war.

Zwei Briefe an einem Tag waren ein seltsamer Zufall – bisher hatte ich seit meiner Ankunft nur einige wenige Briefe erhalten, und diese waren von meiner Nachmieterin in Teltow gewesen, die mir Rechnungen nachgeschickt hatte. Ich betrachtete den Umschlag. Er war nicht frankiert und anscheinend nicht per Post gekommen. Nur mein Name stand in fast unleserlicher Krakelschrift auf dem Kuvert, das aus dickem Leinenpapier bestand. Nirgends war ein Absender zu sehen.

Vorsichtig öffnete ich das Kuvert und entnahm ein maschinengeschriebenes DIN-A5-Blatt.

*Liebe Signorina Breuer,*
*wie ich aus bester Quelle erfahren habe, sind Sie zu einem Maskenball im Palazzo Segantin eingeladen worden. Da ich davon ausgehe, dass ein Au-pair möglicherweise nicht über die Finanzen verfügt, sich ein passendes Kostüm für ein solches Fest auszuleihen, würde ich Sie bitten, die Einladung anzunehmen, sich auf meine Kosten ein solches beim Kostümverleih Atelier Minou auszusuchen. Das Atelier ist informiert, Sie müssen nur hingehen. Betrachten Sie es einfach als Entschuldigung für mein rüdes Verhalten neulich Abend auf der Loggia.*

*Mit freundlichen Grüßen,*
*Tobia Manin*

Ich schloss die Augen und dankte ihm. Noch nie hatte ich eine solche Aufmerksamkeit erhalten. Ich war überwältigt, dass er an mich gedacht hatte. Aber kaum war das Gefühl von Vorfreude in mir aufgestiegen, als mich plötzlich Zweifel überkamen: Was hatte ihn zu solch einer Tat motiviert? Ich war nur ein Au-pair, das ihm ab und zu begegnet war, und nun lud er mich nicht nur auf sein Fest ein, nein, er spendierte mir sogar eine teure Kostümierung. Ich überlegte fieberhaft, was er von mir als Gegenleistung für eine solch großzügige Geste erwarten könnte. Beschrieb ihn nicht ganz Venedig als seltsam und kauzig?

Zitternd steckte ich seinen Brief zurück ins Kuvert und legte ihn unter mein Kopfkissen. Signora Scarpa war zwar noch nie in mein Zimmer gekommen, aber ich wollte nicht riskieren, dass dies nun geschehen würde und ich mir dann Kommentare wegen meiner Bekanntschaft mit Tobia Manin anhören müsste und warum er für mich Kostüme finanzierte – so ich mich überhaupt entschließen würde, das Angebot anzunehmen.

Nachdem ich gedankenverloren zur Küche gegangen war, um wie jeden Abend mit der Vorbereitung des Abendbrotes für die Kinder zu beginnen, hörte ich, wie mein Gastvater Signore Scarpa nach Hause kam, um ein paar vergessene Akten abzuholen. Kaum hatte er das Apartment betreten, als seine Frau ihn auch schon im Gang abpasste und ihm vom Fest bei Manin erzählte und dabei natürlich auch nicht unerwähnt ließ, dass sogar ich eingeladen worden war. Sein erstaunter Ausruf und ein kurzer Fluch waren sogar in der Küche zu hören. Überrascht sah ich vom Pizzateig auf, den ich eben zu kneten begonnen hatte. Warum nur schien ihn meine Einladung so zu stören, dass er sich sogar zu einem Fluch hinreißen ließ? So etwas hatte ich bisher von ihm noch nie gehört. Doch sosehr ich auch versuchte, weitere Wortfetzen aufzuschnappen, ich konnte keine ganzen Sätze mehr ausmachen und wollte mich gerade wieder dem Teig widmen, als Signore Scarpa zu mir in die Küche kam.

»Alice?«

»Ja.« Ich drehte mich um.

»Meine Frau hat mir von der Einladung bei Manin erzählt. Kannst du mir sagen, was es damit auf sich hat?«

Ich sah ihn erstaunt an. Was ging es ihn an, wer mich wann und wohin einlud? Ich war vierundzwanzig Jahre alt und konnte tun und lassen, was ich wollte. Oder war er irritiert, dass seine Hausangestellte zu einem Fest eingeladen wurde? Ruhig antwortete ich ihm.

»Ja. Ich habe eine Einladung erhalten. Ist das so schlimm?«

Sein Blick war ernst, aber milde, als er fortfuhr: »Alice, setzen wir uns kurz an den Küchentisch. Ich würde mich gerne mit dir unterhalten.«

Höflich folgte ich seiner Aufforderung, streifte meine mehligen Hände an der Schürze ab und nahm auf einem der unbequemen Designerstühle Platz, während Signore Scarpa sich mir gegenübersetzte.

»Wie lange bist du jetzt schon bei uns?«

»Etwas mehr als neun Wochen.«

»Und wie oft bist du bisher ausgegangen?«

Ich tat, als hätte ich ihn nicht verstanden: »Sie meinen abends oder nachts?«

»Ich meine, wie oft du dich mit Gleichaltrigen getroffen hast.«

Ich musste nicht lange überlegen. »Nie.«

Er seufzte.

»Das habe ich mir gedacht. Bitte nimm mir nicht übel, was ich jetzt sage, aber ich habe dich – mehr als alle unsere anderen vielen Au-pairs zuvor – ins Herz geschlossen. Du bist aufmerksam, ohne neugierig zu sein, du bist hilfsbereit und kommst nie mit Nichtigkeiten zu mir, und du kümmerst dich wirklich sehr um die Jungen. Deshalb möchte ich nicht, dass du verletzt wirst.«

»Verletzt? Warum?«

Erstaunt sah ich ihn an.

»Was glaubst du, weshalb Manin dir eine Einladung geschickt hat?«

Ich zuckte mit den Schultern und sah, wie sich der Ausdruck meines Gegenübers schlagartig änderte und Signore Scarpa mich verärgert anfuhr.

»Mach mir doch nichts vor, Alice. Ich habe durch Giorgio von eurer Konversation auf dem Dach gehört, und ich weiß, dass ihr euch kennt.«

Ich senkte meinen Blick.

»Ist das ein Problem?«

»Im Grunde nicht. Aber Manin ist nicht wie jedermann. Er ist blind und einsam und, soweit ich das beurteilen kann, ein Zyniker und Egoist.« In seiner Stimme lag kein Hauch eines Zweifels.

»Und woher wissen Sie das so sicher?« Meine Stimme klang trotzig. Leiser fuhr ich fort: »Hatten Sie nicht auch vermutet, dass er keine Gesellschaft wünscht, und nun gibt er sogar ein Fest?«

Signore Scarpa beugte sich vor und sah mich eindringlich an.

»Ich weiß nicht, was ihn dazu veranlasst hat. Aber ich bin mir sicher, dass er seine Motive hat und diese nicht so unschuldig sind, wie du vielleicht denkst. Ich würde ihm an deiner Stelle auf keinen Fall vertrauen, auch wenn er ein armer Krüppel ist.«

Augenblicklich zuckte ich zurück. Ich empfand Signore Scarpas Wortwahl als abstoßend und abwertend. Und auch wenn ich selbst nicht den Grund verstand, weshalb Tobia Manin mich eingeladen hatte, so wusste ich auf einmal ganz sicher, dass ich Signore Scarpa unter keinen Umständen die Macht über mich geben würde, diese Einladung auszuschlagen.

»Was auch immer seine Motive sein mögen, ich bin, glaube ich, alt genug, um zu beurteilen, was ich riskieren kann und was nicht. Abgesehen davon, kann ich mir nicht vorstellen, dass die Einladung zu einem Fest eine große Gefahr darstellen kann.«

»Nein.« Er lächelte süffisant. »Aber ich befürchte, dass du ihm dafür so dankbar sein wirst, dass du deine Vernunft zu Hause lässt. Unterschätze nicht die Magie eines Kostümfestes in Venedig. Ein Neuling wie du wird sich leicht den Kopf verdrehen lassen.«

Ich hielt seinem spöttischen Blick stand.

»Und was wäre schlimm daran?«

»Du würdest dein Herz an jemanden verlieren, der es nicht wert ist – einen Mann, der gebrochen ist, der sich Liebe mit seinem Reichtum erkauft und dich nach kurzer Zeit wie ein kaputtes Spielzeug wegwerfen würde. Ein Mann, der sich das Herz eines einsamen Au-pairs erkauft, um es dann zu brechen.«

Ich konnte meinen Zorn eben noch im Zaum halten. So sah mein Gastvater mich also – als ein armes kleines Ding, das sich dem erstbesten Mann, der es endlich wahrnahm, an den Hals werfen würde. Als eine Verliererin, an der das Leben vorbeiging und die nur darauf wartete, *gerettet* zu werden. »Wofür sollte Signore Manin ein Opfer brauchen?«

Signore Scarpa zog die Schultern hoch. Seine Augen leuchteten selbstgefällig, als er mit geheuchelt vertrauensvoller Stimme wisperte: »Vielleicht weil er wissen möchte, ob er noch verführen kann, und sich nicht gleich an eine schwierigere Eroberung traut. Vielleicht weil er nicht mehr weiß, wie man eine echte Frau überzeugen kann. Vielleicht ...«

Mit einem Satz sprang ich von meinem Stuhl, der

krachend hinter mir auf den Boden schlug. Signore Scarpa war sogar für einen sehr geduldigen Menschen wie mich zu weit gegangen.

»Signore Scarpa, ich schätze Sie als meinen Gastgeber, und ich bin gerne für die Kinder da, aber ich glaube nicht, dass ich dieses Gespräch noch weiterführen möchte.« Ich atmete tief ein, um mich zu sammeln. »Mit wenigen Worten haben Sie mir zu verstehen gegeben, dass ich ein einsames, hässliches Entlein bin, das sich hoffnungslos in einen blinden Gigolo verlieben wird, weil sie eigentlich sonst keine andere Chancen hat. Ich glaube nicht, dass Sie recht haben, aber selbst wenn es so sein sollte.« Ich verstummte für einen Augenblick, um die richtigen Worte zu finden. »Selbst wenn es also so sein sollte, so entscheide noch immer ich selbst, ob ich ein Opfer werden möchte oder nicht. Ich danke Ihnen für Ihre Sorge, aber ich kann mich sehr gut um mich selber kümmern.«

Ohne ein weiteres Wort drehte ich mich um und ging zurück zur Arbeitsplatte, um meine Arbeit am Teig wieder aufzunehmen. Signore Scarpa erhob sich kopfschüttelnd, als könne er meine Unvernunft nicht verstehen, und verließ den Raum schweigend, ohne mich eines weiteren Blickes zu würdigen. Dankbar, dass er gegangen war, lehnte ich mich auf die Arbeitsplatte und dachte darüber nach, was soeben passiert war. Wie hatte ich nur so mit meinem Arbeitgeber sprechen können? Äußerlich musste ich ihm ruhig erschienen sein, aber innerlich fühlte ich mich aufgewühlt wie selten zuvor. Signore Scarpa hatte alle meine Zweifel in Worte gefasst. Sosehr ich es auch nicht wahrhaben wollte – ich befürchtete, dass er recht hatte. Ein Mann wie Tobia Manin tat sicherlich nichts ohne klare Absicht, aber was nur war der Grund seiner Einladung?

Langsam richtete ich mich auf. Aber welches Risiko sollte es geben? Ich würde Manin – falls eine Affäre überhaupt seine Intention war – einen Korb geben. Sicher, er war geheimnisvoll und interessant, aber gerade deshalb konnte und wollte ich ihn nicht näher an mich heranlassen. Ich würde herausfinden, was ich herausfinden wollte, und mich dann in aller Ruhe wieder auf mein eigenes Leben konzentrieren. Es beruhigte mich zu wissen, dass ich mir noch nie in meinem Leben erlaubt hatte, mich zu verlieben. Ich hatte Freunde gehabt, aber sie waren nie dauerhaft in meinem Leben geblieben, und nie hatte ich, wie meine Schul- und später Studienkameradinnen es so oft getan hatten, mit Herzschmerz am Telefon gesessen und auf eine SMS oder einen Anruf gewartet. Wie hatten sie mich alle damals genannt? Ich musste bei dem Gedanken an meinen Spitznamen für einen Augenblick lächeln und erinnerte mich nicht ganz ohne Stolz: die Eisprinzessin.

Kein Mann würde aus mir machen können, was mein Vater aus meiner Mutter gemacht hatte. Mein Bedürfnis nach Romantik konnte ich mit den Heldinnen aus meinen Büchern ausleben, aber nie würde ich den Fehler machen, sie ins reale Leben eindringen zu lassen. Und daran würde auch ein Tobia Manin nichts ändern. Vielleicht war er ein Seelenverwandter, vielleicht befriedigte er auch meine romantischen Fantasien, aber er würde nie Teil meines Lebens werden. Voller Trotz entschied ich, dass ich den Ball besuchen würde.

Es dauerte mehrere Tage, bis ich die Zeit fand, zwischen die vielen Erledigungen der Scarpas meinen Besuch im Atelier Minou einzubauen, um mir ein Kostüm auszusuchen. Das kleine Geschäft lag unscheinbar am Ende einer Calle im Stadtteil San Marco.

Als ich den Verkaufsraum betrat, war er dunkel und wurde nur von zwei alten Kronleuchtern in schwaches Licht getaucht, da das Schaufenster von einem großen roten Samtvorhang verdeckt wurde und kein Tageslicht hereinließ. In einer Ecke stand eine ebenfalls karminrote geschwungene Couch mit vergoldeten Beinen. Vor mir befand sich ein breiter barocker Tresen, der golden schimmerte und mit Hunderten filigran geschnitzten Rosen und anderen Ornamenten versehen war. In dieser barocken Pracht konnte ich allerdings keine Kleider entdecken.

Ein alter Mann, der einen Buckel hatte, trat aus dem Hinterzimmer, um mich zu bedienen. Unwirsch fragte er: »Was suchen Sie?«

Er betrachtete mich offenbar nicht als Kundin. Ich begriff, wie unscheinbar ich in meinen verwaschenen schwarzen Jeans, dem grauen, ausgebeulten Sweatshirt, den alten Turnschuhen und meinem struppigen Pferdeschwanz aussehen musste. Sicherlich hatte er selten zuvor eine Kundin bedient, die sich so wenig aus ihrem Aussehen machte.

»Ich bin Alice Breuer. Tobia Manin hat mich zu Ihnen geschickt. Ich suche nach einem Ballkleid.«

Der Blick des alten Mann änderte sich schlagartig.

»Sie sind Alice?« Er war vollkommen elektrisiert, und ich wagte nur ein verschüchtertes »Ja«.

Hatte er jemand anderes erwartet?

»Na, dann setzen Sie sich mal.«

Er schob mich, ohne auf meine Einwilligung zu warten, auf das Sofa und verschwand wieder im Hinterzimmer, um wenig später mit einem riesigen Berg an Kleidern zurückzukommen. Oder so erschien es mir zumindest, denn als er den Berg vor mir ausgebreitet hatte, stellte ich fest, dass es nur ein einziges Kleid war, das aber aus unendlich vielen Stofflagen, Über- und Unterkleidern und Schleppen bestand.

»Ein wunderschönes Barockkleid.«

Er schien selbst ganz verliebt in die Kreation zu sein, die über und über mit Bändern, Perlen und Spitze verziert war und aus rosa sowie lila Seide bestand. Entsetzt sah ich die Kreation an. Ich würde mich wie ein überdimensionales Bonbon fühlen, falls ich so zu einem Ball gehen würde.

»Hätten Sie nicht etwas ...« Ich suchte nach dem richtigen Wort. »... Schlichteres?«

»Oh.«

Offenbar beleidigt entzog er mir das Kleid und verschwand wieder in seinem Lager. Es dauerte ein paar Minuten, bis er mit einem königsblauen Kostüm aus Rohseide erschien, an dessen Armen nur etwas Spitze befestigt war, aber das diese schlichte Ausstattung mit einem überaus großen Brustausschnitt wettzumachen suchte. Ich lächelte und schüttelte den Kopf.

»Entschuldigen Sie, aber ich glaube nicht, dass ich dieses Kleid ganz ausfüllen könnte.«

Ich deutete auf den Ausschnitt und auf meine normal dimensionierten Brüste.

Vor sich hin brummelnd, packte er das Kleid und verschwand erneut. Diesmal dauerte es länger, bis er wieder auftauchte, aber auf seinen Lippen zeichnete sich ein triumphierendes Lächeln ab.

»Ich bin mir sicher – dies ist es.«

Er hielt mir ein perlmuttfarbenes Kleid entgegen, dessen Seidenstoff mit kleinen Goldornamenten und Perlen verziert war. Der Ausschnitt war rechteckig und mit simpler Spitze und einem schmalen cremefarbenen Samtband eingefasst, nur an den Ellenbogen floss eine Kaskade aus Spitze und Stoff elegant nach unten, während der untere Teil aus einer – wenn auch opulenten, so doch geschmackvollen – Wolke von Seide, Samtbändern und Perlen zu bestehen schien. Ich musste ihm beipflichten, dies war das schönste Kleid, das ich in meinem Leben gesehen hatte.

»Darf ich es anprobieren?«

Ich wagte es kaum, das Kostüm in die Hand zu nehmen.

»Aber natürlich. Dafür sind Sie doch hier, nicht?«

Er zeigte auf eine mir bisher verborgen gebliebene Tür in der Seitenwand des Geschäftes und folgte mir.

»Kann ich das nicht alleine?«

Ich hatte mich noch nie vor einem Verkäufer ausgezogen.

»Nein.«

Seine entschiedene Antwort machte mir klar, dass Widerstand zwecklos war, und ich zog meine Kleidung langsam und schamhaft aus.

»Moment.«

Er griff an einen Kleiderständer, der hinter ihm stand, und nahm ohne langes Zögern ein cremefarbenes Korsett heraus, um es mir zu geben.

»Muss das sein?«

Hatte ich in Venedig zugenommen? Eigentlich hatte man mich immer als schlank bezeichnet.

»Seien Sie nicht albern. Es ist nicht dazu da, Sie schlanker erscheinen zu lassen. Gibt den Halt. Muss sein.«

Er war kurz angebunden, da er damit beschäftigt war, die unendlich vielen Haken und Ösen des Korsetts zu lösen, während ich meinen BH dezent beiseitelegte.

Endlich war das Mieder geschlossen und lag eng, aber nicht unangenehm auf meiner Haut.

Wieder verschwand der alte Herr, und ich überlegte schon, ob er noch ein anderes Kleid bringen wollte, als er erneut zurückkehrte – in seiner Hand eine riesige Krinoline. Er bedeutete mir, in die Mitte der vier Holzreifen zu steigen, die mit rosafarbenen und weißen Bändern verbunden waren, und zog dann den innersten Kreis hoch, der aus einem breiten Gürtel bestand. Diesen verhakte er mit dem Korsett.

Ich begann, mich wie eingezwängt in ein Baugerüst zu fühlen, aber Signore Minou schien von seinem Werk überzeugt und schob mit achtsamen Bewegungen das Kleid über meinen Kopf und die Hüften. Der Stoff nahm kein Ende, und als ich endlich meine Arme durch die Spitzenärmel stecken konnte, war ich überrascht, welches Gewicht ich an meinem Körper trug. Es war gar nicht so leicht, sich mit diesen vielen Metern Stoff zu bewegen.

Stolz schob Signore Minou einen Damastvorhang zur Seite und gab den Blick auf einen enormen vergoldeten antiken Spiegel frei. Allerdings konnte ich mich kaum noch erkennen. Vor mir stand ein ätherisches Wesen in einem Traum von Kleid und starrte mich erschrocken an. Das sollte ich sein? Signore

Minou schien von meiner Reaktion enttäuscht zu sein.

»Gefallen Sie sich nicht?«

»Doch, doch«, stammelte ich, »es ist nur etwas ungewohnt.«

Er lächelte milde.

»So geht es allen am Anfang, und am Ende wollen Sie die Kleider gar nicht mehr zurückgeben. Ich bin mir sicher, dass es bei Ihnen genauso sein wird. Und Signore Manin«, er machte eine ausladende Geste, »er wird begeistert sein.«

»Kennen Sie Signore Manin gut?«

Ich hoffte, dass er mir endlich mehr Informationen über meinen Nachbarn geben konnte.

»Nein. Ich habe ihn nur einmal gesehen. Vor drei Tagen kam er in mein Geschäft, um das Kleid für Sie zu bestellen.« Betroffen rollte er die Augen. »So ein schöner Mann und so vom Schicksal getroffen. Eine Tragödie.«

Ich war elektrisiert. Würde er mir endlich sagen können, wie Tobia Manin erblindet war oder ob er schon immer blind gewesen war.

»Wissen Sie, wieso er blind ist?«

»Nein.«

Sein Blick wurde erneut hart, und ich errötete, als mir bewusst wurde, wie klatschsüchtig meine Frage geklungen haben musste.

»Kommen wir endlich zur Arbeit.«

Er zückte eine Dose mit Stecknadeln und begann den Stoff abzustecken, der teilweise um meine Taille und an meiner Brust etwas weit war.

»Das Kleid ist fast perfekt, aber wir haben immer ein wenig mehr Stoff, so dass es auch allen unseren Kundinnen passt. Bis zum Ball sitzt es perfekt.«

»Wann kann ich es abholen?«

»O nein.« Er schüttelte entschieden den Kopf. »Meine Frau wird es Ihnen bringen und Sie für den Ball vorbereiten. Ihre Haare müssen ja auch noch gemacht werden.«

»Muss ich eine Perücke tragen?« Die Vorstellung, eine dieser hohen weißen Dinger, die ich in Geschichtsbüchern gesehen hatte, tragen zu müssen, machte mich nervös.

»Nein. Wir werden ihre Haare hochstecken.« Er betrachtete mich. »Sie sind ja sowieso eher der natürliche Typ.« Ich war mir nicht sicher, ob das als Kompliment zu verstehen war.

»Und die Schuhe?«

»Haben wir.«

Er öffnete einen Schrank hinter sich, in dem mehr als 100 Paar Damenschuhe zu sehen waren: Stiefel, Stilettos, Sandalen aus allen Epochen und in allen möglichen Größen.

»Welche Größe?«

»39.«

Mit einem geübten Griff langte er in das unterste Fach und zauberte ein Paar weißer flacher Lederschuhe hervor. Etwas enttäuscht stellte ich fest, dass sie im Vergleich zu meinem wunderschönen Kleid relativ unscheinbar aussahen. Signore Minou schien meine Enttäuschung bemerkt zu haben und beruhigte mich.

»Es gibt nichts Schlimmeres, als ein solches Kleid zu tragen und dann nicht tanzen zu können, weil einem die Füße wehtun. Vertrauen Sie mir. Das Kleid ist so lang und ausladend, dass niemand Ihre Füße sehen wird, aber wenn Sie tanzen – dann sind diese Schuhe die besten auf der Welt.« Er zwinkerte mir zu. »Und glauben Sie mir – erst wenn Sie tanzen, werden Sie das Kleid wirklich schätzen können.«

Ich wollte ihn nicht korrigieren, aber ich war mir sicher, dass es unwahrscheinlich war, dass ich tanzen würde, da ich einerseits sicherlich keinen geeigneten Tanzpartner finden könnte und anderseits meine letzten Tanzschritte mehr als acht Jahre zurücklagen und aus einem katastrophalen Tanzkurs mit meinem ebenso unbegabten Klassenkameraden herrührten. Aber beim Tanzen anderer zuzusehen, konnte ja genauso schön sein.

Die Wochen bis zum Ball vergingen im Schneckentempo. Weder Signore noch Signora Scarpa hatten noch einmal ein Wort über die Einladung oder Tobia Manin verloren. Und auch von Tobia Manin hatte ich nichts mehr gehört. Er war nicht mehr auf die Loggia gekommen, und ich war ihm auch nicht bei meinen nächtlichen Spaziergängen begegnet.

Sein Heim war allerdings zu regem Leben erwacht. Von der Ecke meines Altans konnte ich den Eingang des Palazzo Segantin beobachten und saß dort, sooft ich mich von den Aufgaben im Haushalt befreien konnte, um das ständige Kommen und Gehen zu bestaunen. Vor meinen Augen betraten und verließen eine unendliche Schar Floristen, Caterer, Arrangeure und anderes Personal den Palazzo. Kartons wurden ins Innere befördert, Teppiche wurden verlegt, und sogar überdimensionale Vasen konnte ich auf den Schultern zweier junger Träger entdecken. Leider entging mir, da der Wassereingang vom Canal Grande nicht in meinem Blickfeld lag, welche schweren Güter, die man per Boot besser transportieren konnte, gebracht wurden. Ich fragte mich, was ein solches Fest kosten konnte und woher das Geld stammte, mit dem all dieser Luxus finanziert wurde.

Obwohl ich Manins Namen schon auf dem Computer der Scarpas gegoogelt hatte, um herauszufinden, wer er wirklich war, fand ich keinerlei Informationen. Und auch die Marktleute und Händler des Quartiers konnten mir bei meinen Fragen nicht weiterhelfen. Niemand wusste über Tobia Manin mehr, als dass er blind, reich und Amerikaner war. Er blieb das Rätsel, das er wohl sein wollte, und ich fragte mich langsam, ob er vielleicht beim Fest einige meiner Fragen beantworten würde.

Endlich kam der zwanzigste Mai. Und obwohl das Fest erst drei Stunden später beginnen würde, hatte mich Signore Minou vorgewarnt, dass seine Frau schon gegen siebzehn Uhr eintreffen würde, um mich rechtzeitig für den Ball vorzubereiten. Aufgeregt erwartete ich die alte Dame und sprang zur Haustür, als endlich die Klingel durch das Apartment erklang, um Signora Minou einzulassen.

Auf die Minute pünktlich war die kleine Frau eingetroffen, die in Aussehen und Benehmen eine Kopie ihres Mannes zu sein schien. Unter ihrem Arm trug sie einen riesigen Kleidersack, der extra für diese Art von Kostümen angefertigt worden sein musste, die zusammengeklappte Krinoline, eine große Tasche – in der sich wahrscheinlich die Accessoires, die Schuhe und das Korsett befanden – und einen metallenen Schminkkoffer. Ich wunderte mich, wie es die zierliche Dame mit einer solchen Ladung die vier Stockwerke hoch geschafft hatte und dennoch keinen Hauch von Atemlosigkeit zeigte. Die Fitness der Venezianer erstaunte mich immer wieder aufs Neue – was die Abwesenheit von Autos doch ausmachte!

Neugierig, was nun folgen würde, führte ich sie mit klopfendem Herzen die Wendeltreppe zu meinem Zimmer hoch.

Signora Minou hielt sich nicht mit Förmlichkeiten auf. Sie nickte mir nur kurz zu und war dann mit ihren diversen Koffern und Taschen beschäftigt, die sie auf meinem Bett ausbreitete und langsam auspackte. Hatte ich eigentlich erwartet, dass sie mir als Erstes das Kleid anziehen würde, so wurde ich enttäuscht. Energisch wies sie mich zwar an, mich auszuziehen, aber hielt mir gleichzeitig einen weichen Bademantel, den sie mitgebracht hatte, entgegen. Ich folgte ihren Anweisungen und setzte mich nur mit dem Bademantel bekleidet auf den einzigen Stuhl. Unverzüglich begann Signora Minou meine aschblonden Haare mit einer runden Bürste zu bearbeiten. Immer wieder strich sie langsam über die Haare, bis sie schließlich mit dem Glanz zufrieden war und damit begann, die Haare auf einem Lockenstab aufzudrehen, um sie dann mit geschickten Griffen und einer Unzahl von Haarnadeln als Wellen und Flechten auf meinem Hinterkopf festzustecken oder an der Seite herabfallen zu lassen. Nur an einer Stelle ließ sie eine dicke Strähne unberührt. Ich fragte mich schon, ob das wirklich gut aussehen würde, als sie aus ihrer enormen Tasche ein kostbares, besticktes Etui nahm und es vorsichtig öffnete, um das samtene Innenfutter stolz vor mir auszubreiten und in meine Hände zu legen. Andächtig betrachtete ich den Gegenstand, der zum Vorschein gekommen war: eine kostbare, antike Kristallblüte an einer Haarnadel. Unzählige Blütenblätter waren liebevoll geschliffen, mit Hunderten von Kerben und Miniaturschnitten verziert und kunstvoll aufeinandergeschichtet worden, um den Eindruck einer filigranen Blüte zu vermitteln, in deren Innerstem ein einziger kostbarer, rubinroter, geschliffener Stein thronte, der den Kern der Knospe bildete. Jedes Blütenblatt reflektierte für sich das zarte rosa Licht der Abenddämmerung. Ich war wie verzaubert von diesem kleinen Kunstwerk.

»Die Blüte ist ein antikes Meisterstück aus Murano, bevor sie dort alles kommerzialisierten.« Sie schnaubte verächtlich. »Ich habe sie von meiner Großmutter geerbt. Wir verleihen sie sonst nie.«

Erstaunt bemerkte ich, dass Signora Minous Stimme einen leicht brüchigen Klang angenommen hatte.

»Aber so etwas können Sie mir doch nicht anvertrauen!«

Ich sah die alte Dame erschrocken an und hielt ihr das Etui entgegen. Sie nahm es mir aus der Hand, löste die Blüte und begann sie, ohne auf meine abwehrende Geste zu achten, mit der losen Strähne in meine Haare einzuarbeiten.

»Sie werden gut darauf achtgeben, da bin ich mir sicher. Und außerdem werde ich Sie so fest in Ihrem Haar befestigen, dass man Sie wahrscheinlich skalpieren müsste, um sie Ihnen abzunehmen.«

Ihre Stimme hatte wieder einen geschäftigen Klang angenommen.

»Aber warum ...«

»Man muss nicht immer alles wissen. Genießen Sie es einfach.« Und damit galt ihre ganze Aufmerksamkeit wieder meinem Haar und der Haarnadel, die nun neben meiner linken Stirnhälfte glitzerte.

Vorsichtig drapierte sie die letzten Haare und versicherte sich, dass die Blüte mit weiteren Nadeln gut befestigt war. Zu guter Letzt steckte sie die wenigen Strähnen, die nun noch aus der Frisur hingen, in die vorhandenen Locken und Wellen und besprühte meinen Kopf mit einer halben Flasche Haarspray, wobei sie die Kristallblüte mit einem Stofftaschentuch abdeckte. Meine Haare waren starr vor Halt und ich hatte vollstes Vertrauen, dass die Frisur den Ball unbeschädigt überstehen würde. Und wahrscheinlich noch eine Woche danach, wenn ich es denn wünschte. Unwillkürlich musste ich bei dem Gedanken lächeln, dass ich mit einer solchen Haarpracht durch das Alltagsleben gehen könnte.

Danach widmete die alte Dame ihre ganze Aufmerksamkeit meinem Gesicht. Lange betrachtete sie es, bis sie schließlich mehr zu sich als zu mir anfügte: »Sie sind blass, Kind.«

»Waren das die Damen früher denn nicht? Es passt doch zum Kostüm, oder?«

Sie nickte nachdenklich.

»Ja, früher schon, aber wir wollen ja nicht, dass Sie wie ein Original daherkommen, sondern die schönste Frau des Festes werden.«

Erstaunt sah ich sie an.

»Habe ich gesagt, dass ich das sein möchte? Oder«, in mir kam ein Zweifel auf, »hat Herr Manin Sie darum gebeten?«

»Nein«, erwiderte sie direkt. »Er hat nichts dergleichen gesagt. Aber es ist unsere Berufsehre, die uns dieses Ziel gebietet. Wer Minou bucht, muss sich sicher sein, dass wir ihm oder ihr zu größtmöglicher Schönheit verhelfen.«

»Und das ist in meinem Fall schwierig?«

Ich war nicht beleidigt, sondern neugierig. Es war auch mir klar, dass ich nicht als klassische Schönheit gelten konnte.

»Sagen wir so.« Sie legte ihren Kopf zur Seite. »Sie erfordern Fingerspitzengefühl, weil zu Ihnen kein aufwendiges Make-up passt, aber dennoch wollen wir Ihnen doch heute ein wenig Flair verleihen.«

Mit diesen Worten griff sie zu einer ersten Tube, deren Inhalt sie auf einen kleinen Schwamm auftrug und auf meinem Gesicht verteilte. Ich schloss meine Augen. Noch nie war ich geschminkt worden, da ich die Damen in den Kosmetikabteilungen der Kaufhäuser, die einem die neuesten Make-up-Utensilien verkaufen wollten, immer gemieden hatte, aber ich musste feststellen, dass es angenehm war, sich ganz den erfahrenen Händen einer Frau wie Signora Minou hinzugeben. Mit einem zufriedenen Seufzen ergab ich mich dem Gefühl, umhegt und gepflegt zu werden, das mir ungewohnt war.

Als Signora Minou endlich den letzten Pinselstrich Lidschatten auf meinem Gesicht verteilt hatte, öffnete ich die Augen und sah sie an. Ein warmes Lächeln zeichnete sich auf ihrem Gesicht ab. Sie musste mit ihrem Werk zufrieden sein.

»Darf ich mich im Badezimmer ansehen?« Ich wollte mich schon erheben, aber sie drückte mich zurück auf den Stuhl.

»Erst wenn ich ganz mit Ihnen fertig bin. Jetzt kommt das Kleid!«

Signora Minou drehte sich um und begann, den Kleidersack endlich auszupacken, und erneut verschlug es mir fast die Sprache, als ich das Kostüm in seiner vollen Schönheit wiedersah.

»Es ist wunderschön.« Auch sie betrachtete es mit Wohlwollen.

»Eines unserer schönsten. Mein Mann hatte es gleich im Sinn, als Manin ihn anrief. Aber er wollte es Ihnen nicht als Erstes zeigen, da man nie das erste Kleid nimmt.« Sie lächelte schelmisch.

»Wie wird Signore Manin eigentlich verkleidet sein?«, fragte ich.

»Das darf ich Ihnen leider nicht sagen. Wir verraten nie etwas über unsere Kunden.«

Ich war enttäuscht. Konnte ich denn nie etwas über ihn erfahren? Signora Minou bemerkte meinen Stimmungswechsel und sah mich aufmerksam an.

»Mögen Sie Signore Manin?«

»Ja.«

»Kennen Sie ihn schon lange?«

In ihren Worten fehlte der übliche Smalltalk-Tonfall. Ich überlegte, wie man unsere Bekanntschaft bezeichnen konnte. Wie oft hatte ich ihn gesehen? Wohl keine sechs Mal, und erst zwei Mal hatten wir kurz miteinander gesprochen. Dennoch schienen es mir einige der intensivsten Begegnungen meines Lebens gewesen zu sein. Ich wählte trotzdem die korrekte Antwort: »Nein. Aber warum fragen Sie?«

Sie sah mich nicht an, und ich konnte spüren, dass sie etwas vor mir verborgen hielt. Aber ihr verschlossener Gesichtsausdruck machte mir ebenso deutlich, dass sie es – was auch immer es war – heute sicherlich nicht verraten würde.

Stattdessen begann sie mir den Bademantel abzuziehen und mich anzukleiden. Mit einem mulmigen Gefühl dachte ich an Tobia Manin und den Abend, der vor mir lag.

# Kapitel ❀ Fünf

Es war fast acht Uhr, als Signora Minou einen letzten kritischen Blick auf mich warf, zufrieden nickte und dann sofort dazu überging, ihre Sachen mit wenigen Handgriffen zusammenzupacken.

»Ich wünsche Ihnen einen wunderschönen Abend.«

Sie reichte mir ihre knorrige alte Hand.

»Bitte geben Sie auf Manin acht. Er ist ein guter Mann.«

Bevor ich zu einer Frage ansetzen konnte, hatte sie sich schon von mir abgewandt und war auf dem Weg zur Wendeltreppe. Ich hörte, wie der schwere Vorhang zur Seite geschoben wurde, und vernahm dumpf ihre Schritte im Gang, wo sie kurz die Scarpas grüßte, um dann die Haustür hinter sich zu schließen.

Verlassen stand ich in meinem Zimmer, das für dieses Kleid eindeutig zu klein war, um sich mehr als wenige Meter bewegen zu können. Mein Rücken war durch die Enge des Korsetts kerzengrade aufgerichtet. Ich fühlte, wie ich gezwungen war, eine mir ungewohnte Haltung einzunehmen, die wohl kaum mehr an die schüchterne Alice mit ihren gebeugten Schultern erinnerte. Wie ich wohl aussah? Noch immer hatte ich mich nicht in voller Größe sehen können, da sich in meiner Unterkunft nur der kleine Spiegelschrank im Bad befand. Bisher hatte mich dieses Manko nie gestört, da ich mich selten um mein Äußeres bemühte, aber heute konnte ich es doch nicht erwarten, mich zu betrachten. Würde ich mit all den Löckchen, Haarteilen, Schleifen und dem Make-up nicht einer überdimensionierten Käthe-Kruse-Puppe gleichen? Und konnte ich mich wirklich mit einer Verkleidung, die so absolut nicht mit meinem eigenen Selbstbild zusammenpasste, zeigen, ohne mir lächerlich vorzukommen?

Angespannt überlegte ich, wo ich einen Spiegel finden könnte. Der große Spiegel im Schlafzimmer der Scarpas kam nicht in Frage, da meine Gasteltern sicherlich damit beschäftigt waren, sich auch für den Ball anzukleiden. Der Spiegel im Gang war zu klein, um mich ganz darin sehen zu können, aber gab es da nicht noch diesen antiken, teilweise fleckigen venezianischen Spiegel im Salon? Ich raffte mein Kleid und schlich die Treppe hinab. Das Knistern der Seide auf den engen Stufen und mein flacher Atem, bedingt durch die vom Korsett eingezwängte Brust, erschienen mir unendlich laut, aber auf keinen Fall wollte ich von den Scarpas Kommentare hören, bevor ich mir ganz sicher war, dass ich in dieser Aufmachung zum Fest gehen konnte. Vorsichtig öffnete ich die Salontür und trat vor den imposanten Spiegel.

Ich erstarrte bei meinem Anblick: Wie erwartet, floss das Kostüm mit seiner Pracht aus besticktem Stoff, Perlen, Bändern und den gewebten Mustern an mir herab und schimmerte im Licht des Kronleuchters wie das Innere einer prächtigen Muschel in allen nur erdenklichen Perlmutttönen. Doch es war nicht das Kleid, das mich erstaunen und sprachlos werden ließ. Das Überraschende war ich selbst und die Verwandlung, die Signora Minou an mir vollzogen hatte: Vor mir stand keine Käthe-Kruse-Puppe und auch keine künstlich wirkende Barbiepuppe. Vor mir stand eine Königin!

Signora Minou hatte mit einem sehr dezenten Make-up meine klaren Linien betont und meinem sonst blassen Gesicht zu einem Leuchten verholfen, das mir so fremd war und dennoch mein wahres Ich zu sein schien. Die etwas zu weit auseinanderstehenden grünen Augen, meine zu lange Nase und die breiten Lippen mit dem Muttermal hatten nichts von ihrer ungewöhnlichen Form verloren, aber sie wirkten auf einmal wie für diese Kostümierung gemacht und verliehen mir etwas Fürstliches, das ich an mir nie vermutet hätte. Und auch die Haarpracht schien, bei aller Kunstfertigkeit, die Signora Minou darauf verwandt hatte, nicht überproportional oder gar künstlich, sondern wie eine natürliche Krone, an deren Seite die Kristallblüte steckte und in Tausenden von Lichtstrahlen das Licht des Kronleuchters reflektierte. Nie hatte ich zuvor gewusst, wie schön ich sein konnte.

Doch ich konnte mich nicht lange an meinem Anblick erfreuen, da in diesem Augenblick die Scarpas das Zimmer betraten. Und falls ich auch nur einen Hauch von Zweifel an meinem Auftritt gehabt haben sollte, wäre dieser im nächsten Augenblick beseitigt worden. Den Ausdruck ihrer Gesichter bei meinem Anblick werde ich nie vergessen: Signora Scarpa, die dabei gewesen war, den siebzehnjährigen Babysitter, welchen sie in letzter Minute aufgetrieben hatte, zu ermahnen, dass die Jungen spätestens um zweiundzwanzig Uhr ins Bett gehen sollten, verstummte, als sie mich sah. Ihr Mund blieb offen stehen, und sie starrte mich mit weit aufgerissenen Augen an. Und auch Signore Scarpa, der eben den Dreispitz seines eleganten Kostüms aufgesetzt hatte, schloss seine Augen, öffnete sie dann erstaunt wieder. »Alice, du siehst fantastisch aus«, stammelte er.

Ich war froh, dass er bei seinem Schreck vergaß, mich zu fragen, wie ich mir einen solchen Auftritt leisten konnte. Freundlich lächelnd bedankte ich mich, ohne wie sonst meinen Kopf schamhaft zu senken.

Eine Pause entstand. Signora Scarpa hatte sich noch immer nicht von meinem unerwarteten Auftritt erholt. Ihr Mund stand offen. Schweigend folgte sie ihrem Mann aus dem Zimmer und sah sich mehrmals auf dem Weg zur Tür zu mir um, als wolle sie sich vergewissern, dass ich real sei.

Ich folgte den beiden und verabschiedete mich mit einem kurzen Gruß von Giorgio und Frederico, die sich mit dem Babysitter im Wohnzimmer an der Playstation vergnügten. Kurz blickte Giorgio auf, und auch wenn er sonst kaum aus den Spielen zu reißen war, so schien auch ihn mein Anblick vollkommen zu absorbieren. Unsanft stieß er seinen Bruder in die Seite und deutete grinsend auf mich.

»Ich wusste gar nicht, dass wir eine Prinzessin im Haus haben.«

Frederico ließ gleichfalls von seinem Spiel ab und drehte sich unwillig zu mir, um im nächsten Augenblick ebenfalls zu strahlen.

»Alice, du bist wunderschön.«

Er stand auf, rannte zu mir und umarmte mich.

»Du bist die schönste Babysitterin, die wir je hatten. Noch viel schöner als Mama.« Schüchtern senkte er seinen Kopf. »Darf ich dir einen Kuss geben?«

Ich neigte mich lächelnd zu ihm herab, ließ mir den Kuss auf meine Wange geben und küsste ihn auf die Stirn.

»Und ihr beiden bleibt immer meine Prinzen.«

Mit diesen Worten erhob ich mich, nickte auch dem Babysitter kurz zu und verließ das Apartment.

Es war gar nicht so leicht, mein extrem breites Kleid durch den Korridor und die Stufen hinunter bis zur Gasse zu manövrieren. Immer wieder musste ich aufpassen, dass ich nicht an Geländern hängen blieb oder irgendwelche Gegenstände wie Vasen umwarf. Daher erwartete mich Signora Scarpa ungeduldig in ihrem rubinroten Jagdkostüm auf der Straße. Ihre Stimme bebte vor Zorn.

»Wo bleibst du nur, Alice? Wir sind schon spät dran. Ich möchte nicht als Letzte auf dem Fest sein.«

Es wunderte mich, woher sie diese ungewohnte Ungeduld nahm, wo es doch normalerweise sie war, die uns ewig warten ließ. Aber an diesem Abend würde mich nichts aus der Ruhe bringen, und so erwiderte ich ihren Anwurf mit Schweigen, um langsam und würdevoll hinter den Scarpas über das Pflaster zu schreiten. Dabei amüsierte ich mich ob der bewundernden Blicke von Passanten, die unseren Weg kreuzten. Ein japanischer Tourist zückte sogar seine Kamera, um uns zu fotografieren. Unwirsch stiefelte Signore Scarpa an ihm vorbei, während es mich freute, kurz für den Fremden zu posieren. Es vergnügte mich, mir vorzustellen, dass mein Foto bald Tausende von Kilometer weit weg herumgezeigt werden würde.

Wie ich von meiner Exkursion wusste, würden

wir nur wenige Minuten zum Palazzo Segantin brauchen, und so betraten wir ohne Verspätung den Palazzo durch das große Portal, das ich erst vor wenigen Wochen inspiziert hatte. Es stand nun weit geöffnet und erschien um einiges freundlicher als damals: Warmes Licht strahlte uns entgegen, und hinter der wuchtigen Holztür lag ein großer, getäfelter Raum, in dem zwei livrierte Diener die Mäntel der Damen und die schwarzen Capes der Männer entgegennahmen. Ich selbst hatte an diesem Frühlingsabend keine Notwendigkeit für eine Jacke gesehen, da mir die Aufregung jedes Temperaturgefühl geraubt hatte. So trat ich, ohne mich an der Garderobe aufzuhalten, langsam durch die alten, bleiverglasten Flügeltüren in den nächsten Raum und war erstaunt, eine breite, elegant geschwungene Steintreppe vorzufinden. Zusammen mit den Scarpas folgte ich den anderen Gästen, die wie wir in die unterschiedlichsten, anmutigen und ausladenden Kostüme gekleidet waren und so nur bedächtig die breiten Stufen zum ersten Stock bewältigen konnten.

Vor mir lag ein großer Saal mit drei riesigen cremefarbenen Murano-Kronleuchtern, die im Kerzenlicht erstrahlten. Die Wände waren mit sepiasowie seladonfarbenen, gemusterten Seidentapeten bezogen, auf denen Hunderte kleinere und größere Ölbilder und Stiche von Jagdvögeln befestigt waren, die etwas leicht Morbides verbreiteten. Die breiten Blattgoldrahmen und barocken Verzierungen schienen die Tiere fast in ihren Bildern zu erdrücken und ich war verwundert, was Manin angetrieben hatte, ein solches Sammelsurium an teuren, aber geschmacklosen Gemälden zusammenzustellen.

Mein Blick glitt weiter, und am Ende des Raumes entdeckte ich die typischen gotischen Spitzbogenfenster, die zum Canal Grande wiesen. Die meisten der bleiverglasten Fenster waren an diesem milden Maiabend geöffnet worden, und einige der Gäste nutzten die Gelegenheit, um in angeregten Gesprächen auf dem schmalen Balkon zu verweilen. Andere Grüppchen standen inmitten des Raumes und unterhielten sich, während im Hintergrund klassische Musik zu hören war, die von einem Streichquartett in der anderen Ecke des Zimmers stammte. Livrierte Diener trugen, vorsichtig den Weg zwischen den Gästen in ihren Krinolinen, Dreispitzhüten und Uniformen suchend, silberne Tabletts mit Champagner und Aperitif-Häppchen umher.

Unentschlossen, wohin ich mich wenden sollte, stand ich an der Treppe. Die Scarpas waren nicht mehr zu sehen. Es hätte mir klar sein sollen, dass sie sich nicht mit ihrer Hausangestellten, so schön zurechtgemacht sie auch sein mochte, zeigen wollten. Aber außer ihnen konnte ich kein einziges mir vertrautes Gesicht erkennen. Ich spürte, wie mein Herz zu rasen begann, während mich das mir so bekannte Gefühl überfiel, an einem Ort vollkommen unpassend zu sein und nicht dazuzugehören. Wie oft hatte ich schon so dagestanden, wenn ich in ein neues Studienseminar gekommen war und die anderen Studenten mich angestarrt hatten oder wenn ich den Versuch unternommen hatte, in einer modischen Boutique doch einmal nach einem schicken Kleidungsstück zu fragen. Mehrmals war ich unverrichteter Dinge wieder aus Läden gestolpert, nur weil die Verkäuferinnen mir das Gefühl vermittelt hatten, nicht ihrem Bild einer Wunschkundin zu entsprechen. Und auch heute sagte mein Instinkt mir, dass eine Flucht das Beste gewesen wäre. Eine innere Stimme suggerierte mir, dass ich nicht zu diesen Menschen gehörte, dass ich ein Eindringling war und vorgab, etwas zu sein, das ich nicht war. Ich schloss für einen Moment die Augen und zwang mich, tief durchzuatmen. Hatte ich wirklich all diese Stunden mit Signora Minou verbracht, um dann nach zehn Minuten das Fest schon wieder zu verlassen? Meine ganze Konzentration aufbietend, beschloss ich, mich wenigstens bei Tobia Manin für die Einladung zu bedanken, bevor ich eine Flucht wirklich in Erwägung zog.

So entspannt, wie unter diesen Umständen möglich, bewegte ich mich in die Mitte des Raumes, um wenigstens den Durchgang zur Treppe nicht zu behindern und mir einen Überblick zu verschaffen, von welchem Standpunkt aus ich am besten beobachten konnte, ohne selbst gesehen zu werden. Doch statt auf eine solche Ecke fiel mein Blick auf mehrere Personen, die im hinteren Teil des Raumes anzustehen schienen. Ich trat einen Schritt vor und versuchte genauer sehen zu können, was der Grund ihres Wartens war, und erkannte für einen kurzen Moment vor der mahagonigetäfelten Rückwand des Zimmers meinen Gastgeber, Tobia Manin, der die Gäste begrüßte.

Vorsichtig raffte ich mein Kleid und reihte mich an das Ende der Schlange ein, während ich ihn nicht aus den Augen ließ. Überrascht bemerkte ich, dass er sich als Einziger nicht verkleidet hatte und wie ein unbeteiligter Beobachter in seinem maßgeschneiderten Smoking inmitten der Gäste stand. Keiner der Personen, die zu ihm traten, gab er die

Hand, sondern neigte nur fast unmerklich den Kopf zum Gruß und antwortete höflich, wenn ihn jemand ansprach, oder lächelte milde, wenn jemand eine scherzhafte Bemerkung gemacht hatte. Auch heute trug er keine Sonnenbrille, wie es im Allgemeinen bei Blinden üblich war, und ich konnte sehen, wie sich seine Augen mehrmals bewegten, aber nichts und niemanden fixierten, sondern kalt in die Ferne starrten. Und im sorgenvollen Blick der Umherstehenden konnte ich den gleichen Gedanken lesen, der auch mich beschäftigte: Was war der Grund für diesen einzigen Makel an diesem sonst so überwältigend schönen Mann?

Direkt neben Tobia Manin stand ein wesentlich kleinerer Mann von Ende dreißig in Kniehose und langer, opulent verzierter, königsblauer Samtjacke, die ihm etwas zu eng anlag. Sein Gesicht sah verlebt und aufgedunsen aus, so dass seine Augen unproportional klein erschienen und sein fleischiger Mund zu groß wirkte. Ein aufgesetztes Lächeln umspielte diesen Mund, während er sich selbstgefällig über das gegelte schwarze Haar fuhr. Er schien sich hauptsächlich für die Oberweiten der Damen, die ihn begrüßten, zu interessieren. Alles an ihm wirkte auf mich abstoßend. Ich fragte mich, in welcher Beziehung zum Gastgeber er stand, dass er neben ihm die Gäste empfangen durfte.

Langsam war ich in der Reihe aufgerückt. Überrascht stellte ich fest, dass ich plötzlich meinem Gastgeber gegenüberstand. Starr und ernst sah er nach vorne und über meinen Kopf hinweg. Mein Verstand sagte mir, dass ich ihn einfach – wie die anderen Gäste vor mir es getan hatten – ansprechen sollte; aber mein Instinkt widersetzte sich dieser

Idee. Kurz entschlossen nahm ich all meinen Mut zusammen, streckte meine rechte Hand aus und nahm seine Rechte in die meine. Ich spürte, wie unangenehm es ihm war, dass jemand ihn unaufgefordert angefasst hatte, und fühlte, wie er sie gerade zurückziehen wollte, als ich ihn ansprach: »Alice Breuer. Sie erinnern sich noch an mich?«

Sein Mund verzog sich zu einem amüsierten Lächeln, und er erwiderte den Händedruck.

»Natürlich. Alice, wer könnte Sie vergessen? Es freut mich, dass Sie kommen konnten.«

Seine Finger umschlossen meine Hand sanft, und ich konnte mich des Gefühls nicht erwehren, dass er mich wie ein Buch zu lesen schien, indem er mit seinen Fingerspitzen vorsichtig und fast unmerklich meine Finger, die Handfläche und den Handrücken abfuhr. Kein Außenstehender hätte diese zarten Bewegungen wahrnehmen können, aber mir schien es, als ob sowohl für ihn als auch für mich die Zeit stehengeblieben war. Keiner von uns beiden sprach, bis Tobia Manin unvermittelt seine Hand zurückzog.

»Ich hoffe, Sie haben einen schönen Abend. Es würde mich freuen, wenn wir später unsere Konversation von neulich fortsetzen könnten. Darf ich Ihnen in der Zwischenzeit meinen Bruder Stefano vorstellen?«

Damit deutete er in Richtung des Fremden neben sich und widmete sich selbst dem nächsten Gast.

»Guten Abend.«

Stefano Manin verneigte sich leicht vor mir und hauchte einen Kuss auf meine Hand, ohne seinen Blick von meinem Dekolleté zu nehmen.

»In Venedig gibt es wirklich die schönsten Früchte.«

Freundlich dankte ich für die Einladung, nickte leicht und entzog ihm schnell meine Hand, um in den Raum zu treten und einem der Diener ein Glas Champagner abzunehmen, das ich in wenigen Zügen austrank. Stefano Manins aufdringliches Kompliment hatte mich erschaudern lassen, und ich dachte mit Widerwillen an die Tatsache, dass er Tobia Manins Bruder war. Es war eindeutig, zu welchem Typ Mann Stefano Manin gehörte, und ich fragte mich, ob die beiden Brüder sich nicht ähnlicher waren, als ich es mir eingestehen wollte? War nicht auch Tobia Manin vielleicht nur das, was Signore Scarpa vermutet hatte, nämlich ein zynischer Gigolo? Wie sonst hätte er einen so widerlichen Bruder haben können? Ich war in düstere Gedanken versunken, als mich plötzlich jemand ansprach.

»Du siehst etwas verloren aus. Kennst du niemanden?«

Ein sehr attraktiver junger Mann in einer eng anliegenden rot-blauen Gardeuniform und mit blonden, nach hinten gekämmten Haaren war zu mir getreten und sah mich mit einem freundlichen Grinsen an. Ich schüttelte den Kopf.

»Ich bin erst seit ein paar Wochen in Venedig.«

Der junge Mann zog seine Augenbrauen in gespielter Verwunderung hoch.

»Normalerweise kennt man hier jeden nach einem Monat. Wir sind ja schließlich eine Kleinstadt.« Mich genauer betrachtend, fügte er hinzu: »Dich habe ich aber noch nie hier gesehen, und normalerweise hätte mir eine solch außergewöhnliche Schönheit auffallen müssen.«

»Ich gehe nicht viel aus.«

Verlegen blickte ich zu Boden. Sah er, wie ich errötete?

»Du solltest es tun. Ganz Venedig läge dir zu Füßen.« In seinen Worten schien kein Spott zu liegen. »Aber wir sollten uns vorstellen. Ich bin Giuliemo Fernandi. Enchanté.«

Er neigte seinen Kopf leicht, während ich überlegte, wo ich den Namen Fernandi schon einmal gehört hatte.

»Alice Breuer. Aber«, ich konnte mich nicht mehr zurückhalten, »entschuldige meine Neugierde. Dürfte ich dich fragen, wieso mir der Name Fernandi bekannt erscheint?«

Er lächelte mich an.

»Fondazione Fernandi wahrscheinlich.«

Plötzlich erinnerte ich mich an den riesigen Palazzo am Canal Grande, der eines der bekanntesten Kunstmuseen Europas geworden war und den ich erst vor wenigen Wochen mit Giorgio und Frederico besucht hatte.

»Natürlich!« Ich ärgerte mich, dass ich nicht gleich darauf gekommen war. »Ist der Gründer der Sammlung Leonardo Fernandi dein Vater?«

Giuliemo nickte, und mir wurde bewusst, dass ich wohl gerade mit einem der reichsten Erben Italiens sprach.

»Ist das dein erster Ball in Venedig?« Er schien sich über meine Unwissenheit zu amüsieren.

»Ja, und ich muss sagen, es ist für mich überwältigend. Für dich muss es wohl alltäglich sein? Lebst du in der Stadt?«

»Ja, oder sagen wir teilweise. Momentan absolviere ich ein Praktikum in London bei einem unserer Investmentfonds. Aber als die Einladung von

Manin kam, beschloss ich natürlich sofort, dass ich mir das nicht entgehen lassen konnte. Ich bin fürs Wochenende hier.«

»Manin scheint ja ganz Venedig zu interessieren?«

Er lachte. »So kann man es auch nennen. Es geschieht nicht oft, dass jemand hierherzieht und wir nicht schon nach einer Woche alles von ihm wissen. Manin aber lebt jetzt schon ein halbes Jahr in dieser Stadt, und wir haben die Nuss immer noch nicht geknackt. Meine Mutter ist ganz aus dem Häuschen.« Er deutete auf eine blondierte Dame in einem Kostüm aus rosa gefärbten Straußenfedern, deren Alter dank exzessiven Liftings nicht mehr abzuschätzen war.

»Sie hat Manin sicherlich schon drei Mal eingeladen und er hat ihr nicht einmal geantwortet. Normalerweise bedeutet das den gesellschaftlichen Tod in dieser Stadt, aber in seinem Fall vergibt meine Mutter alles.«

»Und warum?«

»Sieh ihn dir an, Alice. Er sieht hervorragend aus, hat Geld wie Heu, den Mitleidsfaktor wegen der Behinderung, und dann ist er natürlich auch noch der mysteriöseste Mann, der seit langem hierhergezogen ist: Er existiert nicht, das Personal spricht mit niemandem, jeder fragt sich, woher das Geld stammt und wieso er blind ist.«

Ich sah ihn verwundert an.

»Was meinst du, wenn du sagst, er existiert nicht? Da drüben steht er doch.«

Ich deutete auf Manin, der noch immer die Gäste begrüßte und auf dessen Gesicht ich jetzt einen gequälten Ausdruck ablesen konnte. Seine Rolle als

Gastgeber schien ihn nicht wirklich zu beglücken. Ich fragte mich, warum er sich das alles antat. Giuliemo nahm einen Schluck Champagner, bevor er antwortete.

»Dieser Mann nennt sich Tobia Manin. Aber hast du den Namen schon mal gegoogelt?«

»Ja.«

»Und?«

»Nichts – rein gar nichts.«

Er nickte.

»So ist es uns allen ergangen. Tobia Manin ist sicherlich nicht sein richtiger Name.«

»Hat er den Palazzo denn nicht gekauft?«

»Der Palazzo wurde von einer amerikanischen Holding gekauft, dessen wahren Inhaber man bei dem ganzen Firmengeflecht nicht ausfindig machen kann.«

Ich war sprachlos. Manin war nicht sein echter Name! Wie naiv war ich gewesen!

»Habe ich dich schockiert?« Er schien ehrlich besorgt zu sein.

»Nein, nein.«

Ich versuchte mich zusammenzureißen. Was sollte ich nur sagen, um nicht so einfältig zu erscheinen. Lächelnd fragte ich ihn: »Wollen wir etwas essen?«

Er nickte erfreut, und für die nächsten Stunden war Giuliemo mein Begleiter. Erstaunt stellte ich fest, wie höflich und zuvorkommend er war. Ich muss zugeben, dass ich mich geschmeichelt fühlte, dass er so viel Zeit mit mir verbringen wollte, gerade weil ich mir sicher war, dass die meisten Italienerinnen alles dafür gegeben hätten, an meiner Stelle mit diesem bildschönen und reichen Erben zusammen zu sein. Dennoch konnte ich es nicht unterlassen, meinen Blick immer wieder in Richtung Tobia Manin wandern zu lassen, dessen zärtliche Finger ich noch auf meiner Hand zu fühlen schien. Ständig ertappte ich mich dabei, an ihn zu denken, während Giuliemo mir ein Kompliment nach dem anderen machte und mir von all den Yachten, Häusern und Firmen seiner Familie erzählte. Tobia Manin aber war plötzlich verschwunden. Ich konnte ihn nirgends zwischen den tanzenden, essenden und plaudernden Menschen in ihren überladenen Kostümen entdecken.

Nachdem Giuliemo und ich im großen Ballsaal einige der Häppchen und das eine oder andere Glas Champagner zu uns genommen hatten, gingen wir in den zweiten Stock hinauf, wo in einem Saal ein Büfett mit Speisen jeder Art aufgebaut war, auf dem riesige Blumengestecke, gemeißelte Eisfiguren und Früchtearrangements thronten. Die Pracht und Auswahl verzauberte mich. Ich konnte mich nicht sattsehen an dieser Fantasiewelt, die bisher nur in meinen Büchern existiert hatte. Giuliemo hingegen schien die Schönheit nicht mehr wahrzunehmen und pickte nur lustlos ein paar Trauben und Käse, während wir uns in einem der anschließenden Zimmer in einer arrangierten Sitzecke unter einer überdimensionalen mythischen Jagdszene niederließen.

Erstaunt sah ich ihn an. »Wie kann dich das alles nur so wenig interessieren?«

»Ich habe es einfach schon zu oft gesehen. Es sind immer die gleichen Arrangeure und Caterer. Foie Gras, Hühnerkeulen alla limone, Caviare Russo, Crjostini aus der Toskana, Norwegischer Lachs –

die gleichen Speisen, fast der gleiche Geschmack. Es ist so langweilig.«

Er zog das dritte Wort theatralisch in die Länge und rollte mit den Augen. Nachdenklich nahm ich einen Löffel der Mousse au Chocolat, die in meinem Mund zu zerfließen schien und nichts gemein hatte mit der Mousse, die ich mir manchmal in Teltow bei Delikatess Hess gönnte. Nie wieder würde ich sie kaufen können, jetzt, wo ich wusste, wie dieses Dessert wirklich schmecken konnte.

»Es muss schlimm sein, wenn man schon alles gesehen hat und nichts mehr genießen kann.«

Giuliemo sah mich zweifelnd an. »Was meinst du damit?«

»Ich meine, dass ich froh bin, dass ich das hier noch genießen kann. Es ist für mich alles wie ein Wunder. Ich kann jede Sekunde auskosten, während du es schon als langweilig empfindest. Für dich ist es sicherlich um einiges schwieriger, etwas zu finden, was dich wirklich glücklich macht, nicht wahr?«

Überrascht erwiderte er meinen Blick und schien über meine Worte kurz nachzudenken, aber es war eindeutig, dass er nicht verstand, was ich meinte. In diesem Augenblick wurde unsere Konversation von mehreren gleichaltrigen Bekannten Giuliemos unterbrochen. Sie ließen sich lässig in einige der Sessel in unserer Nachbarschaft fallen und begannen sich nach seinem Praktikum und London zu erkundigen, während sie mich als uninteressant eingestuft hatten und höflich ignorierten. Die kleine Gruppe bestand aus zwei Damen und drei Herren, die wie Giuliemo aus den besten Familien Venedigs oder sogar Italiens stammten und an deren Handgelenken Uhren baumelten, die ich aus den Auslagen der Geschäfte am Ku'damm kannte und deren Wert leicht den eines Kleinwagens überschritt. Ich bewunderte sowohl die Leichtigkeit als auch das Selbstbewusstsein, mit der sie sprachen und sich gegenseitig mit liebenswürdigen Sottisen bedachten. Mehrmals kamen neue Freunde und Freundinnen hinzu, andere verließen unsere kleine Gruppe, um tanzen zu gehen, aber der Eindruck, welchen sie bei mir als stiller Beobachterin hinterließen, war immer derselbe: Ich schien mich in einer Voliere zu befinden, in der ein ständiges Kommen und Gehen der schönsten Vögel herrschte, aber dennoch nie eine richtige Unterhaltung aufkam. Und in der ich, als verkleideter Spatz, der zu all diesen Exoten nicht passte, nur still dem Trillern und Pfeifen lauschen konnte und feststellte, welch andere Welt dies war.

Als wir endlich in den großen Saal, der in der Zwischenzeit zu einer Disko umgewandelt worden war, zurückkehrten, bat Giuliemo mich, mit ihm zu tanzen. Noch immer konnte ich Tobia Manin nicht entdecken. Enttäuscht wurde mir klar, dass er anscheinend seine Meinung geändert hatte und mich doch nicht treffen wollte. Aber heute würden Tobia Manins seltsame Launen mir nicht den Abend ruinieren. Einmal in meinem Leben war ich auf einem venezianischen Ball, und ich musste, ja, sollte es genießen. Anderenfalls würde ich es für immer bereuen, diese Zeit nicht in ihrer ganzen Fülle ausgekostet zu haben. Und so willigte ich lächelnd in Giuliemos Angebot zum Tanz ein. Konzentriert bewegte ich mich zum Rhythmus des Diskobeats auf der Tanzfläche, während ich versuchte, in meinem riesigen Kleid der Melodie zu folgen, ohne meinen Tanzpartner wegzustoßen.

Was hatte Signore Minou gesagt? Dieses Kleid sollte zum Tanzen gemacht sein? Innerhalb kürzester Zeit spürte ich, wie das enorme Gewicht an mir zog und das Korsett mir den Atem raubte, während der Reifrock immer wieder mit anderen Tanzenden zusammenstieß. Giuliemo hingegen rückte immer näher, drückte das Kleid nach hinten und bewegte sich im Takt der Musik verführerisch vor mir. Die Eindeutigkeit seiner Gesten stieß mich plötzlich ab, und ich hatte nur noch den Wunsch, aus dieser wogenden, erhitzten Masse von tanzenden Kostümierten auszubrechen. Abrupt unterbrach ich meine Bewegungen und rückte von meinem Tanzpartner ab.

»Mir ist ein wenig warm. Ich gehe schnell auf den Balkon.«

Erstaunt erbot sich Giuliemo, mich zu begleiten, aber ich lehnte ab.

»Ich bin gleich zurück. Ich muss nur ein wenig abkühlen. Tanz bitte weiter.«

Kaum war ich dem Pulk der Tanzenden entkommen, sah ich, wie mehrere hübsche junge Mädchen sich ihren Weg zu Giuliemo bahnten. Ich vermutete, dass er mich nicht vermissen würde, und es war mir in diesem Moment auch ganz egal – sollten sie doch die Trophäen des Abends für Giuliemo werden.

Langsam ging ich zu den großen Fenstern und trat gedankenversunken auf den Balkon. Unter mir zogen die Vaporetti und einige Boote durch die Dunkelheit. Ich konnte mir gut vorstellen, wie ihre Passagiere zum Palazzo hochspähten, das Kerzenlicht und die Schatten der Tanzenden hinter den Fenstern sahen und sich fragten, was für ein Ball dort stattfand, und uns beneideten. Noch vor wenigen Wochen war ich es gewesen, die bei meiner Ankunft solche Gefühle gehabt hatte. Mir war klar, dass ich nicht in diese Welt gehörte. Aber jetzt wollte ich diesen Moment genießen und mich diesem Fest in all seiner Dekadenz und Fülle hingeben. Ich schloss die Augen und sog die Luft, die Düfte und die Musik in mir auf, um sie für immer aus meinen Erinnerungen abrufen zu können.

»Da sind Sie ja wieder.«

Erschrocken zuckte ich zusammen und sah direkt neben mir Tobia Manin, der, verborgen von einer der Säulen, schon auf dem Balkon gestanden haben musste, als ich heraustrat. Wie schaffte er es nur immer, mich so zu überraschen.

»Was machen Sie hier? Sie sollten doch als Gastgeber bei Ihren Gästen sein.«

»Das bin ich doch.« Sein Gesicht zeigte keinerlei Emotionen. »Ich bin bei Ihnen.«

Ich lachte. »Ich bin sicherlich nicht der wichtigste Gast Ihres Festes. Sie haben hier alles, was in Venedig Rang und Namen hat. Ich bin nur das Au-pair vom Nachbarhaus.«

»Sie unterschätzen sich.« Er wandte sein Gesicht mir zu und war vollkommen ernst. »Oder für wen glauben Sie, dass ich dieses Fest gegeben habe?«

Mein Lachen gefror. »Was meinen Sie damit?«

»Ich meine, dass dieses Fest für Sie war. Sie haben sich doch so etwas gewünscht, nicht wahr?«

»Woher wissen Sie das?«

Las er meine Gedanken? Unbewusst trat ich einen Schritt zurück. Nun war es an ihm zu lächeln.

»Weil Sie eine Romantikerin sind. Sie verbringen Ihre Abende auf einem Altan statt mit Ihren Freundinnen, Sie spazieren nachts durch eine leere Stadt, und Sie beobachten blinde Männer, wenn Sie meinen, man ertappt Sie nicht dabei.«

»Vielleicht haben Sie recht, aber Sie können mir nicht erzählen, dass Sie ein solches Fest nur für jemanden veranstalten, den Sie kaum kennen.«

»Und warum nicht?«

»Weil ..., weil ...« Ich suchte händeringend nach dem Grund, brachte aber schließlich nur leise hervor: »Weil es Wahnsinn ist.«

Manins Gesicht verlor die Anspannung und verzog sich zu einem ironischen Lächeln. Ebenso leise wie ich eben antwortete er mir, als ob er mir ein gut gehütetes Geheimnis mitteilen wollte.

»Nun, dann bin ich eben nicht nur blind, sondern auch wahnsinnig.« Seine Stimme nahm einen weniger spöttischen Ton an, als er fortfuhr: »Aber, Spaß beiseite, ich kann die Einladung einfach erklären. Nachdem wir uns auf dem Altan gesprochen hatten, habe ich mir überlegt, wie wir unsere Konversation fortsetzen könnten, ohne dass du die falschen Schlüsse ziehen würdest.«

Ich bemerkte erfreut, dass er angefangen hatte, mich zu duzen.

»Es gibt nicht vieles, was man in Venedig machen kann, ohne sofort romantische Klischees hervorzurufen. Ein Essen im Cipriani? Eine Bootsfahrt nach Murano? Ein Abend im Fenice?« Er schmunzelte. »Es hätte dir und vor allen Dingen all unseren Nachbarn einen falschen Eindruck vermitteln können. Und so kam ich auf die Idee, ein Fest zu geben. Du solltest selbst entscheiden können, ob du kommen wolltest, du solltest dich nicht mal verpflichtet fühlen, mit mir zu sprechen. Aber«, er grinste, »meine Erfahrung sagte mir, dass ein Kostümball eine

Verlockung sein würde, die eine Romantikerin wie du nur unschwer ausschlagen könnte. Und wir würden uns ohne falsche Vorstellungen kennenlernen.«

Dieser Mann schien trotz seiner Blindheit die Menschen wie mit Röntgenstrahlen durchleuchten zu können. War ich wirklich so vorhersehbar? Und was meinte er mit falschen Vorstellungen? Für einen Moment war ich so verwirrt, dass ich nicht antworten konnte, dann fragte ich: »Welche falschen Vorstellungen meinst du? War das Kostüm nicht ein wenig übertrieben und hätte auf mich einen falschen Eindruck machen können? Eine solche Einladung verpflichtet dann wohl doch, oder?«

»Ich hoffe, du hast es niemandem gegenüber erwähnt. Es würde dich dem Klatsch von Venedig aussetzen – das junge Mädchen, das sich vom blinden Krüppel um den Finger wickeln lässt.«

Ich verneinte und sah seine Erleichterung, als er fortfuhr.

»Bitte lass mich dir versichern, dass ich keinerlei Gegenleistung für das Fest, das Kleid oder sonst etwas möchte. Ich kann mir vorstellen, dass insbesondere die Sache mit dem Kostüm dir etwas zu persönlich erscheinen mag, aber mir fiel es einfach fast zu spät ein – Äußerlichkeiten sind nicht mehr so mein Ding.« Sein Mund verzog sich zu einem gequälten Lächeln. »Kaum waren die Einladungen verschickt, dachte ich auf einmal daran, dass du vielleicht absagen würdest, weil du keine passende Kleidung hast.«

Ich schluckte. Wieder hatte er meine Gedanken gelesen.

»Und so entstand die Idee mit Signore Minou. Bitte sieh es nicht als aufdringlich an, es war nicht so gemeint. Ich hatte einfach völlig vergessen, dass du wahrscheinlich nicht die finanziellen Mittel hast, um dir etwas Passendes zu leisten. Ich hoffe, du bist zufrieden mit dem Resultat?«

»Es ist wirklich wunderbar.« Mir fehlten die Worte, um meine Dankbarkeit auszudrücken. »Soll ich es dir beschreiben?«

Seine Antwort war so schnell, dass sie mir fast rüde erschien.

»Nein. Bitte, nein.«

Ich konnte sehen, dass er errötete, und bemerkte, wie er das Thema wechselte.

»Hast du dich auf dem Ball amüsiert?«

»Sehr. Es verwundert mich allerdings, dass ich dich fast die ganze Zeit nicht entdecken konnte und mich doch bedanken wollte.«

Tobia seufzte, bevor er antwortete. »Ich brauchte, nachdem ich alle Gäste empfangen hatte, ein wenig frische Luft und musste für mich sein. Es ist nicht immer so einfach, wenn alle Menschen einen anstarren. Ich muss gestehen, dass ich es unterschätzt hatte, weil ich mich schon lange nicht mehr einer solchen Situation ausgesetzt habe. Aber das hat dir hoffentlich auch die Möglichkeit gegeben, dich ein wenig deinen Bewunderern zu widmen?«

Sein Gesicht drückte eine gewisse Neugierde aus.

»Ich muss gestehen, dass ich alles hier sehr interessant finde. Allerdings fühle ich mich zwischen diesen reichen Erben und Adligen ziemlich fehl am Platz. Sie haben schon alles gesehen, kennen jeden ...«

»... aber genießen nichts.«

Er hatte mich unterbrochen, aber genau das gesagt, was ich hatte sagen wollen. Überrascht starrte ich ihn an.

»Woher wusstest du, was ich sagen wollte?«

Tobia hatte sich von mir abgewendet. Seine blinden Augen waren auf das dunkle Wasser unter uns gerichtet. Ich konnte erkennen, dass er mir nicht antworten wollte, und ahnte, dass er es nicht tat, weil er nicht riskieren wollte, dass ich ihn ebenso durchschauen würde, wie er mich durchschaut hatte.

Ein bisher unbekannter Zorn stieg in mir auf, und verärgert lehnte ich mich neben ihn an die Balustrade, so dass wir uns fast berührten. Schaffte ich es im Allgemeinen immer, meine Gefühle wenigstens nach außen hin unter Kontrolle zu halten, so schien mir das mit Tobia nicht zu gelingen. Noch nie hatte ich mich so analysiert gefühlt und war so vielen Fragen ausgesetzt gewesen, während mir so wenige beantwortet wurden. Ich spürte, wie mich Tobia mehr und mehr faszinierte, seine Menschenkenntnis und Gefühlsschwankungen, sein geheimnisvolles Leben.

»Tobia, warum beantwortest du nie meine Fragen? Glaubst du, dass dein Geld und dein Einfühlungsvermögen in die Seelenwelt eines Au-pair dir das Recht geben, alle Fragen stellen zu dürfen, aber keine zu beantworten?«

Sein Ausdruck blieb stoisch, aber er öffnete seinen Mund, um mich zu unterbrechen, und erstaunt stellte ich fest, dass ich eine Widerrede nun nicht gestatten wollte. Zu groß war meine Angst, mich von ihm einschüchtern zu lassen und wieder zu der mutlosen Alice zu werden, die ich seit vierundzwanzig Jahren war. Alice, die jede Diskussion vermied; Alice, die niemals die Konfrontation suchte und die sich lieber zurückzog, als dass sie widersprach; Alice, die nur in ihrer eigenen Traumwelt lebte und niemanden daran teilhaben ließ, was sie wirklich dachte.

»Lass mich bitte ausreden. Du lädst mich auf ein Fest ein und nimmst an, dass du damit das Recht hast, meine Sätze ohne Erklärung zu beenden. Du zahlst für ein teures Kleid, ohne mir zu sagen, warum du es wirklich tust, und du windest dich aus jeder Situation, die du nicht kontrollieren kannst.« Ich richtete mich auf. »Ich möchte aber selbstständig denken, ich möchte Fragen stellen können, und vor allen Dingen möchte ich, dass meine Fragen auch ab und zu beantwortet werden. Kannst du das nicht verstehen?«

Sein Gesicht spiegelte aufrichtige Verwunderung über meinen plötzlichen Gefühlsausbruch wider.

»Ich entschuldige mich dafür, falls es so scheinen sollte, aber ich glaube, dass ich im Allgemeinen ausgesprochen ehrlich war. Schließlich habe ich dich auch nicht darüber getäuscht, warum ich dich zu diesem Fest eingeladen habe – was ich mir übrigens lange und gut überlegt hatte.« Er hielt kurz inne. »Stell mir bitte eine Frage. Ich werde sie beantworten, wenn ich kann.«

Für einen kurzen Augenblick überlegte ich, welche der vielen Fragen, die mir durch den Kopf schossen, ich als Erste stellen sollte. Wie er erblindet war? Woher er kam? Warum er in Venedig lebte? Überhaupt, gab es eigentlich irgendetwas, was ich über ihn wusste? Hatte ich nicht erst heute Abend festgestellt, dass sogar sein Name und seine wahre Identität mir immer noch ein Rätsel waren?

»Fangen wir mit dem Namen an. Wie heißt du wirklich, Tobia Manin?«

Es war, als hätte ich ihm einen Hieb erteilt. Augenblicklich änderte sich seine Haltung. Er stützte sich auf die Balustrade. Ich fühlte mich an seine gequälte Stimmung auf der Loggia erinnert.

»Müssen wir gerade damit anfangen? Was interessiert dich mein echter Name? Er ist mit einem anderen Leben verbunden, das ich nicht mehr lebe, und mit einer Person, die ich nicht mehr bin.«

»Aber ohne einen Namen weiß ich nicht, wen ich vor mir habe.«

»Ich denke, du weißt, wen du vor dir hast – einen blinden Italoamerikaner, der in Venedig lebt und nachts spazieren geht. Lassen wir es für den Moment dabei.«

Ich richtete mich auf und starrte ihn an. Diese Konversation hatte wirklich keinen Sinn. Ich würde niemals Antworten von ihm erhalten. Meine Stimme zitterte, als ich die nächsten Worte aussprach.

»Ja, lassen wir es dabei und vergessen wir auch die ganze Idee, dass wir uns kennenlernen könnten. Ich muss nämlich sagen, dass ich keine Ahnung habe, wie man jemanden kennenlernen soll, den man nicht mal nach seinem Namen fragen darf, ohne übermäßig neugierig zu erscheinen. Signore Manin, ich bin vielleicht nur ein armes, dummes Au-pair, aber ich bin keinesfalls Ihre Marionette, falls es das ist, was Ihnen vorschwebt?«

Doch bevor er mir antworten konnte, trat Giuliemo auf den Balkon.

»Ich hoffe, ich störe nicht, aber ich war etwas verwundert, wo du so lange bleibst, Alice.«

Aus seinem fragenden Gesichtsausdruck konnte ich ablesen, dass er von meiner Konversation mit Tobia nichts mitbekommen hatte.

Tobia kam mir mit einer Antwort zuvor. Sein Gesicht war wieder versteinert. »Wir hatten unser Gespräch gerade beendet. Signore ...«

»Fernandi.«

»Signore Fernandi.« Giuliemos Name kam ihm nur langsam über die Lippen. Im Gegensatz zu mir hatte er sofort erkannt, was dieser Name bedeutete. »Entschuldigen Sie, ich möchte Sie bitten, Signorina Breuer wieder zum Tanz zu führen.«

Ohne ein weiteres Wort abzuwarten, drehte er sich um und wandte seinen Kopf wieder dem Wasser zu. Etwas verblüfft nahm Giuliemo meine Hand und führte mich ins Innere.

»Er hat mit dir gesprochen? Was für ein Wunder! Hast du etwas über ihn erfahren?« Erwartungsvoll sah er mich an.

»Nein, leider nicht.«

Gedankenverloren schüttelte ich den Kopf und warf einen letzten Blick auf Tobia. Wie hatte ich jemanden, der mir gerade einen der schönsten Abende meines Lebens geschenkt hatte, so kränken können? Es tat mir unendlich leid, und kurz dachte ich daran, zurückzulaufen und mich zu entschuldigen, aber tief in meinem Inneren wusste ich, dass ich es nicht über mich bringen würde.

»Sollen wir?« Giuliemo deutete auf die Tanzenden. Ich folgte seiner Aufforderung und betrat erneut die Tanzfläche, um die nächsten Stunden gemeinsam mit ihm zu tanzen oder während der kurzen Ruhepausen in einem kleinen Salon im zweiten Stock auf einem der Sofas auszuspannen. Immer wieder aber schweifte mein Blick durch den Raum. Ich versuchte Tobia zu entdecken, doch es schien ganz so, als ob er nach unserem Gespräch sein eigenes Fest verlassen hatte. Mein Herz war schwer, wenn ich an meine Worte dachte, doch ich bereute sie nicht. Tobia hatte sich eingebildet, mich kaufen zu können und dass ich ihm nur wegen ein bisschen Aufmerksamkeit alles verzeihen würde. Vielleicht war ich ein Mauerblümchen, aber ich hatte meinen Stolz. Ich hing noch meinen Gedanken nach, während Tobias Bruder es sich neben uns mit zwei vollbusigen Blondinen auf einem der Sofas bequem gemacht hatte und angetrunken versuchte, eine der leeren Champagnerflaschen, die auf dem Tisch gestanden hatten, auf seinem Handrücken zu balancieren.

Die Stunden verstrichen. Nach und nach leerten sich die Säle und Zimmer. Giuliemo unterhielt mich und machte mir ein Kompliment nach dem anderen. Doch sosehr ich auch versuchte, mich ablenken zu lassen, meine Stimmung war seit dem Streit mit Tobia recht gedrückt. Enttäuscht erkannte ich, dass Giuliemo zwar äußerst attraktiv und zuvorkommend, aber ebenso oberflächlich und selbstverliebt war. Seine Komplimente klangen fahl, seine Erzählungen handelten nur von ihm und seinem Besitz. Erstaunt nahm ich wahr, dass es mich in keiner Weise interessierte, mit ihm die Nacht zu verbringen.

»Vielen Dank für den schönen Abend, Giuliemo.« Müde erhob ich mich aus dem Sofa.

»Du willst schon gehen?«

Ich musste lachen. »Schon? Es ist drei Uhr morgens.«

Giuliemo musterte mich. Sein Kennerblick schien ihm zu sagen, dass ich noch nicht erobert worden war. Er zwinkerte mir zu.

»Ich kenne etwas, das du spaßig fändest.«

Ich war überrascht, eine solch offenkundige Zweideutigkeit von ihm zu hören. Bisher waren seine Intentionen zwar ersichtlich gewesen, aber er hatte sich zurückgehalten, sie so offen auszusprechen. Erstaunt sah ich ihn an.

»Nicht, was du denkst!« Er lachte. »Auch wenn ich dir das ebenso gerne zeigen würde. Nein – ich glaube, da gibt es etwas, was dir Spaß machen würde und du sicherlich noch nie erlebt hast. Komm mit!«

Er erhob sich und zog mich an meiner Hand in den ersten Stock, aus dem Musik zu vernehmen war. Es war aber nicht die Musik des DJs, der die CDs aufgelegt hatte, sondern der Klang des großen Pianos, das ich bisher in der Ecke des riesigen Raums hinter dem Streichquartett gar nicht bemerkt hatte. Eine kleine Gruppe junger Leute hatte sich um das Instrument versammelt, sie sangen ein Lied, das mir bekannt vorkam.

*Madamina, il catalogo è questo*
*delle belle che amò il padron mio;*
*un catalogo egli è che ho fatt'io:*
*osservate, leggete con me.*
*In Italia seicento e quaranta,*
*in Lamagna duecento e trentuna,*
*cento in Francia, in Turchia novantuna,*
*ma in Ispagna son già mille e tre.*
*V'ha fra queste contadine,*
*cameriere, cittadine,*
*v'han contesse, baronesse,*
*marchesane, principesse,*
*e v'han donne d'ogni grado,*
*d'ogni forma, d'ogni età*

»Was ist das?«

Ich kannte die Melodie, aber konnte mich nicht erinnern, wo ich sie schon einmal gehört hatte.

Giuliemo lächelte geheimnisvoll. »Don Giovanni, die Oper von Mozart. Leporello, sein Diener, zählt die Frauen auf, die Don Giovanni schon in der ganzen Welt erobert hat. Allein in Spanien hatte Don Giovanni genau tausendunddrei Geliebte. Nicht schlecht, was?«

Ich schmunzelte, keineswegs erstaunt über Giuliemos musikalische Vorlieben. Plötzlich änderte sich die Melodie, und die junge Frau in einem schlichten, silberfarbenen Kleid, die ihre Finger über die Tastatur tanzen ließ, stimmte einen Walzer an.

»Du musst wissen, am Ende eines jeden Festes hier in Venedig bleibt eine kleine Gruppe junger Venezianer zurück und nutzt den Platz, wenn alle anderen schon nach Hause gegangen sind, um ihren ganz eigenen Spaß zu haben. Ich gehöre normalerweise nicht dazu, aber ich dachte, es könnte dir gefallen.«

Jetzt sah ich, wie einige der jungen Leute sich vom Piano lösten und auf die Tanzfläche gingen, um Tanzpaare zu bilden. Giuliemo zwinkerte mir zu und nahm meine Hände.

»Diese Kleider sind nämlich nicht für Diskomusik gemacht.«

Ich erblasste. Er erwartete hoffentlich nicht wirklich, dass ich mit ihm einen Walzer tanzen würde, noch dazu in diesem ausladenden Kleid und um diese Uhrzeit. Meine schlimmsten Befürchtungen schienen sich zu bewahrheiten! Schon hatte er meine Taille ergriffen und zog mich mit geübtem Schritt über die Tanzfläche. Das Piano erklang nun in vollem Schwung. Ich sah die Paare um uns, deren Reifröcke und Frackspitzen durch den Raum wirbelten. Geschlagen ergab ich mich und versuchte Giuliemos Schritten, so gut ich konnte, zu folgen. Aber was hatte Herr Minou noch gesagt? In diesen Kleidern musste man tanzen. Endlich begriff ich, was er gemeint hatte! Nicht Diskomusik, sondern echtes Tanzen war es, wofür diese Kleider gemacht worden waren. Ich fühlte mich, als ob ich über die Tanzfläche schwebte. Niemand konnte meine falschen Schritte sehen. Bei den Drehungen wippte der Reifrock um mich herum und gab mir einen Drall, der mich kurzzeitig vom Boden abzuheben schien. Giuliemo war ein ausgezeichneter Tänzer, der mich elegant durch den Raum steuerte. Für einen kurzen Moment schloss ich die Augen und genoss das Gefühl zu schweben. Als der dritte Walzer zum Ende kam, war ich vollkommen erschöpft, aber ebenso glücklich.

»Danke. Das war wirklich wunderschön.«

Ich ließ mich auf einen der Stühle fallen, die an der Wand lehnten, und streckte meine Füße von mir.

»Jetzt muss ich aber wirklich gehen. Ich bin todmüde, und meine Füße tragen mich kaum noch.«

»Ach, bitte geh doch noch nicht.«

Giuliemo ließ sich auf dem Stuhl neben mir nieder. Erwartungsvoll strich seine linke Hand über meinen Nacken. Er begann eine meiner Locken auf seinem Zeigefinger aufzuwickeln, bis seine Finger die Kristallblüte berührten.

»Was für ein wunderschönes Schmuckstück und so passend.«

Fragend sah ich ihn an. »Wieso passend?«

»Gleichzeitig so schön und doch so kalt und unnahbar. Ganz wie du. Man wird aus dir nicht richtig schlau. Aber das ist es gerade, was mich so fasziniert.«

Er senkte den Kopf, um mich auf meinen Hals zu küssen. Behutsam entzog ich mich ihm und stand auf. Ich war mir sicher, dass er den ganzen Abend auf diesen Moment hingearbeitet hatte: Ich sollte offenbar heute Nacht eine kleine Trophäe in seiner großen Sammlung werden. Ich verdankte ihm, dass der Ball trotz Tobias seltsamem Benehmen nicht zu einer Enttäuschung geworden war, aber ich war mir sicher, dass ich nie mit jemandem zusammen sein konnte, der nur zu oberflächlichen Gefühlen fähig war und mit mir so wenig gemein hatte. An dieser Einstellung hatten auch ein paar Walzer nichts geändert.

»Giuliemo, es war ein wundervoller Abend, du bist ein hervorragender Tänzer, aber ich gehe jetzt lieber allein nach Hause.«

»Können wir uns wiedersehen?«

Auch er war aufgestanden und schien über meine Antwort sehr erstaunt zu sein. Einem Fernandi gab man wahrscheinlich nicht so oft einen Korb.

»Ich glaube nicht, dass wir die gleichen Interessen haben, Giuliemo.«

Er zog seine Hände zurück. »Aber, warum denn?«

»Weil du erobern möchtest und ich nicht erobert werden möchte.«

Ich sah ihn sanft an, aber er schien verstanden zu haben, dass er mich nicht überzeugen würde.

»Dann wünsche ich dir noch einen schönen Abend.«

Gekränkt verabschiedete er sich von mir mit zwei auf meine Wangen gehauchten Küssen und gesellte sich, ohne sich noch mal umzuschauen, zurück zu den jungen Venezianern, die soeben ein weiteres Lied anstimmten, das ich nicht kannte. Giuliemo legte seinen Arm ohne jedes Zögern um die Schultern einer jungen Frau, die ich schon auf der Tanzfläche bei ihm gesehen hatte.

Ich aber stieg die Stufen zum Ausgang hinunter. Die Diener und Garderobieren waren längst nach Hause gegangen. An der Garderobe hingen nur noch einzelne Mäntel und Jacken. Auf dem Boden aber lagen die Reliquien einer langen Nacht – zusammengeknüllte Servietten, verlorene Fächer, zertretene Federn und sogar ein verlorener Schuh. Der Gedanke, ob hier wohl wirklich jemand Aschenputtel gespielt hatte, erheiterte mich und machte mir bewusst, dass sich auch für mich hinter dem Portal wieder meine alte Welt befinden würde – die Scarpas, das kleine Zimmer auf dem Dach und mein Leben als graues Entlein. Diese Nacht würde ein einmaliges Erlebnis bleiben, der Alltag hatte mich in wenigen Stunden wieder, aber ich seufzte zufrieden bei dem Gedanken, dass wenigstens niemand mir diese Erinnerung würde nehmen können.

In meine Gedanken versunken, wollte ich das Portal öffnen, als sich Schritte näherten, die ich sofort als Tobias erkannte, wenn er mit seinem Hund unterwegs war. Verlegen spürte ich, wie mein Herz schneller schlug. Sollte ich ihm entgegentreten oder mich in eine Ecke zurückziehen und ihn vorbeiziehen lassen? Aber hatte ich ihm nicht versprochen, mich nicht mehr zu verstecken? Langsam öffnete ich das Portal und stand direkt vor ihm.

»Guten Abend, oder soll ich sagen guten Morgen?«

Ich lächelte ihn an, selbst wenn er es nicht sehen konnte, und auch sein Gesicht verzog sich zu einem etwas gequälten Lächeln.

»Wenn Sie jetzt erst gehen, nehme ich an, Sie haben sich amüsiert, Signorina Breuer?«

»Es war ein wunderbarer Abend, Signore Manin. Danke!«

»Das freut mich.«

Eine seltsame Pause entstand, die er als Erster durchbrach.

»Darf ich fragen, ob Sie allein sind?«

Ich konnte spüren, wie viel Überwindung es ihn kostete, diese Frage zu stellen und einzugestehen, dass er in diesem Fall nicht Herr der Situation war. Langsam trat ich näher an ihn heran.

»Ich bin ganz allein, Signore Manin, und Sie können mich gerne wieder duzen, wenn Ihnen daran gelegen ist. Ich dachte, wir hätten diesen Punkt schon geklärt?«

Er errötete leicht. »Du hast recht. Es war nur ...« Er hielt kurz inne. »Bitte entschuldige, dass ich dir vorhin keine Fragen beantworten wollte, aber vielleicht ist es dir eine Genugtuung, dass ich die letzten zwei Stunden durch Venedig gerannt bin und mir für mein Verhalten Vorwürfe gemacht habe. Ich gebe zu, mein Benehmen war falsch.« Er hielt inne und schluckte. »Ich hatte nicht zu hoffen gewagt, dich noch hier zu treffen, aber da es so ist, möchte ich mich entschuldigen.«

Ich spürte, was dieser Satz für einen selbstgerechten Mann wie ihn bedeuten musste.

»Ich kann keine Genugtuung empfinden, wenn jemand anderes leidet, aber es würde mich freuen, wenn das bedeuten würde, dass wir uns jetzt endlich wirklich kennenlernen könnten?«, antwortete ich sanft.

Seine Antwort war ein leichtes Nicken. Für einen kurzen Augenblick war ich versucht, ihn erneut nach seinem Namen zu fragen, aber ich spürte, dass dies nicht der richtige Moment war. Es war spät, und wir waren müde.

»Wie wäre es, wenn wir uns morgen treffen würden?«

Noch nie hatte ich einen Mann zu einer Verabredung eingeladen. Ich war von meiner eigenen Courage überrascht.

Die Andeutung eines Lächelns überzog sein Gesicht. »Das wäre wunderbar.« Doch dann verdunkelten sich seine Züge wieder. »Aber bist du nicht schon mit deinem Verehrer vom Ball verabredet? Wie hieß er noch?« Es war leicht zu erkennen, dass er nur vorgab, den Namen nicht sofort zu wissen. »Fernandi. Kein schlechter Fang, denke ich?«

Ich konnte ein Schmunzeln nicht unterdrücken. War dies ein Anflug von Eifersucht? Aber sofort ermahnte ich mich. Wieso hätte ein Mann wie Tobia meinetwegen eifersüchtig sein sollen? Er war sicherlich einfach nur höflich und wunderte sich vielleicht, wieso ich in einem von ihm finanzierten Luxuskostüm so wenig Erfolg haben konnte. Ich entschied mich, ihm ehrlich zu antworten.

»Der Ball war wunderbar. Ich habe mich sehr vergnügt, aber wie ich schon sagte – ich gehöre nicht in diese Gesellschaft und bin mir bewusst, dass ich wie Aschenputtel morgen aufwachen werde und wieder die alte Alice bin, die in ihrem kleinen Zimmer im fünften Stock bei den Scarpas wohnt. Warum sollte ich mich auf einen Prinzen einlassen, der mich spätestens übermorgen vergessen haben wird? Nein – ich habe keine Verabredung. Aber wäre ein Treffen bei Tageslicht und vor aller Öffentlichkeit denn angemessen?«

Ich erinnerte mich nur zu gut an seine Worte auf dem Balkon wenige Stunden zuvor.

»Mach dir deswegen keine Sorgen. Man wird noch in einer Woche von dem Fest sprechen und wer mit wem angebandelt hat. Da wird eine harmlose Verabredung nicht zu sehr auffallen ... hoffe ich.«

Er lächelte und kam mir in diesem Augenblick fast ein wenig verlegen vor.

»Dann«, er senkte seinen Kopf zu einer fast altertümlich anmutenden Verneigung, »freue ich mich auf morgen. Ich werde dich um zwölf Uhr bei den Scarpas abholen. Gute Nacht, Alice aus dem fünften Stock.«

Er war schon dem Hund auf die Treppen gefolgt, als ich leise bei mir murmelte: »Gute Nacht, Tobia Manin – oder wie auch immer du heißen magst.«

# Kapitel ❁ Sechs

Als ich am nächsten Morgen in meinem kleinen Zimmer bei den Scarpas erwachte, erschien mir die vorherige Nacht wirklich wie ein Traum. Konnte es möglich sein, dass ich all das erlebt hatte, oder war ich eingeschlafen, und meine Phantasie war mit mir durchgegangen? Ein kurzer Moment der Angst überkam mich. Ich richtete mich im Bett auf, um mich zu vergewissern, dass diese Nacht Realität gewesen war. Mein Blick fiel auf den Stuhl neben dem Bett, und beruhigt stellte ich fest, dass dort – als großer Stoffhaufen – mein Kostüm lag. Nach meiner Rückkehr vom Palazzo hatte ich es mühsam aufgeknöpft und so vorsichtig wie möglich über den Stuhl drapiert.

Verträumt ließ ich mich in mein Kissen zurückfallen, schloss erneut die Augen und dachte an das Fest zurück. Noch nie in meinem Leben hatte ich mich so selbstsicher gefühlt und war von einer solchen Leichtigkeit erfüllt gewesen. Zum ersten Mal, seit ich denken konnte, hinterfragte ich nicht meine Freude, sondern genoss sie. Genoss, dass Tobia Manin, der geheimnisvollste Mann Venedigs, für mich einen Ball gegeben hatte, dass ein Fernandi mir seinen Abend geopfert hatte und dass ich mich dennoch von keinem der beiden aus purer Dankbarkeit zu etwas hatte verführen lassen, das ich später bereut hätte. Es war ein umwerfendes Gefühl, sich zum ersten Mal nicht als hässliches Entlein, sondern als schöner Schwan zu fühlen.

Als ich endlich aufstand, war es schon fast elf Uhr. Nervös dachte ich an mein Treffen mit Tobia. Ich konnte immer noch nicht ganz fassen, dass ich ihn wirklich treffen würde, und fragte mich, ob ich wohl endlich seinen wahren Namen erfahren und herausfinden würde, wer er war. Schmerzhaft wurde mir bewusst, dass Tobia mich wie ein offenes Buch zu lesen schien, während es mir unmöglich war, in sein Inneres einzudringen und zu verstehen, was in ihm vorging. Meine Finger zitterten, während ich die Haarnadeln entfernte, die noch immer in meinem Haar steckten. Und je länger ich nachdachte, desto mehr begriff ich, dass die Nervosität, welche mich erfüllte, nicht meine Unsicherheit war, sondern die Befürchtung, dass mein geheimnisvoller Nachbar sich wieder in seinen schützenden Kokon zurückziehen würde.

Noch immer in Gedanken versunken, duschte ich, zog mir meine Jeans und ein dünnes lachsfarbenes T-Shirt an und bemerkte erstaunt, wie seltsam es sich auf einmal anfühlte, wieder normale Kleidung zu tragen.

Kurz vor der verabredeten Zeit verließ ich das Apartment. Es war ein strahlend schöner Tag, und die warme Luft, welche ins Treppenhaus drang, trug Kinderrufe, Küchendüfte und das Gurren der Tauben über die Stadt, die aus ihrem Sonntagsschlaf erwacht war. Die letzten Stufen in einem Satz nehmend, trat ich zur Tür und stutzte für einen Moment. Könnte Tobia es sich anders überlegt haben und nicht kommen? Zum ersten Mal in meinem Leben verstand ich, was meine Kolleginnen in Teltow gemeint hatten, wenn sie vom Bangen vor einem ersten Wiedersehen sprachen. Mein Atem stockte, als ich die Klinke herunterdrückte.

Erleichtert stellte ich fest, dass Tobia mich schon mit seinem Hund erwartete. Regungslos stand er auf der anderen Seite der Calle in der Sonne. Trotz der warmen Frühlingstemperaturen hatte er zu einem weißen T-Shirt seine dunkelblaue Wolljacke angelegt. Spürte er die Wärme nicht? Als er wahrgenommen hatte, wie die Tür sich hinter mir schloss, drehte er sich zu mir um.

»Alice?«

Fröhlich trat ich zu ihm und griff nach seiner Hand, um ihn zu begrüßen.

»Guten Morgen, Tobia.«

Er erwiderte meinen Händedruck, entzog mir seine Hand aber schnell. Enttäuscht stellte ich fest, dass seine Finger nicht wieder meine Hand betastet hatten.

»Guten Morgen, Alice. Das ist übrigens Geo.«

Liebevoll deutete er auf den Hund, der bei der Erwähnung seines Namens aufhorchte, um dann schon am Geschirr zu ziehen. Tobia und ich fielen in seinen Schritt ein.

»Wohin geht es?«

»Lass dich überraschen.«

Ein kurzes Lächeln überzog sein Gesicht und verwandelte sich dann wieder in den emotionslosen Ausdruck, der es unmöglich machte, seine wahren Gefühle zu lesen. Vertrauensvoll folgte ich diesem seltsamen Paar schweigend, aber mit jedem Schritt fühlte ich, wie eine Anspannung von Tobia Besitz ergriff: Seine Bewegungen waren nicht wie sonst geschmeidig, sondern schroff und hart. Sein Verhalten stand im krassen Kontrast zu meiner Fröhlichkeit. Was konnte Tobia nur so bedrücken, dass er seine Selbstsicherheit verloren hatte?

So war ich froh, als Geo endlich langsamer wurde und wir anscheinend unser Ziel erreicht hatten. Vor mir lag eine kurze Gasse, die zum Canal Grande führte. Überrascht bemerkte ich, dass am Ende der Gasse ein hellbraunes Motoscafo lag. Sanft wippte das Boot in den Wellen, der Bootsführer schien uns zu erwarten.

Hin und her gerissen, was ich denken sollte, starrte ich das Boot an. Einerseits konnte ich es nicht erwarten, endlich einen meiner größten Wünsche – mit einem Wassertaxi fahren zu dürfen – zu erfüllen. Andererseits überlegte ich besorgt, was Tobia vorhaben könnte. Warum mussten wir mit einem Boot fahren, wenn es um ein einfaches erstes Kennenlernen gehen sollte? War es wirklich eine gute Idee, allein mit einem Mann, dessen Namen man nicht mal wissen durfte und der bekanntermaßen eigenwillig war, auf ein Schiff zu gehen?

Entschieden schob ich meine Bedenken beiseite. Was sollte schon passieren? Der Bootsführer war bei uns.

»Signore Manin, Signorina.«

Der Kapitän machte eine leichte Verbeugung und gab mir die Hand, damit ich sicher in das schwankende Boot einsteigen konnte. Geo und Tobia folgten mir, und ich konnte erkennen, dass sie sich im Gegensatz zu mir nicht zum ersten Mal auf einem solchen Schiff befanden.

Voller Staunen betrachtete ich das glänzende Holz, die cremefarbenen Ledercouchen im Inneren, die glänzenden polierten Armaturen. Ich setzte mich schließlich, benommen von dieser Eleganz, auf einen der Sitze, die am hinteren Ende des Bootes im Freien lagen. Tobia nahm vorsichtig neben mir Platz, während Geo sich im Inneren zusammenrollte. Der Bootsführer startete den kraftvollen Motor, und das Boot fuhr mit einer schwungvollen Kurve vom Ufer ab in Richtung Dogana und Lagune.

Elegant zog das Boot seine Bahn zwischen den vielen anderen Schiffen, die an diesem sonnigen Sonntagmittag zwischen Canal Grande und der Isola San Giorgio Maggiore unterwegs waren. Ich lehnte mich genießerisch in die Kissen zurück und schloss die Augen. Die Gischt benetzte mein Gesicht, als das Boot an Geschwindigkeit zulegte, während der Fahrtwind meine Haare wehen ließ und meine Nase den leicht salzigen Geruch der Lagune aufnahm. Immer hatte ich davon geträumt, in einem solch luxuriösen Boot zu fahren, aber nie hatten die Scarpas mich mitgenommen, wenn sie ein Wassertaxi gerufen hatten. Sehnsüchtig hatte ich ihnen vom Steg aus nachgesehen und mir vorgestellt, wie es sich wohl anfühlen würde mitzufahren.

»Darf ich jetzt fragen, wohin die Reise geht?«

Ich hatte meine Augen geöffnet und sah, dass wir am Lido vorbei in Richtung Norden fuhren.

»Nach Torcello.«

Tobias Gesicht blieb regungslos. Ich hatte von dieser Insel gehört, die ursprünglich die erste Siedlung der Lagune gewesen war, nun aber nur noch von weniger als zwanzig Personen bewohnt wurde und hauptsächlich ein Sommerausflugsziel geworden war. Schiffsverbindungen waren sporadisch und entfielen im Winter oft ganz, so dass ich es bisher nicht geschafft hatte, diesen Teil der Lagune zu besuchen.

Es erstaunte mich, dass Tobia eine so weit abgelegene Insel für ein Treffen gewählt hatte. Noch immer hatte er kaum ein Wort gesagt, seit wir auf das Schiff gekommen waren. Sein Gesicht hatte alle Farbe verloren, und seine Hände steckten tief in den Taschen seiner Jacke, während er regungslos neben mir saß. Ich beschloss, wenigstens den Versuch zu einer Konversation zu starten, und betrachtete erneut seine für einen solch warmen Frühlingstag zu warme Kleidung.

»Ist dir kalt?«

Fast erwartete ich schon keine Antwort, als Tobia emotionslos und ohne sein Gesicht in meine Richtung zu wenden, antwortete: »Wer kein Licht sehen kann, sondern nur pechschwarze Nacht, der nimmt auch nicht mehr den orangenen Schimmer der Wärme wahr. Mir ist immer kalt.«

Wieder folgte minutenlange Stille. Mein normaler Impuls wäre es gewesen, es weiter zu versuchen, aber angesichts Tobias angespannter Stimmung beschloss ich, wenigstens die Bootsfahrt und das grandiose Panorama zu genießen und auf unsere Ankunft in Torcello zu warten, bis ich riskieren wollte, ihn erneut anzusprechen. Auch meine Stimmung hatte sich mittlerweile verschlechtert. So kam es, dass Tobia und ich kein weiteres Wort wechselten, bis wir in Torcello anlangten und das Boot sanft an der Mole anlegte. Meine Laune war auf einem Tiefpunkt angekommen. Für einen kurzen Moment spielte ich sogar mit dem Gedanken, Tobia zu bitten, wieder nach Venedig zurückzufahren, da mich nichts mehr an die freudige Erwartung, die ich noch vor wenigen Stunden verspürt hatte, erinnerte. Tobias Melancholie hatte auch mich vollkommen vereinnahmt. Und so konnte ich nicht anders, als endlich auf den Punkt zu kommen, nachdem wir das Boot verlassen hatten.

»Was soll das alles bedeuten?«

Sanft, aber bestimmt griff ich Tobia am Arm. Er würde meine Empfindungen nicht sehen können, aber er sollte sie wenigstens fühlen.

Sein Gesicht spiegelte Überraschung wider. »Was meinst du?«

»Dieser einsame Ort, deine schlechte Stimmung, unser Schweigen. So hatte ich mir ein Treffen wirklich nicht vorgestellt.«

Er löste sich aus meinem Griff und trat zurück, um die mir schon so bekannte Distanz herzustellen, die wie ein Kreis um ihn gezogen war und die er bei jedem meiner Annäherungen wiederherstellte, als würde ein unsichtbares Koordinatensystem ihn lenken.

»Ich dachte, wir sind zum Mittagessen verabredet. Die Locanda Cipriani erschien mir eine gute Idee.« Mit gespielter Gleichmütigkeit fügte er an: »Würdest du lieber woanders essen?«

Ein Stich ging durch mein Herz. Das war also sein Plan gewesen. Bei all meiner Nervosität hatte ich ganz vergessen, dass wir uns um zwölf Uhr verabredet hatten und man also einfach auf eine Verabredung zum Mittagessen hätte schließen können. Und natürlich – die Locanda Cipriani befand sich auf Torcello. Dieses Lokal wurde in allen Fremdenführern als einer der schönsten Orte Venedigs schlechthin geschildert, mit einem magischen Garten, herrlichen Gerichten und einer zauberhaften

Atmosphäre. Und nun war ich endlich hier und hatte mich selten zuvor schlechter gefühlt.

»Tobia, du weißt so gut wie ich, dass es nicht darum geht, wo oder was wir essen. Es geht darum, dass du mich seit fast vierzig Minuten anschweigst und schlechter Stimmung bist. Warum hast du eigentlich eingewilligt, gemeinsam zum Mittagessen zu gehen, wenn du es nicht wirklich willst?«

Tobias Mund wurde schmal, und ich befürchtete schon, dass er mir wieder nicht antworten würde, als er mit ungewohnt leiser Stimme ansetzte: »Alice, du hast recht. Ich bestreite nicht, dass ich dir wahrscheinlich wie ein Idiot vorkommen muss.« Er schüttelte den Kopf und zog aus Versehen am Hundegeschirr. Geo winselte leise, da er nicht zu wissen schien, ob sein Herr mit ihm ungehalten war oder es einen anderen Grund gab. Tobias Gesicht erschien fahl und eingefallen. Für einen kurzen Moment befürchtete ich, dass ich mit meiner Härte zu weit gegangen war, doch er sprach weiter: »Bitte lass uns ins Lokal gehen. Hier kann ich nicht sprechen. Wir sollten uns setzen. Ich verspreche dir, ich werde dir dort alles erklären. Kein Schweigen. Ehrenwort.«

Mit schwerem Schritt, aber ohne Zögern setzte er dazu an, sich vom Hund zur Locanda führen zu lassen, und schien zu erwarten, dass ich ihm folgte. Noch immer war ich nicht ganz überzeugt, aber er hatte recht, dass die Mole nicht der richtige Ort war, um ein längeres Gespräch zu führen. Ich konnte sehen, dass nicht nur unser Motoscafofahrer neugierig die Ohren gespitzt und sich übermäßig lange mit dem Vertäuen des Bootes beschäftigt hatte. Auch zwei Freizeitfischer, die an der Reparatur eines Netzes arbeiteten, und eine vierköpfige Familie, die ebenfalls an diesem Sonntag einen Ausflug unternahm, hatten bei meinen lauten Worten aufgeschaut. Unentschlossen, ob es wirklich die richtige Entscheidung war, lief ich hinter Tobia und Geo in Richtung des alten Farmhauses, das die Locanda darstellen musste.

Tobias Versicherung hatte mich milder gestimmt. Ich überwand mich, ihn einzuholen, und versuchte, die Stimmung etwas aufzuheitern.

»Man sagt, dass Hemingway hier *Über den Fluss und in die Wälder* geschrieben hat. Nicht eines seiner besten Bücher, aber dennoch ein historischer Ort!«

Für einen kurzen Moment verflog die Melancholie, und ein ironisches Lächeln erleuchtete Tobias Gesicht, als er mir antwortete.

»Und ich dachte, du würdest das Essen schätzen.«

Wir erreichten das Gebäude. Ich folgte Geo und Tobia ins Innere, wo wir von einem gutaussehenden dunkelhaarigen jungen Mann, der wohl der Besitzer war, begrüßt wurden.

»Wir freuen uns, dass Sie uns endlich besuchen, Signore Manin.«

Ein übertriebenes Grinsen überzog sein Gesicht. Er bedeutete uns, ihm ins Freie zu folgen, und platzierte uns in sicherem Abstand von den ohnehin wenigen anderen Gästen – einem englischen Pärchen und einer fröhlichen italienischen Großfamilie – an einem elegant gedeckten Tisch inmitten des traumhaften Gartens. Niemand würde uns hören oder sehen können. Überrascht bemerkte ich, dass sich meine Stimmung merklich gebessert hatte. Angesichts der puren Schönheit dieses Ortes konnte ich einfach nicht mehr schlechter Laune sein. Blühende Granatapfelbäume waren zu erkennen, gelbe und rote Rosen rankten an den Wänden, und wilder Wein hangelte sich an einer Pergola vor uns herauf. Über allem lag der verführerische Duft von Kräutern, Blüten und verlockenden mediterranen Gerichten, die in der Küche zubereitet wurden.

»Darf ich Ihnen einen Aperitif bringen?«

Ein Kellner war zu Tobia getreten.

»Gerne zwei Campari Orange.«

»Wünschen Sie die Karte?«

»Ich glaube, nein. Bringen Sie uns einfach, was der Koch empfiehlt.«

Dankbar dafür, dass Tobia auch für mich das Menü ausgewählt hatte, atmete ich durch. Ich hätte mich leicht lächerlich gemacht, wenn ich die Hunderte von italienischen Fischfachbegriffen wieder einmal nicht auseinanderhalten konnte. Ein kurzer Moment des Zweifels überkam mich dennoch. Hatte Tobia sich einfach nicht mit der Auswahl des Essens beschäftigen wollen oder sich, angesichts seines Unvermögens, die Menükarte lesen zu können, für die eleganteste Lösung entschieden? Mir wurde klar, wie geschickt er seine Behinderung oft überspielte. Gespannt, was nun folgen würde, saß ich vor ihm und starrte auf sein regungsloses Gesicht. Eine schweigsame Minute später begann er endlich.

»Hier sitzen wir also, zwei eigentlich völlig Fremde, die sich nur ein paarmal zufällig begegnet sind. Du fragst dich sicherlich, was das alles soll und ob ich heute endlich wenigstens ein paar deiner Fragen beantworten werde.«

Seine Augenbrauen zogen sich zusammen.

»Bevor ich aber dazu komme, möchte ich erst klarstellen, warum wir hier in dieser sicherlich wunderschönen Umgebung an einem sonnigen Frühlingssonntag sitzen und du mich dennoch so angespannt und schweigend siehst. Das ist es doch, was dich stört, oder?«

Ich nickte, dachte dann, dass er es ja gar nicht wahrnehmen konnte, und ließ ein leises »Ja« folgen. Er begann erneut, seine Stimme nahm einen eindringlichen Ton an.

»Es ist nicht so, dass ich deine Gegenwart nicht genießen würde, aber seit wir uns heute Nacht im Palazzo verabschiedet haben, vergeht keine Stunde, in der ich mich nicht frage, ob es wirklich richtig war, mich heute mit dir zu treffen. Ich kann dir versichern, dass das ein ungewohntes Gefühl für mich ist.« Er hielt kurz inne, dann nickte er kaum merklich und fuhr mit fester Stimme fort: »Wahrscheinlich nimmst du jetzt an, dass ich zweifle, weil ich mehr von dir möchte als nur ein Mittagessen in Torcello und ich Angst vor einer Abfuhr habe.« Ein kurzes Lächeln umspielte seinen Mund. »Aber ich kann dir versichern, dass du dir da ganz umsonst Sorgen machst. Ich habe keinerlei Absicht, dich zu verführen, und daher auch keine Angst, nicht deinen Wünschen zu entsprechen. Solche Ziele liegen lange hinter mir und gehören einer anderen Zeit an.« Fast erwartete ich, dass er an dieser Stelle seufzen würde, doch ich hatte mich getäuscht. Tobia blieb ruhig, als er anfügte: »Ich habe kein Interesse an dir als Frau, und bitte nimm das nicht als Beleidigung.« Kurz schien er auf einen Einwand von mir zu warten, um dann fortzufahren: »Der wahre Grund, weshalb ich nervös bin, ist, dass ich mich seit meiner Erblindung vollkommen zurückgezogen habe und nie erwartet hätte, dass es einen Menschen geben könnte, der mich an dieser selbstgewählten Einsamkeit zweifeln lassen würde.«

Seine Hände spielten mit dem Dessertlöffel, als müsste er sich an etwas festhalten. Ich wagte nicht, auch nur die kleinste Bewegung zu machen, voller Angst, dass ein Geräusch seinen Redefluss unterbrechen könnte.

»Aber dann traf ich auf dich. Bei unserem ersten Treffen an der Accademia-Brücke war ich erst nur verärgert über dein Verhalten. Ich hasse es, wenn mich jemand beobachtet, sich nicht zu erkennen gibt und denkt, ich bemerke es nicht.«

Ich zuckte zusammen. Wie recht er hatte und wie oft ich genau das getan hatte.

»Und weil ich wie du jeden anderen Passanten als Eindringling in meinem Venedig sah.«

Ich hatte mich also doch nicht getäuscht – Tobia empfand ähnlich wie ich, und ich konnte sehen, dass sich auch auf seinem Gesicht ein kurzes unbeabsichtigtes Lächeln abzeichnete. Wie sehr musste ihn mein Geständnis auf dem Altan amüsiert und gleichzeitig erfreut haben.

»Doch bei unserem zweiten Treffen in der engen Gasse beim Fenice musste ich innehalten. Noch nie war mir jemand innerhalb so kurzer Zeit zweimal nachts begegnet. Ich fing an, mir auszumalen, wer du warst. Und ich erspare dir, was ich mir alles ausgemalt habe, Tatsache ist, dass ich mich schließlich nicht mehr zurückhalten konnte und dich ansprechen musste, als wir uns während des Aqua Alta wiedertrafen.«

»Aber du hast mich nichts gefragt!«

Tobia nickte nachdenklich.

»Es war der Anfang meines Dilemmas – auf der

einen Seite wollte ich dich kennenlernen und endlich wissen, wieso ein anderer Mensch außer mir die Nacht zum Leben wählte, auf der anderen Seite wusste ich, dass ich niemanden in meiner Nähe ertragen konnte.«

Er legte den Dessertlöffel ab und richtete sein Gesicht zu mir auf. Die Schönheit seines Antlitzes war umwerfend, aber seine toten Augen lagen wie kalte Steine inmitten seiner ebenmäßigen Gesichtszüge. Seine Worte trafen mich unerwartet und mit voller Wucht.

»Ich hasse Menschen. Ich hasse es zu fühlen, wie sie mich anstarren, ich hasse das Mitleid, die barmherzigen Angebote, mir helfen zu wollen. Ich hasse zu wissen, dass jeder ungebildete arme Schlucker mehr vom Leben hat als ich. Ich hasse die ständigen Fragen – wie ich erblindet bin und wie es sich damit lebt.«

Er senkte seinen Kopf erneut, und für einen kurzen Moment überlegte ich, ob er es tat, um mir den Anblick seiner Augen zu ersparen.

»Als ich dich also ansprach, war ich hin und her gerissen, ob ich wirklich den Kontakt zu einem Menschen suchen sollte, den ich nicht kannte und der mich ebenso wie alle anderen bemitleiden würde. Tja, und so brach ich den Versuch ab, bevor ich ihn richtig begonnen hatte, und schwor mir, dich auf der Straße um jeden Preis zu meiden. Ich gab sogar meine geliebten Spaziergänge auf und verließ den Palazzo nicht mehr.«

Ich musste bei dem Gedanken schlucken, dass ich ihm unbeabsichtigt diesen Genuss, einen der wenigen, der ihm noch geblieben war, genommen hatte.

»Aber kurz darauf begegneten wir uns auf dem Altan, und ich konnte es nicht vermeiden, mit dir zu sprechen und etwas über dich zu erfahren. Kurz hoffte ich, das würde meine Neugierde und Faszination bezüglich deiner Person zur Ruhe bringen, aber ich wurde eines Besseren belehrt. Ich wollte mehr über dich wissen.« Sein Gesicht verzog sich zu einem gezwungenen Lächeln, als er sinnierend anfügte: »Wir waren uns so ähnlich und doch so verschieden. Wir liebten beide die Nacht, wir liebten die Einsamkeit, und doch taten wir es aus völlig unterschiedlichen Gründen. Und so beschloss ich, das Fest zu geben, um dich ohne jegliche Verpflichtung für uns beide wiedersehen zu können. Kannst du das verstehen?«

Ich schluckte.

Leise antworte ich.

»Das kann ich. Aber verzeihe mir, wenn ich sage, dass ich denke, dass du, auch wenn du mich kennenlernen wolltest, eigentlich nicht bereit warst, dich auch nur ein bisschen zu öffnen. Erst hast du dich während des Balls ewig nicht gezeigt und mir dann keine Frage beantwortet.«

Nachdenklich nickte er.

»Und ich will es heute eigentlich auch nicht.«

Mir stockte der Atem – würde er mir immer noch nicht sagen, wer er wirklich war? Hatte er mir all das nur gesagt, damit er die wahren Fragen vermeiden konnte? Wie immer schien er meine Gedanken zu lesen.

»Keine Angst, Alice.« Ein fast spöttisches Lächeln umspielte seine Lippen. »Was ich versprochen habe, halte ich.« Das Lächeln verschwand. »Ich habe dir all das nur gesagt, um dir klarzumachen, warum es für mich so unendlich schwierig ist, einen Menschen in meine schwarze Welt eintreten zu lassen.«

Seine Worte standen wie Felsen zwischen uns. Umso erleichterter war ich, als der Kellner in diesem Augenblick mit dem Campari Orange auftauchte.

»Cin cin, Alice.«

Tobia toastete mir zu, aber ich konnte in seinem Gesicht keine Freude entdecken.

»Wo fangen wir also an?«

Seine Hand umschloss das Glas

»Wenn es ein faires Kennenlernen sein soll, dann muss ich dir wohl mindestens so viel sagen, wie du mir gesagt hast. Du hast mir verraten, dass du die Tochter einer Deutschen und eines Italieners bist, mit deinem Vater aber wohl kein gutes Verhältnis hattest. Wahrscheinlich hättest du mir auch noch mehr erzählt, wenn du deine Geschichte objektiv betrachten könntest. Und vielleicht sollte ich es so auch mit meiner eigenen Geschichte versuchen, damit du den richtigen Eindruck bekommst.«

Er zögerte einen Moment. »Stellen wir uns also einen kleinen Jungen vor. Einen Jungen, der in einer Kleinstadt bei Mailand aufwächst. Ein Kind, wie es viele gibt – hübsch, lustig, etwa acht Jahre alt, mit liebevollen Eltern und einem etwas vorlauten älteren Bruder. Nehmen wir an, dass der Name des Kindes Tobia ist. Tobia ist also eines dieser behüteten glücklichen Kinder einer typischen italienischen Mittelstandsfamilie, als an einem nebligen Januarmorgen seine Eltern bei einem Autounfall tödlich verunglücken. Eine Welt bricht für ihn zusammen, und Tobia begreift, dass er nun Waise ist und es nur zwei Verwandte gibt, die sich seiner annehmen können – ein Onkel, der Mathematik-Professor in Stanford geworden ist, den er aber nur einmal in seinem Leben gesehen hat und der Kinder für nutzlos hält, und eine selbstsüchtige Tante in Mailand, die Kinder nur als Anziehpuppen wahrnimmt. Schnell wird Tobia und seinem Bruder Stefano klargemacht, dass weder Onkel noch Tante beide Brüder nehmen möchten, und so einigen sich die Verwandten schließlich, dass jeder ein Kind nimmt und per Los entschieden wird, welches Kind zu wem kommt. Trotz allem meint es das Schicksal gut mit Tobia, und er darf zum strengen, aber gerechten Onkel, während sein Bruder Stefano zur Tante abgeschoben wird. Tobias Leben nimmt einen völlig neuen Lauf. Statt in einem italienischen Kleinstadtidyll wächst er auf einem amerikanischen Universitätscampus auf und ist von den größten Gelehrten umgeben, die ihn dazu ermuntern, sich wie ein Erwachsener in die Gespräche einzubringen. Sein Onkel, Professore Prode, Bruder seines Vaters, dessen Nachname auch er trägt, ist zwar nicht, was man liebevoll nennen könnte, aber er vermittelt dem Jungen seine Liebe für die Naturwissenschaften. Tobia wird zu einem gelehrigen und interessierten Schüler. Die High School absolviert er im Schnelldurchlauf, und schon während des Studiums gründet er eine Firma, die zu einer der wichtigsten der IT-Branche wird. Mit knapp zwanzig ist Tobia Millionär und mit dreiundzwanzig so erfolgreich, dass Geld in seinem Leben nie mehr eine Rolle spielen dürfte. Tobias Onkel stirbt, und so holt Tobia seinen Bruder Stefano, der von der Tante lieblos aufgezogen wurde, die Schule abgebrochen hatte und inzwischen in Spanien lebt, in die USA und in seine Firma. Und die beiden tun, was Männer machen, wenn sie viel Geld und Erfolg haben: Sie kaufen Villen, die schnellsten Autos, sie feiern Partys mit vielen schönen Frauen.«

»Wirklich?«

Ohne es zu wollen, war mir diese Zwischenfrage herausgerutscht, und hätte Tobia mich sehen können, wäre ihm die rote Tönung meiner Wangen aufgefallen. Es war mir peinlich, dass ich mich zu dieser Frage hatte hinreißen lassen, aber ich konnte mir Tobia in einer solchen Rolle nicht vorstellen. Sicherlich, Stefano, Tobias Bruder, hätte ein solches Leben genossen, aber Tobia? Ein Mann, der die Einsamkeit liebte und viel zu nachdenklich erschien, um sich an solchen Oberflächlichkeiten zu erfreuen?

Tobia zögerte kurz und sprach dann weiter.

»In einer Juninacht vor fast vier Jahren – Tobia war gerade achtundzwanzig geworden – änderte sich alles schlagartig. Stefano und er waren wie so oft für ein Party-Wochenende zu Tobia in die Villa in Malibu gefahren. Die letzten Gäste hatten das Haus verlassen, und Tobia war ins Bett gegangen, während Stefano noch einen kurzen Strandspaziergang machte.« Er hielt erneut kurz inne, dann streckte er sich abrupt. »Das Nächste, an das ich mich erinnern kann, war ein unglaublicher Schmerz in meinem Kopf.« Ich bemerkte, wie Tobia dazu übergegangen war, von sich in der ersten Person zu sprechen.

»Ein Einbrecher war durch die offene Terrassentür gekommen und hatte im Haus die Wertgegenstände zusammengerafft. Als er merkte, dass ich im Schafzimmer lag und nicht an den Strand gegangen war – was er wohl vermutet hatte –, wurde er panisch und richtete seine Pistole einfach auf mich und drückte ab.«

»Hat man ihn erwischt?«

»Ja. Stefano kam nach Hause, als der Einbrecher gerade aus dem Haus rennen wollte. Er hat sich die Pistole gegriffen, die immer in der Küche lag, und geschossen. Der Einbrecher war sofort tot.«

»Und du?«

»Stefano rief den Notarzt. Man brachte mich mehr tot als lebendig ins Krankenhaus. Bis heute wissen die Ärzte nicht ganz genau, wie ich den Schuss überleben konnte, der durch meine Schläfe quer durch meinen Kopf schlug. Was sie aber sofort wussten, war, dass ich blind bleiben würde, weil die Kugel die Sehnerven schwer geschädigt hatte. Als ich nach ein paar Tagen aus dem Koma erwachte und meine Augen öffnete, war ich stockblind. Ich sehe nicht mal mehr einen Hauch von Licht – einfach nichts.«

Ich sah ihn fassungslos an. Ein dummer Einbruch war es also, der sein Leben zerstört hatte. Ich konnte nicht umhin, mir zu überlegen, wie sein Leben ohne diesen Schicksalsschlag verlaufen wäre – ein Leben ohne Sorgen und mit allem Luxus und Erfolg, den ein Mensch sich nur wünschen konnte. Fraglos hätte ich diesen Tobia nie kennengelernt. Ich wurde in meinen Gedanken unterbrochen, als der Kellner uns die Antipasti aus hauchdünnen Carpacci servierte und den dazu empfohlenen Wein einschenkte. Als der Kellner unseren Tisch wieder verlassen hatte, setzte ich erneut an.

»Warum hast du dir gerade Venedig als Wohnort ausgesucht?«

»Wenn du mir verzeihen kannst, würde ich dich bitten, diese Frage aufzuheben. Für heute habe ich genug Fragen beantwortet. Ich bin es nicht gewohnt, in meinen Erinnerungen und Gefühlen herumzustochern, und auch wenn es dir vielleicht seltsam erscheinen mag, es tut mir weh, mich zu erinnern.«

Nachdem wir schweigend und bedrückt den Gang beendet hatten und der Kellner die Teller abgeräumt hatte, um sie durch enorme Teller Risotto alle Verdure zu ersetzen, wandte Tobia sich wieder an mich.

»Nun weißt du also alles über mich, und wie du dir vorstellen kannst, würde ich dich bitten, es für dich zu behalten. Vor allem meinen wahren Namen. Ich möchte gerne Signore Manin bleiben, weil ich es hasse, wenn jeder sich um meine Angelegenheiten schert. Ich vertraue dir, dass du mein Geheimnis wahren wirst.«

»Natürlich.«

»Ich denke, es ist aber auch an der Zeit, dass ich dich wieder etwas fragen darf?«

»Was möchtest du wissen?«

Erfreut stellte ich fest, dass sich seine Stimmung gebessert hatte und die Blässe aus seinem Gesicht verschwunden war.

»Wie alt bist du?«

Ich musste lachen – wie immer war seine Frage direkt und kurz.

»Vierundzwanzigeinhalb.«

»Und du warst schon immer Au-pair?«

»Aber nein. Eigentlich habe ich Germanistik studiert und bin dann Buchhändlerin geworden.«

»Ein Bücherwurm also?«

Ich konnte förmlich sehen, wie er sich versuchte, aus meinen Beschreibungen mein Aussehen auszumalen.

»Falls das heißen soll: Hornbrille Stärke sechs, Glubschaugen und Buckel vom vielen Lesen, dann nein. Falls das heißt: blonder Pferdeschwanz, kein großes Interesse an der neuesten Mode und immer mindestens ein Buch auf dem Nachttisch, dann bin ich es.«

Er lächelte.

»Noch eine Frage?«

»Was bringt eine Buchhändlerin dazu, Au-pair in Venedig zu werden?«

»Die Anzeige der Familie Scarpa hat mich irgendwie magisch angezogen. Ich wusste einfach, dass ich es machen wollte. Einen logischen Grund gab es nicht – eher hundert, die dagegensprachen.«

»Und deine Mutter? Wenn ich mich recht erinnere, war sie doch der Italiennarr? Hat sie dich dazu überredet?«

»Meine Mutter ist vor zwei Jahren gestorben.«

»Entschuldige.«

»Kein Problem. Sie war froh, als sie endlich gehen durfte. Aber vielleicht hatte sie mir den Floh ins Ohr gesetzt. Sie meinte immer, dass ich zu wenig spontan sei und mal aus mir herausgehen und einfach nur leben sollte. Vielleicht habe ich ihr wenigstens jetzt einmal folgen wollen.«

»Und bist du glücklich über deine erste spontane Entscheidung?«

»Ich denke ... Ja.«

»Das klingt nicht wirklich überzeugt.«

Ich dachte nach. Einerseits behandelten die Scarpas mich unfair, aber andererseits hätte ich meine nächtlichen Stadtrundgänge und die Erfahrungen der letzten paar Tage gegen nichts in der Welt eintauschen wollen.

Entschlossen antwortete ich: »Meine Mutter hatte absolut recht. Man sollte öfter spontan sein.«

In diesem Augenblick brachte der Kellner eine Dorade, die er auf einem Seitentischchen vor uns filetierte und auf die Teller legte, während Tobia an seinem Glas nippte und auf die Geräusche zu lauschen schien. Als der Kellner serviert hatte und wir wieder unter uns waren, setzte Tobia erneut an.

»Und wie lange wirst du in Venedig bleiben?«

»Bis September.«

»Und dann?« Wie schaffte es Tobia bloß, immer genau die Fragen zu stellen, die ich mir selbst stellte und auf die ich keine Antworten wusste.

»Ich weiß nicht. Mein altes Leben scheint mir so fern von allem hier. Ich kann mir fast nicht mehr vorstellen, zurückzugehen und dabei glücklich zu werden, aber hierbleiben ist auch keine Option.«

Tobia schien nachdenklich, und ich beschloss, ihm eine Frage zu stellen, die ihn nicht an seine Vergangenheit erinnern würde.

»Was würdest du an meiner Stelle machen?«

Erstaunt hielt er inne und setzte das Glas Weißwein ab, das er soeben an seinen Mund hatte führen wollen.

»Ich?« Er zögerte. »Ich würde mir die Welt ansehen.«

Seine Antwort erstaunte mich. Er erschien mir so wenig an seiner Umgebung interessiert und ich hatte nicht gehört, dass er viele Reisen unternahm. Wieso schlug er es also mir vor?

»Du meinst, ich sollte um die Welt reisen wie die Hippies? Von der Hand in den Mund leben und da schlafen, wo ich einen Platz finde?«

Ich lächelte bei der Vorstellung. Dies war so ziemlich das Gegenteil von dem, was ich mir immer erträumt hatte – riskant und planlos. Zum ersten Mal hatte Tobia mich falsch verstanden. Doch sein ernster Ton bei den folgenden Worten machte mir klar, dass seine Antwort wohlüberlegt gewesen war.

»Wenn du es dir nur so leisten kannst, die Welt zu sehen, dann mache es so.« Er hatte die Serviette von seinem Schoß genommen und drehte sie in seinen Händen. »Die Hauptsache ist, dass du es machst, bevor es zu spät ist.« Die Serviette landete unsanft auf dem Tisch. »Ich gebe nur sehr ungern Fehler zu, aber es war sicherlich einer meiner größten, mir die Welt nicht angesehen zu haben, als ich es noch konnte. Wenigstens könnte ich dann von Erinnerungen leben.« Er verzog den Mund. »Als ich noch sehen konnte, habe ich es immer auf morgen verschoben, mir die Welt genauer anzusehen. Wenn ich wirklich einmal aus den USA herauskam, dann nur für das Geschäft, und außer Flughäfen, Konferenzräumen und Hotelzimmern habe ich nichts erlebt.« Er atmete tief ein. »Kannst du dir vorstellen, wie man so etwas bereut, wenn es nicht mehr aufzuholen ist? Kannst du dir vorstellen, wie es ist, keine Erinnerungen an die schönsten Orte zu haben und es nie nachholen zu können? Nimm Venedig. Du gehst wahrscheinlich davon aus, dass ich weiß, wie es um mich herum aussieht? Aber ich war nur einmal als Kleinkind mit meinen Eltern hier und kann mich an nichts mehr erinnern. Außer ein paar Bildern, die ich zufällig früher in Fotobänden gesehen habe, habe ich keine Ahnung, wie diese Stadt aussieht, und ich kann dir sagen, dass all meine Spaziergänge und Abende auf der Loggia dieses Rätsel für mich nicht lösen werden.« Er beugte sich vor und gab seinen Worten einen eindringlichen Klang. »Sieh dir die Welt an, solange du es kannst, man weiß nie, was morgen geschieht.«

Der Kellner trat an unseren Tisch und begann, die Teller und Bestecke abzuräumen. Tobia lehnte sich zurück. Seine Stimme hatte wieder einen unverbindlichen Ton angenommen, als er fragte: »Was hältst du davon, wenn wir noch schnell ein Dessert nehmen und dann die Insel besuchen? Ich war noch niemals auf Torcello, du?«

Erleichtert stellte ich fest, dass auch er das Thema wechseln wollte.

Mit übertrieben fröhlicher Stimme antwortete ich: »Nein, ich war auch noch nie hier und würde mich gerne umschauen, aber was das Dessert betrifft, glaube ich nicht, dass ich noch einen Bissen essen kann.«

»Also ein Espresso?«

»Gerne.«

Er winkte dem Kellner, von dem er anscheinend annahm, dass er uns konstant beobachtete, bestellte zwei Espressi und bat ihn, die Rechnung an den Palazzo Segantin zu schicken.

Nachdem wir den Kaffee schnell zu uns genommen hatten, ergriff Tobia erneut Geos Geschirr. Tobias Ungeduld und Tatendrang waren ansteckend. Und auch wenn ich ein fast unwiderstehliches Verlangen verspürte, mich bei ihm unterzuhaken, widerstand ich dieser Versuchung. Zu sehr befürchtete ich, zurückgewiesen zu werden und die unbeschwerte und heitere Stimmung, die endlich entstanden war, zu gefährden.

Als wir die Kirche betraten, bat mich Tobia in wenigen Worten, ob ich ihm beschreiben könnte, was ich sah. Nur zu gerne folgte ich seiner Bitte, da ich nun wusste, dass ihm alles unbekannt sein musste, und begann die romanische Struktur, die verblassenden Farben, die spartanische Einrichtung und die Stimmung, die ich erblickte und fühlte, zu umreißen. Der Ort war seltsam melancholisch in seiner Abgeschiedenheit und Kargheit, und es fiel mir leicht, das Gefühl von friedlicher Verlassenheit zu beschreiben, das ich bei diesem Anblick empfand. Berichtete ich zu Anfang noch stockend und zurückhaltend, so bemerkte ich schnell, wie Tobia mir fasziniert zuhörte, und es bereitete mir immer mehr Freude, ihm zu erklären, was ich sah. Jedes Detail interessierte ihn. Ich versuchte nichts auszulassen, bis ich mir sicher war, dass er sich wirklich ein Bild hatte machen können.

Wir traten aus der Kirche und liefen entlang der wenigen Häuser über die verträumte und verlassen wirkende Insel mit ihrem üppigen Grün. Kurz verweilten wir bei dem sogenannten Thron von Attila, der Touristenattraktion von Torcello, die aber wohl eher eine Legende denn ein echter Thron war.

Erst jetzt bemerkte ich, dass das Wetter umgeschlagen war. Wolken waren aufgezogen. Eine ungewöhnliche Kälte zog über die Lagune und ließ mich zittern. Meine leichte Sommerkleidung war wohl doch keine so gute Idee gewesen. In wenigen Worten beschrieb ich Tobia den Anblick der dahintreibenden dunklen Wolken, die den milchigen Himmel zu zerschneiden schienen, und malte ihm mit meinen Sätzen ein Bild des Wassers, das die Farbe von blaugrauem Stahl angenommen hatte und von peitschenden weißen Wellen durchzogen wurde. Zitternd verschränkte ich meine Arme vor dem Körper.

»Ich denke, wir müssen zurück, oder wir werden die Nacht hier verbringen müssen.«

Ich konnte mir jetzt schon vorstellen, was die Scarpas davon halten würden. Tobia schien wie aus einer Trance zu erwachen. Seine Stimme klang abwesend, als er mir antwortete: »Ja. Lass uns fahren.«

»Wann hast du das Boot bestellt?«

Überrascht runzelte er die Stirn.

»Wie kannst du denken, dass ich das Boot zurückgeschickt hätte? Es wartet auf uns. Wann immer du nach Venedig möchtest, können wir fahren.«

Ich konnte mir nicht vorstellen, was es kosten mochte, ein Motoscafo mit Fahrer für so viele Stunden zu mieten, aber ich war froh, dass wir aufbrechen konnten.

»Gehen wir?«

Tobia antwortete nicht, aber ich sah, dass Geo die Richtung änderte, und wir begannen zurück zur Mole zu laufen. Wieder breitete sich Schweigen aus, und ich befürchtete schon eine Rückfahrt, die ebenso trostlos sein würde wie die Herfahrt.

Als wir das Boot erreicht hatten, setzten wir uns ins holzgetäfelte Innere. Ich bedeckte mich mit einer der Mohairdecken, die bereitlagen, um uns zu wärmen. Doch noch immer fröstelte ich, während das Boot so schnell es konnte durch die Lagune glitt, um uns zurück in die Stadt zu bringen. Die feuchte Kälte schien bis in meine Knochen gedrungen zu sein, und ich war ganz damit beschäftigt, die Decke so nah wie möglich an mich zu drücken, als ich erfreut Tobias Stimme vernahm.

»Vielen Dank für diesen wunderschönen Tag.«

»Du hast es genossen?«

»Wie hätte ich es nicht genießen können? Noch nie hat mich jemand so mit Worten gefesselt und für mich eine ganze Welt aufgebaut, die vorher nicht für mich existiert hat. Meinetwegen hätten wir noch Stunden bleiben können. Nur der Gedanke an die Rückfahrt hat mich kurz etwas deprimiert. Konntest du das nicht sehen, du, die doch sonst alles so klar und deutlich sieht?« Er pausierte kurz. »Danke!«

Erleichtert seufzte ich und lehnte mich im Sitz zurück.

»Ich habe zu danken. Du hast mich nach Torcello gebracht. Es war mir eine absolute Freude, gemeinsam die Insel ... entdecken zu dürfen.«

»Ich hoffe, es war für dich nicht ein zu großes Opfer, mir alles erklären zu müssen?«

Seine Frage war zaghaft, aber ich spürte die Angst, die dahinter verborgen lag.

»Es war kein Opfer, ganz und gar nicht.«

Leicht beugte ich mich vor und näherte mich, um Tobia zu verdeutlichen, wie ernst mir meine Worte waren.

»Ich habe es ebenso genossen, dir etwas zu beschreiben, das mich selbst ergriffen und bewegt hat.«

Ich hielt inne. Er schien etwas fragen zu wollen.

»Alice?«

»Ja?«

»Dürfte ich dich um etwas bitten?« Sein Gesicht war ernst, als erwartete er, dass ich ihn zurückweisen würde. »Es mag dir wie eine seltsame Frage vorkommen.« Er senkte den Kopf. »Wie ich dir gesagt habe, kenne ich Venedig so gut wie gar nicht, und du bist eine hervorragende Führerin. Daher würde ich dich gerne«, er stockte, »ich würde dich gerne fragen, ob ich dich wieder treffen dürfte und du mir Venedig so zeigen könntest, wie du es mit Torcello getan hast. Ich würde dich dafür auch gerne bezahlen.«

»Nein.«

Entsetzt wies ich sein Angebot zurück und sah, wie er bei meiner schroffen Antwort zurückzuckte. Aber wie konnte er nur erwarten, dass ich Geld annehmen würde für etwas, das mir selbst so viel Freude bereitete?

»Tobia, wie kannst du mich nur so etwas fragen? Liebend gerne beschreibe ich dir die Stadt, aber nicht, weil du mir dafür etwas zahlen möchtest, sondern weil es mir Spaß macht.«

»Ich will aber nicht, dass du es aus Mitleid tust.«

»Sondern lieber aus Geldgier?« Ich konnte seine Logik nicht verstehen. »Tobia, warum glaubst du bloß, dass man dich nur aus Mitleid begleiten möchte? Wieso kannst du nicht akzeptieren, dass es mir Freude bereitet, dir etwas zu beschreiben?«

»Weil ich selbst früher so etwas sicherlich nie getan hätte. Ich hätte mir nie die Zeit genommen, um einem anderen Menschen aus purer Freude etwas zu beschreiben.« Ich wollte etwas einwenden, aber er ließ mich nicht zu Wort kommen.

»Alice, ich werde dich nicht drängen, etwas anzunehmen, wenn du es nicht wünschst, aber ich bin mir sicher, dass du das Geld gut für deine Zukunft gebrauchen könntest.« Er schmunzelte. »Geld ist für mich wirklich nicht das Problem. Falls du es dir also irgendwann anders überlegst und einen Lohn wünschst – lass es mich einfach wissen. In der Zwischenzeit«, er streckte mir seine Hand entgegen, »zahle ich aber wenigstens für anständiges Essen. Abgemacht?«

»Abgemacht.«

Ich schlug in seine Hand ein, lehnte mich freudig in die weiche Lederpolsterung zurück und wollte Tobia fragen, welche Sehenswürdigkeit er denn als Erstes im Sinn hatte, als mir plötzlich einfiel, dass in den nächsten Tagen nicht an ein Treffen zu denken war.

»Es wird aber ein wenig warten müssen. Morgen fahren die Scarpas nach Frankfurt auf einen Kongress. Ich werde es nicht schaffen, aus dem Haus zu kommen, weil die Jungen ein paar Tage schulfrei haben und ich sie nicht allein lassen möchte.«

Tobia nickte.

»Dann vielleicht ein anderes Mal.«

Ich spürte, dass er überlegte, ob dies eine Ausrede gewesen sein sollte und ich ihm in Wirklichkeit seinen Wunsch doch nicht erfüllen wollte. Schnell ergänzte ich daher meine Worte.

»Sie kommen Samstag zurück. Wie wäre es also mit nächstem Sonntag? Das Guggenheim-Museum?«

Meinen Vorschlag hatte ich ganz spontan ausgesprochen, um schnell etwas zu sagen. Daher begriff ich erst einen Moment später, wie unsinnig es erscheinen musste, einen Blinden in ein Museum führen zu wollen, doch bevor ich mich korrigieren konnte, huschte über Tobias Gesicht ein leicht spöttisches Lächeln.

»Ein Museum? Das wird interessant werden. Ich war seit Jahren in keinem mehr. Abgemacht. Sonntag zehn Uhr warte ich vor deinem Haus.«

Es war mir klar, dass Einwände nun zwecklos sein würden. Tobia war neugierig, wie ich einen solchen Besuch meistern könnte. Ich aber verfluchte mich für meine Einfalt. In diesem Moment stieß das Boot an einen der Holzpfähle. Wir hatten die Stadt und unseren Steg erreicht. Die Dunkelheit war hereingebrochen. Langsam begann es zu nieseln. Galant spannte der Kapitän einen Schirm über uns auf, als wir das Boot verließen. Tobia ließ es sich nicht nehmen, mich nach Hause zu begleiten, um mich dort mit einem kurzen Handschlag zu verabschieden.

# Kapitel Sieben

Nachdenklich schloss ich die Tür hinter mir und stieg die Treppen zum Apartment der Scarpas und dann zu meinem Zimmer hinauf. Im Flur fand ich eine Nachricht der Scarpas, dass sie mit den Jungen zum Abendessen ausgegangen waren. Erleichtert atmete ich auf – wenigstens würde ich mir keine Vorwürfe wegen meiner späten Heimkehr anhören müssen.

In meinem Zimmer zog ich meine feuchten Kleidungsstücke aus und ließ sie auf den Boden fallen, um sie gegen ein Nachthemd zu tauschen. Schon etwas wärmer, ließ ich mich auf das große quietschende Bett fallen und starrte an die alte Holzdecke, die von Wasserflecken gezeichnet war. Ich spürte, wie sich mein Gesicht zu einem Lächeln verzog und mir gleichzeitig ein tiefer Seufzer entfuhr. Entsetzt stellte ich fest, dass ich mich entgegen all meinen Vorsätzen verliebt hatte. Noch nie hatte ein Mann mir so lange zugehört, ohne gelangweilt zu gähnen, weil es nicht um Fußball oder seine sonstigen Interessen ging. Nie hatte mich jemand in meinen romantischen Beschreibungen ermutigt oder sie sogar gelobt, ganz im Gegenteil, ich erinnerte mich nur zu schmerzhaft an den Spott, mit dem meine Klassenkameraden mich überzogen hatten, wenn ich mal wieder ein zu malerisches Referat abgeliefert hatte. Tobia aber hatte an meinen Lippen gehangen. Ich konnte gar nicht genau genug erzählen, was ich sah oder die Stimmung veranschaulichen, die ich bei meinen Betrachtungen fühlte. Wie herrlich hatte es sich angefühlt, das Glück in seinem Gesicht zu sehen, wenn ich zu einer neuen Beschreibung ansetzte, und seinen Fragen zu lauschen, die mir mehr als jede Antwort klarmachten, dass Tobia das Gleiche dachte und fühlte wie ich. Ein Zittern durchzog meinen Körper, und ich spürte, wie sich eine eiskalte Angst in mir breitmachte. Eine Angst, die ich noch nie gespürt hatte: Was, wenn nur ich tiefere Gefühle hegte? Nur zu gut erinnerte ich mich an seine Aussage, dass er an mir nicht als Frau interessiert war.

Abrupt setzte ich mich auf und versuchte mich zu erinnern, ob Tobia mir an irgendeinem Punkt dieses Tages auch nur im Geringsten das Gefühl gegeben hatte, dass er in mir etwas anderes sah als einen Gesprächspartner. Langsam schloss ich die Augen und ließ Szene um Szene vor mir ablaufen, um einen Anhaltspunkt zu finden, der meine Hoffnung bestärken würde. Doch sosehr ich auch überlegte – Tobia schien nur von Neugierde und Interesse gesprochen zu haben, aber nie von Gefühlen. Ja, er war von mir fasziniert, aber nicht, weil er mich begehrte, sondern weil er wissen wollte, wer ich wirklich war. Wir hatten uns nie außer zum Gruß und beim Abschied berührt, und bei der Rückfahrt im Boot schien es mir, dass er sich demonstrativ umgesetzt hatte, als ich auf seiner Seite der Sitzbank Platz genommen hatte. Nein, Liebe sah anders aus.

Eine einzelne Träne rann meine Wange hinab, und der Gedanke stieg in mir auf, dass sich ein Regenbogen wohl so anfühlen musste – glücklicher Sonnenschein auf der einen Seite und trübe Wolken auf der anderen. Bei allem Glück des heutigen Tages war mir nur zu bewusst, dass ich mir mehr wünschte, als Tobia mir je geben würde: Ja, er war an mir interessiert, aber nicht als Frau, sondern als Brücke zur Welt, als ein Mensch, der ihm seine Augen wenigstens zum Teil ersetzen konnte. Meine innere Stimme sagte mir, dass ich meine Gefühle ihm gegenüber vergessen sollte, wenn ich nicht vorhatte, unnütz zu leiden. Ich durfte ihn nicht mehr wiedertreffen. Trotzig biss ich mir auf die Lippen, um schon im nächsten Moment meinen Entschluss wanken zu sehen.

Wie konnte ich Tobia nicht mehr wiedertreffen wollen, wenn ich doch in seiner Gegenwart endlich zum Leben erwachte, wenn ich spürte, dass er mich besser verstand als jeder andere Mann! Bei aller Selbstdisziplin, die ich sonst an den Tag legte – ich konnte mir nicht vorstellen, mir dieses Vergnügen zu untersagen und Tobia Prode nicht mehr zu treffen.

»Tobia Prode.« Leise flüsterte ich seinen Namen. Endlich hatte er mir verraten, wie er hieß. Von neuem Leben erweckt, sprang ich aus dem Bett. Nun würde eine Google-Recherche Resultate bringen. Schnell warf ich mir meine Wolljacke über und stieg die Wendeltreppe hinab. Draußen klatschte der Regen immer noch in großen Tropfen an die Fenster. Aufgeregt setzte ich mich vor den Computer, der angeschaltet geblieben war, und gab Tobias Namen ein. Mehr als zehntausend Einträge wurden angezeigt. Tobia Prode war kein Unbekannter, wie es Tobia Manin gewesen war.

Meine Finger zitterten, als ich die Maus bediente, um die ersten Resultate anzuklicken. Bis zu dem

Überfall war Tobia einer der einflussreichsten und erfolgreichsten Unternehmer des Internets gewesen. Sein Onkel, der brillante Stanford-Professor Francesco Prode, hatte ihm im Alter von achtzehn Jahren das Startkapital für seine erste Firma gegeben, und innerhalb von drei Jahren war sie zu einer der einflussreichsten IT-Firmen geworden – fast jeder Internetdienst nutzte seine Programme. Mit dem Erfolg war Tobia nicht nur Multimillionär oder sogar Milliardär geworden, sondern hatte sich auch zu einem bekannten Playboy entwickelt. Sein hervorragendes Aussehen, weltmännisches Auftreten, italienischer Charme, gepaart mit Reichtum und Intelligenz, machten ihn zu einem gerngesehenen Gast bei Gesellschaftsanlässen. Ich sah Fotos von ihm neben berühmten Persönlichkeiten aus Politik und dem amerikanischen Showbusiness, Arm in Arm mit den schönsten Frauen und auf dem Gesicht immer ein aufgesetztes, selbstgerechtes Lächeln.

Hungrig nach Informationen las ich weiter und versuchte zu erkennen, ob eine dieser Frauen eine wichtigere Rolle in seinem Leben gespielt hatte. Doch nur allzu schnell konnte man erkennen, dass Frauen in Tobias Leben als Luxusaccessoires gedient hatten – Models, Fernsehsternchen, die eine oder andere Sportlerin – allen war eins gemein: Sie sahen hervorragend aus, waren blond und blieben nicht länger als maximal sechs Monate an seiner Seite.

Ich konnte sehen, wie Prode in einer Talkshow zum Thema Erfolg ganz der Mann gewesen war, den ich ursprünglich in ihm vermutet hatte: selbstsicher, arrogant und selbstverliebt. Er hatte kaltherzig diskutiert und klargemacht, dass seiner Meinung nach jeder sein eigenes Schicksal in der Hand hatte und er deshalb Leute, die nichts aus ihrem Leben machten, als minderwertig empfand. Zwei Wochen später war er auf dem Höhepunkt seines beruflichen Erfolges in seinem Wochenendhaus in Malibu von einem Einbrecher angeschossen worden und erblindet.

Aufgeregt überflog ich die Details über den Einbruch in einem ausführlichen Artikel der *Los Angeles Times*: Der Einbrecher war ein Spanier, ein gewisser Fernando Lerú, gewesen. Erst sechs Wochen zuvor war er als Tourist in die USA gekommen, wahrscheinlich auf der Suche nach Arbeit. Als er aber mit seinem Touristenvisum keine Jobs hatte finden können, traf er anscheinend die Entscheidung, dass er sich mit ehrlichen Mitteln nicht mehr über Wasser halten konnte, und bereitete seinen ersten Einbruch vor. Mit seinem letzten Geld erstand er eine Waffe und fuhr nach Malibu. Warum er sich genau diesen Ort und das Haus von Tobia Prode ausgesucht hatte, konnte später nicht geklärt werden. Spekuliert wurde, dass er die Strandvillen in einer der vielen amerikanischen Fernsehserien gesehen hatte und annahm, dass sie sich für einen Einbruch hervorragend eignen würden. Der Artikel endete mit der Kritik, dass ungeklärt blieb, warum der Einbrecher auf den schlafenden Tobia geschossen hatte und weshalb der für geringere Vergehen vorbestrafte Stefano Prode für seinen kaltblütigen Schuss auf Lerú straffrei geblieben war.

Ich starrte auf den Computer. Ja, warum nur hatte Lerú diesen Schuss auf Tobia abgegeben? Er hätte einfach die Sachen zusammenraffen und fliehen können. Tobia war offenbar nicht aufgewacht, und Stefano Prode hätte ihn nicht gehört. Und warum hatte Tobias Bruder ihn nicht mit der Waffe in Schach gehalten, sondern hatte gleich abgedrückt?

Nachdenklich suchte ich weiter in den Ergebnissen und musste feststellen, dass Tobia sich tatsächlich komplett aus der Öffentlichkeit zurückgezogen hatte. Seine Firma wurde jetzt von seinem Bruder geleitet, war allerdings seitdem wenig erfolgreich und hatte stark an Wert verloren, da die Entwicklung neuer Produkte ins Stocken geraten war.

Als ich den Computer ausschaltete, war es elf Uhr abends. Mir war bewusst, dass die Scarpas jeden Moment nach Hause kommen würden. Ich hatte Artikel über Tobia, seine Firma und den Überfall gelesen, hatte auf YouTube Interviews mit ihm angeschaut, verschiedene Clips über ihn gesehen und das Bild eines Mannes gewonnen, der mir unsympathisch war. Auf einmal kamen mir seine Einladung zum Fest und nach Torcello nicht mehr liebenswert und unschuldig vor, sondern entsprachen dem Schema eines Mannes, der wusste, wie er Menschen von sich überzeugen konnte. Ich konnte das Manipulative und Emotionslose erkennen, das mich beim Fest erschreckt hatte und das ich heute so schnell vergessen oder verdrängt hatte. Sicherlich hatte Tobia an mir keinerlei Interesse als Frau, was er aber ganz sicher wollte, das war, über mich zu bestimmen und meine Gedanken zu beherrschen. Vielleicht war es ja auch genau das, was ihn interessierte, was er brauchte – einen Menschen an sich zu binden, um ihn dann fallen zu lassen.

Verwirrt ging ich zurück in mein Zimmer und fiel in einen unruhigen Schlaf. Die einzige Traumsequenz, an die ich mich am nächsten Morgen noch erinnern konnte, handelte von Tobia, der sehen konnte und mich mit einem scharfen Hund mit fletschenden Zähnen verfolgte, bis ich am Ende einer langen schmalen Gasse an einen Kanal kam. Als ich endlich beschloss, in den Kanal zu springen und somit zu entkommen, wachte ich auf. Die Kirchenuhr hatte eben sieben Uhr geschlagen.

Erschöpft zog ich mich an, um das Frühstück vorzubereiten und den Scarpas zu helfen, die Koffer zum Boot, das sie zum Flughafen bringen würde, zu schleppen. Sie waren spät nach Hause gekommen, und Signora Scarpa hatte eindeutig noch nicht genug Schlaf gehabt, um eine einigermaßen erträgliche Stimmung an den Tag zu legen.

»Wieso ist der Kaffee nicht fertig? Wo bleiben die Koffer? Warum sind die Kinder noch nicht angezogen?«

Noch auf dem Boot zählte sie mir auf, welche Aufgaben ich diese Woche erledigen musste.

»Vergiss nicht, das neue Cello bei Signore Rossi abzuholen! Bring mein Kleid zum Atelier Parisien zurück! Hole die Opernkarten am Mittwoch ab!«

Ihre Sätze rissen nicht ab, und sie sorgte sich lediglich, dass ich mich während ihrer Abwesenheit zu sehr dem Faulenzen widmen könnte. Aber auch Signore Scarpa, der mich immer wieder ermahnt hatte, gut auf die Kinder aufzupassen, hatte mir eine noch nie gesehene Liste von Aufgaben übergeben, bevor er nach Frankfurt aufgebrochen war. Ein Frühlingsputz musste durchgeführt werden, die Sommerkleidung sollte aus dem Stauraum im Erdgeschoss geholt und die Winterkleidung in denselben eingeräumt werden. Und gleichzeitig waren die Jungen auch noch daheim und sollten unterhalten werden. Es war offensichtlich, dass ich so gut wie keine freie Minute haben würde.

Nur zwei Mal sah ich Tobia in den nächsten Tagen auf der Loggia stehen und begrüßte ihn kühl, da ich das, was ich über ihn gelesen, immer noch nicht verdaut hatte. Und auch er beschränkte sich nur auf einen kurzen Gruß.

Drei Tage nachdem die Scarpas abgereist waren, traf auch Signora Minou ein, um das Kleid, das Korsett und die Accessoires abzuholen. Ich konnte sehen, dass sie sich schon informiert hatte, wie das Fest abgelaufen war.

»Sie waren also ein voller Erfolg auf dem Fest?«

Sie sah mich durchdringend an.

»Ich habe es Ihnen zu danken. Es war großartig.«

»Fernandi?«

»Sie haben sich gut informiert, Signora Minou. Ja, ich habe mit Giuliemo Fernandi getanzt, und ich glaube sagen zu können, dass er mir ein wenig den Hof gemacht hat.«

Sie schüttelte missbilligend den Kopf.

»Er ist nichts für Sie. Oberflächlich und nur an seinen Spielzeugen interessiert. Was war mit Manin?«

»Wir hatten eine kurze Auseinandersetzung.«

Sie sah mich so bestürzt an, dass ich mich verpflichtet fühlte, sie zu beschwichtigen.

»Nichts Ernstes. Es hat sich geklärt. Wir haben uns schon wiedergesehen.«

»Haben Sie sich in ihn verliebt?«

Erstaunt öffnete ich meinen Mund und wollte eine belanglose Antwort stammeln, als sie mich unterbrach.

»Mein Kind, ich bin keine Klatschtante, ich bin eine alte Frau, die schon viel gesehen hat und nicht mehr um den heißen Brei herumredet. Ich frage nicht, weil ich neugierig bin, sondern weil ich hoffe, dass Sie keinen Fehler begehen, bloß weil Manin blind ist.«

»Aber nein, Signora Minou, das ist es nicht.« Seltsam, wie mir seine Blindheit als das kleinste Problem erschien. Langsam senkte ich den Blick. »Wie auch immer meine Gefühle für Signore Manin sein mögen, ich bin mir sicher, dass er es ist, der kein Interesse an mir hat.«

Sie hob ungläubig ihre Augenbrauen. »Sie müssen ihm Zeit geben. Er hat Angst.«

»Angst, wovor?«

»Sich ihnen auszuliefern. Verletzlich zu werden.«

»Aber ich bitte Sie!« Ein empörtes Lachen entglitt mir. »Ich bin doch ein Nichts im Vergleich zu ihm. Er könnte jede Frau haben, und ich wäre nur eine Eroberung unter vielen.«

Ich musste an das Lied von Don Giovanni denken, das ich auf dem Fest gehört hatte.

Signora Minou schüttelte den Kopf. »Sie unterschätzen sich! Er hat den ungeschliffenen Diamanten in Ihnen erkennen können. Vielleicht gerade weil er blind ist.«

Fast zärtlich nahm sie meine Hände in ihre und betrachtete mich.

»Ich weiß nichts über Signore Manins Vergangenheit, aber was ich weiß, ist, dass Sie nicht mehr die graue Maus mit den hängenden Schultern und dem traurigen Blick sind, die ich am Samstag hier geschminkt habe. Sie gehen aufrechter, Sie sprechen mit einer festeren Stimme, Sie sind auf dem

Weg, eine Frau zu werden. Manin tut Ihnen gut. Geben Sie ihn nicht auf.«

Ich überlegte. Wieso nur vertraute ich Signora Minou? Ich kannte sie doch kaum. Stockend antwortete ich: »Sie gehen davon aus, dass er lieben kann. Ich glaube aber, dass er Menschen nur erobern und manipulieren will.«

Signora Minou griff nach der Kristallblüte, die sie in mein Haar gesteckt hatte und die ich nach dem Ball wie einen Schatz in meiner Kommode versteckt gehütet hatte.

»Wissen Sie, weshalb ich bei dieser Blüte an Sie gedacht habe?«

Ich schüttelte den Kopf.

»Schauen Sie! Ohne Licht wäre dieses Schmuckstück nur ein Stück geschliffenes Glas, erst die Reflexionen machen es zum Kunstwerk.« Sie drehte die Blüte sanft in ihrer Hand, so dass das Licht von den verschiedenen Schichten und Schliffen tausendfach reflektiert wurde. »So ist es auch mit Ihnen – auf den ersten Blick erscheinen Sie vielleicht unscheinbar und spröde, doch wenn man in Ihr Innerstes sieht, wird man feststellen, welch Schatz dem Auge verborgen bleibt, solange dieser nicht ins rechte Licht gestellt wird. Sehen Sie sich an!« Sie machte eine theatralische Geste, als ob sie mein Kinn nach oben ziehen wollte. »Sie sind eine Frau, die denken kann, die Prinzipien hat, die nicht käuflich ist und sich nicht von äußerem Schein blenden lässt. Sie haben Angst, manipuliert zu werden?« Ein wütendes Schnauben entglitt ihr, das ersichtlich machte, wie lächerlich sie einen solchen Zweifel fand. »Eine Frau, die träumen kann, die nicht von der Meinung anderer abhängt, sondern ihren eigenen Weg geht?« Komplizenhaft näherte sie sich mir und flüsterte fast bei den nächsten Worten. »Wenn sich hier jemand in Acht nehmen muss, dann ist es Manin – denn Frauen wie Sie gibt es weniger, als Sie denken. Wie sagt man so schön: Schönheit liegt im Auge des Betrachters. Ist es also nicht bemerkenswert, dass gerade ein Blinder dies weitaus besser als ein Sehender erkennen kann?« Sie wandte sich von mir ab, während sie ein letztes Mal nachdenklich die Blüte in der Hand drehte, das kostbare Stück dann ins Etui steckte und mir direkt in die Augen sah: »Können Sie ein Geheimnis für sich behalten?«

»Aber natürlich.«

»Wie Sie wissen, hat Manin bei uns Ihr Kleid bestellt. Er kam vor ein paar Wochen mit seinem Hund in unser Atelier und sagte, dass eine junge Dame mit dem Namen Alice Breuer zu uns kommen würde, um ein Kostüm für seinen Ball auszusuchen.« Sie machte eine kurze, effektvolle Pause. »Was Sie nicht wissen, ist, dass unser Service nicht nur daraus bestehen sollte, Ihnen ein Kostüm zu leihen, sondern auch ...«, sie schien nach den passenden Worten zu suchen, »ihm das Kostüm zu zeigen.«

»Was meinen Sie damit?«

»Manin bat uns, ihn anzurufen, sobald Sie das Kostüm ausgewählt hätten und die Umänderungsarbeiten abgeschlossen wären. Er wünschte dann ins Atelier zu kommen.«

»Warum?«

»Das fragten wir uns auch, da wir eine solche Anfrage noch nie gehabt hatten.«

»Und?«

»Er kam und ließ das Kostüm von meinem Mann auf eine der Schneiderpuppen drapieren.«

»Und dann?«

»Sie werden es nicht glauben, aber dann hat er das Kleid abgetastet. Er hat fast eine halbe Stunde ertastet, was für eine Figur Sie haben, den Stoff gefühlt, die Perlen abgestrichen, ist jede Schleife mit seinen Händen und Fingern entlanggefahren.«

Ich sah sie sprachlos an.

»Und bei jedem Detail bat er meinen Mann, ihm die Farbe zu beschreiben und ob ein Muster zu sehen war.«

»Warum?«

»Aber ist das denn nicht glasklar?« Sie sah mich erstaunt an. »Weil er wissen wollte, wie Sie aussehen würden, wenn Sie zum Fest kommen. Er würde Sie ja nicht sehen können.«

Ich schloss meine Augen, ohne zu antworten, und mir wurde bewusst, wieso er mein Angebot so barsch zurückgewiesen hatte, das Kleid für ihn zu beschreiben. Er war nicht desinteressiert gewesen, er hatte es einfach schon »gesehen«.

Eine Frage durchzuckte mich: »Hat Tobia nicht gefragt, wie ich aussehe?«

»Nein.«

Bildete ich es mir ein, oder schien sie Tränen zurückzuhalten?

»Mein Mann hat ihn gefragt, ob er nicht gerne wissen wolle, wie Sie aussähen, und ob er Sie ihm beschreiben solle. Und wissen Sie, was er geantwortet hat?«

Ich schüttelte meinen Kopf.

»Er sagte, keine Beschreibung kann ohne Wertung sein und er wolle Sie nicht von jemand anderem bewertet wissen.« Sie hielt kurz inne, um dann anzufügen: »Mein Mann musste ihm schwören, dass er niemand von diesem Besuch erzählen würde, aber als ich Sie so abfällig von Tobia Manin sprechen gehört habe, konnte ich mich nicht zurückhalten.« Eindringlich sah sie mich an. »Glauben Sie wirklich, dass ein Mann, der sich so verhält, nicht liebt?«

Mit diesen Worten packte sie ihre Sachen, reichte mir in ihrer gewohnten schroffen Art die Hand zum Abschied und ließ mich sprachlos zurück.

Endlich kam der Sonntag. Die Scarpas waren zurückgekehrt. Sehnsüchtig fieberte ich meinem Treffen mit Tobia entgegen. Die ganze Woche hatte ich über Signora Minous Worte nachgedacht und mich gefragt, ob ihre Einschätzung von Tobia richtig war oder ob ich recht hatte. Daher sah ich diesem Tag mit der Hoffnung entgegen, endlich begreifen zu können, wer der wahre Tobia Manin Prode war. Aufgeregt blickte ich aus dem Wohnzimmerfenster und konnte erkennen, dass Tobia schon jetzt, kurz vor der verabredeten Zeit, an die gegenübergelegene Hauswand angelehnt auf mich wartete. Geo saß geduldig zu seinen Füßen. Wie immer war Tobia für einen sonnigen Tag zu warm angezogen, aber zum ersten Mal hatte er eine Sonnenbrille aufgesetzt. Ich nahm meine Handtasche vom Sessel und wollte gerade zur Tür laufen, als mir im Gang Signore Scarpa begegnete.

»Einen Augenblick, Alice.«

»Signore Scarpa?«

»Du bist schon wieder mit Manin verabredet?«

Er musste mich aus seinem Schlafzimmerfenster gesehen haben.

»Ja.«

»Ich dachte nach dem Ball eigentlich, dass du

dich für Fernandi entschieden hättest, eine sicherlich wesentlich passendere Wahl – wenn vielleicht auch etwas ambitiös.«

»Giuliemo Fernandi und ich hatten einen sehr schönen Abend, aber ich denke, gegen eine Freundschaft mit Tobia Manin ist nichts einzuwenden, oder?«

»Ich habe dir schon einmal gesagt, dass ich dich nur beschützen möchte. Meine Lebenserfahrung ist größer als deine. Was willst du mit einem Blinden? Mit einem Mann, den du führen musst, der auf andere angewiesen ist. Ein Behinderter! Und noch dazu charakterschlecht.«

Gefasst und Gleichgültigkeit heuchelnd antwortete ich: »Wir sind lediglich befreundet!«

»Es gibt keine Freundschaft mit einem Mann wie ihm. Er ist ein einsamer Wolf. Er wird mit dir spielen und dich dann fallenlassen.«

»Sie wollen nicht, dass ich ihn wiedersehe?«

»So ist es.«

Ich sah ihm fest in die Augen, statt wie sonst meinen Blick zu senken.

»Dann tut es mir leid, Ihnen zu sagen, dass ich Ihnen das nicht versprechen kann. Ich bin gerne mit Signore Manin zusammen, auch wenn Sie es nicht verstehen können. Und ich glaube wirklich nicht, dass es Sie etwas angeht, wen ich in meiner ohnehin knapp bemessenen Freizeit treffe. Und jetzt entschuldigen Sie mich bitte.«

Ich ließ den verdutzten Signore Scarpa im Wohnzimmer stehen, um zur Haustür zu gehen.

Als ich Tobia auf der Straße begrüßte, war ich immer noch erregt von meinem Gespräch mit Signore

Scarpa. Tobia schien zu spüren, dass ich nicht in meiner gewohnten Stimmung war.

»Ist etwas?«

»Nur ein kleiner Streit mit Signore Scarpa. Nichts Bedeutendes.«

»War ich der Grund?«

»Auch.« Ich versuchte auszuweichen. »Wir sollten einfach gehen, meine Stimmung wird sich sicherlich gleich bessern. Es freut mich sehr, dass wir uns endlich wieder treffen.«

Ein Lächeln überzog sein Gesicht, und zum ersten Mal stellte ich fest, dass an seinen Wangen zwei Grübchen entstanden. Ich hatte sie bisher nie bemerkt. Tobia gab Geo ein Zeichen, wir schlugen den kurzen Weg zur Guggenheim Collection ein, und schnellen Schrittes lief ich neben den beiden her, als er plötzlich innehielt.

»Bevor ich es vergesse und wir weitergehen, darf ich dich um etwas bitten?«

»Ja?«

Sein Wunsch schien ihn verlegen zu machen.

»Dürfte ich dich fragen, ob du den Eintritt bezahlen könntest?«

Ich war über seine Frage verwundert, da ich nicht annahm, dass die Kosten von zwei Eintrittskarten sein Budget übersteigen könnten.

»Ich meine nicht, dass du sie aus deinem Portemonnaie zahlen sollst, sondern aus meinem.« In seiner ausgestreckten Hand lag eine glänzende, schwarze Männergeldbörse. »Ich benutze mein Portemonnaie so gut wie nie. Wenn ich eine Kreditkarte brauche, kann ich den Betrag, den ich unterschreiben soll, nicht erkennen.« Sein Gesichtsausdruck verriet mir, dass er hierbei schon schlechte

Erfahrungen gemacht hatte. »Und wenn ich bar bezahlen soll, habe ich immer noch Schwierigkeiten, die Scheine zu erkennen, und es dauert ewig, weil ich so selten einkaufe und ungeübt bin. Normalerweise bitte ich in Venedig, wo mich ohnehin jeder kennt, dass man mir die Rechnungen nachschickt, aber bei einem Eintrittsgeld geht das ja wohl kaum?« Er verzog sein Gesicht zu einem schmerzhaften Grinsen. »Ich möchte aber nicht, dass du mit dem mageren Au-pair-Gehalt, das die Scarpas dir zahlen, die Eintrittskarten übernimmst.«

Ich wusste, dass ich ihn verletzt hätte, wenn ich ablehnen würde. Wortlos nahm ich die Geldbörse aus seiner Hand und steckte sie in meine Handtasche.

»Wir kennen uns erst seit wenigen Tagen, und du überlässt mir schon deine Finanzen? Bist du dir sicher?«

Er lächelte.

»Erstens sind dies nicht meine ganzen Finanzen. Und zweitens, nach dem, was ich von dir bisher gehört habe, bin ich mir sicher, dass dir Geld genauso wenig bedeutet wie mir. Ich laufe also keine Gefahr.«

Wir setzten unseren Weg zum Palazzo Venier dei Leoni fort, in dem sich das Museum befand, und betraten den Garten des einstöckigen, seltsam modern wirkenden Gebäudes, um zur Kasse zu gehen. Eine junge Frau saß hinter dem weißen Tresen, um die Tickets zu verkaufen. Freundlich deutete sie auf Geo und sprach mich mit amerikanischem Englisch an.

»Es tut mir leid, aber Tiere sind im Museum nicht gestattet.«

Schon wollte ich antworten, als mir Tobia in akzentfreiem Amerikanisch zuvorkam.

»Dies ist, falls Sie es noch nicht gesehen haben, ein Blindenhund. Wie Sie sicherlich wissen, sind diese von normalen Regelungen ausgenommen und dürfen daher auch in Museen.«

Sein Tonfall war bestimmt, aber charmant und machte es der Kassiererin umso schwerer zu antworten.

»Dies ist ein Privatmuseum. Ich habe Anweisung, keine Tiere zuzulassen. Bitte verstehen Sie mich. Ich bin erst seit einer Woche hier, und meine Vorgesetzte ist noch nicht da. Falls sie kommt und ich einen Fehler gemacht habe, wirft sie mich raus, und ich muss zurück nach Kansas.«

Das Mädchen tat mir leid. Ich sah, dass sie uns gerne helfen würde und sich nur an ihre Anweisungen hielt. Und wie gut konnte ich nachvollziehen, nichts zu riskieren, um nicht aus Venedig weggehen zu müssen, selbst wenn es den eigenen Prinzipien widersprach. Schon wollte ich mich abwenden, um zu gehen, als ich bemerkte, dass Tobia sich aufrichtete und näher an das Mädchen herantrat. Seine Stirn war in Falten gelegt. Kurz überlegte ich, ob es sein Stolz war oder ihn die Angst befiel, ohne den Hund hilflos zu sein. Mir war auf jeden Fall klar, dass ich schnellstens etwas tun musste, und so legte ich, noch bevor Tobia das Mädchen anfahren konnte, sanft meine Hand auf seinen Arm und sagte leise: »Bitte gib nach, Tobia. Ich weiß, du hast recht, aber sie befolgt nur ihre Anweisungen. Lass uns einfach etwas anderes machen.«

Ohne sein Gesicht in meine Richtung zu wenden, hörte ich, wie er mir mit eisiger Stimme antwortete: »Ich werde nirgendwo anders hingehen. So einfach kann man nicht mit mir umspringen.«

An die junge Frau gewandt, fügte er an: »Sie riskieren nicht nur Ihren Job, wenn Sie den Hund durchlassen, sondern auch wenn Sie ihn nicht passieren lassen. Wissen Sie überhaupt, wen Sie vor sich stehen haben?«

Das Gesicht des Mädchens war schneeweiß geworden, aber Tobia schien nicht zu fühlen, wie sie litt, oder wollte es nicht wahrhaben, weil er zu selbstgerecht war. Langsam nahm ich meine Hand von seinem Arm und trat einen Schritt zurück. Mit schneidender leiser Stimme raunte ich ihm zu: »Tobia, diese Frau hat ihre Anweisungen und versucht nur ihr Bestes zu tun. Ich finde dein Auftreten reichlich kindisch und habe nicht vor, so mit dir in das Museum zu gehen. Entweder du lässt jetzt Geo hier im Schatten der Bäume und ich führe dich durch das Museum, oder wir gehen an einen anderen Ort. Aber ganz sicherlich werde ich nicht daran beteiligt sein, dass diese Frau ihren Job verliert. Entscheide dich!«

Das Erstaunen in Tobias Gesicht bei meinen Worten war selbst hinter der großen Sonnenbrille zu erkennen. Sein Mund zog sich mal wieder zu einem Strich zusammen. Er versuchte, sich zu beherrschen, und sagte schließlich:

»Also gut. Wir lassen den Hund hier, und du ... führst mich.«

Langsam bückte er sich zu Geo, zog ihm das Hundegeschirr aus, entnahm seiner Jacke eine normale Leine, die er am Halsband des Hundes einklinkte.

»Bitte, finde einen schattigen Platz für ihn.«

Ich nahm die Leine aus seiner Hand und führte den freudig schnüffelnden Geo zu einer großen Bank, in deren Schatten er sich zusammenrollte.

Zurück beim Kassenhäuschen, lächelte ich die junge Amerikanerin an und bat sie, auf Geo ein Auge zu werfen und das Hundegeschirr für uns zu verwahren. Überglücklich, den Konflikt unbeschadet überstanden zu haben, bedankte sie sich, während sie das Geschirr entgegennahm und die Tickets ausstellte.

Tobia stand ohne jegliche Gefühlsregung neben mir, bis ich zitternd seine Hand nahm und sie auf meinen Arm legte. Kurz spürte ich, wie er zurückzuckte, doch dann wurde sein Griff stärker, und er folgte meinem Schritt, als ich mich in Richtung des Haupthauses in Bewegung setzte.

Ich hörte, wie er mehr zu sich selbst als zu mir murmelte, dass er nie wieder ohne Langstab aus dem Haus gehen würde. Aber ich fühlte, dass langsam der Ärger verpuffte und er jede meiner Bewegungen behutsam nachvollzog.

Noch immer hätte ich mich dafür ohrfeigen können, dass ich ein Museum für unser zweites Treffen gewählt hatte. Meine Nervosität war spürbar, doch Tobia schien sich sogar auf meine Erklärungen zu freuen. Als wir den ersten Raum betraten, sah ich auf seinem Gesicht echtes Interesse und nicht mehr den Zorn, sich vor wenigen Minuten geschlagen gegeben und eine Schwäche gezeigt zu haben.

Angespannt trat ich an das erste Bild – *La Baignade* von Picasso – und begann, das Gemälde zu beschreiben. Ich versuchte, die Formen mit meinen Worten zu skizzieren, die Farben mit Vergleichen real werden zu lassen und die zwei Figuren, die mit einem kleinen Boot spielten, für ihn zu einem Bild zusammenzusetzen. Tobia stand dabei neben mir, hielt seinen Kopf leicht geneigt und lauschte meinen

Worten. Nie unterbrach er mich, sondern war ganz darauf konzentriert, sich das, was ich beschrieben hatte, bildhaft vorzustellen. Schließlich endete ich und bemerkte, dass wir mehr als zwanzig Minuten vor diesem einen Bild gestanden hatten. So würden wir unmöglich das ganze Museum schaffen können. Dennoch wollte ich mich pflichtbewusst dem nächsten Werk der Eingangshalle – einer Skulptur von Calder – zuwenden, als mich Tobia sanft zurückhielt.

»Ich kann mir vorstellen, wie anstrengend es für dich sein muss, die richtigen Worte zu finden. Suche dir einfach aus, welche Bilder du mir beschreiben möchtest. Für die anderen kommen wir ein anderes Mal zurück.«

Erstaunt sah ich ihn an. Nie entgingen ihm meine Emotionen oder Stimmungswechsel. Und so gefühlskalt er am Eingang erschienen war, so einfühlsam und liebevoll sah ich ihn nun vor mir, bedacht darauf, auf mich einzugehen und mich nicht zu überanstrengen.

Konzentriert, aber gelassener führte ich ihn von nun an durch das Museum, während ich die Bilder auswählte, die mir besonders gefielen. Je mehr ich ihm aber erklärte, desto sicherer wurde ich und erkannte, dass es nicht die absolute Genauigkeit in der Wiedergabe war, die Tobia die Bilder näherzubringen schien, sondern die Gefühle und Emotionen, die mich befielen, während ich diese Bilder betrachtete.

Noch nie hatte ich mich wirklich damit beschäftigt, welche Ausdruckskraft bildende Kunst haben konnte. Es waren bisher Bücher gewesen, die mich in ihren Bann gezogen hatten, nicht aber Skulpturen und Gemälde. Erst dank Tobia begann ich die Stimmung, die ich bei der Betrachtung empfand, wirklich zu spüren, weil ich versuchen musste, sie für ihn nachvollziehbar zu machen. Ich ging dazu über, die Bilder zu betrachten, sie mir einzuprägen, dann aber die Augen zu schließen und mich dem Gefühl und meiner Erinnerung des Gesehenen hinzugeben, bis ich wieder die Augen öffnete, um mich zu vergewissern, dass ich nichts vergessen hatte.

Schließlich kamen wir zum letzten Bild der Ausstellung. Ich begriff sofort, dass ich dieses Bild nicht auslassen konnte.

»Erinnerst du dich vielleicht daran, vor deiner Erblindung einmal ein Bild von Magritte gesehen zu haben? Der Himmel ist taghell, aber die Landschaft nachtschwarz gemalt, und es entsteht ein Widerspruch, weil der Zuschauer nicht begreift, ob es nun Tag oder Nacht ist?«

»Ja.« Er nickte. »Ich glaube, im MoMa in New York hängt ein ähnliches Bild.«

»Wir stehen vor einem Bild dieser Serie. Es heißt *Das Imperium des Lichts*. Eine dunkle, nächtliche Straßenszene steht im krassen Kontrast zu einem pastellblauen, lichtdurchfluteten Himmel mit flauschigen Kumuluswolken.«

Tobias Blick war starr nach vorne gerichtet. Ich konnte förmlich sehen, wie sich das Bild vor seinem inneren Auge abzeichnete.

»Ich kann es mir sehr gut vorstellen.« Er schmunzelte. »Vielleicht ist es kein schlechter Vergleich: Um mich herum ist alles Licht, während ich die Dunkelheit bin.«

»Tobia, sag so etwas nicht!« Ich war entrüstet angesichts seiner Äußerung, aber er fuhr fort.

»Manchmal denke ich, dass meine Blindheit eine Strafe Gottes ist. Vielleicht weißt du es noch nicht, aber ich habe früher so ziemlich alles gemacht, was man nicht tun sollte, wenn man Anstand hat. Ich hatte weder im Privaten noch im Geschäftlichen Mitleid oder Skrupel. Ich habe gute Menschen ausgenutzt und immer versucht, einen Vorteil für mich rauszuholen. Es ging mir nicht ums Geld. Es war der Erfolg, es allen beweisen zu können – besser, klüger, schöner zu sein. Erfolg war mir wichtiger als alles andere.« Er schüttelte voller Abscheu den Kopf. »Du wirst mich verurteilen, aber ich muss dir gestehen, ich war nicht treu und schon gar nicht ehrlich. Vor allen Dingen mit Frauen habe ich meinen Spaß gehabt und sie gegeneinander ausgespielt.« Er schien auf einen Kommentar von mir zu warten, doch als ich schwieg, fuhr er leise fort. »Ich war stolz darauf, niemals eine Entscheidung aus Sentimentalität getroffen zu haben, niemanden verschont zu haben, wenn es um meine Interessen ging, und immer alles unter Kontrolle zu haben. Und ich prahlte damit, keine wahren Gefühle empfinden zu können.« Er hob seine Augenbrauen. »Du kannst dir gar nicht vorstellen, wie die Frauen versucht haben, mich vom Gegenteil zu überzeugen. Es war das perfekte Rezept für eine Eroberung – sie taten alles, um mich aus meiner Gefühlskälte zu holen, und ich gab ihnen das Gefühl, dass sie eine Chance haben könnten und ich nur bisher nicht die Richtige getroffen hatte. Es klappte so gut, dass ich es schamlos immer und immer wieder ausgenutzt habe. Und dabei wusste ich, dass ich viele von ihnen sehr verletzt habe.« Erneut verstummte er kurz. »Ja, vielleicht brauchte ich diese Strafe.«

Es war so unendlich schwer, meine Gefühle zu vermitteln. Ich nahm all meinen Mut zusammen und ergriff seine Hand. »Ich glaube nicht, dass es eine Strafe war, weil ich nicht glaube, dass Gott straft. Könnte es nicht eher sein, dass dir diese Aufgabe gestellt wurde, um dir in gewisser Weise die Augen zu öffnen?«

»Was meinst du damit?« Er entzog mir seine Hand.

»Auch ich muss dir etwas gestehen. Nachdem du mir deinen wahren Namen gesagt hattest, habe ich im Internet deinem alten Leben nachgespürt und mich gefragt, ob du noch immer der bist, der dort beschrieben wird, oder ob du ein Anderer geworden bist.«

»Und was denkst du?«

»Ich glaube, dass du dabei bist, ein Anderer zu werden. Eben an der Kasse konnte ich den alten Tobia Prode sehen – einen Mann, der um jeden Preis recht behalten will. Ein Mann, der keine Gnade kennt und der nicht schwach wirken möchte, der kein Mitgefühl hat und andere manipulieren will.«

Ein gequältes Lächeln zeichnete sich auf seinem Gesicht ab.

»Was sagt dir also, dass ich dabei bin, mich zu ändern?«

»Dass du versuchst zu verstehen und nicht nur zu beherrschen.«

Ich lächelte, denn erst in diesem Augenblick begriff ich selbst, was mich zu dieser Schlussfolgerung verleitet hatte.

»Ein Mann, der stundenlang zuhören kann, der jedes Detail wissen möchte und die Emotionen erfassen will, die in einer Kirche auf Torcello, einem Bild im Guggenheim oder dem Anblick des Lagunenwassers zu erfahren sind, ein solcher Mann will nicht gewinnen, er möchte nur verstehen und sich dem Leben hingeben, so wie es ist. Ja, Tobia, du bist dabei, ein solcher Mann zu werden.«

»Vielleicht hast du recht, aber der Tobia, der neben dir steht, ist vielleicht ein solcher, sagen wir einmal *besserer Mensch*, dafür aber auch ein hundertprozentiger Krüppel. Was ist einem da lieber?«

Ich beschloss, ihm nicht mit einer belanglos aufmunternden Erklärung zu antworten, sondern ließ seine Frage im Raum stehen und legte nur behutsam seine Hand wieder auf meinen Arm, um ihn zurück in den Garten und zu Geo zu führen. Was hätte ich auch sagen können? Er war vielleicht ein Egoist und emotionaler Krüppel gewesen, aber er hatte sein Leben gemocht und es sicherlich nicht ändern wollen. Nun war er vielleicht ein geläuterter, aber gleichzeitig todunglücklicher und blinder Mann. Ich war mir sicher, was mir an seiner Stelle lieber gewesen wäre. Seine Trauer berührte mich, und ich begriff, was es bedeuten musste, alles verloren zu haben und zu realisieren, dass man zwar ein besserer Mensch werden konnte, aber dies um keinen Preis der Welt half, das Verlorene zurückzugewinnen. Es war leicht einzusehen, weshalb er es als Strafe sah.

Für mich hatte sich allerdings durch dieses Gespräch alles verändert. Ich glaubte nicht mehr, dass Tobia mir etwas vormachte. Seine Trauer und sein Schmerz waren zu echt, sein Verlangen zu verstehen war zu tief.

Wir hatten den Garten des Museums erreicht. Erstaunt stellte ich fest, wie mir mit jedem Schritt die

Last der vergangenen Wochen und Jahre von den Schultern zu fallen schien. Ich konnte es fast nicht fassen, aber ich wusste auf einmal, dass ich einen Menschen gefunden hatte, den ich lieben konnte und wollte. Überwältigt von meinen Gefühlen, setzte ich mich auf eine der Parkbänke, während Tobia Geo begrüßte, der Kassiererin das Hundegeschirr abnahm und es dem Hund erneut überzog. Ich bemerkte, wie ich auf einmal alles um mich intensiver wahrnahm. Hatten die Vögel vorher schon so laut gesungen, war das Grün der Blätter schon bei unserem Eintreten so üppig gewesen?

»Wir sollten etwas essen und trinken. Was hältst du vom Restaurant des Hotel Monaco & Gran Canale?«, fragte Tobia und riss mich aus meinen Gedanken.

Ich sah ihn zögernd an. »Bitte nicht.«

Nur zu gut konnte ich mir vorstellen, wie es sein würde, in eines der teuersten Luxusrestaurants zu gehen, wo die Kellner nur darauf warteten, mich zu bedienen, und wahrscheinlich hinter meinem Rücken über meine unpassende Kleidung tuschelten.

»Bitte, lass mich heute das Lokal wählen. Während meiner Erledigungen für die Scarpas komme ich öfters an einer fantastischen Bacari vorbei – so einer alten venezianischen Taverne, wo man traditionelle Kost bekommt. Ich habe mir schon immer gewünscht, einmal hineingehen zu können. Sicherlich ist das Essen nicht so hervorragend wie das im Monaco & Gran Canale, dafür aber echt venezianisch, und die Atmosphäre wird toll sein. Mal etwas ganz anderes für dich.«

Tobia war von meinem Vorschlag nicht überzeugt. Ich konnte sehen, wie seine Stirn sich in Falten legte.

Er war es nicht gewohnt, anderen Entscheidungen zu überlassen, doch mit einem Nicken willigte er ein.

»Versuchen wir es.«

Ich führte Geo und ihn zu dem ganz in Rot gehaltenen Lokal. Durch die Fenster konnte ich die mit Familien, Studenten und Touristen vollbesetzten Bistrotische sehen und bemerkte erleichtert, dass es noch einen kleinen Tisch in der Ecke gab, der frei zu sein schien. Voller Elan und fast übertrieben guter Laune öffnete ich die Eingangstür, an der mehrere Schellen befestigt waren, und betrat mit Tobia den kleinen Raum. Doch meine Laune verschlechterte sich schlagartig, als wir uns im Inneren befanden. Hatten vorher an allen Tischen rege Gespräche stattgefunden, so schien, kaum dass die Gäste den Blindenhund und Tobia gesehen hatten, auf einmal alles zu verstummen. Ich konnte sehen, wie alle Augen auf uns gerichtet waren. Es kam mir vor, als bewegten wir uns in Zeitlupe, während ich Tobia an den freien Tisch führte und versuchte, mich so schnell wie möglich zu setzen.

Tobia, der die Stille ebenso wie ich wahrnehmen musste und dessen Gesicht zu einer Maske erstarrt war, nahm mir gegenüber schweigend Platz, während Geo sich unter dem Tisch zusammenrollte. Ich selbst zog nur meine Jacke aus, um dann wieder an die Theke zu gehen und einige der Spezialitäten auszuwählen, die in einer kleinen altmodischen Vitrine ausgestellt waren. Doch meine Aufmerksamkeit galt nicht den Tramezzini, den überbratenen Venusmuscheln, den Bigoli in Sauce und all den anderen venezianischen Leckerbissen, die sich meinen Augen anboten, sondern den Gesprächsfetzen, die ich um mich hören konnte und die von dem schönen blinden Mann und seiner Begleiterin handelten.

Besorgt warf ich einen kurzen Blick zu Tobia und konnte sofort erkennen, dass auch er den Gesprächen lauschte. Seine selbstsichere Haltung war einer angespannten kerzengeraden Positur gewichen, während das Einzige, was sich an seinem Körper zu bewegen schien, seine Finger waren, die unablässig ein Salzfass, das sich auf dem Tisch befunden hatte, drehten.

»Wie kann ich Ihnen helfen?«

Die Serviererin hinter der Vitrine wartete auf meine Bestellung. Ich war froh, festzustellen, dass wenigstens ihr Blick nicht mitleidig erschien, während sie mir ein paar Gerichte auf ein Tablett stellte. Eilig nahm ich das Tablett, auf das sie noch einen Brotkorb und zwei rustikale Gläser mit Weißwein platziert hatte, und balancierte es vorsichtig zum Tisch.

»Ich hoffe, deinen Geschmack getroffen zu haben.« Ich versuchte, meine Stimme fröhlich klingen zu lassen.

»Ich bin sicher, es ist gut.«

Tobia machte keinerlei Anstalten, nach dem Essen zu greifen.

»Gefällt es dir hier nicht?«

»Doch.«

»Warum bist du dann so angespannt?«

»Alice, ich bin vielleicht blind, aber nicht taub. Denkst du, ich höre nicht, was um uns vorgeht? Denkst du, ich kann die Blicke nicht spüren, mit denen mich alle anstarren?« Er atmete tief ein. »Vielleicht sollte es so sein, aber für jemand, der immer danach gestrebt hat, besser zu sein als andere, ist es wirklich hart, auf einmal zu wissen, dass man nur noch Mitleid erzeugt ...« Nervös strich er sich durch die langen, lockigen Haare. »Lass uns schnell fertig werden.«

Ich konnte sehen, dass er hier nichts essen würde, und auch mir war der Appetit vergangen. Lustlos brach ich etwas Brot ab und tauchte es in das Öl der Antipasti. Doch ich konnte den Geschmack von eingelegtem Fisch, frischen Kräutern und mariniertem Gemüse nicht genießen, Tobia saß mir kreidebleich gegenüber und schien die Sekunden zu zählen, bis wir endlich wieder gehen würden ...

Ich beendete das Essen und spürte seine Erleichterung, als sich die Tür des Lokals hinter uns schloss und wir wieder in der warmen Luft des sonnigen Nachmittags standen.

»Warum, hat dich dieses Lokal so viel mehr gestresst als die Locanda letzte Woche?«

»Warum, glaubst du, gehe ich immer nur in Luxuslokale? Nicht weil ich dekadent bin, sondern weil dort wesentlich weniger Menschen sind und sich die meisten versuchen zu benehmen. Nie werde ich so offen angestarrt wie eben.«

»Du kannst dich doch nicht den Rest deines Lebens zurückziehen und nicht mehr wenigstens ab und zu unter normalen Menschen leben. Warum macht es dir so viel aus, angestarrt zu werden? Du meidest die Menschen und lebst nur in einer irrealen Luxuswelt, in der du dir Benehmen erkaufen kannst.«

»Und was tust du mit all deinen Büchern? Lebst du etwa in der Realität?«

Sein Gesicht hatte einen düsteren Ausdruck angenommen.

»Nein, aber ...«

»Ich schlage dir vor, nimm dir mal eine schwarze Binde, leg sie dir straff über deine Augen und versuche einen Tag lang so durch die Gegend zu laufen, zu essen, zu trinken, zu zahlen – einfach alles. Dann reden wir noch mal.«

Er strich sich mit seinen Händen über das Gesicht und verschob dabei die Sonnenbrille für einen kurzen Moment. Erstaunt bemerkte ich, dass sein rechtes Auge angeschwollen war.

»Tobia, du hast dich verletzt?«

»Meine Haushälterin sagt, es sehe ganz so aus, als hätte ich in einem Boxkampf den Kürzeren gezogen. Aber ganz so war es natürlich nicht.«

Er setzte die Brille ab, und ich sah, dass er tatsächlich ein echtes Veilchen hatte, das an den meisten Stellen blau und am Ende des Augenlids sogar gelblich verfärbt war.

»Ich habe dir ja gerade versucht zu erklären, in was für einer Welt ich lebe und dass man so einige unerwartete Erfahrungen machen kann, zum Beispiel wenn ein simpler Stuhl nicht an seinem gewohnten Ort steht. Im Palazzo habe ich mir den Standort aller Möbel eingeprägt, so dass ich nicht immer auf Geo oder den Stock angewiesen bin. Wenn aber etwas verstellt wird, kann es für mich recht schmerzhaft werden.« Er setzte seine Sonnenbrille wieder auf. »Wenigstens hat man als Blinder immer eine gute Ausrede für eine Sonnenbrille und kann so manchen Schaden gut vertuschen.«

»Aber du trägst normalerweise eigentlich nie eine Brille. Warum?«

»Siehst du einen Nutzen dafür? Ich muss meine Augen ja wohl kaum vor Sonne schützen, oder?

Viele Blinde tragen die Sonnenbrillen, weil ihre Augen Schaden genommen haben und sie anderen den Anblick ersparen möchten, aber da meine noch genauso aussehen wie vor dem Schuss, bloß dass sie vollkommen nutzlos sind, wüsste ich nicht, warum ich eine Brille tragen sollte. Oder sehe ich so schlecht aus?«

»Aber nein.« Ich seufzte. »Es war nur mal wieder so eine neugierige Frage, wie du sie so liebst.«

Ein leichtes Lächeln überzog sein Gesicht. »Lass uns das Thema wechseln – wir haben heute schon viel zu viel über diese verdammte Blindheit gesprochen.«

»Was willst du also machen?«

Er schien müde, aber schließlich antwortete er: »Zeige mir deinen Lieblingsort in Venedig – vielleicht heitert uns das auf.«

Ich dachte kurz nach und sagte dann leise: »San Giorgio Maggiore.«

»Warum gerade eine Insel? Wir müssen ein Boot bestellen, müssen warten ...«

»Wir könnten doch einfach das Vaporetto nehmen?«

Sein Gesicht erstarrte. »Ich nehme nie das Vaporetto.«

Natürlich. Ich hätte es mir denken können – wenn schon ein einfaches Lokal für ihn einen Schock bedeutete, was würde dann erst ein öffentliches, schwankendes Boot voller Sonntagstouristen sein?

»Dann lass uns an den Zattere einfach in die Sonne sitzen.«

Es würden nur wenige Schritte sein, bis wir diesen Teil Venedigs erreichen würden – das sonnige Ufer gegenüber der Giudecca-Insel, von dem aus man die imposanten Kreuzfahrtschiffe, beladenen Lastkähne, alten Schlepper und langsam dahinziehenden Passagierdampfer im Wasser sehen konnte. Nur einmal hatte ich bisher an einem Sonntag genug Zeit gehabt, um mich für eine Stunde auf eine Bank zu setzen und das Treiben zu beobachten.

Ohne Zögern willigte Tobia ein.

Wir erreichten den Zattere und setzten uns auf eine Parkbank, während Geo sich vor uns auf den Boden kauerte. Auch hier sah ich, wie einige der Passanten uns anstarrten, aber schnell blieb mein Blick auf dem wunderschönen Panorama der Giudecca hängen. Tobia schien sich wieder gefasst zu haben.

»Bitte beschreib mir, was du siehst.«

Ausschweifend versuchte ich die Schönheit des Kanals, dessen smaragdgrünes Wasser in der Nachmittagssonne glänzte, den Prunk der weißen Redentorekirche vor dem azurblauen Himmel und den Charme der niedrigen Häuser, ehemaligen Fabriken und Werkstätten auf dem gegenüberliegenden Ufer zu beschreiben. Aber ich konnte spüren, dass Tobia nicht zur Ruhe kommen konnte. Nervös fuhren seine Hände über seine Jeans oder durch sein langes Haar. Schließlich hielt ich inne.

»Was ist los?«

»Alice, bitte verstehe mich nicht falsch, aber was du sagst, hört sich wie aus einer Broschüre des Tourismusamts an. Ich bin nicht daran interessiert zu wissen, wie die Sachen genau aussehen, und so hast du mir auch Torcello oder die Bilder im Guggenheim nicht erklärt. Ich will wissen, was sie ausdrücken, welche Stimmung sie vermitteln, was ich spüren würde, wenn ich sie sehen könnte.«

Ich nickte. Er hatte recht, und ich hatte selbst gespürt, dass sich mein Stil geändert hatte, aber warum?

»Ich glaube, du bist wegen der Situation im Lokal immer noch wütend auf mich. Deshalb kannst du deine Gefühle und die Stimmung nicht wiedergeben. Aber bitte versuche es.«

Ich konnte sehen, wie unangenehm es ihm war, um etwas bitten zu müssen. Tobia war es gewohnt zu befehlen und ich bemerkte, dass der Gedanke, eine Bitte vorzubringen, ihm peinlich war.

Zögernd begann ich erneut mit leiser Stimme, und nach kurzer Zeit fühlte ich, wie er sich entspannte, zufrieden zurücklehnte und meinen Worten folgte, während er den Kopf in den Nacken legte und sich sonnte. Ich sah auf einmal Details, die mir zuvor verborgen geblieben waren, aber die es gerade waren, die zu der friedvollen und verzauberten Stimmung dieses Ortes beitrugen – das Licht, das unablässig wechselte, die Leuchtkraft des weißen istrischen Steins, der ockerfarbene Putz der Häuser und die gelassene Eleganz der Venezianer. Nach einer gefühlten Unendlichkeit endete ich und schloss erschöpft meine Augen.

»Ich danke dir. Mein Bruder hat vor einiger Zeit versucht, mir diesen Ort zu beschreiben, aber ich verstand überhaupt nicht, warum die Leute so davon schwärmten. Es erschien mir alles profan und so vielen anderen Orten Venedigs ähnlich. Aber nach dem, was du mir beschrieben hast, verstehe ich, warum dieser Ort für viele Menschen so besonders sein muss.«

Ich atmete tief ein. »Dein Bruder ist ein seltsamer Mann.«

Tobia setzte sich auf.

»Du darfst nicht schlecht über Stefano denken. Er ist drei Jahre älter als ich, und als unsere Eltern starben, hatte ich das Glück, in die USA zu kommen, während er bei unserer Tante in Mailand unterkam, die sich kaum um ihn kümmerte. Mit siebzehn ist er dann abgehauen und ging nach Ibiza. Er brach die Schule ab, hatte schlechten Umgang und machte ein paar Geschäfte mit den falschen Leuten.« Er seufzte resigniert, fast als wäre er der ältere Bruder und müsste sich für die Streiche seines kleinen Bruders rechtfertigen. »Im Kern ist Stefano ein sehr fürsorglicher Mensch und ein guter Bruder. Ohne ihn wäre ich wohl nie abends aus dem Büro gekommen und hätte nur gearbeitet. Und nachdem ich ... blind geworden war, kümmerte er sich rührend um mich. Er war immer für mich da, wenn ich in ein Loch fiel.«

Ich behielt meine Zweifel an seinen Worten für mich. In dem selbstherrlichen Mann vom Fest, der Frauen mit schlechten Kunststücken beeindrucken wollte, konnte ich nicht den besorgten Bruder erkennen, den Tobia gerade beschrieben hatte.

»Lebt er mit dir in Venedig?«

»Nein. Eigentlich wohnt er in den USA in meinem früheren Haus. Er war nur für das Fest hier und ist am nächsten Morgen schon wieder zurückgeflogen, weil er am Montag einen wichtigen Termin hatte.«

»Seht ihr euch oft?«

»Sehen ist vielleicht ein bisschen viel gesagt.«

Tobia lächelte schief. Ich biss mir auf die Lippe – verdammt, ich musste dieses Wort am besten einfach vergessen.

»Ich meine, ist er oft in Venedig?«

»Einmal im Monat. Ich weiß gerne, was in der

Firma passiert. Im Moment haben wir einige Probleme mit neuen Projekten, und er erzählt mir, an welchem Punkt wir sind. Er wird morgen schon wieder eintreffen und dann für ein paar Tage nach Mailand fahren.«

»Und du vertraust ihm?«

»Vollkommen. Er ist mein Augenlicht.«

Ich musste bei dem Gedanken schlucken, einem solchen Widerling vertrauen zu müssen.

»Aber er erklärt dir Venedig nicht?«

»Er kann es nicht. Für ihn gibt es nur schwarz und weiß, groß und klein, schön und hässlich. Seine Beschreibungen sind nach zehn Sekunden vorbei, weil er nicht mehr sieht, als der erste Blick preisgibt. Das ist in Ordnung, wenn es sich um einen Vertrag oder Geschäftsangelegenheiten handelt, aber nicht, wenn man eine Atmosphäre einfangen möchte.«

»Tobia, ich weiß, dass du Fragen über die Vergangenheit nicht magst«, ich sah, wie sich sein Gesicht verfinsterte, »aber eine Sache lässt mich nicht los: Ich habe jetzt alles über den Einbruch damals gelesen, und ich verstehe einfach nicht, warum Lerú auf dich geschossen hat. Weißt du es?«

Ein kurzes Schweigen umfing uns. »Wie oft, glaubst du, habe ich mich das auch schon gefragt? Nein, Alice, ich weiß nicht, warum er geschossen hat. Sicher ist, dass ich nicht aufgewacht war, weil ich auf dem Bauch lag, als man mich fand, und die Kugel, die meinen Kopf durchschlug, im Kissen gefunden wurde, aber niemand hat mir je erklären können, warum er nicht einfach die Sachen gepackt hat und aus dem Haus gerannt ist, ohne diesen verdammten Schuss abzugeben.«

Alles wäre anders gekommen, wenn Lerú nicht diese fatale Entscheidung getroffen hätte. Ich entschloss mich, noch eine Frage zu wagen.

»Und Stefano? Warum hat er geschossen? Er hätte Lerú doch einfach in Schach halten können?«

»Stefano hat das einzig Richtige getan. Hätte er Lerú in Schach gehalten, wäre ich verblutet. Warum musst du nur so negativ von ihm denken? Ich spüre, was du von ihm hältst, aber du musst verstehen, dass er mir das Leben gerettet hat, und Lerú hatte nichts anderes verdient, nach dem, was er mir angetan hatte. Die Polizei hat das damals auch so gesehen.«

Er erhob sich. Es war deutlich zu erkennen, dass er traurig geworden war.

»Wir sollten jetzt gehen. Es ist schon spät, und ich möchte nicht, dass du wieder Streit mit den Scarpas hast. Aber bevor ich es vergesse.« Er zückte ein silbernes Etui aus seiner Jeans und entnahm ihm eine Karte. »Das ist meine Mobiltelefonnummer. Du kannst mich jederzeit unter dieser Nummer erreichen, und bitte zögere nicht, sie zu nutzen, vor allem, wenn deine Gasteltern sich mal wieder furchtbar benehmen.«

Ich sah ihn fragend an. Nie hatte ich schlecht über die Scarpas gesprochen – wie konnte er wissen, dass sie mich ausbeuteten?

»Woher weißt du ...«

»... dass sie dich ausnutzen?«

»Hast du dich über sie erkundigt?«

Er schüttelte nachsichtig den Kopf. »Das war gar nicht nötig. Ein Au-pair, das nur an einem Tag in der Woche frei hat und sonst von morgens bis abends schuftet, kann in keiner normalen Familie gelandet sein, oder?«

Ich nahm die Visitenkarte an mich und steckte sie in mein Portemonnaie, wobei ich daran erinnert wurde, ihm das seine wieder zurückzugeben. Doch als ich es ihm in die Hand drücken wollte, schob er es entschieden zurück.

»Bitte behalte es noch. Ich würde wünschen ... nein, hoffen, dass wir uns bald wiedertreffen?«

»Nächsten Sonntag?«

Tobia schmunzelte. »Vorher werden die Scarpas dich wohl kaum entbehren können. Sagen wir also Sonntag um zehn Uhr bei dir. Ich werde wie immer vor dem Haus auf dich warten.«

# Kapitel ❁ Acht

Ich konnte froh sein, dass die Scarpas mir wenigstens in dieser Woche ein paar Erledigungen auftrugen, die sich von meinen sonstigen Tätigkeiten abhoben, Abwechslung in meinen Alltag brachten und mir so das Warten bis zum Sonntag erleichterten. Allerdings hatte Signora Scarpa sich offenbar entschlossen, ständig zu kontrollieren, ob ihre Anordnungen auch ausgeführt worden waren. In mir wuchs das seltsame Gefühl, dass sie sicherstellen wollten, dass ich keine Zeit finden würde, Tobia zu sehen, und mehrmals schien es mir fast so, als würde mich jemand beobachten und bei meinen Erledigungen in der Stadt verfolgen, doch nie konnte ich Signora Scarpa ertappen. Einer der eher ungewöhnlichen Aufträge, den mir die Scarpas in dieser Woche auferlegten, war die Aufgabe, am Mittwoch einen Freund der Familie am Parkplatz der Piazzale Roma zu empfangen und zum Apartment zu begleiten. Ich war froh, an diesem strahlenden Frühsommertag die immer noch kalte und klamme Wohnung verlassen zu können.

Der Freund der Scarpas, ein gewisser Signore Piatti, war mit dem Auto gekommen. Ich sollte ihn vor dem großen Parkhaus erwarten. Noch immer hatte ich nicht verstanden, warum irgendjemand überhaupt mit dem Auto nach Venedig kommen wollte, wo es in der Stadt doch absolut nicht zu nutzen war. Aber es sollte nicht meine Sorge sein.

Müde von den Einkäufen, die ich an diesem Morgen schon erledigt hatte, erreichte ich die Großgarage und schaute mich um. Autos fuhren ein und aus, ganz langsam und vorsichtig, doch dann raste ein gelber Porsche mit quietschenden Reifen heran und zog in einer Kurve haarscharf an mir vorbei.

»Was für ein Rüpel!«, entfuhr es mir.

Zwar hatte ich den Fahrer nur für einen kurzen Augenblick gesehen, aber er war mir sofort mit seiner großen schwarzen Sonnenbrille und zurückgegelten Haaren unsympathisch gewesen. Ohne Zweifel: Es war Stefano Prode gewesen, Tobias Bruder.

Ich erinnerte mich. Tobia hatte erwähnt, dass Stefano nach Venedig kommen und dann nach Mailand weiterfahren würde. Sosehr mich der Anblick von Tobias Bruder angewidert hatte, so erleichtert stellte ich fest, dass ich ihm wohl nicht begegnen würde.

Ich wurde in meinen Gedanken unterbrochen, denn in diesem Augenblick trat Signore Piatti, ein gutaussehender, elegant gekleideter Mann mit weißmelierten Schläfen, aus dem Parkhaus und erkannte mich an Signora Scarpas Erkennungszeichen – dem großen senfgelben Schlapphut, den sie mir aufgezwungen hatte, selbst aber sicherlich nie getragen hätte. Signore Piatti begrüßte mich höflich. Verschämt nahm ich den Hut ab und bedeutete Piatti, mir zu folgen. Aber er reagierte gar nicht auf meine Aufforderung, sondern sah mich auf einmal starr und fragend an.

»Stimmt etwas nicht?«

Ich war mir nicht sicher, was ich getan haben könnte, das ihn so erschreckt hatte.

»O nein.« Er schüttelte den Kopf. »Es ist nur ...« Er schien fast zu stottern. »Nachdem Sie den Hut abgenommen hatten, haben Sie mich gerade für einen Augenblick an jemanden erinnert, der mir nahesteht.« Er fand wieder zu seiner distanzierten Haltung. »Lassen Sie uns gehen.«

Ohne viele Worte mit ihm auszutauschen, begleitete ich Signore Piatti zum Apartment, wo die Scarpas ihn überschwänglich begrüßten, während ich sein Gepäck im Gästezimmer abstellte. Ich war angewidert von ihrer aufgesetzten Freundlichkeit. Es war nicht schwer zu erkennen, welch wichtiger Mann Piatti für sie sein musste, wenn sie sich so ins Zeug legten. Achtlos legte ich den Schlapphut auf eine Kommode und sah auf die Uhr. Signora Scarpa hatte mir aufgetragen, noch ein paar letzte Einkäufe für das Abendessen zu erledigen, aber noch waren die Geschäfte um diese Zeit nicht offen. Erleichtert stellte ich fest, dass die übereifrige Beschäftigung der Scarpas mit Piatti mir wenigstens zehn Minuten Pause erlauben würden. Ich beschloss, die Ruhe zu nutzen, um endlich wieder einmal auf den Altan zu gehen.

Sobald ich das Fenster geöffnet und nach draußen gestiegen war, fielen wie immer all mein Groll auf die Scarpas, meine Müdigkeit und jede Anspannung von mir ab. Wie konnte man hier schlechter Laune sein? Ich verspürte eine leichte Brise, die den Geruch von gegrilltem Fisch und Rosmarin zu mir trug. Irgendwo in diesem Gewirr von Häusern schien jemand schon das Abendbrot vorzubereiten. Mein Blick glitt liebevoll über die Hunderte von Schornsteinen, von denen keiner dem anderen glich. Die Abenddämmerung hatte eingesetzt. Ganz in der Ferne konnte ich die Spitzen der Domkuppeln ausmachen und sah eine Gruppe Tauben, die in den Himmel aufstiegen. Hätte ich nicht wirklich hier gestanden und die Luft gerochen und das Bild gesehen, es hätte auf mich wie eine kitschige Filmszene gewirkt. So aber wusste ich, dass all das meine Realität geworden war.

Ich hatte eben meine Augen geschlossen, um die laue Abendluft einzusaugen, bevor ich wieder nach unten gehen musste, als ich das Knarren der mir so bekannten Tür hörte und aufblickte.

»Tobia?«

Langsam trat er aus der Tür und wandte sein Gesicht in meine Richtung. Erfreut stellte ich fest, dass sich auf seinem Gesicht die Grübchen abzeichneten und das blaue Auge so gut wie verschwunden war.

»Ich hätte nicht gedacht, dich hier zu treffen.«

»Ich habe nur ein paar Minuten, dann muss ich einkaufen gehen.«

»Wann sehen wir uns wieder, Alice?«

So leise wie möglich versuchte ich zu antworten: »Die Scarpas haben einen wichtigen Gast, und ich werde so viel zu arbeiten haben, dass ich vor Sonntag nicht aus dem Haus komme.«

»Wie wäre es mit einem Spaziergang heute Nacht – so wie früher? Ich möchte dir etwas zeigen.«

Der Gedanke, bei Tobia sein zu können, war zu verlockend, als dass ich einer solchen Einladung widerstanden hätte.

»Vier Uhr an der Accademia-Brücke?«

»Ich werde da sein.«

In dieser Nacht stellte ich zum ersten Mal seit meiner Ankunft in Venedig meinen Wecker. Bei meiner ständigen Müdigkeit wollte ich nicht riskieren, mein Treffen mit Tobia zu verschlafen. Doch meine innere Uhr weckte mich schon einige Minuten vor halb vier, schnell zog ich mich an und fand mich an der Brücke ein, wo mich Tobia mit Geo schon ungeduldig erwartete.

»Wo gehen wir hin?«

»Zum Palazzo Segantin!«

Tobias ganzes Gesicht wurde von einem Strahlen überzogen.

»Bitte?«

Ich war überrascht von seinem Vorschlag. War dies ein Angebot, um die Nacht miteinander zu verbringen?

»Keine Angst, Alice.« Er lächelte mich an. »Ich hatte mir schon gedacht, dass du nervös werden würdest, wenn ich dich zu dieser Zeit in den Palazzo einladen würde. Meine Absichten sind allerdings vollkommen integer. Vertrau mir!«

Gespannt, was mich erwarten würde, fiel ich in Geos und Tobias Schritt ein, um in wenigen Minuten den Palazzo zu erreichen.

Mit einem altertümlichen Schlüssel schloss Tobia geschickt das große Portal auf und ließ mich eintreten. Ehrfurchtsvoll betrat ich den kalten Vorraum und erkannte im Halbdunkeln einer roten Notlichtlampe die Stufen, die in den ersten Stock führten. Feuchte Kälte schlug mir entgegen. Ich musste an meinen ersten Eindruck von diesem Palazzo denken, als mich der Eingang mehr an eine Höhle als an ein Haus erinnert hatte.

Fast lautlos führte mich Tobia in den ersten Stock hinauf. Ich wagte nicht, ihn danach zu fragen, ob wir das Licht einschalten konnten, und so gut es ging, folgte ich ihm im schwachen Licht, das durch ein kleines Fenster von den Straßenlaternen ins Haus fiel, bis wir in den Salon gelangten, der während des Festes als Sitzecke gedient hatte. Erfreut bemerkte ich einen Lichtschalter und knipste ihn an. Grelles Licht erhellte den Raum. Ich atmete erleichtert auf und sah mich neugierig im Zimmer um. Was war es, das Tobia mir zeigen wollte?

Nichts erinnerte mehr an die Blumenarrangements und Barocksofas, an die Kerzenleuchter und Schälchen mit Nüssen und Früchten, die damals das Zimmer wohnlich gemacht hatten. Nun wurde das Zimmer ganz und gar von einem verschnörkelten massiven Esstisch, auf dem ein Laptop stand, und sechs grazilen Stühlen ausgefüllt.

»Bitte setz dich.«

Tobia deutete vor sich in Richtung der Stühle und nahm selbst vorsichtig vor dem Computer Platz. Als er den Laptop aufklappte, war ich erstaunt, eine ganz normale Tastatur zu sehen. Tobia schien meine Verwunderung erwartet zu haben, während er mit ein paar schnellen Tastenschlägen das Passwort eingab. »Du wunderst dich vielleicht, warum ich einen normalen Computer benutze, aber ich muss gestehen, dass ich keine Blindenschrift beherrsche.«

»Ich dachte, die Blindenschrift ist das Wichtigste, was man lernen muss, wenn man blind wird, damit man lesen kann.«

Er lächelte.

»Das ist genau das, was mir alle sagen. Aber ich habe schon immer darauf beharrt, dass es in den Zeiten des Computers eine altmodische Einstellung ist. Warum soll ich langsam über viele Seiten mit den Fingern gleiten, wenn mir ein Computer in der doppelten Geschwindigkeit alles vorlesen kann? Seit ich zehn Jahre alt bin, verbringe ich meine Tage am Computer, und wenn es eine Sache gibt, die ich schon damals mit geschlossenen Augen tun konnte, dann ist es, mich auf einer Tastatur zurechtzufinden.«

»Aber wenn die Programme aufgehen, wie schließt und öffnest du dann die Fenster? Wie kannst du mit der Maus etwas anklicken? Wie weißt du, wo du schreiben musst?«

»Ich benutze keine Maus. Ich arbeite mit Hotkeys, den Cursern und einem sehr ausgetüftelten Computerprogramm, das es mir ermöglicht, alles vorlesen zu lassen und auf den Seiten zu navigieren.«

Erst jetzt bemerkte ich die leise Computerstimme. Tobia musste unglaublich geübt sein, dass er gleichzeitig mit mir sprechen und den Computer bedienen konnte.

»Ich wollte dich aber nachts um vier Uhr nicht damit beeindrucken, dass ich einen Computer benutzen kann.«

Er hatte sich in der Zwischenzeit auf eine Internetseite navigiert, die nur aus ein paar Wörtern und Eingabefeldern bestand.

»Bitte achte nicht auf das Design der Seite, ein paar Grafiker arbeiten schon daran, und bevor wir es veröffentlichen, wird es auch für Sehende attraktiv sein.« Er lächelte. »Dies ist nur die Beta-Version für die Entwickler. Außer dir gibt es maximal eine Handvoll Menschen, die dieses Programm bisher gesehen haben.«

Er schob den Computer zu mir und schaltete die Stimme ab.

»Probier es aus!«

»Was muss ich machen?«

»Gib die Namen von zwei Menschen ein, von denen du weißt, dass sie eine enge Verbindung miteinander haben.«

Ich tippte in das erste Feld meinen Namen und in das zweite Feld den Namen meiner Mutter.

»Drücke enter.«

Ich tat, was er mir sagte, und einen Augenblick später drehte sich ein Rädchen und deutete an, dass Daten verarbeitet wurden. Dann erschien ein Text, den ich vorlas:

»Alice Breuer, Tochter von Maria Breuer.«

Es folgten weitere Zeilen, die unsere Verwandtschaft anzeigten, aber auch, dass wir zusammen in derselben Wohnung registriert gewesen waren und dass ich den Telefonanschluss von Maria Breuer übernommen hatte. Die Liste setzte sich über mehrere Seiten fort, mehr als hundert Punkte, die sich mit meiner Schulzeit, gemeinsamen Vereinsmitgliedschaften, aber auch Interessen wie Magazin-Abos und Veranstaltungsbesuchen beschäftigten, waren dokumentiert.

»Das ist unglaublich.«

»Jetzt gib zwei Personen ein, die nicht so viel mit dir zu tun haben. Vielleicht die Scarpas und du.«

Ich folgte seiner Anweisung, und wieder kamen wenige Sekunden später die Antworten auf den Bildschirm.

»Luca Scarpa und Alice Breuer sind bei Facebook als Freunde aufgeführt und gehören beide dem Verein *Rettet Venedig* an.«

»Nicht viele Verbindungen.«

»Nein, aber die Tatsache, dass ihr euch kennt, ist vorhanden.«

»Was ist das für ein Programm?«

»Du weißt, was soziale Medien sind?«

»Ja, all die Sachen wie Facebook, Linkedin und so weiter.«

»So ist es. Vor einiger Zeit habe ich mich gefragt, warum wir nicht versuchen sollten, all diese Informationen auszuwerten und eine Suchmaschine zu bauen, die sich nur mit dem Verhältnis von Menschen zueinander beschäftigt. Es basiert auf einem Algorithmus, den ich erfunden habe und der alle Informationen auswertet, an die wir mit legalen Mitteln kommen können. Du erfährst dadurch, wer über Facebook vernetzt ist, wer wen bei Skype als Kontakt hat, und du kannst sehen, ob sich Personen kennen, was für Gemeinsamkeiten sie haben und ob sie vielleicht auch schon mal miteinander kommuniziert haben – ein Blog-Kommentar zum Beispiel.«

»Aber sind diese Informationen denn einfach so erhältlich?«

»Du würdest dich wundern, was für Informationen es im Netz schon heute gibt, und natürlich habe ich auch ein paar Joint-Ventures mit anderen Firmen getroffen und auch die Löcher im System ausgenutzt. Aber sehr vieles ist sowieso zugänglich und musste nur systematisiert werden.«

»Und wer wird es nutzen?«

»Ich glaube, es wird ein fantastisches Werkzeug zum Netzwerken sein, aber auch beim Erkennen von potenziellen Seilschaften und Verbindungen hilfreich sein. Die meisten Nutzer werden natürlich Leute sein, die einfach neugierig sind, zu erfahren, wer wen kennen könnte.«

»Wann kommt es auf den Markt?«

»In etwa zwei Monaten werden wir das System einer kleinen Testgruppe zur Verfügung stellen, um zu sehen, was für Macken es noch hat, und in voraussichtlich sechs Monaten sollte es dann einem größeren Publikum vorgestellt werden.«

»Und du hast es dir ausgedacht?« Ich sah ihn voller Bewunderung an.

»Das Konzept ja, die Entwicklung habe ich zusammen mit drei meiner besten Software-Ingenieure in Kalifornien gemacht.« Er hielt kurz inne und wirkte fast schüchtern, als er mit leiser Stimme fortfuhr. »Es ist das erste Programm, das ich zu Ende gebracht habe, seit ich angeschossen wurde.«

»Das ist ja wunderbar.«

Für einen kurzen Moment schien er meine Worte zu genießen, doch schon in seinem nächsten Satz spürte ich die Sorge in Tobias Stimme.

»Ich hoffe, dass dieses Programm die Firma retten wird. Wir haben seit Malibu nichts mehr von Wichtigkeit herausgebracht und werden Leute entlassen müssen, wenn es so weitergeht. Dieses Programm könnte das Ruder herumreißen.«

Was war es nur, was diesen Mann trieb? Wieder einmal war Tobia mit seiner ungewöhnlichen Mischung aus Arroganz und Selbstzweifeln, aus Hoffnung und Verzweiflung, aus Tatendrang und Endzeitstimmung ein Rätsel für mich. Warum suchte er überhaupt noch den Erfolg? War es Mitgefühl mit seinen Mitarbeitern? War es die Sucht danach, die eigene Überlegenheit wieder zu beweisen? Oder war es der Spaß an der Arbeit? Das Geld selbst oder der finanzielle Erfolg konnten es nicht sein, denn er hatte alles, was er sich leisten wollte, und sein größter Wunsch, sehen zu können, war nicht käuflich. Ich betrachtete ihn. Angespannt und kerzengrade wartete er auf meine Reaktion und erschien mir begehrenswerter denn je zuvor. Die langen schwarzen Haare umspielten die hohen Wangenknochen und eine faltenlose Stirn. Ungewollt glitt mein Blick über seinen Körper. Ich konnte erkennen, wie sein unachtsam zugeknöpftes Hemd den Ansatz einer wohlgeformten Brust erahnen ließ. Wie gerne hätte ich meine Hände über seine Haut gleiten lassen. Doch kaum hatte diese Vorstellung in mir Gestalt angenommen, als mir auch schon klar wurde, dass eine solche Geste das Ende dieses Abends bedeutet hätte. Vor mir saß kein normaler Mann, der mich nur zu gerne ins Bett gezogen hätte. Vor mir saß ein Mann, der sich in jedem Augenblick unter Kontrolle hielt und von mir das Gleiche erwartete.

»Ich bin mir sicher, dass es ein Erfolg werden wird. Bitte, lass es mich noch einmal ausprobieren.«

Tobia schob den Laptop ein zweites Mal zu mir. Ich überlegte für einen Augenblick, welcher Kontakt mich noch interessieren könnte. Kurzerhand tippte ich Luca Scarpa und Tobia Prode ein. Das Rädchen drehte sich eine Weile, und dann erschienen wenige Zeilen, die mich fast sprachlos machten.

»Tobia! Endlich verstehe ich, warum die Scarpas dich so hassen!«

Tobia drehte sein Gesicht fragend in meine Richtung. Er hatte den Sprachmodus ausgeschaltet und musste auf meine Antwort warten, um die Lösung zu erfahren.

»Warum hassen sie mich?«

Ich bebte innerlich, wenn ich daran dachte, wie Signore Scarpa versucht hatte, jedes Treffen von mir und Tobia zu verhindern. Immer hatte ich geglaubt, dass er wenigstens einmal um mein Wohl besorgt gewesen wäre, und ihm insgeheim fast väterliche Gefühle unterstellt, weil er mich vor einer unüberlegten Beziehung mit einem Blinden warnen wollte. Nun aber sah ich Signore Scarpa nur noch als das, was er war: einen rachsüchtigen Egoisten.

»Hast du den Palazzo bei einer Auktion erstanden?«

Ich flüsterte fast. Tobia nickte. »Mein Notar hat im Namen unserer italienischen Holding Manin Enterprise den Palazzo erstanden. Warum?«

»Hier steht, dass im Register verzeichnet ist, dass Scarpa auch ein Gebot für einen Kunden abgegeben hatte.«

»Ich muss ihn überboten haben.« Tobia lächelte. »Kein Wunder, dass er mich nicht ausstehen kann und sich zudem sorgt, dass ich ihm sein Au-pair auch noch wegnehmen könnte. Das ist also der Grund, warum er dich mit Arbeit überhäuft. Er will es mir heimzahlen.«

Überwältigt sah ich ihn an. »Kannst du dir vorstellen, dass ich diesem Mann wirklich fast geglaubt habe, dass du ein schlechter Mensch bist?«

Tobia antwortete nicht, aber sein Gesicht verzog sich zu einem freudlosen Lächeln.

»Na, dann hat mein Programm ja schon die erste gute Tat vollbracht. Du bist dir hoffentlich jetzt im Klaren darüber, dass Signore Scarpa vielleicht nicht der Beste ist, um mich zu beurteilen!«

In dieser Nacht probierten wir noch viele Kombinationen aus und mussten überdies feststellen, als wir unsere beiden Namen eingaben, dass wir sehr viele

Verbindungen über Internetseiten hatten und uns in der virtuellen Welt schon in mehreren Blogs sozusagen begegnet waren. Ich musste lachen, als ich den Namen meiner Nachbarin in Teltow zusammen mit dem Namen meines ehemaligen Chefs im Buchladen eingab und feststellte, dass sie auf Grund der Vereine und Abos, die sie hatten, ein perfektes Paar abgeben würden – ich hatte es mir doch immer gedacht. Falls ich jemals nach Teltow zurückkehren würde, würde ich Amor spielen und die beiden zusammenbringen. Tobia saß neben mir, und ich konnte sehen, wie die Grübchen in seinen Wangen tiefer wurden und er sich über meine fast kindliche Freude über das Programm amüsierte.

Als ich mich schließlich um sieben Uhr endlich erhob, brachten Geo und Tobia mich zum Portal. Unser Lachen und unsere aufgekratzte Stimmung hallten in den Fluren nach und erfüllten den Palazzo. Aufrecht stand Tobia vor mir und reichte mir seine Hand.

»Da wir jetzt wissen, dass Signore Scarpa wohl alles daransetzen wird, unsere Bekanntschaft zu torpedieren, werde ich mich wohl um die Scarpas kümmern müssen, wenn ich eine Chance haben möchte, dich wenigstens ab und zu treffen zu können.«

»Was hast du vor, Tobia?«

»Wer wird denn vor einem Blinden Angst haben?«

Er schmunzelte und legte seinen Zeigefinger an den Mund. Mir war klar, er würde nichts weiter sagen, und als ich den Palazzo verließ, wunderte ich mich, was Tobia gemeint haben könnte.

Schon am nächsten Abend sollte ich die Antwort erhalten. Signore Piatti war am Morgen abgereist, und ich war im Begriff, wie von Signora Scarpa angeordnet, die diversen Silberrahmen, die überall in der Wohnung verteilt waren, mit einem Spezialreiniger zu putzen, als Signore Scarpa nach Hause kam. An seinem Gesicht konnte ich ablesen, dass er mit sich hoch zufrieden war.

»Ilaria?«

Noch nie hatte ich ihn nach seiner Frau rufen gehört.

»Was ist, Luca?« Sie kam aus ihrem Zimmer geeilt.

»Du wirst es nicht glauben!« Signore Scarpa strahlte. »Wir sind für drei Wochen auf die Yacht von Onorevole Pedrelli eingeladen!«

Ich sah, wie Signora Scarpa bleich wurde und die Hände vor den Mund warf.

»Luca! Wie hast du das angestellt?«

Ich begann, an einem besonders großen Rahmen zu putzen, um weiter lauschen zu können.

»Eben erhielt ich einen Anruf, dass Pedrelli von einem guten Bekannten erfahren hat, wie wunderbar ich die Piatti-Sache gemeistert habe. Er würde mich gerne näher kennenlernen. Und da er plant, einen Trip nach Sardinien mit ein paar Freunden zu unternehmen, hat er uns eingeladen, ihn zu begleiten.«

»Weißt du, wer diese Freunde sind?«

Ich konnte erkennen, wie ihre Augen leuchteten.

»Nein, aber es werden wohlhabende Leute sein. Dies könnte den großen Durchbruch für mich bedeuten – solche Kontakte sind Gold wert.«

»Wann geht es los?«

»Am Sonntag!«

»Diesen Sonntag?«

Ihre Stimme klang ganz schrill, wie so oft, wenn sie dabei war, sich in etwas hineinzusteigern.

»Wie soll ich alles für drei Wochen arrangieren, wenn ich nur drei Tage Vorbereitungszeit habe?«

Ich schmunzelte – sie meinte sicherlich die Garderobe und nicht den Haushalt oder die Kinder, die an mir hängenbleiben würden. »Und bevor ich vergesse, es zu erwähnen: Die Kinder werden mitkommen!«

Signore Scarpas Worte ließen nicht nur Signora Scarpa, sondern auch mich sprachlos dreinblicken. Die Scarpas würden drei Wochen mit ihren Kindern auf einer Yacht verbringen! Ich konnte es nicht fassen. Giorgio und Frederico hatten sicherlich noch nie in ihrem Leben ihre Eltern so lange an einem Stück gesehen.

»Die Kinder sollen mit?« Signora Scarpa weitete erstaunt die Augen. »Glaubst du, das ist eine gute Idee?«

»Onorevole Pedrelli hat mich ausdrücklich darum gebeten. Alle Paare werden ihre Kinder dabeihaben.«

»Aber die Schule hört doch erst in zwei Wochen auf!«

»Ilaria!« Signore Scarpa wischte ihren Einwand barsch zur Seite. »Was lernen sie denn jetzt noch? Die Zeugnisse sind ja schon fertig. Außerdem werden sie eine Ausnahmegenehmigung erhalten.«

Wieder einmal war ich verwundert, was in Italien alles möglich war. Onorevole Pedrelli schien ein äußerst mächtiger Mann zu sein, wenn er all diese Dinge so einfach arrangieren konnte und Signore

Scarpa seine Pläne so kurzfristig über den Haufen warf.

Signora Scarpa zuckte mit den Schultern und verschwand in ihr Zimmer, wahrscheinlich in Gedanken schon bei der Kleiderauswahl.

Ich ging in die Küche. Meine Hände zitterten. Diese Reise musste Tobias Werk sein. Wie hatte er es nur geschafft, diesen ominösen Pedrelli davon zu überzeugen, meine Gastfamilie für drei Wochen auf seine Yacht einzuladen? Ich konnte es kaum erwarten, in mein Zimmer zu kommen und Tobia eine SMS zu schreiben.

Als ich endlich alle Rahmen poliert hatte, eilte ich in mein Zimmer hinauf und nahm mein altes Mobiltelefon, das ich so gut wie nie benutzte, aus meiner Nachttischschublade. Zitternd stellte ich das Handy an und tippte mit einem Finger meine Frage in die Tastatur.

»Wie hast du es geschafft?«

Nachdem ich Tobias Nummer von der Visitenkarte abgetippt und die SMS abgeschickt hatte, wartete ich nervös auf eine Antwort. Tobia hatte mir erklärt, dass sein spezielles Telefon für Blinde ihm die SMS, die er empfing, auf Knopfdruck vorlesen würde.

Keine zwei Minuten später antwortete er mir.

»Erzähle ich am Sonntag. Hat alles geklappt?«

Verfluchter Tobia, warum musste er immer so geheimnisvoll tun! Ich wollte eine Antwort, aber er wollte mich auf die Folter spannen. Verärgert und gleichzeitig doch voller Bewunderung, wie er das alles eingefädelt hatte, beschloss auch ich, ihn ein wenig zappeln zu lassen.

»Sonntag mehr!«, erwiderte ich lapidar.

Die nächsten Tage waren von der typischen Abreisehektik der Scarpas erfüllt – Koffer mussten gepackt werden, Kleider von und zur Reinigung gebracht werden, Giorgio und Frederico erhielten die Ausnahmegenehmigung, und die Scarpas flatterten aufgeregt durch das Apartment.

Schließlich kam der Tag der Abreise, und meine Gastfamilie verließ schon am frühen Morgen das Haus, um mit dem Boot zum Bahnhof zu gelangen. Unzählige Koffer mussten heruntergetragen werden. Als ich endlich Signore Scarpa die Hand zum Abschied gab, waren wir alle vollkommen außer Atem.

»Alice, pass mir gut auf das Apartment auf.« Signore Scarpa sah mir direkt in die Augen.

»Natürlich. Ich werde alles in Ordnung halten und meine Aufgaben verantwortungsvoll erledigen.«

Noch immer fixierte Scarpa mich, und in einer fast huldvoll anmutenden Geste legte er seine Hand auf meine Schulter.

»Und halt dich von diesem Manin fern. Du hast jetzt drei Wochen, in denen du Venedig genießen kannst. Such dir einen hübschen Venezianer und vergnüg dich mit ihm, aber nicht mit diesem selbstverliebten Amerikaner!«

Gerne hätte ich ihm geantwortet, dass mir nur zu klar war, dass er nicht mein Wohl im Sinn hatte. Aber warum sollte ich ihm und mir in letzter Minute die Laune verderben und die Reise gefährden? Ich war die Scarpas drei Wochen los und konnte mit meiner Zeit tun und lassen, was ich wollte. Das war das Einzige, was zählte. Und so lächelte ich ihn nur freundlich an.

»Ich werde mein Bestes tun, Signore Scarpa.«

Als Tobia mich zwei Stunden später vor dem Haus erwartete, lag auf seinem Gesicht ein zufriedenes Grinsen.

»Guten Morgen, Alice.«

»Guten Morgen, Tobia. Guten Morgen, Geo.«

Ich tätschelte dem Hund über seinen Kopf. Erfreut sah er zu mir auf und stupste mit seinem Kopf freundlich an meine Sommerhose. Tobia wollte schon aufbrechen, als ich ihn sanft am Arm zurückhielt.

»Bevor wir anfangen, die Zeit, die uns die Scarpas lassen, zu nutzen, würde ich dich gerne fragen, wie du ihre überstürzte Abreise arrangiert hast? Ich sterbe förmlich vor Neugier!«

Seine Stirn kräuselte sich in gespielter Entrüstung, aber er war kein guter Schauspieler.

»Ich hoffe, du bist mir nicht böse, aber sie fingen wirklich an zu stören, und da habe ich mir gedacht, dass ihnen eine kleine Reise sicherlich guttun würde.«

»Aber wie hast du diesen Onorevole Soundso dazu gebracht, sie einzuladen?«

Er lächelte. »Es ist immer gut, Freunde zu haben. Onorevole Pedrelli war ein Studienkollege meines Onkels und sein bester Freund. Wir waren jedes Jahr mit ihm im Sommerurlaub. Ich kenne ihn, seit ich zehn Jahre alt bin.«

»Und er hat sich sofort bereiterklärt, auf seiner Yacht drei Wochen wildfremde Menschen zu empfangen, nur um dir einen Gefallen zu tun?«

Tobia wurde ernst. »Ich habe ihn noch nie zuvor um einen Gefallen gebeten. Er wusste, dass es mir wichtig war und ... wer sagt dir, dass er wirklich drei Wochen auf dem Schiff sein wird? Seine dritte Gattin Eleonora ist leider eine Kopie von Signora Scarpa, sie werden sich gewiss glänzend verstehen, aber Pedrelli wird sich wahrscheinlich nach zwei Tagen verabschieden und nach Rom zurückkehren.«

»Armer Signore Scarpa.« Ich musste lachen.

»Ich bin mir sicher, dass Pedrelli sich etwas ausdenken wird, das ihn beschäftigt hält. Aber jetzt genug von den Scarpas.« Er gab Geo ein Zeichen. »Ich habe sie nicht auf hohe See geschickt, um jetzt unsere Zeit damit zu vergeuden, über sie zu reden. Wir müssen diese Wochen nutzen!«

# Kapitel ❁ Neun

Die folgenden Tage vergingen schneller, als ich es für möglich gehalten hätte. Wir besuchten San Michele, Burano und Murano, wo Tobia – unter meinem Protest – eine wunderschöne, gigantische Vase aus dem berühmten Muranoglas erstand, in die ich mich verliebt hatte, aber die ich nie und nimmer in meiner Wohnung in Teltow würde aufstellen können. Tobia hatte dieses Argument lachend damit abgetan, dass er für mich wohl einen Ehemann finden müsse, der die nötigen Finanzen hätte, um mir ein entsprechend großes Haus zu kaufen.

In allem, was Tobia sagte und tat, konnte ich sehen, dass er sich nie erlaubte, mir näher als nötig zu kommen. Jede Anspielung, wie sich unsere Beziehung entwickeln könnte, vermied er. Sehnsüchtig dachte ich an meinen Verdacht zurück, als ich ihm unterstellt hatte, den Ball und das Kostüm nur organisiert zu haben, um mich ins Bett zu bekommen – wäre es doch nur so gewesen! Stattdessen hatte ich den vollendeten Gentleman, der mich träumen ließ, mir jeden materiellen Wunsch erfüllen wollte, aber niemals persönlich wurde und mir so jeden Tag umso begehrenswerter erschien.

Es verging kein Abend, an dem wir nicht in einem der teuersten Restaurants der Stadt essen waren oder in der Bar des Gritti oder in dem der anderen Luxushotels die Nacht ausklingen ließen, und noch nie in meinem Leben hatte ich eine solche Vielfalt an Gerichten und außergewöhnlichen Weinen probiert und genossen. Doch auch wenn für mich diese Welt neu und faszinierend war und ich meine Versuche, Tobia das normale Leben nahezubringen, nach dem Misserfolg im Bacari endgültig begraben hatte, so fühlte ich mich nicht wohl bei diesem Luxus. Stars aus dem Showgeschäft, reiche Ausländer und die italienische Oberschicht, die diese Lokale frequentierten, ignorierten uns höflich und ließen Tobia seine Behinderung nicht spüren. Wenn ich mich aber umblickte, sah ich ihre mitleidigen Blicke und erkannte, in welch falscher Sicherheit sich Tobia wiegte.

Ich verkniff mir, Tobia von meinen Beobachtungen zu erzählen, denn je mehr Zeit ich mit ihm verbrachte, desto mehr erkannte ich, welche Anstrengungen er unternahm, um sich und seiner Umwelt zu beweisen, dass er immer noch der überlegene Tobia war, der er vor seiner Erblindung gewesen war. Und es wurde mir klar, wie sehr es ihn schmerzen würde, zu wissen, dass all seine Bemühungen – der schnelle Schritt, die aufrechte Haltung, das selbstbewusste Verhalten und die zynischen Bemerkungen – nichts daran änderten, dass die Menschen in ihm vor allen Dingen eines sahen: einen Behinderten.

Aber es waren nicht primär diese Erfahrungen, die ich in diesen Tagen machte. Es gab auch positive Entwicklungen: Tobia hatte begonnen, die meisten meiner Fragen zu beantworten. Ja, er erschien sogar zeitweise gelöst und locker, und ich entwickelte ein Gespür dafür, wann ich Fragen stellen konnte und wann nicht. Endlich erfuhr ich auch, was Tobia dazu bewogen hatte, nach Venedig zu ziehen.

Wir hatten den Tag damit verbracht, die Friedhofsinsel San Michele zu besichtigen. Das Wetter war im Laufe des Tages heiß und schwül geworden. Ich hatte nach unserer Rückkehr zur Accademia darum gebeten, mich vor dem Abendessen ein wenig ausruhen und duschen zu können. Tobia hatte sofort eingewilligt. Auch er und Geo waren vom Tag erschöpft. Wir hatten uns also für einen Aperitif im Café Florian verabredet, bevor wir ins Cipriani zum Abendessen gehen würden.

Ich wartete frisch geduscht und in einem leichten Sommerkleid im kühlen Inneren des antiken Cafés und genoss die Stille. Die meisten Tagestouristen hatten die Stadt wieder verlassen, daher war ich eine der wenigen, die es sich in der Ecke eines der dekorierten Säle bequem gemacht hatte. Freundliche Kellner versorgten mich mit Aperitif-Häppchen, einem Glas Spritz und dem kurzen Smalltalk, der in solchen Lokalen anscheinend zum Service gehörte.

Dann trat Tobia in den Eingang. Wie immer war er pünktlich und kam mit selbstbewusstem Gang herein, diesmal mit einem Blindenstock und ohne Geo. Die Blicke der Kellner und wenigen Gäste richteten sich augenblicklich auf ihn und sahen ihn mit der so typischen Mischung aus Neugierde und Dezenz an. Ich erhob mich, um Tobia zu begrüßen, und führte ihn so beiläufig und ungezwungen wie möglich zu unserem Tisch.

»Du hast Geo daheim gelassen?«

Er nickte. »Es wird wieder spät werden, und Geo liebt es nicht, wenn er den ganzen Abend unter einem Tisch liegen muss.«

Der Kellner trat an unseren Tisch. »Was kann ich Ihnen bringen, Signore Manin?«

»Einen Bellini bitte.«

Der Kellner verschwand, und Tobia richtete sich an mich.

»Hast du lange warten müssen?«

»Aber nein.« Ich lächelte. »Ich bin nur etwas früher gekommen, weil ich es liebe, die Menschen hier zu beobachten: den Piloten, der die Hände nicht von einer Stewardess lassen kann, die alte italienische Dame, die sich den ganzen Nachmittag zurechtgemacht hat, um jetzt hier im Café mit ihrem rosa Lippenstift und aufgedrehten Haaren eine *Bella Figura* abzugeben, das verliebte österreichische Pärchen, das sich über die Preise beschwert und sich dabei den Abend ruiniert. Da vergeht die Zeit, ohne dass man es bemerkt. Venedig erscheint mir immer wie ein großes Theater.«

»Ist das der wahre Grund, weshalb du hierhergekommen bist?«

»Nein. Ich wollte nach Venedig, weil es die Traumstadt meiner Mutter war und wir es uns nie leisten konnten hierherzukommen. Aber ...«, ich verlieh meiner Stimme einen beiläufigen Klang, »warum bist du eigentlich hierhergezogen?«

Tobia lachte auf.

»Alice, du brauchst dich nicht verstellen. Du hast mir diese Frage schon in Torcello gestellt, und ich habe sie dir damals nicht beantwortet. Tu also bitte nicht so, als ob sie dir nicht wichtig wäre.« Der Kellner trat mit einem Bellini heran und wartete höflich, bis Tobia seinen Satz beendet hatte, um dann das Glas zusammen mit einem Schälchen Erdnüsse auf den runden Tisch zu stellen. Wir stießen an.

»Auf Venedig.« Er nahm einen tiefen Schluck. »Und auf deine Fragen.« Seine Stimme wurde wieder ernster. »Du hast recht – ich schulde dir eine Antwort.« Er stellte das Glas ab. »Warum ich in Venedig lebe? Ich glaube, ich muss zurückgehen in die Zeit nach dem Einbruch, damit meine Entscheidung klar wird.«

Er lehnte sich zurück, und seine Stimme war so leise, dass ich mich vorbeugen musste, um ihn verstehen zu können.

»Ich war im Krankenhaus erwacht, und man hatte mir gesagt, dass ich nie wieder sehen würde. Zuerst versuchte ich die Diagnose anzuzweifeln. Es gibt wohl keinen anerkannten Arzt, den ich nicht um seine Hilfe gebeten habe. Stefano und meine Assistentin waren wochenlang damit beschäftigt, jeden noch so kleinen Hoffnungsschimmer am Forschungshorizont der Ophthalmologie zu finden. Aber es wurde mit jedem Tag klarer, dass es in einem Fall wie meinem keine Hoffnung auf Heilung gab.« Er zuckte mit den Schultern und seufzte, als ob dieser Tag nicht schon Jahre zurücklag, sondern der Schmerz ihm so gegenwärtig war, als wäre es gerade erst geschehen. »Ich begann also, um ein Wunder zu beten. Wenn die Wissenschaft keine Lösung bot, würde vielleicht eine überirdische Macht mir helfen können. Und obwohl ich Religion immer als Humbug abgetan hatte, fuhr ich mit meinem Bruder nach Lourdes, dann zum Grab von Padre Pio und zu guter Letzt sogar nach Indien zu einem berühmten Guru. Geld spielte keine Rolle – ich hätte alles gegeben, um nur wieder sehen zu können. Aber trotz aller Gebete, Meditationen und was ich sonst noch alles versuchte, musste ich erkennen, dass mein Geld und meine Anstrengungen mir nicht helfen würden. Es blieb genauso dunkel um mich, wie es seit der Nacht in Malibu gewesen war. Deprimiert zog ich mich in meine Wohnung in New York zurück, ging monatelang nicht aus dem Haus, sondern hörte nur den ganzen Tag auf meinem Bett Hörbücher, die mein Bruder für mich bestellte.«

Ein trauriges Lächeln spielte um seinen Mund.

»Und Venedig?«

Tobia fuhr sich nachdenklich durchs Haar. Seine Erinnerungen hatten ihn wieder einmal übermannt.

»So seltsam es klingen mag, der Grund, nach Venedig zu kommen, war, dass ich irgendwann keine neuen Hörbücher mehr finden konnte. Ich begriff, dass ich wohl wieder meine Wohnung verlassen musste. Den Computer beherrschte ich auch dank einer Lehrerin schon so einigermaßen, aber ich hatte jeglichen Spaß daran verloren und wollte meine Tage auch nicht allein und nur mit einer Computerstimme verbringen – du kannst dir nicht vorstellen, wie monoton das schnell wird.« Sein Gesicht verzog sich zu einem schiefen Grinsen. »Und so wagte ich es, meine ersten Schritte zurück in die Welt zu machen. Ich erspare dir, wie es ist, als Blinder durch New York zu irren, Menschen, Lärm, überall Gerüche, die man früher ignorieren konnte, ganz zu schweigen von all den Gefahren. Ich war, glaube ich, keine drei Mal auf der Straße, bevor ich wusste, dass ich in dieser Stadt nicht bleiben konnte. Malibu und Kalifornien waren keine Option, weil die Erinnerung an das, was passiert war, viel zu schmerzhaft war. Und so beschloss ich, einen Ort zu finden, an dem ich mich vollkommen zurückziehen konnte.«

»Und warum Venedig?«

»Erstens kam meine Mutter ursprünglich von hier – sie hieß Manin.« Er lächelte. »Mein Name ist also nicht ganz frei erfunden.«

»Und zweitens?«

»Zweitens wusste ich, dass mich in dieser Stadt nichts mehr an mein altes Leben erinnern würde. Ich habe hier keine Freunde, es gibt wenige der Vergnügungen, die ich immer gerne gesucht habe: Kino, Autofahren, Nachtclubs oder Kongresse der IT-Szene. Hier habe ich nicht das Gefühl, dass ich etwas verpasse – das Leben scheint in Venedig ebenso stehengeblieben zu sein, wie mein eigenes Leben stehengeblieben ist.«

»Und du hast keine Angst vor dem Wasser überall?«

Ich dachte an die Gefahr, der sich ein Blinder hier aussetzte.

»Ja, die vielen Kanäle haben mir am Anfang Angst gemacht, aber dann habe ich Geo gefunden. Eigentlich wollte ich keinen Blindenhund. Ich mag Tiere nicht sonderlich.« Er seufzte. »Aber ohne ihn hätte ich nicht hier leben können, und jetzt ist er nach Stefano mein bester Freund geworden.«

»Du bist also glücklich hier?«

»So glücklich, wie ich es sein kann.«

Mit diesen Worten stand er in seiner abrupten Art auf und beendete die Konversation, indem er dem Kellner bedeutete, die Rechnung schicken zu lassen. Ich wusste, er würde für heute Abend keine Fragen mehr beantworten. Schweigend schritt ich neben Tobia zum Wassertaxi des Cipriani, bis er sich schließlich gefangen hatte und ein neues Thema anschnitt.

Mit dem voranschreitenden Frühsommer begann die Hitze in der Stadt unerträglich zu werden, und während ich auf den Titeln der Lokalzeitung *Il Gazzettino* lesen konnte, dass dies die Vorboten der Klimaerwärmung seien und das Ende Venedigs nahen würde, wenn die Meerespegel weiter anstiegen, beschlossen Tobia und ich, den unabwendbaren Weltuntergang zu ignorieren und uns am Strand zu vergnügen.

Wie immer entschied Tobia, dass nur das exklusivste Strandbad in Frage käme, und so fuhren wir zum Lido an den eleganten Strand des Excelsior Hotel. Die Ankunft mit dem mir nun schon so vertrauten und überwältigend schönen Motoscafo, die Kulisse der orientalisch anmutenden Architektur des Hotels und die Grandezza der weißen Strandzelte, all das erschien mir irreal und versetzte mich in ein anderes Jahrhundert.

In meinem Bikini von H&M, mit meiner etwas zu weißen Haut und Sommersprossen fühlte ich mich allerdings gegenüber all dieser Schönheit fehl am Platz. Und dieser Eindruck wurde noch verstärkt, als Tobia, nur mit einer Badehose bekleidet, aus der Umkleidekabine heraustrat und ich zum ersten Mal seinen makellosen Körper erblickte.

»Wie machst du es bloß, einen so perfekten Körper zu haben?« Ich konnte meinen Blick gar nicht von ihm reißen.

»Ich hasse es, mich nicht mehr in Form zu fühlen. Früher war ich nicht so fanatisch, damals habe ich einfach die Augen geschlossen, wenn ich mir nicht so gefallen habe.« Er kniff sich in die Hüfte. »Heute gehe ich jeden Tag für mindestens eine Stunde in meinen Fitnessraum.«

»Wenn du wüsstest, wie es sich anfühlt, neben einem Adonis zu liegen und sich wie eine Weihnachtsgans vorzukommen.«

Ich warf mich zurück auf die Liege und stöhnte, während Tobia über meinen Vergleich lachte.

»Ich kann mir nicht vorstellen, dass diese Wahrnehmung der Wirklichkeit entspricht. Aber selbst wenn es so wäre, warte nur ab, wie sich die Meinungen ändern werden, wenn dieser Adonis als blinder Samson zum Meer wankt und über die Liegen stolpert.«

Mit meiner Hilfe jedoch ging Tobia zum Wasser, ohne großes Aufsehen zu erregen. Ohne Angst schwamm er los, und als ich ihn darauf ansprach, erklärte er mir, dass er in seiner Kindheit kalifornischer Schwimmmeister gewesen sei. Schwimmen sei der einzige Sport gewesen, den sein strenger Onkel geduldet habe, daher sei er täglich im Pool oder am Strand gewesen. Ich dagegen hatte mich mit meinen Schwimmkünsten gerade so über Wasser gehalten, nachdem ich in meiner Kindheit so gut wie nie mit meiner kranken Mutter ins Schwimmbad hatte gehen können, und war froh und vollkommen erschöpft, als Tobia endlich beschloss, wieder an Land zu gehen.

Nach dieser Erfrischung ließen wir uns ein leichtes Mittagessen an den Strand bringen. Plötzlich legte sich eine kalte Hand auf meinen Rücken. Erschrocken fuhr ich auf.

Stefano, Tobias Bruder, stand über mir.

»Buongiorno!« Er lächelte mich an, und ich zwang mich, freundlich zurückzulächeln.

»Stefano? Du bist hier?«, fragte Tobia überrascht.

»Deine Haushälterin hat mir gesagt, dass ich euch hier finden würde, und da bin ich schnell mit dem Boot herübergefahren. Ich hoffe, ich störe nicht?«

Gerne hätte ich ihm meine wahre Meinung gesagt, aber ich hielt mich zurück.

»Absolut nicht, lieber Bruder. Es freut uns, dass du uns bei unserer kleinen Strandvisite Gesellschaft leistest.«

Stefano ließ sich einen Liegestuhl bringen. Er riss die Gespräche an sich und versuchte bei jeder Gelegenheit witzig und amüsant zu erscheinen.

Das Gespräch wandte sich rasch Tobias neuester Idee zu, und ich erfuhr, wie wenig Stefano das Projekt unterstützte. Er brachte einen Einwand nach dem anderen vor. Ich konnte nicht verstehen, wie ihm das Potenzial dieses Programms entgehen konnte, und es wurde mir mehr und mehr bewusst, dass Stefano der Grund für den Niedergang der Firma sein musste. Sogar mir, die keinerlei Ahnung vom Unternehmertum hatte, war klar, dass ein Mann, der den Erfolg dieser Idee nicht vorhersehen konnte, ungeeignet war, ein solches Unternehmen zu führen. Wieso nur konnte Tobia, der doch sonst alles analysierte, nicht die Unfähigkeit seines Bruders erkennen? Als wir um sechs endlich nach Venedig aufbrachen, war ich froh, den Tag hinter mich gebracht zu haben. Das Angebot zu einem Abendessen mit Tobia und Stefano schlug ich dankend aus.

Frustriert stellte ich fest, dass Stefano einen perfekten Tag ruiniert hatte, und hoffte inständig, dass er bald wieder dringende Geschäfte am anderen Ende der Welt erledigen musste und aus Tobias Leben verschwinden würde. Wie hätte ich ahnen können, dass nicht die Dauer von Stefanos Aufenthalt zum Problem werden würde, sondern die Tatsache, dass mit der nächsten Begegnung meine Abneigung in schiere Angst umschlug.

Der nächste Tag begann ganz harmlos. Tobia lud mich zu einem Mittagessen im Palazzo Segantin ein. Signora Auda, die so gut wie stumme Haushälterin, öffnete mir mürrisch die Tür. Aus den oberen Räumen war kein Geräusch zu hören, und ich fragte mich schon, wo Tobia und Stefano sein könnten, als ich Schritte vernahm und Stefano die breite Steintreppe herunterkommen sah. Er trug nichts anderes als einen kurzen weißen Bademantel, der den Blick auf seine behaarten dicken Waden freigab. Schweigend verschwand Signora Auda in der Küche.

»Buongiorno, Alice.«

Stefano lächelte mich mit seinem typischen schmierigen Lächeln an.

»Buongiorno, Stefano.«

Auch ich bemühte mich, mir ein Lächeln abzuringen. Tobias Verhalten am Strand hatte mir erneut klargemacht, dass sein Bruder für ihn der wichtigste Ratgeber und Freund war, und wenn ich eine Chance haben wollte, Tobia weiter zu sehen, konnte ich nicht riskieren, diese Beziehung zu hinterfragen. Ich würde also so freundlich sein, wie es mir irgend möglich war.

»Wo ist Tobia?«, brachte ich so unbefangen wie möglich vor.

»Er macht einen Spaziergang mit Geo. In der Zwischenzeit«, Stefano trat auf mich zu und legte seinen Arm auf meine Schulter, »könnten wir vielleicht ein wenig Zeit miteinander verbringen. Tobia wird nicht vor zwei zurück sein.«

»Aber wir waren doch um eins verabredet.« Ich sah Stefano zweifelnd an.

»Ich habe Tobia gesagt, dass du angerufen hast und dich verspäten würdest.«

»Du hast was?« Meine Stimme hatte einen schrillen Klang angenommen. Entsetzt entzog ich mich seinem Arm, aber Stefano schien sich in keiner Weise schuldig zu fühlen.

»Aber hallo, Alice, so feurig – ganz wie ich es mag.«

Er versuchte, mich wieder an sich zu ziehen, doch ich wand mich und trat zurück zum Portal.

»Rühre mich nicht an, Stefano. Ich werde sonst mit Tobia sprechen müssen.«

Ich spürte, wie meine Hände zu zittern begannen.

»Und du denkst, er würde dir glauben?« Stefano lachte laut auf. »Mein Bruder vergöttert mich. Und dir«, sein Gesicht wurde starr, »dir vertraut er nicht im Geringsten. Wer hat da wohl die Oberhand, sein Bruder oder ein fremdes Au-pair?«

Erstaunt sah ich ihn an. »Wieso meinst du, Tobia vertraut mir nicht?«

Stefano antwortete nicht, er sah mich nur belustigt an. Schließlich gab er sich einen Ruck.

»Komm mit. Ich zeig es dir.«

Stefano trat auf die Treppe und drehte sich, da ich zögerte, noch einmal um.

»Keine Angst – vergewaltigt habe ich noch kaum jemanden.«

Unangenehm berührt von dieser Äußerung, folgte ich ihm. Als wir im ersten Stock ankamen, führte er mich zu einem der hinteren Zimmer, die mir bisher bei meinen beiden Besuchen im Palazzo entgangen waren, und schloss eine Tür mit einem wuchtigen Schlüssel auf. Mit übertrieben ausladender Geste bedeutete er mir einzutreten.

Wir befanden uns in einer Art Abstellkammer, in die nur durch ein Oberlicht fahles Licht einfiel und in der eine große Anzahl Akten unordentlich auf meterhohen Regalen abgelegt worden waren. Manche der Ordner standen, einige lagen, und wieder andere waren auf den Boden gefallen. Auf den meisten Rücken der Akten konnte ich in einer nur schwer entzifferbaren, krakeligen Schrift einzelne Bezeichnungen erkennen, und die wenigen Beschriftungen, die ich lesen konnte, trugen Namen von Firmen und Banken. Verwundert, was ich hier sollte, drehte ich mich zu Stefano und sah, wie er in diesem Moment nach einem roten Ordner mit der Aufschrift *Alice* griff und ihn mir reichte.

»Nur für dich.«

Er schien vertraulich wirken zu wollen, aber sein kurzes Zwinkern verstärkte nur meine Abneigung. Fast überkam mich der Impuls, den Raum fluchtartig zu verlassen, doch ich überwand mich, nahm die Akte aus seiner Hand und öffnete sie. Vor mir lag abgeheftet der Bericht eines gewissen Angelo Micheli, Privatdetektiv aus Padua, an Tobia Manin. Er beschrieb auf mehreren Seiten den vorletzten Tag vor der Abfahrt der Scarpas – dass ich um 10.23 Uhr zur Reinigung gegangen war, dass ich um 11.12 Uhr zurückkehrte und zwanzig Minuten später das Haus wieder verlassen hatte, um noch ein paar Filetti di Manzo beim Metzger zu holen.

Zitternd blätterte ich weitere Seiten des Ordners auf und sah, wie Tag um Tag meines Lebens in den letzten Wochen sorgsam aufgelistet worden war – die Erledigungen, die Spaziergänge, jede Tätigkeit, wann ich wo und mit wem ich geredet hatte. Seit fast zwei Monaten folgte mir Micheli oder einer seiner Leute, und wie ich aus den letzten Seiten des Ordners sehen konnte, schloss sich auch eine genaue Analyse meiner finanziellen Situation an. Ich sah Kopien von Kontoauszügen, Telefonrechnungen meines Mobiltelefons und sogar den Mietvertrag meiner Wohnung in Teltow.

Entsetzt schloss ich die Augen. Wie hatte Micheli an all diese Informationen kommen können und wieso hatte Tobia dies in Auftrag gegeben?

»Tobia hat mich beschatten lassen?«

Stefano nickte nachsichtig und seufzte tief. »So ist es.«

»Aber warum?«

»Er vertraut dir nicht und ist ein Kontrollfreak. Hast du das nicht gewusst?«

Ich schüttelte den Kopf. Noch immer konnte ich nicht fassen, was ich sah.

»Aber diese Berichte – er kann sie doch gar nicht lesen?«

Stefano lächelte. »Warum meinst du, dass ich von der Akte weiß? Ich musste ihm diese Aufzeichnungen jeden Abend vorlesen. Aber ...« Stefanos kalte Augen durchbohrten mich förmlich. »Ich konnte und wollte es dir nicht mehr vorenthalten.«

Verwundert sah ich ihn an. »Wieso hast du es mir gesagt? Warum verrätst du deinen Bruder?«

Schweigend stellte Stefano den Ordner zurück ins Regal und bedeutete mir, den Raum zu verlassen, den er sorgsam hinter sich abschloss. Dann drehte er sich zu mir und näherte sich mir. Ich fand mich zwischen Tür und ihm eingezwängt. Sein Gesicht war nur wenige Zentimeter von mir entfernt, als er mir ins Ohr hauchte.

»Ich verrate meinen Bruder nicht. Ich will dir nur die Wahl lassen. Da du nun weißt, was für ein Mann mein Bruder ist, gefällt er dir da immer noch? Oder würdest du nicht lieber einen richtigen Mann haben? Einen Mann, der keine Spielchen spielt, bei dem man weiß, was man hat, und den man nicht wie ein Kleinkind an der Hand führen muss?«

Er schien seinen Bademantel öffnen zu wollen und ich machte einen schnellen Ausfallschritt, um der Enge zu entfliehen.

»Stefano, ich weiß nicht, was ich davon halten soll, dass Tobia einen Privatdetektiv angeheuert hat, und es schmerzt mich zu wissen, dass er mir nachspioniert, aber ich glaube nicht, dass das irgendwas zwischen uns verändert.«

Das Lächeln auf Stefanos Gesicht gefror, und er trat einen Schritt zurück.

»Man kann Menschen nicht zu ihrem Glück zwingen. Es ist deine Entscheidung, wenn du einen Mann wie meinen Bruder vorziehst, aber du bist dir wohl nicht darüber im Klaren, dass du dich geehrt fühlen solltest, dass ich überhaupt etwas von dir möchte. Schließlich sehe ich im Gegensatz zu meinem Bruder, dass an dir nicht viel dran ist. Es braucht schon einen Blinden, um dich schön zu finden.«

Er zog den Gürtel seines Mantels wieder zu. Seine Beleidigung ignorierend, seufzte ich erleichtert auf.

»Bilde dir bloß nicht ein, dass ich es zulassen werde, dass ihr beide, du und mein Bruder, mehr als nur eine triste Zweckgemeinschaft werdet. Ich habe nichts dagegen, dass du ihm die Stadt erklärst und dir den Magen auf seine Kosten vollschlägst, aber«, er näherte sich erneut meinem Gesicht, diesmal mit echtem Hass, »lass deine Finger von ihm!«

Kaum hatte er diese Worte ausgesprochen, drehte er sich um und stürmte an mir vorbei zum Salon. Wenig später hörte ich das Schlagen einer Tür im Stockwerk über mir. Ich sammelte mich, noch völlig verwirrt von den Ereignissen und von Stefanos eindeutiger Drohung. Erst einige Minuten später war ich bereit, meinen Weg zurück in den Salon zu finden. Während ich spürte, wie langsam Farbe in mein Gesicht zurückkehrte, überlegte ich, wie ich Tobia gegenübertreten sollte. Was nur sollte ich tun? Ich war verletzt von dem Umstand, dass Tobia mir hatte nachspionieren lassen. Doch irgendwo in mir versuchte eine leise Stimme, ihn zu verteidigen: Vielleicht war es zu viel erwartet, dass ein Mann, der so gut wie nichts von mir wusste, einfach so Vertrauen zu mir fassen sollte. Ja, vielleicht war es sogar vernünftig, dass Tobia einen Privatdetektiv angeheuert hatte und sich somit versichern konnte, wer ich wirklich war. Schließlich hatte ich nichts zu verheimlichen. Und so beschloss ich, Tobia nicht zur Rede zu stellen, sondern trat ihm eine halbe Stunde später so unbekümmert und sorglos wie möglich entgegen.

»Du bist schon hier, Alice?« Tobia strahlte, als ich ihn am Treppenabsatz begrüßte. »Ich dachte, du wolltest später kommen?«

Gespielt sorglos antwortete ich ihm.

»Es ging doch schneller, als gedacht. Wollen wir zu Tisch gehen?«

Im Nachhinein weiß ich gar nicht mehr, wie ich es schaffte, das Mittagessen und all die weiteren Stunden mit Stefano und Tobia an diesem Tag hinter mich zu bringen, ohne ein Wort über Stefanos Verhalten zu verlieren. Auch in den nächsten Tagen ließ er uns nicht allein, und ich konnte mir vorstellen, wie er am Abend gegen mich Stimmung machte. Seine spitzen, mitunter spöttischen Bemerkungen über mein Aussehen, mein Italienisch, überhaupt, wie ich mich gab, sollten mir klarmachen, dass er keine Nähe zwischen mir und Tobia sehen wollte. Es war unschwer zu erkennen, dass Stefano es darauf anlegte, mich bei seinem Bruder unmöglich zu machen. Ich atmete daher erleichtert auf, als Tobia mich schließlich am vierten Tag anrief und mir mitteilte, Stefano habe leider abreisen müssen, weil eine dringende Kundenpräsentation in San Francisco angesetzt worden sei.

Die darauf folgenden Tage jedoch machten mir klar, dass Stefanos Saat aufzugehen schien. Es begann schleichend. Wie es seit dem Antritt der Seereise der Scarpas uns zur Gewohnheit geworden war, trafen Tobia und ich uns jeden Tag und besuchten Museen, Kirchen und Plätze. Noch nie in meinem Leben hatte ich so viel geredet und beschrieben. Dennoch begann sich Tobia von mir zurückzuziehen. Jeden Tag schob er neue Ausreden vor, um nach den Besichtigungen alleine in seinen Palazzo zurückzukehren. Mehrmals deutete ich an, wie gerne ich ihm die sommerliche Lagune und die belebten abendlichen Gassen beschreiben würde, doch Tobia wechselte schnell das Thema.

Und so wurde meine Laune von Tag zu Tag betrübter. Unachtsam und hölzern gerieten meine Schilderungen, teilweise ließ ich wichtige Elemente sogar ganz aus, weil ich mich nicht zu den Worten motivieren konnte, die sie korrekt wiedergegeben hätten. Schweigend lief ich dann hinter Tobia und Geo her und begriff, dass ich dabei war, ihn zu verlieren.

Gerade waren wir aus der Scuola Grande di San Rocco in die Hitze eines schwülen Junitages getreten, als überraschend sein Mobiltelefon klingelte. Noch nie war dies in all den Tagen der Fall gewesen. Tobia hielt angespannt inne.

»Bitte entschuldige, aber ich erwarte einen wichtigen Anruf.«

Er ließ Geos Geschirr baumeln, drehte sich von mir weg und nahm das Mobiltelefon aus der Innentasche seiner Leinenjacke. Höflich trat ich einen Schritt zurück. Nach wenigen Minuten wandte er sich wieder Geo zu. Ich konnte sofort erkennen, dass er keine guten Neuigkeiten erhalten hatte.

Er griff sich an die Stirn, zerwühlte sein Haar und schien sich gar nicht bewusst zu sein, dass ich noch neben ihm stand.

»Was ist, Tobia? Kann ich helfen?«

Aufgeschreckt durch meine Worte, wandte er sich mir zu. Er war ganz blass geworden.

»Verzeih, Alice, aber dieser Anruf war alles andere, als ich erwartet hatte.«

Er zögerte und senkte den Kopf. Ich spürte, wie die Melancholie dabei war, ihn einmal mehr zu übermannen.

»Das Programm, das ich dir neulich gezeigt habe, ist bei einem Konsumententest durchgefallen.«

Erstaunt sah ich ihn an. »Wie bitte?«

»Das Programm, das ich dir nachts im Palazzo Segantin gezeigt habe, ist bei einem Test mit möglichen Nutzern nicht gut angekommen. Die meisten haben eindeutig gesagt, dass sie es nicht benutzen würden.« Ungläubig schüttelte er den Kopf. »Stefano war gerade am Telefon und hat mir gesagt, dass er entschieden hat, das Projekt sterben zu lassen, weil die Resultate so schlecht waren.«

Auch ich war wie vor den Kopf geschlagen. Wie konnten die Menschen nur nicht den Nutzen erkennen, den sie von diesem Programm haben würden?

»Und du bist dir sicher, dass es das Programm war, das die Leute nicht mochten? Nicht die Tatsache, wie es aussieht oder sich navigieren lässt?«

Tobia richtete seine toten Augen auf mich, während er mit bebender Stimme antwortete: »Wie soll ich das wissen? Falls es dir noch nicht aufgefallen ist, Alice, ich bin blind! Was weiß ich, wie das verdammte Programm aussieht!«

»Kann ich dir dabei nicht helfen?«

Ich hatte versucht, meine Frage hilfsbereit klingen zu lassen, erwartete aber dennoch, dass er ein solches Hilfsangebot empört zurückweisen würde. Umso erstaunter war ich, als er zögerte und schließlich leise murmelte: »Würdest du das machen?«

»Ich beschreibe dir jeden Tag Venedig, da denke ich, dass ein Computerprogramm auch nicht sehr viel schwieriger sein wird.«

Er schien noch immer unentschlossen, doch dann sah ich, wie sich sein Gesicht etwas entspannte und er Geos Geschirr erneut in die Hand nahm.

»Hättest du Zeit?«

»Aber natürlich. Bis zur Rückkehr der Scarpas, wenn du möchtest.«

»Bitte sei objektiv und verschweige mir nichts.«

Tobias Gesicht war wächsern und von Sorge gezeichnet, als er den Laptop startete und zur Eingabeseite navigierte. Wir saßen im Speisezimmer des Salons. Gespannt wartete ich, um endlich das Programm öffnen zu können.

»Ich möchte nicht, dass du mich beruhigst oder versuchst höflich zu sein. Ich möchte wirklich wissen, warum es so schlecht ist.«

»Tobia, bitte vertraue mir. Ich werde dir nichts vorenthalten.«

Seine Nervosität war ansteckend, und ich war erleichtert, als er endlich den Laptop zu mir schob und ich die Seite sehen konnte. Mir stockte der Atem. Das, was ich vor mir sah, war so unbeschreiblich hässlich, dass ich um Worte ringen musste. Selbst wenn ich an die erste Version, die ich gesehen hatte, dachte, die damals nur aus einem schwarzen Hintergrund mit grünen Buchstaben bestanden hatte, war das Lichtjahre besser als die grell gemusterte, wild blinkende und billig wirkende Seite, die mir jetzt entgegenstrahlte.

»Alice?«

Tobia saß kerzengrade vor mir.

»Wie ist es? Beschreibe es mir!«

»Es ist ...«, ich stotterte, »... es ... nun ja ...«

»Was?«

Ich überwand mich. »Die Seite ist einfach scheußlich. Das obere Drittel ist vollgestopft mit Anzeigen und Werbebannern in allen nur erdenklichen Farben und Dimensionen. Dann folgen Google Adds, die total unprofessionell gestaltet sind und den Blick vollkommen vom Wesentlichen ablenken. Die Eingabefenster sind so klein, dass man Schwierigkeiten hat, überhaupt den Cursor zu platzieren. Der Text ist grün, das Fenster für den ersten Namen orange, das Fenster für den zweiten Namen türkis, der Hintergrund ist malvefarben. Stell es dir farblich ungefähr so vor: holländische Fußballfans in einem Lavendelfeld mit hellblauem Himmel.«

»Und wenn du etwas eingibst?«

Ich dachte nach. Was konnte ich eingeben? Die Scarpas und mich, aber das hatte ich schon einmal getan, die Lösung wäre kein guter Test. Nein, es musste etwas sein, was ich noch nicht gesucht hatte. Schon wollte ich Tobia fragen, welche Namen ich eingeben sollte, als mir eine Idee kam. Vielleicht, weil ich in diesem Moment an Stefano dachte, der es wohl darauf abgesehen hatte, Tobia diesen Triumph nicht zu gönnen. Hastig tippten meine Finger in die Eingabefelder die Worte Stefano Prode und im zweiten Feld Fernando Lerú, den Namen des Mannes, der Tobia angeschossen hatte.

Das Rädchen schien sich eine Ewigkeit zu drehen. Ich dachte schon, dass das System gar nicht arbeitete, als endlich die Antwort erschien. Sie bestand aus einer einzigen Zeile, aber sie war ein Schlag in den Magen. Ich stöhnte auf.

»Was ist, Alice? Ist es so schlimm?«

Tobias besorgte Stimme erinnerte mich daran, dass ich mich zusammenreißen musste. Ich konnte ihm nicht sagen, welche Personen ich zur Suche an das Programm übergeben hatte, und so beschränkte ich meine Beschreibung auf die Oberfläche.

»Die Suche ist sehr langsam, und das Ergebnisfenster wimmelt wieder nur so von Werbung. Auch stören die sich öffnenden Anzeigen, die im Vordergrund eingeblendet werden. Es ist nicht einfach, die

Lösung zu finden und sie dann zu lesen. Zumal die Schrift recht klein dargestellt wird.«

»Und die Farbe?«

»Eine komplett andere Farbe als auf der ersten Seite. Man begreift nicht mal mehr, dass man im gleichen Programm ist.«

Tobia schlug die Hände vors Gesicht, aber es war nicht Trauer, sondern eine ungeheuere Wut, die ihn erfasste.

»Was hat sich Stefano nur dabei gedacht? Ich hatte ihm doch gesagt, dass ich etwas Simples wollte. Wir leben nicht von Werbebannern auf der Eingabeseite, vielleicht auf der Ergebnisseite, aber nicht bei der Eingabe, das mögen die Benutzer überhaupt nicht. Und dann die verschiedenen Farben und die fehlende Corporate Identity.«

Auch wenn mir seine Begriffe fremd waren, so war es klar, dass es rein gar nichts gab, was ich ihm beschrieben hatte, das seinen eigenen Vorstellungen entsprach.

»Tobia, es wundert mich überhaupt nicht, dass die Software durchgefallen ist. So würde ich dieses Tool auch nicht nutzen. Es ist unattraktiv, langsam und schwierig zu nutzen.«

Tobia nickte gedankenverloren, und ich war dankbar, dass er zu überlegen schien, was er als Nächstes machen sollte. Es gab mir die Gelegenheit, erneut die Antwort zu lesen, die mich eben vor Schreck hatte erstarren lassen. Stefano und der Mann, der auf Tobia in Malibu geschossen hatte, hatten sich möglicherweise gekannt. Ich überflog den Text der Ergebnisseite. Ein Fernando Lerú hatte von 1997 bis 1998 die Informationsbroschüren eines Maklerbüros auf Ibiza herausgegeben. Und ein gewisser Stefano Prode hatte von 1996 bis 1999 bei demselben Büro als Makler gearbeitet.

Ich überlegte panisch. Konnte es einen anderen Stefano Prode geben, der nicht Tobias Bruder war? Nein, vermutlich nicht. Ich wusste, dass Stefano in Spanien gearbeitet hatte. Aber wie hoch war die Wahrscheinlichkeit, dass dieser Lerú derselbe Lerú war, der Tobia angeschossen hatte? Vielleicht war es ein in Spanien weitverbreiteter Name? Und wenn es so war, warum hatte die Polizei in Malibu das nicht gewusst? Auf einmal kam ein diffuser Verdacht in mir auf. Womöglich bekämpfte Stefano auch deshalb Tobias neueste Erfindung so vehement, weil sie aufdecken konnte, was bisher unsichtbar geblieben war. Ich atmete tief durch. Der Gedanke war beängstigend und ungeheuerlich. Doch wusste ich auf einmal, was ich zu tun hatte, und eine angenehme Ruhe überkam mich, als ich beschloss, noch in der Nacht alleine im Internet der Scarpas weiter nachzuforschen. Hier und jetzt war nicht der Ort, um Tobia mit einem solch schrecklichen Verdacht zu konfrontieren und ohne jeglichen Beweis zu riskieren, dass er seinen Bruder des Mordes verdächtigen würde. Eilig schloss ich die Ergebnisseite.

»Alice, dürfte ich dich um einen Gefallen bitten?« Tobia drehte angespannt ein kleines Stück Papier, das auf dem Tisch lag.

»Du musst mir aber versprechen, dass ich dich für diese Arbeit bezahlen darf!

Könntest du mit mir zusammen das Design überarbeiten, damit wir es noch mal präsentieren können?«

Ich zuckte zurück. »Tobia, ich habe keine Ahnung von Design und Computerprogrammen. Ich glaube nicht, dass ich dafür geeignet bin.«

Er beugte sich zu mir vor. »Bitte, Alice. Du musst keine Ahnung haben, das Einzige, worum es geht, ist, dass du mir beschreibst, was du siehst. Ich werde Stefano sagen, dass ich an dem Programm festhalte, auch wenn es im Test durchgefallen ist, weil ich überzeugt bin, dass der Grund für das schlechte Abschneiden die Ausführung und nicht das Konzept war.«

»Aber Stefano glaubt nicht an das Projekt. Er wird dich nicht unterstützen.«

»Ja, mein Bruder wird alles tun, um das Programm sterben zu lassen, weil er es hasst, wenn seine Entscheidungen abgeändert werden. Aber dieses Mal bin ich nicht seiner Meinung, und deshalb brauche ich dich, um sicherzugehen, dass er nicht wieder etwas kreieren lässt, was scheußlich ist. Ich werde meine Programmierer direkt kontaktieren, was ihnen die Sicherheit geben wird, nicht von Stefano kontrolliert zu sein. Wir werden mit ihnen ein paar Tage intensiv zusammenarbeiten, bis das, was du mir beschreibst, so ist, wie ich es mir vorstelle. Könntest du das für mich tun?«

Seine Stimme hatte einen ungewohnt sanften Klang angenommen, der mich warm umhüllte und fast schon hypnotisierte. Natürlich konnte ich nicht nein sagen.

Nach dieser Abmachung ging ich wie in Trance zum Apartment der Scarpas und ließ mich vor dem Computer in der Küche auf den Stuhl fallen. Langsam überzog ein Lächeln mein Gesicht, als mir klarwurde, was geschehen war. Schien gestern noch Stefano der Stärkere zu sein, der Tobia fest im Griff hatte, so hatte sich nun das Blatt gewendet. Tobia würde mit mir die nächsten Tage etwas bearbeiten, an dem ihm sehr viel lag und für das er sogar willens war, Stefanos Unmut zu riskieren.

Langsam startete der Computer der Scarpas. Ich tippte den Namen Lerú in die Suchmaske des Browsers ein. Die ersten Resultate erschienen, und aufmerksam, ja fast ängstlich klickte ich mich von Seite zu Seite, um Fernando Lerús Vergangenheit zu finden. Doch sosehr ich auch suchte, es war nichts zu finden. Außer Berichten vom Überfall auf Tobia gab es nichts über ihn zu lesen.

»Verdammt.«

Ich schloss das Suchfenster. Es musste jemanden geben, der Fernando kannte und mir sagen konnte, ob der Lerú, der die Informationsbroschüre gemacht hatte, auch der war, der in Malibu geschossen hatte.

Und plötzlich wusste ich es – das Maklerbüro! Vielleicht gab es jemanden, der immer noch in dem Büro arbeitete und beide gekannt hatte. Hastig tippte ich den Namen der Filiale auf Ibiza ein und suchte nach einem Kontakt. Mehrere junge Makler mit Foto erschienen neben einer älteren Dame. Ihr Name lautete Elena Arruda, sie war Assistentin der Direktion. Ihrem Alter nach musste sie schon seit längerem bei der Agentur sein. Ich entschloss mich, sie zu kontaktieren. Ohne lange zu überlegen, verfasste ich auf Englisch eine E-Mail, in der ich mich als ehemalige Freundin Fernandos ausgab, die ihren alten Freund suchte und fragen wollte, ob er noch beim Maklerbüro sei.

Die Antwort ließ jedoch auf sich warten, und so verbrachte ich die nächsten Tage so gut wie jede Stunde bei Tobia. Unzählige Design-Versionen wurden zwischen San Francisco und Venedig verschickt, korrigiert und nachgebessert. Entschlossen und konzentriert spornte Tobia uns an, motivierte, korrigierte und brachte neue Ideen ein. Immer in dem Wissen, dass uns nur wenige Tage bleiben würden, bevor die Presse vom Misserfolg der ersten Version erfahren und in die negative Beurteilung einstimmen würde, wenn nicht schon eine neue, stark verbesserte Version zu sehen war. Unermüdlich arbeiteten wir und unterbrachen unsere Telefonate oder die Analyse der neuen Entwürfe nur, wenn Signora Auda uns das Essen brachte oder ich weit nach Mitternacht zum Apartment der Scarpas wankte.

Entgegen meinen Befürchtungen fügte Stefano sich nach und nach unseren Vorschlägen und kam auch nicht nach Venedig, sondern schien sich entschieden zu haben, dass es wichtiger war, die Macht in San Francisco nicht zu verlieren. Im Hintergrund beeinflusste er allerdings die Programmierer und störte alle Beteiligten mit den unmöglichsten Ideen. Aber es war deutlich zu spüren, wie sich jeden Tag mehr die Machtverhältnisse verschoben und die meisten Mitarbeiter anfingen, Stefanos Einwände und Vorschläge zu ignorieren. Nach und nach wurde mir dank der Kommentare und E-Mails immer deutlicher, wie sehr Tobias Team sich freute, dass er endlich wieder aktiv am Firmengeschehen teilnahm. Doch nicht nur sie blühten plötzlich auf: Nie zuvor hatte ich Tobia so enthusiastisch und voller Eifer gesehen, und an keinem dieser Tage konnte ich bemerken, wie er in seine alte Traurigkeit verfiel. Nie sprachen wir während dieser Zeit über seine Behinderung, und es gab keinen Augenblick, in welchem er mit seinem Schicksal haderte. Es war, als hätte er akzeptiert, dass ich für diese Tage sein Augenlicht war. Er vertraute mir voll und ganz, wenn ich ihm etwas beschrieb und ebenso unmissverständlich bewertete.

Als nach einer Woche erste negative Meldungen in den Fachzeitschriften zu der Neuentwicklung publiziert wurden, war unsere neue Version so weit, dass Tobia sich sicher fühlte, sie der Öffentlichkeit zeigen zu können. Zum ersten Mal seit seiner Erblindung ließ er eine Telefonkonferenz mit Journalisten ansetzen und entschloss sich, persönlich die neue Version für einen Marktforschungstest zu lancieren.

Still saß ich während der Präsentation im Hintergrund und lauschte Tobias Ausführungen. Es erfüllte mich mit Stolz, seine Überzeugungskraft und Entschlossenheit in der Stimme zu hören, die nicht daher rührte, dass er alles unter Kontrolle hatte, sondern vielmehr seinen Ursprung darin fand, dass er begonnen hatte, mir und anderen Menschen zu vertrauen. Als die Telefonkonferenz schließlich nach einer Stunde beendet war, fanden sich bereits die ersten Schlagzeilen, die sich in ihrem Lob über Tobias neueste Kreation überschlugen.

Von Tobia schien eine unheimliche Last gefallen zu sein. Er hatte etwas erreicht, das er selbst für unmöglich gehalten hatte.

Zur Feier des Tages aßen wir im Hotel Metropol zu Abend. Wir sprachen über die vergangenen Tage, lachten und wunderten uns, wie wir nach all den langen Arbeitsstunden noch wach sein konnten.

Und als wir über die leere Piazza San Marco langsam zurückschlenderten, lag noch immer die Euphorie unseres ersten gemeinsamen Erfolgs in der Luft.

»Soll ich dich nach Hause bringen, Alice? Die letzten Tage waren sehr anstrengend. Du musst müde sein.«

»Noch nicht bitte.«

Tobia blieb stehen. »Was möchtest du denn noch machen?«

»Hatte ich schon mal die Isola San Giorgio Maggiore erwähnt?«

Die Ironie in meiner Stimme konnte ihm nicht entgehen. Wie oft hatte ich ihn schon gebeten, gemeinsam mit mir dorthinzufahren, und wie oft hatte er abgelehnt. Ich wusste, dass es einige Zeit dauern würde, bis sich erneut eine solche Gelegenheit bieten würde.

Verwundert neigte er seinen Kopf. »Möchtest du jetzt noch auf die Insel? Um diese Uhrzeit fahren keine Vaporetti, und ich hole den Bootsführer ungern aus seinem Schlaf.«

Triumph lag in meiner Stimme, als ich antwortete.

»Es gibt das Nachtschiff. Das Schiff geht eine halbe Stunde nach Mitternacht – wenn wir uns beeilen, erwischen wir es noch.«

Tobia war nicht begeistert. »Alice, ich stehe für die vergangenen Tage tief in deiner Schuld und würde alles tun, aber muss das wirklich sein?«

»Eine Stunde später geht ein Schiff, das uns zurückbringt.«

»Eine geschlagene Stunde, nachts auf einer eiskalten Insel ...«

»Tobia, sei unbesorgt, es wird kaum jemand auf dem Schiff sein. Du kannst endlich Vaporetto fahren, und ich kann dir San Giorgio Maggiore beschreiben. Nach all diesen Tagen im Palazzo tut uns etwas frische Luft gut.«

Ich wusste, dass er mir meinen Wunsch nach allem, was ich in den letzten Tagen getan hatte, nicht abschlagen konnte. Er nickte widerwillig, und so erreichten wir schweigend zehn Minuten später die Vaporetto-Haltestelle, wo ich ihn zusammen mit dem skeptisch blickenden Geo auf die schwankende Plattform führte. Mit seinem sensiblen Wahrnehmungsgefühl spürte Tobia den Wellengang um einiges mehr als ich. Seine Lippen verzogen sich zu einem dünnen Strich, und sogar Geo wirkte ungewöhnlich unsicher und hielt sich eng an seinen Herrn.

»Da kommt das Vaporetto.«

Erleichtert bemerkte ich, dass wir nicht lange hatten warten müssen. Auch auf Tobias Gesicht spiegelte sich Erleichterung wider, endlich von der schwankenden Plattform zu kommen. Vorsichtig folgte er Geo und mir ins Boot, setzte sich auf einen der Plastikstühle und atmete tief ein.

Außer uns waren nur eine Handvoll Passagiere an Bord. Die wenigsten beachteten uns, sondern widmeten sich ihren Begleitern, tippten auf ihre Mobiltelefone ein oder blickten müde aus den zerkratzten Fenstern.

Zögernd versuchte ich, eine Konversation zu beginnen, aber Tobia reagierte kaum mehr auf das, was ich sagte, so dass ich meine Versuche rasch aufgab. Als das Boot den Anlegesteg der Insel erreicht hatte und weder Tobia noch Geo Anstalten machten aufzustehen, griff ich kurzerhand unter Tobias Arm, zog ihn sachte hoch und übernahm es, ihn vom Boot zu führen. Für einen Moment schien er um Jahre gealtert zu sein und schleppte sich wie ein Greis neben mir voran, während sich eine kleine Gruppe junger Nachtschwärmer an uns vorbeidrückte, um zur Giudecca oder nach Venedig zu fahren. Ich sah, wie die Taue eingezogen wurden und das Vaporetto langsam ablegte. Wir waren die einzigen Menschen, die auf der Insel zurückgeblieben waren, und standen verlassen vor der imposanten Kirche von Palladio.

»Sollen wir uns setzen?«

Ein Nicken war die einzige Antwort. Vorsichtig führte ich Tobia zu einer Bank und setzte mich neben ihn, während Geo sich neben uns zusammenrollte.

»Entschuldige bitte, aber ich wollte, dass du einmal das echte Gefühl von Venedig erlebst. Die Wassertaxis sind fantastisch, man spürt allerdings kaum, dass man sich auf dem Wasser befindet.«

»Es ist okay.« Seine Stimme drückte aus, dass er das Gegenteil meinte.

»Was ist mit dir?« Beunruhigt sah ich ihn an

Seine Lippen zitterten. »Ich hatte Angst.«

Erst da bemerkte ich eine Träne auf seiner Wange. Langsam senkte er den Kopf und fuhr sich mit beiden Händen durch das lange Haar, als wolle er sich zwingen, wieder zu seiner sonstigen Selbstbeherrschung zurückzufinden, aber immer mehr Tränen rannen auf seinen Pulli und die weiße Sommerhose.

Meine Hände umschlossen seine Finger, langsam zog ich sie zu mir und führte sie an meinen Mund, um sie zu küssen. Augenblicklich spürte ich, dass er sie zurückziehen wollte, aber ich hielt sie fest. Immer mehr Küsse verteilte ich auf seinen Fingern und Händen und bemerkte nur am Rande, wie er aufrecht und nervös neben mir saß und versuchte, sich zu beherrschen. Seine Tränen waren verebbt, aber sein Gesicht spiegelte enorme Anspannung und Zerrissenheit wider. Plötzlich lösten sich seine Hände aus meinem Griff, und seine Finger begannen erst zaghaft, dann immer forscher über mein Gesicht zu gleiten. Ich schloss meine Augen und spürte, wie Tobia über meine Augenlider, die Nase, die Stirn und die Wangen, über meinen Hals und entlang meines Mundes strich. Seine Bewegungen waren sanft und vorsichtig, aber gleichzeitig voller Energie und Hingabe. Als er jede Partie meines Gesichtes einmal berührt hatte, schienen ihm Zweifel zu kommen, ob er etwas vergessen hatte, oder vielleicht wollte er sich auch nur nochmals seines ersten Eindrucks vergewissern. Wieder glitten seine Finger über mein Gesicht, nun weniger systematisch. Ich spürte, wie seine Zeigefinger auf meinen Lippen verharrten.

Unwillkürlich beugte ich mich nach vorn, doch augenblicklich wichen seine Hände von meinem Gesicht. Überrascht öffnete ich die Augen. Tobia saß wieder regungslos vor mir, sein Gesicht war versteinert.

»Warum hast du aufgehört? Gefalle ich dir nicht?«

Ich starrte ihn an. Natürlich wusste ich, dass ich keine Schönheit war. Ich hatte vor dem Moment, da Tobia mich zum ersten Mal berühren und ertasten würde, um sich ein Bild von mir zu machen, Angst gehabt.

»Aber nein, Alice. Du bist ... Du bist wunderschön. Schöner, als ich erwartet hatte. Die klaren Linien, der lange schlanke Hals, die großen Augen und dein voller Mund.« Er atmete tief ein. »Für einen Augenblick hätte ich beinahe die Kontrolle über mich verloren.«

Tobia rieb seine Hände aneinander. Leise und mit gesenktem Kopf fuhr er fort. »Natürlich war ich schon lang neugierig darauf zu erfahren, wie du aussiehst, und ich habe mir oft ausgemalt, wie es sein würde, dein Gesicht zu berühren und zu ertasten. Aber ich wusste immer, dass alles nur noch schwerer würde, wenn ich es täte.«

»Und ist es jetzt schwerer?«

»Ja. Es ist sehr schwer, vernünftig zu sein.«

»Warum willst du vernünftig sein? Was wäre denn unvernünftig daran, wenn wir uns näherkämen?« Ich stand auf und musste mir Luft machen. »Tobia! Auf der einen Seite gibst du ein Fest für mich, willst dich mit mir treffen, gehst mit mir an die romantischsten Orte, verbringst Tage und Nächte mit mir, um dein Programm zu überarbeiten, und gibst mir ständig Hoffnung, dass wir mehr als nur Freunde sind. Auf der anderen Seite hältst du dich zurück, wann immer es persönlich wird.« Mein Blick glitt über Tobias wunderschönes Gesicht, in dem ich jedoch keine Emotionen mehr erkennen konnte. »Was willst du eigentlich von mir? Bin ich eine Laune? Brauchst du nur eine Begleiterin, eine Assistentin, mit der du tun und machen kannst, was du willst?« Verzweiflung ließ meine Stimme zittern. »Spürst du nicht, dass es bei mir mehr ist als nur das? Spürst du nicht, wie du mit meinen Gefühlen spielst und jedes unserer

Treffen für mich zu einer emotionalen Achterbahn wird?«

Ich entfernte mich zwei Schritte und sah auf das Bacino, das still und verträumt vor mir lag.

»Tobia, mein ganzes Leben habe ich mich davor gefürchtet, mein Herz für jemanden zu öffnen. Ich habe mich in meinen Büchern vergraben und niemanden an mich herangelassen. Wenn du mich sehen könntest, würdest du ein unscheinbares Etwas sehen, das bei der kleinsten Annäherung zurückzuckt und sich verkriecht.« Langsam drehte ich mich zu ihm zurück.

»Alice, du weißt, dass das nicht wahr ist. Du bist eine fantastische Frau. Eine starke Frau. Eine Frau mit einem unglaublichen Einfühlungsvermögen und Prinzipien ...«

»Tobia, ich bin, was ich dir sage: eine Einzelgängerin, die Angst vor dem Leben hatte. Warum bin ich sonst hierher, in diese Stadt, gekommen? Venedig hat mich immer angezogen, weil das Leben einem hier erscheint, als würde es einer anderen Zeit angehören, die mit dem Jetzt nichts zu tun hat. Was habe ich mich getäuscht!« Ich lachte gequält. »Ausgerechnet du musstest mir über den Weg laufen – ein Mann, bei dem mein Schutz nicht wirkte, weil ich dachte, dass er mir nichts anhaben könnte. Langsam und ohne dass ich es aufhalten konnte, habe ich mich in dich verliebt, habe zum ersten Mal in meinem Leben begonnen, einem anderen Menschen zu vertrauen.« Ich atmete tief ein und sah ihn an. »Ich weiß, dass ich mich in Liebesdingen nicht so auskenne wie du, aber ich dachte wirklich, dass ich dir auch etwas bedeute.«

Eine Träne rann meine Wange hinab, während ich erneut auf das Wasser starrte.

»Alice.« Tobias Stimme war kaum zu hören. »Bitte setz dich wieder zu mir.«

Ich zögerte. Was für einen Sinn hatte es, dieses Gespräch weiterzuführen? Ich hatte mich getäuscht, mich zu sehr von meinen eigenen Gefühlen in die Irre führen lassen. Unwillig trat ich zurück zur Bank und setzte mich.

»Alice, du weißt, dass du mir viel bedeutest – mehr, als mir lieb ist. Du bist keine Laune, du bist der erste und einzige Mensch, den ich so nah an mich heranlasse. Aber ich bitte dich zu respektieren, dass wir gerade deshalb nicht mehr sein können als gute Freunde.«

»Aber warum? Du sagst doch selbst, dass ich dir viel bedeute, und du musst doch auch schon seit einiger Zeit spüren, dass du mir nicht gleichgültig bist. Warum gibst du uns also keine Chance? Bin ich deiner so unwürdig, weil ich arm und unscheinbar bin? Ist es das, was Stefano gesagt hat? Warst du deshalb so verändert, nachdem er hier war?«

Eine lange Pause entstand, und ich befürchtete, dass Tobia mir wieder einmal nicht antworten wollte. Nervös biss ich mir auf die Lippen – ich würde das Schweigen nicht wie sonst als Erste durchbrechen.

Schließlich seufzte er und begann stockend: »Wie kannst du nur denken, dass ich dich für unwürdig halte? Du weißt so gut wie ich, dass du meiner mehr als würdig bist, gerade das ist es ja, weshalb ich mir keine Hoffnung machen darf. Und in diesem Punkt hat Stefano recht: Du darfst und wirst dein Leben nicht mit mir verbringen.«

»Wie bitte?« Ich sah ihn fassungslos an.

»Alice, bis du in mein Leben getreten bist – in dieser verfluchten, kalten Märznacht kurz vor der Accademia-Brücke –, hatte ich mich einigermaßen mit meiner Situation arrangiert. Ich hatte mich in meinen Palazzo verkrochen, lebte nachts, arbeitete so gut wie gar nicht mehr und hatte nur noch wenige Erwartungen an mich und an das Leben. Doch als ich dich kennenlernte, änderte sich alles. Jeder Tag, an dem ich dich treffen kann, scheint mir lebenswert, und zum ersten Mal seit langer Zeit freue ich mich, aufzustehen, wenn morgens der Wecker klingelt. Ich möchte mit dir Venedig erkunden, will deinen Gedanken und Ansichten lauschen und wieder etwas aus meinem Leben machen.«

»Das ist doch wunderbar!«

»Ja. Aber heute sind wir Freunde, und ich kann hoffen, dass unsere Freundschaft lang anhalten kann. Ich werde deinen Mann kennenlernen, vielleicht der Patenonkel eines deiner Kinder werden. Unsere Leben sollen lange und freundschaftlich verbunden bleiben. Aber kannst du dir vorstellen, was es bedeuten würde, wenn ich mir mehr Hoffnungen machen würde und wir unsere Beziehung vertiefen würden?« Seine Stimme nahm einen verzweifelten Klang an. »Wenn ich dich lieben dürfte und an meiner Seite spüren würde? Für kurze Zeit wäre ich im siebenten Himmel, du aber würdest dich über kurz oder lang an der Seite eines hilflosen Wracks langweilen.«

Er hielt einen Moment inne, um durchzuatmen.

»Auch wenn du es dir nicht eingestehst, du bist eine Romantikerin. Du brauchst einen Prinzen, der dich rettet, einen Held wie aus deinen Büchern – keinen Mann, den du führen musst.« Seine Stirne legte sich in Falten, als würde er die Situation vor einem inneren Auge sehen können. »Mein Geld könnte vielleicht den Moment etwas hinauszögern, in dem du mich verlassen würdest, aber du bist nicht die Art von Frau, die sich mit Geld halten lässt. Du stehst zu deinen Gefühlen und verkaufst sie nicht. Mit dir würden aber alle meine Hoffnungen und Freuden gehen.« Seine Stimme zitterte. »Dich zu verlieren wäre, wie ein zweites Mal mein Augenlicht einzubüßen. Ich kann es nicht riskieren. Das ist es, was Stefano und ich besprochen haben, und nur deshalb hatte ich mich von dir zurückgezogen. Ich möchte und werde mich nicht gehen lassen und mich damit einer Illusion hingeben.«

Ich schlug meine Hände vor das Gesicht.

»Wie kannst du so etwas nur sagen! Du kannst nicht in meinen Kopf sehen und weißt nicht, was ich brauche oder will. Es ist doch Irrsinn, das große Glück ziehen zu lassen, wenn man es gefunden hat, bloß weil man Angst hat, dass man es verlieren könnte.« Ich sammelte mich kurz. »Hör nicht auf Stefano. Er möchte nicht, dass es außer ihm selbst in deinem Leben noch jemanden gibt. Vertraue mir! Du musst doch mittlerweile wissen, was für ein Mensch ich bin!«

Zum ersten Mal hatte ich es gewagt, die rote Akte zu erwähnen. Wie oft hatte es mir in den letzten Tagen auf den Lippen gelegen, ihn danach zu fragen, aber ich hatte es mir verkniffen, auch wenn wir keine drei Meter von dem Zimmer, das Stefano mir gezeigt hatte, gesessen und gearbeitet hatten.

»Micheli?« Tobias Gesicht nahm einen verwunderten Ausdruck an. »Wer ist das?«

»Der Privatdetektiv, den du angeheuert hast, um mich auszuforschen.«

»Ich soll was haben?« Tobia lehnte sich zurück, sein Gesicht war wie versteinert. »Was glaubst du nur von mir, Alice? Glaubst du wirklich, dass ich so wenig Vertrauen zu dir habe? Jemandem, dem ich den ganzen Tag zuhöre, von dem ich mich führen lasse? Ich habe nie einen Privatdetektiv angeheuert. Wie kommst du nur darauf?«

Hatte Stefano mich in eine Falle tappen lassen und Michelis Bericht für Tobia nur vorgetäuscht? Aber ich hatte die Akte gesehen, Rechnungen an Tobia Prode. Wie konnte er nur ...

»Entschuldige, Tobia, ich dachte ... Stefano hat mir ...«

Er unterbrach mich harsch. »Alice, ich weiß nicht, was heute Abend in dich gefahren ist, aber vielleicht war es das Beste, was geschehen konnte, weil wir endlich wissen, woran wir sind. Über einen Privatdetektiv weiß ich nichts, aber lass Stefano aus dem Spiel, und was meine Einstellung betrifft, so steht diese nicht zur Diskussion. Ich hoffe, dass du sie respektieren wirst.« Etwas versöhnlicher fuhr er fort: »Die letzten Tage waren anstrengend und haben vielleicht falsche Gefühle in dir entstehen lassen, die du erst einmal in Ruhe überdenken musst. Aber ich bin mir sicher, mit ein wenig Zeit zum Nachdenken wirst auch du erkennen, dass meine Bedenken berechtigt sind.«

Langsam und müde stand er auf, während seine Worte wie Donnerschläge in mir nachhallten.

»Es würde mir sehr leidtun, wenn dies nicht

der Fall wäre, denn ansonsten müssten sich unsere Wege hier trennen. Es wäre mir nämlich immer noch lieber, dich heute hier auf der Stelle zu verlieren, als diese Diskussion nochmals führen zu müssen.«

Vorsichtig nahm er sein Mobiltelefon aus der Hosentasche. Konzentriert fuhren seine Hände über die Zahlen, während er mit einer mir bisher unbekannten Kälte und Arroganz anfügte: »Ich muss dir ehrlich gestehen, dass ich den heutigen Ausflug nicht sehr genossen habe. Dieser Ort ist für jemanden, der die Aussicht nicht sehen kann, nur kalt, windig und einsam.«

Wie in Trance hörte ich, wie er ein Wassertaxi bestellte, und sah ihn mit Geo zum Anlegesteg gehen. Er schien zu erwarten, dass ich mich entscheiden würde, mit ihm zurückzufahren und zu akzeptieren, dass wir nichts anderes als Freunde sein konnten. Aber wie konnte ich eine solche Entscheidung hier und jetzt treffen? Langsam und zögernd näherte ich mich Tobia. Für den Moment hatte er gewonnen.

»Du akzeptierst also meine Bedingung?«

»Ich werde mein Bestes tun, dich nicht in Versuchung zu bringen.«

Er schien mit meiner Antwort zufrieden zu sein und hielt mir seine Hand entgegen.

»Auf beste Freundschaft.«

Schweigend schlug ich ein, während mir Tränen über die Wangen liefen.

# Kapitel ❁ Zehn

Als wir uns am nächsten Morgen zur gewohnten Zeit trafen, erwähnte keiner von uns, was wir am Vorabend besprochen hatten. Nachdem unsere Arbeit am Computer erfolgreich beendet war, begannen wir wie selbstverständlich erneut mit unseren Venedig-Exkursionen. So heiter und gelassen, wie es mir möglich war, versuchte ich Tobia die Stimmung der Bilder und Fresken nahezubringen, oder wir saßen in einem der zahllosen Konzerte und Theaterstücke, in die er mich in den nächsten Tagen schleppte, um jegliche Konversation zu vermeiden.

Nie lud er mich wieder in den Palazzo Segantin ein, ebenso wenig bat ich ihn, mich zu besuchen. Es schien mit dem Versprechen auf der Isola San Giorgio Maggiore eine unsichtbare Linie in unser Leben eingezogen worden zu sein, die Tobia nicht überschreiten wollte und ich nicht überschreiten durfte. Körperliche Nähe, jede Bemerkung, die ins Persönliche ging, waren nicht mehr möglich. Und als ich Tobia, nachdem er mir besonders anschaulich erzählt hatte, wie er als kleiner Junge jedes Elektrogerät seiner Eltern auseinandergenommen hatte, um herauszufinden, wie es funktionierte, vor Lachen auf die Schulter geschlagen hatte, war er zurückgezuckt und hatte sich kurz darauf für diesen Tag verabschiedet.

Die Zeit verflog, und allmählich näherte sich der Tag, an dem die Scarpas zurückkommen würden.

Mehrmals hatten sie mich von ihrer Reise angerufen, um zu kontrollieren, ob ich keine wilden Partys feierte, oder um mir ausführlich zu beschreiben, welch wunderbare Leute sie kennengelernt hatten und wie traumhaft Porto Cervo und die Isola di Maddalena doch waren. Gleichgültig hatte ich ihnen zugehört. Als endlich der letzte Abend vor der Ankunft der Scarpas gekommen war, bat ich Tobia, diesen mit ihm im Restaurant des Hotel Cipriani zu verbringen, das auf der Giudecca-Insel lag und nur per Boot vom Centro Storico zu erreichen war. Schon mehrmals waren wir zum Abendessen in dieses Terrassenrestaurant gekommen, und ich hatte versucht, Tobia die unglaubliche Stimmung zu beschreiben. Es war nicht der Luxus, der mich hierherzog, sondern die Einzigartigkeit dieses Ortes, der an jedem Abend mit einer anderen Beleuchtung und einer neuen Entdeckung aufzuwarten schien. Ich hoffte, dass diese Atmosphäre mich auch an diesem Abend, an dem meine eigene Stimmung ihren Tiefpunkt erreicht hatte, aufmuntern würde. Doch weder das Panorama noch das hervorragende Essen, der blühende Garten oder die aufmerksam freundlichen Kellner konnten mich aus meinem bedrückten Gemütszustand befreien. Keiner von uns beiden sprach es aus, aber es war uns beiden nur zu bewusst, dass die Rückkehr der Scarpas so gut wie keine Zeit mehr für Treffen lassen würde und eine Zäsur für unsere Freundschaft darstellte.

»Auf die vergangenen Wochen.«

Tobia griff nach dem süßen Vino Santo, den der Kellner zum Dessert serviert hatte.

»Auf die vergangenen Wochen.«

Erleichtert bemerkte ich, dass die letzten Gäste das Restaurant lachend und in bester Stimmung verlassen hatten und daher niemand meine Tränen bemerken würde. Doch wieder einmal hatte ich Tobias Einfühlungsvermögen unterschätzt.

»Du bist traurig, Alice, nicht wahr?«

Ich brauchte einen Moment, bis ich meine Stimme unter Kontrolle hatte.

»Ja. Eine wunderschöne Zeit geht vorbei, und ich weiß nicht, wie es weitergehen soll.«

Tobia senkte den Kopf, und ich spürte, dass ich die unsichtbare Linie überschritten hatte. »Es wird so weitergehen, wie es war, bevor die Scarpas abfuhren. Wir werden uns sehen, wenn du Zeit hast.«

»Du weißt so gut wie ich, dass wir nicht einfach wieder so leben können wie zuvor. Ich habe erfahren, wie es ist, mit dir jeden Tag zusammen sein zu dürfen und ich will es nicht aufgeben.«

»Alice ...«

»Tobia. Ich spreche nicht von Liebe. Ich weiß, dass das für dich nicht in Frage kommt, aber glaubst du wirklich, dass ich den Rest meines Lebens hier in Venedig bei den Scarpas wohnen möchte, damit ich dich einmal in der Woche sehen kann?«

»Nein.«

»Aber darauf läuft es doch hinaus! Diese Wochen haben mir gezeigt, wie schön das Leben ist, und jetzt kann und will ich nicht mehr zurück in mein altes Leben, das nur aus Träumen und Büchern bestand. Ich spreche nicht vom Luxus oder all den Dingen, die du mir kaufst und bezahlst. Für mich könnten es belegte Brötchen auf der Parkbank und ein Chianti aus dem Supermarkt sein. Was ich will, ist, Zeit mit dir verbringen können, mit dir sprechen können, wann ich will.«

Erstaunt bemerkte ich, dass ein Lächeln sein Gesicht überzog.

»Ich habe auch schon darüber nachgedacht, aber nicht gewagt, mit dir darüber zu sprechen, weil ich deinen Standpunkt kenne.«

Mein Herz begann zu klopfen und die Hoffnung erwachte in mir, dass er endlich vernünftig werden würde und sich eine gemeinsame Zukunft für uns vorstellen konnte.

»Alice, ich glaube, ich bin zu einer Lösung gekommen.« Seine kalten Augen waren starr auf mich gerichtet. »Was würdest du davon halten, wenn ich dir ein schönes Apartment in Venedig einrichten würde? Du müsstest nicht arbeiten, und wir könnten uns treffen, wann immer wir wollen. Du würdest mir bei meiner Arbeit helfen, und vielleicht könnten wir sogar ab und zu eine Städtereise machen, um Florenz oder Rom, ja vielleicht sogar Paris und London zusammen zu sehen.« Er lehnte sich vor. »Ich würde dich natürlich dafür bezahlen, und du könntest endlich die schrecklichen Scarpas loswerden. Ich habe es noch nicht mit Stefano besprochen, aber ich denke, er wird es auch für eine wunderbare Idee halten.«

Ich war sprachlos. Glaubte er wirklich, dass ich einwilligen würde, mich von ihm aushalten zu lassen? Bot er mir tatsächlich an, eine Art bezahlter Spielkameradin für ihn zu werden?

»Meinst du das im Ernst?«, fragte ich fassungslos.

»Aber natürlich. Ich würde es dir an nichts fehlen lassen. Es würde mich so glücklich machen, dir ein traumhaftes Leben bieten zu dürfen.«

Ich versuchte, den Hohn in meiner Stimme nicht zu sehr mitschwingen zu lassen: »Du solltest dein Geld nicht für mich verschwenden.«

Er ignorierte meinen Tonfall. »Alice! Ich glaube, du bist dir nicht im Klaren, wie glücklich ich bin, dass ich endlich eine nützliche Verwendung für mein Geld gefunden habe. Geld zu haben klingt verlockend, wenn man nicht genug davon hat, aber am Ende ist es nicht viel wert. Denk darüber nach – all mein Reichtum schafft es nicht, mir mein Augenlicht wiederzugeben. Warum sollte es also Verschwendung sein, mir ein bisschen Glück zu erkaufen?«

Ich ballte meine Fäuste, um meine Tränen zurückzuhalten.

»Genau das ist es, Tobia. Du versuchst dir deine Vorstellung von Glück zu erkaufen. Zu lange habe ich dabei mitgespielt, weil ich es nicht ertragen konnte, dich nicht mehr wiedersehen zu können, und habe akzeptiert, dass du nichts anderes als eine Freundschaft wünschst. Aber dieses Angebot kann ich nicht annehmen. Ich bin nicht käuflich. Das hast du selbst immer wieder gesagt, und ich weiß nicht, warum du denkst, dass sich das auf einmal geändert hat.« Ich sammelte mich, um die nächsten Worte hervorbringen zu können.

»Es tut mir unendlich leid, aber hier enden dieser Abend und unsere seltsame, ungleiche Freundschaft. Ich bin ein Mensch, und ich habe Gefühle. Wenn ich auf deinen Vorschlag eingehen würde, wäre es für mich emotionaler Selbstmord.«

Langsam erhob ich mich und legte die Serviette, die sich auf meinem Schoss befunden hatte, ruhig auf den Tisch.

»Alice!« Tobia hatte sich ebenfalls erhoben, aber ich hatte mich schon zum Gehen gewendet. Mit schneidender Stimme rief ich: »Ich bin kein Sklave, Tobia, keine Bedienstete, die dir zur Verfügung steht, wann und wo du möchtest, auch wenn ich bei den Scarpas als Au-pair arbeite. Dein Geld interessiert mich nicht. Was mich interessiert, bist du und eine Liebe unter Gleichen – unabhängig von Status und Bankkonto. Und deshalb reiße ich mir lieber mein Herz aus, als mein Leben als deine Untergebene zu verbringen. Addio Tobia Manin.«

Tränen strömten meine Wangen herab, als ich zum Ausgang lief und den Portier bat, mir das Boot-Shuttle zu rufen, das mich von der Insel zurück nach San Marco bringen würde.

Plötzlich trat der Concierge zu mir.

»Madame?«

Ich versuchte ihn durch meinen tränenverschleierten Blick anzusehen.

»Ja.«

Er reichte mir ein Taschentuch.

»Ich weiß, dass es uns nichts angeht, was zwischen Ihnen und Signore Manin vorgefallen ist, und was ich gerade tue, entspricht nicht unserem Arbeitskodex, aber Sie sind ja auch keine regulären Gäste.«

Erstaunt wischte ich meine Tränen aus den Augen.

»In den letzten Wochen waren Sie mehrmals hier. Wir haben uns immer sehr gefreut, zu sehen und beobachten zu dürfen, wie Signore Manin in Ihrer Gegenwart aufgeblüht ist.«

»Ja?«

Ich wurde ungeduldig. Es interessierte mich

nicht mehr, ob Tobia aufgeblüht war oder nicht, ich wollte nur noch weg von hier.

»Signorina, ich bitte Sie nicht als Concierge dieses Hotels, sondern als Mensch. Werfen Sie einen Blick zurück und überlegen Sie sich, ob Sie wirklich gehen möchten.«

Entschlossen schüttelte ich meinen Kopf.

»Signore Manin ist ein erwachsener Mann. Wenn er mir etwas zu sagen hat, dann sollte er nicht jemanden vorschicken, für ihn zu sprechen. Ich möchte jetzt bitte das Boot, um nach Hause zu kommen.«

Er zuckte die Schultern und verabschiedete sich höflich. Ich aber zog fröstelnd meinen Cardigan enger um mich und sah auf den Canale della Giudecca. Warum nur kam das Boot nicht? Plötzlich vernahm ich den Klang des Pianos, das eigentlich schon vor einiger Zeit verstummt war, als die anderen Gäste die Terrasse verlassen hatten. Der Concierge schien wirklich mit allen Mitteln zu arbeiten, um mich zurück ins Restaurant zu locken. Es würde nichts nützen. Ich hatte all meine Kraft gebraucht, um Tobia zu verlassen, und es würde mir nicht noch einmal gelingen. Ich konnte nicht riskieren, zu ihm zurückzugehen.

»Alice.«

Tobias sanfte Stimme erklang direkt hinter mir. Ich schloss die Augen, ohne mich umzudrehen. Warum machte er es uns so schwer? Warum war er mir nachgekommen? Ich wusste, was er mir sagen würde – wir könnten kein Paar sein, wir müssten stark sein. Ich wollte es nicht hören. Ich sprach, ohne mich umzusehen.

»Tobia, bitte geh zurück. Mach es mir nicht noch schwerer, als es ohnehin ist.«

»Alice.«

Seine rechte Hand berührte meine Schulter und strich sanft über meinen Hals. Noch nie zuvor hatte er mich so berührt. Ich drehte mich um, um ihn zu betrachten. Konnte er seine Meinung geändert haben? Doch kaum sah ich ihn an, näherte er sich, umfasste meinen Kopf mit beiden Händen, neigte sich zu mir und drückte seine Lippen auf die meinen. Mein Kopf begann zu schwirren, und ich hätte nicht sagen können, wo ich mich befand, ob ich noch stand oder wie lange wir uns küssten.

Als wir uns schließlich voneinander lösten, brachte ich es nicht fertig, etwas zu sagen, und auch Tobia schien um Worte zu ringen, als er die Stille durchbrach.

»Warum haben wir nur so lange gewartet?«

»Wir? Ich hätte sicherlich nicht gewartet, wenn du mir nur eine Chance gelassen hättest.«

Tobia lächelte und drückte mich fest an sich.

»Ich kann es nicht ertragen, dich zu verlieren.«

»Und deine Angst?«

»Was schert es mich, was morgen passiert, wenn ich heute ein solches Glück erfahren darf. Bitte bleib bei mir.«

»In einem Apartment, das du für mich einrichtest?«

»Bei mir zu Hause natürlich!«

Ich schmiegte mich an ihn und sah auf das Becken der Giudecca. Das Boot war noch immer nicht eingetroffen.

»Hast du den Concierge geschickt?«

Ich blickte zu Tobia hoch.

»Nein.«

Er strich mir versonnen durchs Haar.

»Nachdem du den Tisch verlassen hattest, kam der Oberkellner zu mir und fragte, ob alles in Ordnung sei, und ich versuchte, ihn so schnell wie möglich loszuwerden. Ich hatte nicht vorgehabt, dir nachzulaufen. Zwischen all den Stühlen, die im Weg standen, hätte ich dich ohne Geo auch nie erreicht, bevor das Boot gekommen wäre.« Er zog seine Augenbrauen entschuldigend nach oben, und auch ich musste bei der Vorstellung schmunzeln, Tobia gefangen zwischen den filigranen Metallstühlen zu sehen. »Aber der Kellner ging einfach nicht, und ich muss ihm wohl dankbar sein, dass er mir dann ganz direkt sagte, dass ich ein Hornochse wäre, wenn ich dir nicht nachgehen würde. Er hat mich einfach am Arm gegriffen und hierhergeschleppt.«

»Und in der Zwischenzeit hat der Concierge mich aufgehalten und die Ankunft des Bootes vereitelt.«

Wir mussten lachen, und ich wischte meine Tränen aus den Augen.

»Wenigstens wussten sie, was richtig war.«

Kurz darauf traf das Shuttle-Boot doch noch ein. Am Blick des lächelnden Bootsführers konnte ich erkennen, dass auch er eingeweiht war. Das Boot wäre vermutlich noch für längere Zeit nicht gekommen.

Hand in Hand betraten wir das Boot, und zum ersten Mal durfte ich in seinen Armen das Panorama von Venedig genießen, während der volle Mond sich im Wasser widerspiegelte, die Paläste und Kirchen um uns erstrahlen ließ und wir langsam in Richtung des Palazzo Segantin fuhren. Meine Welt schien perfekt zu sein, und ich kuschelte mich innig an Tobia. Langsam bog das Boot um die Kurve der Accademia-Brücke und ich erstarrte schlagartig.

»Erwartest du jemanden?«

Tobia richtete sich auf. »Nein. Warum?«

Meine Stimme zitterte. »Dein Palazzo ist hell erleuchtet.«

»Stefano muss beschlossen haben, doch zu kommen.«

Hatte ich noch eben gedacht, einen der schönsten Abende meines Lebens vor mir zu haben, so löste sich diese Freude jäh auf. Stefanos Eintreffen konnte für mich nichts Gutes bedeuten. Das Boot näherte sich dem Anlegesteg des Palazzo.

Tobia reichte mir die Hand und half mir, von Bord zu gehen. Langsam folgte ich ihm ins hell erleuchtete Innere. Wie immer war ich erstaunt, wie schnell er sich bewegte, sobald er in seinem eigenen Palazzo war.

Doch kaum waren wir im ersten Stock angelangt, als sich aus dem Schatten einer Säule eine Gestalt näherte. Ich zuckte zurück, Tobia hingegen hatte die schweren Schritte schon erkannt.

»Stefano! Du bist eingetroffen? Ich hatte dich nicht erwartet.«

Er ging auf seinen Bruder zu, doch Stefano machte keine Anstalten, sich ihm zu nähern, und so verharrte er.

»Was ist? Bist du verärgert?«

Stefano warf mir einen gehässigen Blick zu, ohne etwas zu sagen.

»Ist es Alice? Stört es dich, dass sie hier ist? Stefano, ich kann es dir erklären.« Tobias Stimme war fast unterwürfig, als ob er nicht selbst der Hausherr wäre. »Sie ist ganz und gar nicht so, wie du gedacht hast. Wir haben uns heute Abend ausgesprochen, und ich glaube wirklich, dass es klappen kann.«

Tobia bedeutete mir, zu ihm zu kommen, und legte seinen Arm um mich.

»Stefano, wir sind ein Paar.«

Über Tobias Gesicht huschte ein Strahlen.

»Tobia, du bist ein Idiot.« Stefano schüttelte angewidert den Kopf, während er sich seinem Bruder näherte. »Dass du nicht siehst, was für ein kleines Flittchen du dir da geangelt hast, kann ich einem Blinden ja wohl nicht wirklich vorwerfen, aber dass du am Urteil deines einzigen Bruders zweifelst, der für dich alles getan hat und tun würde, das nehme ich dir übel.«

Stefano wollte sich umdrehen und gehen, aber Tobia griff nach ihm und erwischte einen Ärmel seines Hemdes.

»Stefano, bitte.«

Ich konnte es nicht mit ansehen. Tobias Unterwürfigkeit machte mich krank. »Tobia?«, rief ich. »Ich möchte jetzt gehen. Ihr beide müsst euch vielleicht noch ein wenig aussprechen, und dabei störe ich nur.« Direkt an Tobia gewandt, fügte ich mit sanfter Stimme an: »Wollen wir uns morgen treffen?«

Tobia nickte gedankenverloren. »Du hast recht, Alice. Schaffst du es, allein nach Hause zu kommen?«

»Danke, aber es ist nicht das erste Mal, dass ich nachts allein in Venedig unterwegs bin.«

Tobia lächelte. »Natürlich. Dann bis morgen um zehn vor deinem Haus?«

Ich verließ den Palazzo und hörte noch, wie Stefano wütend auf Tobia einredete. Mein Herz schlug mir bis zum Hals, und für einen Augenblick war ich kurz davor, zurückzugehen und mich Stefano entgegenzustellen. Aber ich zwang mich, das Tor hinter mir zuzuziehen und mit festen Schritten zum Apartment der Scarpas zu gehen.

Unruhig schlief ich in dieser Nacht ein und erwartete am nächsten Morgen, dass Tobia nicht zur verabredeten Zeit kommen würde. Hatte er sich von Stefano wieder überzeugen lassen, dass es mit mir keine Zukunft geben konnte? Immer wieder blickte ich nervös aus dem Fenster. Als ich schließlich vom Ende der Gasse Tobias aufrechte Gestalt neben Geo erkannte, stieß ich einen kurzen Dankesausruf aus und sprang überglücklich die Treppe hinab.

»Tobia!«

Ich stürmte förmlich aus der Tür.

»Alice, so stürmisch kenne ich dich ja gar nicht.«

Ohne Zögern öffnete er seine Arme und küsste mich mit der gleichen Leidenschaft wie am Abend zuvor. Als wir uns voneinander lösten, liefen mir Freudentränen über die Wangen, die Tobia sanft mit seinen Fingerspitzen abtupfte.

»Aber was ist denn, Alice?«

»Tobia, ich hatte solch eine Angst, dass Stefano mich schlechtmachen würde und wir wieder voneinander getrennt würden.«

»Aber nein.« Er schüttelte sanft den Kopf. »Stefano und ich haben lange geredet, und am Ende hat er verstanden, wie viel mir an dir liegt und dass ich das Risiko eingehen möchte. Er hat anerkannt, dass wir zusammen sein wollen und wird sich nicht mehr einmischen.«

»Da bist du dir sicher?«

Stefano erschien mir nicht als ein Mann, der schnell aufgab.

»Vertraue mir! Und jetzt ...« Tobias Stimme nahm einen energischen Klang an, »habe ich eine Überraschung für dich.«

Fragend sah ich ihn an, aber schon zog Geo an der Leine und begann uns zu führen. Als wir unser Ziel erreicht hatten, fand ich mich in der teuersten Geschäftsstraße Venedigs wieder. Tobia deutete auf die Boutiquen, die sich vor uns aneinanderreihten.

»Suche dir etwas aus!«

»Aber warum?«

»Wir sind heute Abend auf einen Ball im Palazzo Venturini eingeladen, und ich könnte mir vorstellen, dass du nichts Passendes in deinem Schrank finden wirst.«

»Aber das kann ich nicht annehmen!«

»Und warum nicht? Glaubst du nicht, dass ich mit meiner Freundin angeben möchte, auch wenn ich sie selbst nicht sehen kann?«

Ich errötete. Zum ersten Mal hatte er mich als seine Freundin bezeichnet.

»Natürlich, aber das ist ein viel zu großes Geschenk. Ich bin mir sicher, dass ich auch etwas Schönes bei Zara oder H&M finden kann.«

Er schmunzelte.

»Das denke ich mir, aber ich bin mir auch sicher, dass du es genießen wirst, dir hier etwas auszusuchen. Und weil du mein Geschenk sonst wahrscheinlich nicht akzeptieren kannst: Ich schulde dir noch die Bezahlung für deine Arbeit. Nimm es als Anzahlung. Und jetzt lass uns keine Zeit mehr verschwenden.«

Ungeduldig zog er mich in Richtung einer Boutique. Zögerlich begann ich die ausgestellten Kleidungsstücke zu betrachten.

Es dauerte keine zwei Stunden, bis wir mit mehreren prallgefüllten Shoppingtaschen in die Calle von Scarpas Wohnung einbogen. Tobia hatte sich jeweils beschreiben lassen, wie das Kleid aussah. Das Kleid, das ich dann auswählte, ein blaues Abendkleid mit dünnen Perlenträgern, hatte ihn überzeugt, weil ich es voller Enthusiasmus und Begeisterung beschrieben hatte. Er hatte seine Hand über meinen Rücken gleiten und die Finger sanft zwischen dem blauen Satinstoff streichen lassen, dessen Farbe mich sehr an die Lagune im Sturm erinnerte. Nach dieser Entscheidung hatten wir in weiteren Geschäften Schuhe und eine Handtasche ausgewählt, und als ich zusammenzählte, welche Rechnungen bald im Palazzo Segantin eintreffen würden, war mir klar, dass die Ausgaben jeden möglichen Lohn weit überschritten. Noch nie hatte ich an einem Tag so viel Geld ausgegeben.

Als wir auf das Apartment der Scarpas zugingen, sah ich schon die offene Haustür und beobachtete, wie Signora Scarpa dabei war, eine Tasche von der Straße zu holen. Vorwurfsvoll warf sie einen Blick auf Tobia und mich. Ich bin mir nicht sicher, was sie mehr schockierte, der Anblick von mir, untergehakt am Arm meines Begleiters mit vielen Einkaufstüten, oder die Tatsache, dass ich sie nicht erwartet hatte, um ihr beim Eintreffen zu helfen.

»Alice, wo warst du? Du wusstest doch, wann wir kommen. Das ganze Gepäck mussten wir alleine hochschleppen!«

Gerade wollte ich antworten, doch Tobia drückte meine Hand und schnitt mir das Wort ab.

»Entschuldigen Sie, Signora Scarpa, dass ich mich einmische, aber soweit ich weiß, hatten Sie keine Uhrzeit für Ihre Ankunft übermittelt, und so habe ich mir die Freiheit genommen, Signorina Breuer das Warten etwas zu versüßen.«

»Mischen Sie sich nicht ein, Manin.« Signore Scarpa war aus der Haustür getreten.

»Wir waren drei Wochen weg und dann kann man wohl erwarten, dass das Mädchen da ist, wenn sie sich endlich wieder nützlich machen kann.«

Sein Gesicht war rot vor Zorn, aber Tobia blieb gelassen. Ihm war keine Spur von Erregung anzusehen.

»Alice hat Ihr Haus gehütet und so wie ich sie kenne, es sicherlich in einem wunderbaren Zustand gehalten – aber haben Sie sie dafür bezahlt? Hat sie bereits den ihr zustehenden Lohn erhalten?«

Signore Scarpa wurde noch zorniger. »Nein, ihren Lohn hat sie noch nicht ... Aber was geht Sie das eigentlich an, Manin?«

Ein spöttischer Ausdruck entstand auf Tobias Gesicht. »Ach, und dann denken Sie, dass Sie erwarten können, dass Alice noch nach drei Wochen ohne Lohn hier auf Sie wartet und Ihnen beim Gepäckhochtragen hilft?«

»Ja, allerdings.«

Signora Scarpa mischte sich mit schriller Stimme ein. Ihre Augen waren auf meine Shoppingtüten fixiert, und der Neid auf meine Einkäufe stand ihr förmlich ins Gesicht geschrieben.

»Alice weiß, dass wir ihrer Hilfe bedürfen, schon wegen der Kinder.«

Giorgio und Frederico, die in der Eingangshalle des Hauses angekommen waren, senkten die Augen, und ich konnte sehen, dass es ihnen peinlich war, als Vorwand vorgeschoben zu werden.

»Diskutieren wir nicht, sondern schaffen wir einfach endlich alles ins Haus.«

Ich konnte die angespannte Stimmung nicht mehr ertragen und drückte Tobia die Tüten in die Hand. Dann griff ich nach einem der Koffer, um ihn nach oben zu hieven. Ohne einen Blick zurück rief ich: »Tobia, ich werde in einer halben Stunde fertig sein. Warte doch bitte im Palazzo auf mich.«

Die Blicke der Scarpas ignorierend, schleppte ich den letzten Koffer hoch, während Tobia sich mit einem höflichen Nicken verabschiedete und mit den Tüten und Geo, der ihn führte, in Richtung Palazzo Segantin verschwand.

Als endlich auch ich am Palazzo Segantin eintraf, war es schon fast acht Uhr. Die Scarpas hatten mich gedrängt, ihnen beim Auspacken zu helfen, die erste Wäsche in die Maschine zu werfen, und Giorgio und Frederico hatten mir ihre Schätze zeigen müssen: Muscheln, Postkarten und eine neue Kollektion von Videospielen, die ihnen ihre Eltern besorgt hatten, um auf der Yacht ihre Ruhe zu haben. Mehrmals hatte Signore Scarpa spitze Bemerkungen gemacht, dass er nicht wünsche, dass ich an diesem Abend nochmals ausgehe, und schließlich hatte ich ihm mitgeteilt, dass ich mit Tobia zum Fest im Palazzo Venturini eingeladen sei. Signora Scarpa hatte meinen Worten gelauscht und war unverzüglich zum Briefkasten gestürzt, um zu kontrollieren, ob sie auch eingeladen worden waren. Nur noch am Rande hatte ich den Beginn einer Diskussion zwischen Signore und Signora Scarpa gehört, ob sie nun auch zum Fest gehen sollten. Dann verabschiedete ich mich leise von Giorgio und Frederico, bevor ihre Eltern noch auf die Idee kamen, mich als Babysitterin zurückhalten zu wollen.

Beim Palazzo Segantin angekommen, drückte ich auf den Klingelknopf, und wenige Sekunden später öffnete sich das Portal. Tobia selbst stand vor mir.

»Ich war schon in Sorge, du würdest nicht mehr kommen. Den Scarpas ist ja alles zuzutrauen.« Sein Gesicht strahlte Erleichterung aus. Arm in Arm gingen wir nach oben, wo er mir ein Zimmer zeigte, in dem ich mich umziehen konnte. Die Kleidung, die ich mir ausgesucht hatte, war schon sorgfältig auf dem großen Bett ausgebreitet worden. Ich zog mich rasch um. Dann drehte ich mein Haar zu einem Dutt, wobei einige Haare noch verspielt in mein Gesicht hingen, genau wie ich es von Signora Minou gelernt hatte.

Als ich aus dem Zimmer trat, sah ich, dass auch Tobia sich in der Zwischenzeit umgezogen und es sich in seinem Smoking in einem Sessel im Salon bequem gemacht hatte. Neben ihm lag Geo, der seinen Kopf bei meinem Eintreten nur müde hob.

»Ich bin fertig.«

Flink trat ich zu Tobia, zog ihn mit sanftem Nachdruck aus dem Sessel und führte seine Hände vorsichtig um meine Taille.

»Was würde ich dafür geben, dich jetzt sehen zu können. Ich bin mir sicher, du siehst wunderschön aus.«

Langsam fuhren seine Finger durch mein Haar und streichelten mir sanft über die Wange. Gerade wollte ich seine Zärtlichkeit mit einem Kuss erwidern, als ich hörte, wie die Tür hinter mir geöffnet wurde. Mein Blick fiel auf den Spiegel hinter Tobia.

Darin konnte ich sehen, wie Stefano ins Zimmer getreten war. Seine hasserfüllten Augen fixierten mich.

»Guten Abend, Alice. Du hast dich schön gemacht? Ich nehme mal an mit Tobias Geld.«

»Hör auf, Stefano! Ich dachte, wir hätten das geklärt.«

Tobias Stimme ließ keinen Widerspruch zu. Dankbar bemerkte ich, dass er zum ersten Mal begonnen hatte, Stefano Widerstand zu leisten. Doch wenn ich angenommen hatte, dass Stefano beleidigt reagieren würde, so lag ich falsch. Sein Gesicht verzog sich nur zu einem Grinsen. »Du hast recht, Tobia. Ich war auch eigentlich nur gekommen, um dir zu sagen, dass Robert uns eine E-Mail wegen des Vertrages geschickt hat. Ich denke, wir sollten noch heute Abend antworten.«

»Du meinst jetzt? Ich wollte mich eigentlich an diesem Abend nicht mehr ums Geschäft kümmern.«

»Ich fürchte, es ist wirklich dringend.«

Stefano hatte seiner Stimme mit gespielter Freundlichkeit etwas Nachdruck verliehen, aber sein Gesicht war starr, und seine Augen waren noch immer kalt auf mich gerichtet. Hätte Tobia ihn sehen können, er wäre entsetzt gewesen.

»Könntest du mich bitte für eine Viertelstunde entschuldigen, Alice? Robert ist unser Anwalt, und wenn er schreibt, ist es oft wirklich nicht aufzuschieben. Ich muss ihn anrufen.« Er hauchte mir einen Kuss auf die Wange und verschwand durch die große Tür.

»Das gibt uns ein bisschen Zeit, ein wenig zu plaudern.«

Stefano bedachte mich mit einem spöttischen Lächeln. Plötzlich begriff ich, dass er diese E-Mail nur vorgeschoben hatte. Er ließ sich in einen Sessel sinken.

»Meine liebe Alice, du erinnerst dich an die rote Akte?«

»Ja, ich erinnere mich.« Stefano schwieg, daher fuhr ich fort: »Ich habe Tobia nach der Akte gefragt, aber er hat mir gesagt, dass er nie einen Privatdetektiv angeheuert hat.«

Stefano lächelte triumphierend. »Das hat er ja auch nicht. Das war ich!«

Für einen kurzen Moment war ich sprachlos. Ich war auf Stefanos Lüge hereingefallen. »Was willst du von mir?«, fragte ich unfreundlich.

Stefano beugte sich vor, und seine Stimme nahm den scharfen Klang an, den ich nur einmal zuvor gehört hatte, als er mich im Bademantel erwartet hatte.

»Micheli folgt dir, seit Tobia mich eines Abends anrief und von einer geheimnisvollen Frau erzählte, die sein Interesse geweckt habe. Noch nie hatte mein Bruder sich so sehr für eine Frau interessiert – nicht mal, als er noch sehen konnte. Du kannst dir vorstellen, dass ich alles andere als entzückt war.« Er verdrehte seine Augen theatralisch. »Mein Bruder als verliebter Gockel – was sollte da aus mir werden? Um es also ganz offen zu sagen – ich heuerte Micheli an, um etwas Dreck über dich auszugraben und diese Beziehung zu beenden.« Er seufzte. »Aber bei deinem langweiligen Leben dauerte es ewig, etwas zu finden, was Tobia wirklich interessieren könnte und das Ende eurer Beziehung bedeuten würde. Jetzt allerdings«, er lächelte triumphierend, »habe ich möglicherweise etwas. Nein, sagen wir es besser: Jetzt habe ich etwas. Etwas, das die Sprengkraft einer Atombombe für eure Beziehung hat!«

Ich sah ihn verwundert an. »Und das wäre?«

Er zierte sich mit geheuchelter Sympathie.

»Oh, ich möchte mir nicht den Spaß der Überraschung entgehen lassen.«

»Warum sagst du es mir also?«

»Weil ich dir eine Chance geben möchte! Wenn du mit Tobia heute Abend Schluss machst und mir versprichst, dass du ihn nie wiedersehen wirst, dann werde ich ihm nicht die Wahrheit über dich sagen, und du wirst ihm einiges an Schmerz ersparen.«

»Und wenn ich das nicht mache?«

»Ich bin ein romantisch veranlagter Mensch – ein wenig Theatralik hat mir immer gefallen.« Er schien zu überlegen. »Machen wir es also ein wenig dramatisch. Ich gebe dir bis Mitternacht. Wenn du dann noch nicht mit Tobia Schluss gemacht hast, werde ich mit ihm sprechen, und ich versichere dir, dass er danach garantiert nichts mehr von dir will.«

Fieberhaft überlegte ich, was es nur sein könne, was Micheli über mich herausgefunden haben wollte, aber beim besten Willen kam mir nichts in den Sinn.

»Stefano, ich glaube wirklich nicht, dass es etwas in meinem Leben gibt, was gegen mich sprechen könnte, und deshalb sag ich dir schon jetzt – ich werde mich von dir nicht so billig erpressen lassen.«

Er grinste höhnisch. »Dann eben nicht, du kannst es dir noch bis Mitternacht überlegen. Aber es wird nicht schön werden, vor so vielen Leuten entblößt zu werden – als ein geldgieriges kleines Ding, das sich an der Not anderer Leute ergötzt.«

Fragend sah ich ihn an und erinnerte mich dann an das alte Sprichwort, dass Angriff oft die beste Verteidigung war.

»Moment, Stefano – wo wir schon gerade von Geheimnissen sprechen.«

Ich richtete mich auf, gönnte mir eine kleine Pause und versuchte, meine Stimme so sicher wie möglich klingen zu lassen.

»Neulich habe ich ein wenig mit Tobias neuem Programm gespielt, und du wirst es nicht glauben, aber ich habe gesehen, dass ein gewisser Fernando Lerú und ein Stefano Prode zur selben Zeit für einen Makler auf Ibiza gearbeitet haben. Ein seltsamer Zufall, nicht wahr? Hast du nicht auch mal als Makler auf Ibiza gearbeitet?«

Ich sah ihm direkt in die Augen, doch keine Regung war zu erkennen.

»Was willst du damit andeuten, Alice?«

»Nichts, Stefano, aber ich denke, dass es da auch noch ein paar ungeklärte Dinge gibt.«

Stefano trat auf mich zu. »Alice, sei sehr vorsichtig mit deinen Vermutungen, sie könnten dir ganz schnell zum Verhängnis werden.« Seine Stimme sank zu einem Flüstern herab. »Was also den Wahrheitsgehalt deiner Träumereien betrifft, so muss ich dich enttäuschen. Vielleicht weißt du es nicht, aber mein Bruder hatte mich wenige Wochen vor dem Einbruch zum Alleinerben gemacht. Ich hätte alles geerbt, wenn er gestorben wäre.«

»Genau. Und so hast du deinen alten Freund Lerú beauftragt, für dich die Drecksarbeit zu übernehmen!«

Stefano schüttelte fast mild den Kopf. Sein Lächeln signalisierte Überlegenheit. »Erstens kenne ich keinen Lerú, und zweitens – warum hätte ich, wenn ich meinen Bruder wirklich hätte umbringen wollen, so schnell einen Krankenwagen geholt, Erste Hilfe geleistet und ihm das Leben gerettet. Glaubst du wirklich, dass ich das getan hätte, wenn ich den Einbruch geplant hätte? Wäre ich nicht stattdessen einfach eine Stunde später von meinem Spaziergang zurückgekommen – mit dem beruhigenden Wissen, dass alles zu Ende sein würde und ich reich geworden wäre? Oder hätte ich nicht einfach zehn Minuten mit dem Anruf des Notarztes gewartet? Tobia wäre verblutet. Warum hätte ich das tun sollen, wenn ich auf das Geld scharf gewesen wäre?« Vollkommene Ruhe bewahrend, trat er einen Schritt zurück und sah mich siegessicher an.

Ich war sprachlos. Ja, warum hätte er Tobia in letzter Minute retten sollen, wenn er wirklich seinen Tod geplant hatte? Fieberhaft versuchte ich eine logische Erklärung zu finden, aber vergeblich.

»Alice, ich habe klar verstanden, was du angedeutet hast. Du glaubst, dass Lerú und ich uns kannten und ich ihn angeheuert habe, um auf Tobia zu schießen, aber was denkst du eigentlich, was die Polizei überprüft hat? Bist du wirklich so von deinen Recherchen als Amateurdetektivin überzeugt, dass du glaubst, mehr zu wissen als ein professionelles Ermittlungsteam?« Er schüttelte mitleidig den Kopf. »Alice, du bist wirklich naiv. Ich habe versucht, von dir Schaden abzuwenden, indem ich dich gewarnt habe, und du dankst es mir damit, dass du mir sagst, dass ich versucht haben soll, meinen einzigen Bruder umzubringen.«

Abschätzig schüttelte er wieder den Kopf. »Alice, ich hätte wirklich mehr von dir erwartet, als solche abstrusen Ideen in die Welt zu setzen. Und jetzt entschuldige mich.« Er machte kehrt und ging zur Tür, wo er sich kurz umsah und anfügte: »Und genieße die Stunden bis Mitternacht – es werden deine letzten mit Tobia sein.«

Tobia war kurz darauf wieder in den Salon gekommen und hatte sich überschwänglich dafür entschuldigt, mich alleine gelassen zu haben. Ich war froh, dass er nicht sehen konnte, wie bleich ich geworden war. Stefanos Drohung hallte noch immer in meinem Kopf nach, während ich Tobia schweigend zum Boot folgte, das uns zum Palazzo Venturini bringen würde.

Die Fahrt war kurz. Tobia bemerkte meine Schweigsamkeit nicht, da er selbst ausgezeichneter Laune und ungewöhnlich redselig war. Als wir beim Palazzo eintrafen, war schon alles, was Rang und Namen hatte, anwesend und stand in eleganten Abendkleidern auf den Stufen und in den Sälen des Palazzo, der im Innern sehr modern gehalten war. Die exaltierte amerikanische Gastgeberin, die ihren mageren Körper in ein hauchdünnes silbernes Paillettenkleid gezwängt hatte, stand kichernd zwischen den Gästen und erinnerte mich an eine Gestalt aus einem Roman von Scott Fitzgerald. Als sie Tobia und mich eintreten sah, löste sie sich von der Gruppe, die sie in diesem Moment umgeben hatte, und begrüßte uns überschwänglich.

»Manin, endlich geben Sie mir die Ehre. Sie sehen ja wie neugeboren aus – was ein wenig Farbe im Gesicht ausmachen kann! Und dann diese reizende Begleiterin. Signorina ...«

»Breuer.«

»Signorina Breuer. Ich habe schon von Ihnen gehört. Es freut mich so, dass Sie es geschafft haben, unseren Eremiten hier ein wenig aus seiner Höhle hervorzulocken. Und jetzt …«, sie hakte sich bei Tobia ein, »muss ich Ihnen endlich ein paar Veneziander vorstellen, die Sie unbedingt kennenlernen müssen.«

Tobia wand sich galant, aber entschieden aus ihrem Arm.

»Liebe Signora Meyer, es freut mich sehr, auf Ihrem Fest sein zu dürfen, und ich sehe, dass Sie Ihren Enthusiasmus seit dem Dinner im amerikanischen Konsulat nicht verloren haben, aber ich muss Sie enttäuschen. Ich habe nicht vor, meinen Abend damit zu verbringen, andere Menschen kennenzulernen. Ich möchte eigentlich viel lieber die Stunden mit meiner Begleiterin genießen.«

»Oh, natürlich.« Signora Meyer nickte mir etwas beleidigt zu, setzte dann aber wieder ihr Lächeln auf und murmelte etwas von »Aufgeschoben ist nicht aufgehoben«, um sich sodann zu verabschieden.

Erleichtert atmeten wir auf, und Tobia erklärte mir, woher er unsere Gastgeberin kannte.

»Signorina Meyer ist Amerikanerin. Ich habe sie auf dem einzigen Dinner, das ich während meiner Zeit in Venedig besucht habe, kennengelernt. Sie hat mich den ganzen Abend davon überzeugen wollen, dass ich mehr unter die Menschen gehen sollte.« Seine Augen verfinsterten sich. »Aber lassen wir Frau Meyer. Ehrlich gesagt, gibt es nur einen Grund, weshalb ich dich heute Abend hierhergebracht habe.«

»Ach ja?« Überrascht sah ich ihn an.

»Möchtest du tanzen?«

»Tanzen?«

Ihn belustigte meine Verwunderung. »Hast du bei deinen Internet-Recherchen nichts über meine großen Tanzkünste gefunden?«

»Nein. Bist du ein guter Tänzer?«

Tobia lachte laut auf. »Alice, nein, ein großer Tänzer war ich nie – und werde es wohl jetzt auch nicht mehr werden, aber es ist eines der Dinge, die ich liebend gern gemacht habe.« Er näherte sich flüsternd meinem Ohr. »Erst fehlte mir eine geeignete Partnerin, und dann musste ich es mir versagen, weil ich es nicht ertragen konnte, dich so nah an mir zu spüren, ohne dich zärtlich zu berühren. Aber jetzt kann ich es wohl unbeschadet sagen – es hat mich auf dem Kostümfest schier wahnsinnig gemacht, dich auf der Tanzfläche zu wissen und nicht zu dir zu können.«

Liebevoll strich ich ihm über sein Haar. »Du warst eifersüchtig?«

»So nennt man das wohl. Aber«, er deutete eine leichte Verbeugung an. »Wie schon meine Landsfrau Meyer sagte: Aufgeschoben ist nicht aufgehoben. Lass es uns also jetzt nachholen.«

Gemeinsam gingen wir Arm in Arm in den zweiten Stock, wo sich die Tanzfläche mit einem DJ und Lichteffekten befand und eine Gruppe von ungefähr fünfzig Menschen sich zu einem mir unbekannten italienischen Lied bewegte. Die Musik verklang, und in Tobias Gesicht sah ich erwartungsvolle Freude, aber auch Nervosität, und die Furcht, sich möglicherweise lächerlich zu machen, schien wieder einmal schwer auf ihm zu liegen. Ich spürte unter meinen Händen, wie seine Muskeln verkrampft darauf warteten, die ersten Töne zu vernehmen.

Als die Musik erneut zu spielen begann, stellte ich erfreut fest, dass es die Disco-Version von »Another one bites the dust« war. Die wenigen anderen Tänzer würden damit beschäftigt sein, das Lied während des Tanzens mitzusingen und an den richtigen Stellen in die Hände zu klatschen. Ich aber legte meine Hände fester um Tobias Schultern und wiegte mich im Rhythmus der Musik, während er meine Taille umschloss und meinen Bewegungen folgte. Langsam fanden wir uns in das Lied ein. Tobia begann endlich, gelöster zu werden, als die Musik erneut wechselte und eine langsame Ballade folgte. Tobias Griff wurde fester. Seine Bewegungen waren geschmeidig und sanft, aber gleichzeitig entschlossen und kraftvoll, und zum ersten Mal fragte ich mich, wie Tobia wohl meine Bewegungen wahrnahm. Ich schloss die Augen und versuchte zu spüren, welche Eindrücke Tobia hatte, bis er mich sanft zum nächsten Lied überleitete. Er hatte nun endgültig die Führung übernommen.

Als ich schließlich nach dem vierten Lied meine Augen öffnete, bemerkte ich Giuliemo, der, eng an eine junge bildschöne Frau geschmiegt, neben uns tanzte und mir einen vielsagenden Blick zuwarf. Er fragte sich wohl, wie ein Mann wie Tobia es geschafft haben konnte, mich zu erobern, wenn es ihm selbst nicht gelungen war. Tobia bemerkte mein kurzes Erstarren und fragte mich in seiner direkten Art: »Jemand, den du kennst?«

»Giuliemo Fernandi.«

Tobia zuckte zusammen und fragte kurz angebunden: »Würdest du lieber mit ihm tanzen?«

»Aber natürlich nicht, Tobia. Ich war nur überrascht, ihn zu sehen. Warum nur glaubst du mir nicht, dass es niemanden gibt, mit dem ich lieber zusammen wäre?«

Er seufzte. »Weil ich es immer noch nicht fassen kann, dass es wirklich so sein könnte. Wieso sollte eine Frau wie du einen Mann wie mich wählen?«

Ich kam nicht dazu, ihm zu antworten, denn in diesem Augenblick näherte sich mir ein bekanntes Gesicht.

»Signore Scarpa? Was machen Sie hier?«

Auch auf Tobias Gesicht spiegelte sich Verwunderung.

»Alice, ich muss mit dir sprechen!« Signore Scarpa sah Tobia an. »Alleine!«

»Aber ...« Ich wollte mich bei Tobia entschuldigen, doch mit einer Handbewegung gab er mir zu verstehen, dass er auf mich warten würde und ich das Gespräch so schnell wie möglich hinter mich bringen sollte.

Gespannt, warum Signore Scarpa mich so dringend sprechen musste, folgte ich ihm in eine ruhigere Ecke des Salons und sah ihn an. Kurz überkamen mich Zweifel, ob dies nicht alles zu Stefanos abgekartetem Spiel gehören konnte?

»Alice.« Er sah mich eindringlich an. »Du wunderst dich sicherlich, dass ich gekommen bin. Ich kann dir versichern, dass ich vor zwei Stunden auch noch nicht daran dachte, hier aufzukreuzen. Ilaria und ich waren müde von unserer Reise. Das Fest ist auch nicht der Anlass für meinen Auftritt, sondern du bist es.«

Er sah mich erwartungsvoll an, als sollte ich ihm gleich für seine Aufmerksamkeit um den Hals fallen. Da ich aber nichts sagte und er den verständnislosen

Blick in meinen Augen gesehen haben musste, fuhr er fort.

»Alice, ich möchte nicht, dass du einen folgenschweren Fehler begehst. Ich sehe, dass die Beziehung mit Manin sich weiterentwickelt hat, schneller und umfassender, als ich das jemals für möglich oder wünschenswert gehalten hätte, und ich möchte dich davor bewahren, dass du dich ihm des Geldes wegen an den Hals wirfst und dein Leben ruinierst.«

»Signore Scarpa, bitte!«

War er tatsächlich nur gekommen, um das zu wiederholen, was er mir schon so viele Male gesagt hatte? Warum nur musste er schon wieder damit anfangen? Schon wollte ich ihn zur Seite schieben, um zurück zu Tobia zu gehen, als er mich unsanft an meinem Arm zurückhielt.

»Das ist nicht alles, was ich zu sagen habe. Alice, höre mir zu. Ich habe heute Abend einen Anruf erhalten, der dein Leben von Grund auf verändern wird, einen Anruf, der es unnötig macht, dich weiter mit Manin abzugeben, und auf den du wahrscheinlich seit mehr als zwanzig Jahren gewartet hattest.«

»Von was sprechen Sie?«

»Von deinem Vater.«

»Meinem Vater?«

»Du erinnerst dich, dass vor einiger Zeit ein gewisser Signore Piatti bei uns war. Du hast ihn am Bahnhof abgeholt.«

»Ja.«

»Dieser Signore Piatti ist ein sehr vermögender Mann aus Rom. Er war bei uns, weil er für seine Firma ein Hotel in Venedig erwerben wollte. Ich habe den Vertrag für ihn ausgehandelt. Er war sehr zufrieden mit meinen Diensten. Fast noch mehr hat er sich aber für dich interessiert. Er konnte sich an dir gar nicht sattsehen, weil du ihn so sehr an seinen besten Freund erinnert hast.«

Mein Atem stockte. Eine Ahnung stieg in mir hoch.

»Dieser Freund wohnt schon seit Jahrzehnten nicht mehr in Rom, sondern in Südafrika.« Fast unmerklich nickte ich, und Signore Scarpa nahm dies als Zeichen, weiterzusprechen. »Piatti hatte sich während seines Aufenthaltes bei mir nach dir erkundigt – nach deinem Alter, deinem Namen und was ich sonst über dich wusste. Und er erzählte seinem alten Freund Corrado davon, dass er eine junge deutsche Frau in Venedig kennengelernt hatte, die ihm wie aus dem Gesicht geschnitten ist.«

Ein unsichtbares Band schien meinen Hals zu umschnüren, und meine Stimme war fast nicht zu hören, als ich ein leises »Und ...?« hauchte.

»Corrado erinnerte sich noch gut an deine Mutter und an einen Brief, in dem sie ihn um Hilfe gebeten hatte, weil sie ein Kind erwarten würde. Er hatte daraufhin fluchtartig Rom verlassen, weil er sich schon mit einer jungen Ehefrau und einem Kleinkind im winzigen Apartment seiner Eltern sah. Und er hat deiner Mutter nie geantwortet. Stattdessen hat er sich in Südafrika in die Arbeit gestürzt, aus dem Filou wurde ein Unternehmer, und heute ist dein Vater einer der reichsten Männer Südafrikas mit einem Imperium aus Hotels, Reisebüros und Nachtclubs.«

Ich schloss meine Augen. All diese Jahre war kein Tag vergangen, an dem ich nicht an meinen Vater gedacht und insgeheim gehofft hatte, dass es nicht seine Feigheit und sein Egoismus gewesen waren, die ihn davon abgehalten hatten, mich zu suchen und kennenzulernen, sondern dass er schon längst nicht mehr lebte, dass er irgendwo verunglückt war.

Langsam fand ich wieder zu meiner Fassung. Ruhig fragte ich Signore Scarpa: »Warum sagen Sie mir das alles?«

»Weil mich Piatti und dein Vater heute Abend angerufen haben. Sie haben dein Alter, deinen Namen und deine Herkunft überprüft. Du bist Corrados Tochter.«

Wollte mein Vater jetzt, wo er keine Pflichten mehr einging, den Kontakt suchen? Ich schüttelte mich bei diesem Gedanken.

»Und?«

Verwundert über den beißenden Ton in meiner Stimme, sah Signore Scarpa mich an.

»Corrado möchte dich kennenlernen. Er hat nie geheiratet, auch keine weiteren Kinder bekommen, und er würde sich wünschen, dass du zu ihm reist und eine Zeitlang bei ihm wohnst ...« Er senkte seinen Kopf und gab seiner Stimme einen mitleidigen Klang. »Bis er stirbt.« Er schluckte ein wenig zu theatralisch. »Alice, es tut mir leid, es dir sagen zu müssen, aber dein Vater ist todkrank und hat nicht mehr lange zu leben.«

Ich wusste nicht, was ich sagen sollte. Gerade erst hatte ich erfahren, dass ich doch noch einen Vater hatte, und da war er auch schon fast wieder aus meiner Welt verschwunden.

Scarpa berührte mich am Arm und schüttelte mich. »Alice, hast du nicht verstanden? Du wirst seine Alleinerbin werden. Du bist reich! Reicher, als du dir erträumen kannst! Du brauchst Manin nicht mehr, um aus deinem Leben als armes Au-pair-Mädchen rauszukommen.«

Plötzlich begriff ich. Scarpa interessierte nicht, dass ich einen Vater hatte, der mich sehen wollte. Er dachte nur an seine Rache an Tobia. Allen Ernstes glaubte er, dass es einzig allein das Geld war, das mich zu Tobia hinzog.

»Sie glauben, dass ich mit Tobia Manin nur zusammen bin, weil er reich ist?«

»Aber was für einen Grund sollte es denn sonst geben?«

»Ich bin mit Tobia Manin zusammen, weil ich ihn liebe!«

Er sah mich ungläubig an. »Du wirst ihn nicht verlassen, jetzt, wo du reich bist?«

»Signore Scarpa«, ich versuchte trotz meiner Wut so leise wie möglich zu sprechen, »erstens bin ich nicht reich. Mein Vater lebt noch, und ich bin mir ganz und gar nicht sicher, ob oder wann ich ihn kennenlernen möchte.« Signore Scarpa wollte etwas einwenden, aber ich fuhr rasch fort. »Was aber Tobia Manin betrifft, so habe ich Ihnen schon einmal gesagt, dass meine Beziehung Sie nichts angeht, solange ich meine Arbeit weiter ausführe. Es sind noch zwei Monate, die ich bei Ihnen bleiben werde, alles ist also so, wie wir es vereinbart haben, weil ich Ihre Kinder gerne habe und zu meinem Wort stehe, aber ich bitte Sie, sich aus meinem Privatleben herauszuhalten.«

Signore Scarpa stand mit offenem Mund vor mir, von meinem forschen Auftreten schockiert. Schließlich trat er einen Schritt zurück, griff langsam in die Tasche seines Smokings und zog eine Visitenkarte heraus.

»Hier.« Er reichte mir die Karte. »Ich werde mich nie mehr in dein Privatleben einmischen, aber dies ist Piattis Telefonnummer. Für den Fall, dass du in Kontakt treten möchtest.«

Ich nahm die Karte und ließ sie in meine kleine Abendtasche gleiten, ohne sie eines weiteren Blickes zu würdigen. Mit einem Nicken verabschiedete ich mich von Signore Scarpa und ging zurück zu Tobia. Er stand an eine Säule gelehnt regungslos da und wartete auf mich. Während ich auf ihn zuschritt, überlegte ich kurz, ob das, was Scarpa eben gesagt hatte, meine Entscheidungen in irgendeiner Weise umstoßen würde? Hatte die Tatsache, dass es doch noch jemanden gab, der ein Interesse an mir hegte, oder die Möglichkeit, dass ich vielleicht reich werden würde, etwas in mir verändert? Was würde es für meine Beziehung mit Tobia bedeuten? Und war es diese Neuigkeit, die Stefano vor mir erfahren hatte und um Mitternacht gegen mich verwenden wollte?

Ich hatte Tobia erreicht, aber es war schwer, wieder zu der unbeschwerten Fröhlichkeit zu finden, die ich während unseres Tanzes gespürt hatte. Er löste sich von der Säule und fasste nach meiner Hand.

»Und?«

»Signore Scarpa hatte eine Nachricht von einer Person, die ich tot geglaubt hatte.«

»Eine erfreuliche Nachricht also?«

Tobia schien fühlen zu können, wie aufgewühlt ich war. Ich aber wollte jetzt nicht in meiner Kindheit wühlen oder meine Gefühle für einen Vater erklären, den ich nie gehabt hatte.

Mit gespielt heiterer Stimme antwortete ich ihm. »Nichts, was heute Abend von Bedeutung wäre. Bitte, lass uns tanzen.«

Und ohne dass er etwas einwenden konnte, zog ich ihn in Richtung Tanzfläche.

Es wurden doch noch erstaunlich unbeschwerte Stunden, die wir in dieser Nacht im Palazzo Venturini verbrachten. Tobia und ich tanzten, unterhielten uns oder standen einfach nur Hand in Hand auf dem Balkon und sogen die warme Nachtluft in uns auf, während uns der Glanz Hunderter von Kerzen in den Kronleuchtern und Wandhaltern umhüllte. Nur selten wagten Gäste es, uns aus unserer Zweisamkeit zu reißen und uns anzusprechen, aber wenn es geschah, so waren wir höflich und freundlich, doch bestimmt darin, das Gespräch kurz zu halten und unsere Zeit miteinander zu verbringen.

Umso irrealer erschien es, als schließlich die Wanduhr im großen Salon zwölf Mal schlug und im nächsten Moment Stefano selbstgefällig auf uns zutrat. Es mag naiv scheinen, aber ich hatte ihn in den letzten Stunden tatsächlich völlig vergessen. Sein unvermitteltes Erscheinen ließ mich zusammenfahren und erinnerte mich an seine dunkle Drohung im Palazzo Segantin.

»Stefano, du bist hier?«

Tobia begrüßte seinen Bruder freundlich.

»Was für eine Überraschung! Du wolltest doch gar nicht auf das Fest kommen!«

Kameradschaftlich fuhr Tobia seinem Bruder über den Arm, und ein Schauder erfasste mich, als Stefano seine Geste erwiderte.

»Es freut mich, dass du doch noch gekommen bist. Lasst uns doch etwas zusammen trinken.«

Widerwillig folgte ich Tobia und Stefano zu einer kleinen Bar, die in einer Ecke des Raumes eingerichtet worden war. Mein Herz schlug mir bis zum Hals bei dem Gedanken, was nun folgen würde. Stefanos Verhalten ließ deutlich erkennen, dass er sich seiner Sache sehr sicher war, aber was nur konnte es sein, das meine Beziehung mit Tobia noch gefährden sollte?

»Ihr scheint euch ja prächtig zu amüsieren?«

Stefano sah mich an, und auch wenn er ständig lächelte und seine Stimme für Tobias Ohren freundlich klingen musste, so erschreckte mich wieder einmal der Anblick seiner eisigen Augen.

Er nahm einen langen Schluck Whiskey, den er sich vom Barmann hatte einschenken lassen, und fixierte mich.

»Habt ihr euch amüsiert?«

»Sehr sogar.« Tobia strahlte. »Du wirst es nicht glauben, Bruderherz, aber ich habe sogar getanzt.«

»Das kannst du noch?«

»Ja, aber Alice hat mich auch hervorragend geführt.«

»Für ungefähr fünf Minuten habe ich führen dürfen.«

Ich griff nach seiner Hand, froh, endlich an der Konversation teilnehmen zu können.

Stefano trat näher zu Tobia. »Ich würde gerne kurz mit dir unter vier Augen sprechen.«

»Ich habe vor Alice keine Geheimnisse, Stefano. Bitte sage doch, was du sagen möchtest.«

Ich hätte Tobia küssen können für sein Vertrauen, doch Stefano ließ sich nicht beeindrucken. Seine Stimme war scharf und eindringlich, als er widersprach.

»Tobia, ich bitte dich. Nicht vor ihr.«

Tobia zuckte entschuldigend die Schulter und wandte sich zu mir. »Es wird nur eine Minute dauern.«

Ohne mir eine Chance zu lassen, noch etwas sagen zu können, hakte sich Stefano bei Tobia unter und führte ihn in den Nachbarsalon. Ich blieb voller Anspannung zurück. Als fünf Minuten vergangen waren und sie noch immer nicht zurückgekehrt waren, setzte ich mich nervös auf eines der Sofas und nippte angespannt an dem Glas Chardonnay, das ich mir hatte reichen lassen.

Schließlich hielt ich es nicht mehr aus, stellte das Glas ab und trat in den Salon, in den sie gegangen waren. Meine schlimmsten Vermutungen schienen sich zu bewahrheiten: Vor mir stand Stefano und redete energisch auf Tobia ein, während er dessen beide Arme umklammert hielt. Doch es waren nicht Stefanos harscher Ton, seine Gesten oder die Worte, die zu mir drangen, die mich erschütterten. Es war die Veränderung, die sich an Tobia vollzogen hatte. Tobia, der eben noch voller Tatkraft und Lebenswillen gewesen war, war zu einem blassen Abbild seiner selbst geworden. Ich konnte kaum noch Farbe in dem eingefallenen Gesicht erkennen. Seine Schultern hingen schlaff herab, und sein Kopf war so geneigt, dass er fast schlafend wirkte. Alle Energie schien aus ihm gewichen zu sein.

Im nächsten Augenblick bemerkte mich Stefano.

»Alice!«

Er sah mich mit einem triumphierenden Lächeln an. Zitternd trat ich zu ihnen. Was konnte nur geschehen sein, dass sich Tobias Laune so abrupt verändert hatte?

»Tobia?«

Sanft wollte ich meine Hand auf seinen Arm legen, doch kaum hatte er meine Berührung gespürt, zog er sich zurück.

»Bitte, Alice, lass das.«

Ich sah fassungslos zu Stefano. »Was hast du ihm bloß gesagt?«

»Die Wahrheit!«

»Und die wäre?«

Tobia fragte mit gebrochener Stimme: »Ist deine Mutter an Multipler Sklerose gestorben?«

»Ja. Woher weißt du das? Und warum ist das von Belang?«

»Hast du sie drei Jahre gepflegt?«

»Ja, sogar noch viel länger – sie war jahrelang über längere Perioden bettlägerig. Aber ich verstehe nicht, wie dich das schockieren kann. Ich habe meine Mutter geliebt. Hätte ich es nicht tun sollen?«

Er schien gar nicht richtig gehört zu haben, was ich gesagt hatte.

»Und wie sieht es mit Querschnittsgelähmten und den vielen Behinderten aus, um die du dich in den letzten Jahren gekümmert hast? Bin ich nun der momentan Letzte in der langen Reihe?«

Noch immer begriff ich nicht, wovon die Rede war.

Stefano ergriff wieder das Wort. »Es geht nicht darum, ob du deine Mutter oder sonst jemanden gepflegt hast, sondern darum, dass du es genossen hast und nach hilflosen Opfern suchst.«

»Was meinst du damit?«

»Weißt du, was das Helfersyndrom ist?«

»Ja, es ist die krankhafte Sucht von Personen, die hilflose oder behinderte Menschen suchen, um ihnen zu helfen und damit eine Selbstbefriedigung zu erreichen. Sie sind …« Ich hielt mitten in meinem Satz inne.

Schlagartig dämmerte es mir, worauf Stefano und Tobia hinauswollten. Entsetzt stammelte ich: »Der Artikel!«

»Genau. Der Artikel!«

Stefano triumphierte, während Tobia niedergeschlagen neben ihm stand.

»Warum hast du Tobia nie gesagt, dass du dich an Behinderten ergötzt?« Er stieß das letzte Wort mit gespielter Verachtung aus.

»Weil es nicht wahr ist!«

Ich hätte vor Wut schreien können. Wie konnte man einen dummen Artikel, der voller Lügen war, gegen mich verwenden! Verzweifelt richtete ich mich an Tobia: »Bitte, Tobia, lass mich dir erklären.«

»Was willst du erklären, Alice?« Tobias Stimme klang kraftlos und resigniert. »Die Fakten sind offensichtlich. Du leidest unter dem Helfersyndrom und hast wieder einmal nach einem armen hilflosen Krüppel gesucht, den du bemuttern und an dem du deine kranken Fantasien ausleben kannst. Ich war nur ein passendes Opfer und nicht ein Mann, den du seiner selbst wegen ausgewählt hast.« Ein hässliches Lächeln umspielte seinen Mund. »Ist es nicht Ironie des Schicksals, dass ich immer Angst hatte, dich zu verlieren, weil ich dir zur Last werden würde.« Er stöhnte leise auf. »Dabei konnte ich dir gar nicht hilflos genug sein.«

Kraftlos suchte seine Hand nach dem Arm seines Bruders. Mit gebeugtem Kopf stammelte er mehr zu sich als an mich gerichtet: »Ich weiß nicht, wie ich jemals glauben konnte, dass ein Mann wie ich noch für eine normale Frau begehrenswert sein sollte.«

Verzweifelt versuchte ich mich ihm zu nähern.

»Tobia, aber dieser Artikel stellt alles falsch dar. Der Autor war mein Studienkollege. Er hat die Tatsachen verdreht, weil ich nicht mit ihm ausgehen und er sich an mir rächen wollte. Hör bitte nicht auf deinen Bruder! Er will uns auseinanderbringen. Er hat Angst, dass sein Einfluss auf dich durch mich schwinden könnte. Ich schwöre dir – ich habe kein Helfersyndrom!«

»Alice, gib dir keine Mühe.« Stefanos Augen waren eiskalt und ruhig auf mich gerichtet. »Tobia hat alles sehr gut verstanden. Versuche nicht, die Schuld auf mich zu schieben. Dein falsches Spiel ist hiermit beendet. Ich hatte dich gewarnt.«

Übertrieben vorsichtig nahm er den Arm seines Bruders.

»Komm, Tobia. Ich glaube, wir haben jetzt genug gehört. Lass uns nach Hause gehen.« Willenlos ließ sich Tobia zur Tür führen.

»Tobia!«

Ich rannte zur Tür und versuchte mich vor sie zu stellen, aber mit einer Kraft, die ich ihm nicht zugetraut hatte, stieß Stefano mich zur Seite. Ich stürzte zu Boden ... Fassungslos sah ich, dass Tobia nicht mal mit der Schulter zuckte, obwohl er gehört haben musste, dass ich gestürzt war.

Ich zog mich auf eines der Sofas zurück und vergrub mein Gesicht in den Kissen, um mein Schluchzen zu dämpfen und nicht das Aufsehen der anderen Gäste zu erregen.

Erschöpft vom Weinen, verließ ich um drei Uhr morgens teilnahmslos den Palazzo. Qualvoll drang die Melodie von *Don Giovanni* an mein Ohr. Ich konnte mir vorstellen, wie die jungen Venezianer den Abend bei einem Walzer ausklingen lassen würden. Ohne Stefano hätten vielleicht auch Tobia und ich endlich zusammen diesen Moment erleben können. Müde zwang ich mich, den Gedanken beiseitezuschieben und nach Hause in das Apartment der Scarpas zu wanken. Mein altes leeres Leben hatte mich wieder.

# Kapitel ❁ Elf

Die Scarpas hatten am nächsten Tag natürlich bereits erfahren, dass ich das Fest weinend verlassen hatte, und ihre Schlüsse gezogen. Signora Scarpa strotzte nur so vor Tatendrang und erfand täglich neue Aufgaben für mich. Giorgio und Frederico waren überglücklich, endlich von der langweiligen Seereise zurück zu sein, und so war es nur Signore Scarpa, der sich auffällig mit Aufträgen zurückhielt, auch wenn seine Freude über meine erneute Einsamkeit ihm deutlich anzusehen war. Mit äußerster Höflichkeit, aber auch kaum verhohlenem Spott begegnete er mir und ließ keine Gelegenheit aus, negativ von Tobia Manin zu sprechen, während er sich wohl insgeheim wunderte, warum ich nicht schon im nächsten Flugzeug nach Südafrika saß.

Ich ging auf seine Kommentare nicht ein, derweil ich nichts unversucht ließ, Tobia doch noch zu erreichen. Mehrmals schrieb ich ihm lange SMS, in denen ich versuchte, alles zu erklären, oder ich rief sein Mobiltelefon an, doch niemals antwortete er mir. Nach einigen Tagen erhielt ich die Nachricht, dass der Kunde seine Nummer geändert habe und nicht mehr erreichbar sei.

Unverdrossen nahm ich meine nächtlichen Spaziergänge wieder auf und lauschte nach den mir so bekannten Schritten, um Tobia abzupassen, doch nirgends konnte ich ihn entdecken, bis ich schließlich all meinen Mut zusammennahm und am Palazzo

Segantin klingelte. Außer einem Schatten hinter einem der oberen Fenster sah ich keine Reaktion. Das Portal blieb verschlossen. Stefano hatte ganze Arbeit geleistet.

Zum ersten Mal war ich für die vielen Aufgaben, die ich zu erledigen hatte, dankbar.

An den Abenden aber, wenn die Jungen in ihren Zimmern schliefen und Signora Scarpa die Sommerfeste, Partys am Lido oder Freilichtkonzerte genoss, lag ich in meinem Zimmer und konnte die quälenden Gedanken nicht länger unterdrücken. Immer wieder spielte sich vor meinem inneren Auge der fatale Abend im Palazzo Venturini ab. Ich konnte mir nicht verzeihen, dass ich den Einfluss von Stefano unterschätzt hatte. Bei allen Zweifeln, die ich mit Blick auf ihn hegte, hatte ich nicht geahnt, wie er das Glück seines Bruders zerstören würde. Natürlich war mir klar gewesen, dass er alles daransetzen würde, mich so schnell wie möglich loszuwerden, aber der Weg, den er gewählt hatte, war wohl der für Tobia schmerzhafteste. Ich fühlte mich in gewisser Weise mitverantwortlich für das Leiden, das er durchmachen musste. Eine Schuld, die mir umso bewusster wurde, nachdem ich im Internet den Artikel von Martin Müller noch einmal aus Tobias Perspektive gelesen hatte.

*Alice B. aus Teltow ist ein hervorragendes Beispiel für die fatalen Folgen des Helfersyndroms. Tochter einer alleinerziehenden Mutter, die früh an Multipler Sklerose erkrankte, kompensiert B. ihr schwaches Selbstwertgefühl mit der konstanten Pflege ihrer Mutter und ist auf ihre Helferrolle fixiert. Diese Rolle ist zunehmend zu einem zentralen Punkt im Leben von Alice B. geworden und führt so weit, dass sie auch sexuelle und partnerschaftliche Beziehungen nur eingehen kann, wenn der jeweilige Partner auf ihre Hilfe angewiesen ist. In rascher Abfolge sucht sie nach Beziehungen mit Behinderten und Menschen mit körperlichen Gebrechen, um diese so lange zu umsorgen, bis ihr eigenes Selbstwertgefühl dadurch gestärkt wird. Oft wird diesen Menschen Liebe vorgespielt, doch in Wahrheit geht es nicht um eine Beziehung, die auf gegenseitiger Anziehung und Achtung beruht, sondern um die bedingungslose Abhängigkeit des Hilfsbedürftigen. Bezeichnend ist hierbei, dass für B. das Helfen zur Sucht geworden ist und sie dabei versucht, ein Ideal zu verkörpern, das sie selbst in ihrer Kindheit vermisst hat. Die Partnerschaft mit einem Dialyse-Patienten wird nach dessen Heilung schnellstens durch eine Beziehung mit einem Querschnittsgelähmten ersetzt. Das Leben mit der kranken Mutter wird derart stilisiert, dass die Umgebung konstante Anerkennung für die aufopfernde Pflege bekennen muss. Vertreter dieses Syndroms gehen so weit, Menschen, mit denen sie keinerlei emotionale Verbindung haben, mit ihrem Mitleid und ihrer Hilfe zu umfangen. Diese Abhängigkeit und Bewunderung ihrer Schützlinge ist es, die für diese Menschen Glück bedeuten. Sobald diese Abhängigkeit aber durch Tod, Heilung oder andere Faktoren beendet wird, muss ein neues Opfer gefunden werden, um sich nicht nutzlos und überflüssig zu fühlen.*

Angeekelt hatte ich den Artikel beiseitegelegt. Martin Müller war ein Psychologiestudent gewesen, der ein Seminar mit mir besucht hatte und nicht hatte verstehen können, wie ich ihn, den hochintelligenten und selbstbewussten Schönling aus gutem Hause und mit fast abgeschlossenem Psychologiestudium, ignorieren konnte. Wir hatten zusammen einen Aufsatz schreiben müssen, und notgedrungen war er für eine Besprechung zu mir nach Hause gekommen und hatte meine Mutter kennengelernt. Sein Verhalten ihr gegenüber war geschmacklos gewesen. Martin hatte nicht nachvollziehen wollen, wieso ich mich so für sie aufopferte, und sogar versucht, mich davon zu überzeugen, sie in ein Pflegeheim zu geben. Halb im Spaß hatte er mir vorgeworfen, ein Helfersyndrom zu haben und mich an der Hilfsbedürftigkeit anderer zu ergötzen. Seine abschätzigen Kommentare über meine Mutter hatten mich angewidert, seine Selbstgefälligkeit und sein Pseudowissen hatten mich davon überzeugt, dass ich ihn so schnell wie möglich loswerden musste. Daher war mir eine Idee gekommen, die mir damals als harmloser Streich erschienen war. Ich hatte meinen alten Schulfreund Oliver angerufen und ihn um einen Gefallen gebeten. Oliver hatte sich ein paar Jahre zuvor bei einem Unfall die Wirbelsäule gebrochen und saß seitdem im Rollstuhl. Vor seinem Unfall waren wir enge Freunde gewesen, doch hatten sich seither unsere Wege getrennt, da er auf eine rollstuhlgerecht eingerichtete Schule geschickt worden war, und so sahen wir uns in den folgenden Jahren nur ab und zu beim Einkaufen in der Stadt. Ich war dabei oft in Begleitung meiner Mutter, die ebenfalls auf den Rollstuhl angewiesen war, und vielleicht war es eben diese Tatsache, die weiterhin ein ungezwungenes Verhältnis zwischen Oliver und mir ermöglicht hatte. Denn während andere ehemalige Klassenkameraden ihm aus dem Weg gingen und peinlich berührt beiseitesahen, freute ich mich über jede Begegnung. Nachdem ich Oliver also den Vorfall und meinen Plan geschildert hatte, war Oliver sofort bereit mitzumachen.

Zwei Tage später arrangierte ich ein Treffen mit Martin in einem Café nahe der Uni. Als Vorwand gab ich an, noch ein paar Fragen wegen unseres Aufsatzes zu haben und seine Hilfe zu benötigen. Natürlich willigte er geschmeichelt ein, und so saßen wir ins Gespräch vertieft bei unseren Apfelschorlen, während seine Annäherungsversuche immer plumper wurden. Plötzlich näherte sich der bestellte Oliver und rollte an unseren Tisch, um mich mit einem Kuss zu begrüßen.

»Hallo, mein Schatz, bist du immer noch mit dem Aufsatz beschäftigt?«

Freudig umarmte ich ihn und stieß Überraschung vortäuschend hervor: »Oliver, was machst du denn hier? Wir waren doch erst für heute Abend verabredet.« Ich drehte mich zu Martin um. »Darf ich vorstellen: Das ist Oliver, mein Freund, und das ist«, ich deutete auf Martin, »ein Kommilitone aus der Uni, der so freundlich ist, mit mir einen Aufsatz für das Seminar, von dem ich dir erzählt habe, zu schreiben.«

Martin sah mich verwundert an. Natürlich hatte ich Oliver nie zuvor erwähnt. Mein Ruf als Einzelgängerin war an der Uni weithin verbreitet. Er schien auf eine Erklärung zu warten, und ich kam nicht umhin, eine kleine Geschichte nachzuschieben.

»Oliver und ich sind erst seit ein paar Wochen zusammen. Ich wollte es nicht an die große Glocke hängen, weil ich mich doch gerade erst vor drei Monaten von Ronald getrennt habe, nachdem er endlich seine Spenderniere erhalten hat.«

Verdutzt sah mich Martin an, während ich fortfuhr.

»Ronald lebt in Hamburg, und ich konnte natürlich auch wegen meiner Mutter nicht ständig bei ihm sein. Aber das ist ja jetzt auch egal.« Übertriebene Heiterkeit spielend, griff ich nach Olivers Hand. »Jetzt sind Oliver und ich ja ein Paar. Oliver braucht meine ganze Aufmerksamkeit.«

Oliver musste sich ein Lachen verkneifen, doch er machte seine Sache ebenfalls gut und erwiderte meinen schmachtenden Blick glaubwürdig genug. Auf Martins Gesicht jedoch spiegelte sich absolutes Entsetzen.

Kurz angebunden hatte er seine Schorle geleert und sich dann recht bald entschuldigt. Oliver und ich waren zurückgeblieben, hatten noch ein paar Minuten den gemeinsamen Erfolg genossen und uns über Martins Blicke amüsiert.

Für mich war damit der Fall abgeschlossen gewesen. Mein Ziel war erreicht: Ich hatte Martin klargemacht, dass ich an ihm nicht interessiert war. Meinen Aufsatz hatte ich, nachdem Martin kommentarlos das Seminar verlassen hatte, mit einem anderen Kommilitonen verfasst. An Martin hingegen schien die Geschichte irgendwie genagt zu haben. Keine vier Monate später hatte er mich zum Gegenstand seiner Fallstudie für diesen Artikel gemacht.

Ich hatte dem damals keine weitere Aufmerksamkeit geschenkt. Und wie hätte ich ahnen sollen, dass mir eine solch eindeutige Verleumdung lange Zeit später zum Verhängnis werden würde?

Und auf einmal kamen mir auch Zweifel. Zweifel, ob am Ende nicht doch Stefano recht gehabt haben und ich wirklich eine kranke Psyche haben könnte. Zweifel, ob ich nicht wirklich am Helfersyndrom litt. Warum sonst sollten die beiden wichtigsten Menschen in meinem Leben hilfsbedürftig gewesen sein? Und wieso nur hatte ich damals einen solchen Spaß an diesem Spiel mit Martins Emotionen gehabt? Ich versuchte alles zum Thema zu lesen, was ich nur ergattern konnte und so objektiv wie möglich zu kontrollieren, ob ich einem Schema entsprach. Aber sosehr ich auch suchte, ich konnte zu meiner Erleichterung keinerlei Anhaltspunkte ausmachen. Ganz im Gegenteil, während meiner Recherchen wurde mir immer bewusster, dass ich weder meine Mutter noch Tobia jemals als hilflos empfunden, sondern stattdessen ihrer Hilfe bedurft hatte.

So gebrechlich meine Mutter physisch gewesen war, so stark war ihre Psyche geblieben. Sie hatte sich durch nichts im Leben von ihrem Standpunkt abbringen lassen und mich in allen Situationen aufgefangen und zu der unabhängigen Persönlichkeit geformt, die ich heute war. Bei all meinen Vorwürfen, die ich ihr – in Bezug auf ihre Entscheidung zu meinem Vater und mir – gemacht hatte, hatte sie nie gewankt und war immer positiv geblieben. Und erst jetzt, nachdem ich Tobia kennengelernt hatte, wusste ich, wie recht sie gehabt hatte und was für eine starke und weise Frau sie immer gewesen war. Nein, meine Mutter war nie mein Opfer gewesen, sondern mein Trost und meine Zuflucht.

Und auch Tobia war nicht der hilflose Krüppel, als der er sich so oft darstellte. Erstaunt erkannte ich, dass nicht er meiner Hilfe bedurft hatte, sondern ich der seinen. Ja, vielleicht musste ich ihn führen oder aus seinem Portemonnaie zahlen, aber was war das gegenüber der Veränderung, die er an mir vollzogen hatte? Bevor ich ihn kennengelernt hatte, hatte ich in meinen Büchern gelebt, hatte nicht gewagt, meine Träume zu verwirklichen oder zu glauben, dass sie Wirklichkeit werden könnten. Ich war ein Zombie gewesen, der funktionierte, aber nicht selbst, sondern in den Fantasien anderer lebte. Blind für das Leben und meine eigenen Talente und Wünsche. Er aber hatte mir zugehört, hatte mir bewusst gemacht, welche Schätze auch in mir schlummerten, und mir gezeigt, wie lebenswert auch die Realität sein konnte.

Wenn ich also wirklich auf der Suche nach Opfern gewesen wäre, wenn mich wirklich das Gefühl der Abhängigkeit treiben würde, so hätte ich mir wohl weniger starke und selbstständige Persönlichkeiten aussuchen sollen.

Endlich begann ich, zu versuchen, Tobia zu vergessen – auch wenn ich wusste, dass es mir nicht gelingen würde – und eine Entscheidung über mein zukünftiges Leben zu treffen. Plötzlich fiel mir auch wieder mein Vater ein. Ich nahm die Visitenkarte von Piatti hervor, die Signore Scarpa mir an jenem verhängnisvollen Abend gegeben hatte. Der Gedanke, diesen Mann, der meine Mutter so im Stich gelassen hatte, endlich kennenzulernen, war nicht so verlockend, wie erwartet. Nein, was mich anzog, war die Aussicht, Venedig verlassen zu können. Jede Brücke, jeder Kanal und die unzähligen Ecken dieser Stadt erinnerten mich jeden Tag an Tobia. Und auch wenn ich die Stadt liebte und insgeheim die

Hoffnung hegte, Tobia doch noch wiederzusehen, so fragte ich mich, ob es nicht besser wäre, die Erinnerungen hinter mir zu lassen und ein neues Leben zu beginnen. Ein Leben mit einem Menschen, der mir vielleicht wichtiger war, als ich wahrhaben wollte, und der mein einziger noch lebender Verwandter war. Aber sobald ich an diesen Punkt meiner Überlegungen kam, verdunkelten sich meine Gedanken. Ich konnte nur Verachtung für diesen Mann aufbringen, und es wäre mir als Verrat an meiner Mutter erschienen, diesen Ausweg zu suchen. All die Jahre hatte er sich nicht um uns gekümmert, hatte in Saus und Braus gelebt, und nun erwartete er, weil er bald sterben würde, dass ich ihm vergab und anreisen würde, um die liebende Tochter an seinem Sterbebett zu spielen. Diesen Triumph würde ich ihm nicht gönnen. Daher steckte ich die Visitenkarte wieder weg und ergab mich meinem Leben bei den Scarpas.

Drei Wochen waren verstrichen, als ich eines Abends meinen elektronischen Briefkasten auf dem Computer aufmachte und eine E-Mail von Elena Arruda vorfand. Zitternd klickte ich sie an.

> *Liebe Frau Breuer,*
> *Ich danke Ihnen für Ihre E-Mail. Entschuldigen Sie bitte, dass meine Antwort etwas verspätet kommt, aber momentan ist Hochsaison auf unserer Insel. Ich musste doch erst einmal kurz in meinen Akten suchen.*
> *Sie haben recht: Ein gewisser Fernando Lerú hat bei uns ein Maklerheft betreut, aber leider mussten wir uns von ihm trennen. Was aus ihm*

*geworden ist, weiß ich nicht, aber ich habe bei meiner Recherche zufällig ein Foto gefunden, das wir damals bei unserem Sommerfest aufgenommen haben. Vielleicht hilft Ihnen das ja. Ich habe es angehängt.*

*Mit freundlichen Grüßen*
*Elena Arruda*

Ich drückte auf den Anhang, der sich vor meinen Augen öffnete. Ein Foto zeigte ungefähr zehn Personen, die, nur mit Badeanzügen und Bikinis bekleidet, an einer Strandbar lachend in die Kamera sahen. Mein Blick glitt über die Gesichter, es war nicht schwer, Fernando, an dessen Bild ich mich aus dem Zeitungsartikel der *Los Angeles Times* noch gut erinnerte, wiederzuerkennen. Seine schwarzen Haare lagen nass an seinem Kopf an, er war ein paar Jahre jünger, aber die wuchtige Nase, das vorstehende Kinn und die großen dunklen Augen hätte ich nicht verwechseln können. Mein Blick glitt weiter. Schon das nächste Gesicht ließ mich erstarren. Locker den Arm um Fernando gelegt, stand Stefano Prode da, Tobias Bruder.

In dieser Nacht schlief ich schlecht. Ein Alptraum peinigte mich. Stefano verfolgte mich mit einem riesigen Gewehr, und nach einer ewig scheinenden Flucht versank ich in einem großen Sandhaufen, während jemand, der eine große schwarze Kappe trug, verzweifelt versuchte, den Sand mit seinen Händen wegzuschaufeln. Als mich schließlich der Wecker aus meinem Traum befreite, stolperte ich in Schweiß gebadet in die Dusche.

In nur wenig besserer Verfassung kam ich in die Küche, um das Frühstück vorzubereiten. Erstaunt sah ich, dass sich ausnahmsweise alle Scarpas schon am Tisch eingefunden hatten. Sogar Signora Scarpa saß in einem dünnen Sommerkleid vor dem offenen Küchenfenster, wo sie sich Luft zufächelte. Signore Scarpa war ganz in eine Zeitung vertieft, und die Jungen waren mit ihren Gameboys beschäftigt. Nachdem ich Toast und Kaffee sowie die Cornflakes und einen Obstsalat vorbereitet und auf den Tisch gestellt hatte, setzte auch ich mich, um eine Banane zu essen. Doch kaum hatte ich den ersten Bissen genommen, als Signore Scarpa seine Zeitung abrupt auf den Tresen warf und freudestrahlend verkündete, was er bei der Benefizveranstaltung am Abend zuvor gehört hatte.

»Ihr werdet es nicht glauben, aber endlich sind wir diesen Manin los.«

Ich sah auf.

»Gestern Abend hat mir Ernesto Bianchi vom Yachtclub erzählt, dass Manin ein Umzugsunternehmen angeheuert hat und übernächste Woche ausziehen will.«

Er strahlte und sah in meine Richtung, als ob er sich vergewissern wollte, dass ich die Nachricht auch verstanden hatte. Mein Magen fühlte sich flau an, und ich spürte, dass ich nicht länger am Tisch sitzen konnte.

»Bitte entschuldigen Sie mich.«

Achtlos legte ich meine Serviette auf den Tisch und verließ eilig das Zimmer. Hinter mir hörte ich Signore und Signora Scarpa tuscheln.

Am liebsten hätte ich mich auf das Bett geworfen und hemmungslos geweint, aber nach all den Wochen der Sorge und Trauer war ich unfähig, etwas anderes als ein dumpfes Gefühl der Ohnmacht zu verspüren. Vielleicht war es dieses tiefe Gefühl des Verlustes, das Tobia an den Abenden auf der Loggia verspürt hatte, als ich ihn zum ersten Mal gesehen hatte. Schmerzhaft wurde mir bewusst, dass ich dabei war, in Ansätzen nachzuempfinden, was er befürchtet haben musste. Wenn Verlust sich so anfühlte, war es vielleicht wirklich besser, nie besessen zu haben? Wäre es nicht besser gewesen, Tobia niemals kennengelernt zu haben, nie nach Venedig gekommen zu sein?

Nachdem ich mich einigermaßen gefasst hatte, kehrte ich ins Stockwerk der Scarpas zurück, wo ich Signore Scarpa im Flur beim Packen seiner Aktentasche antraf.

»Alice.«

»Ja, Signore Scarpa.«

Ich stellte mich auf einen dummen Kommentar von ihm ein, doch er erwähnte die Frühstücksszene mit keinem Wort, sondern bat mich, nach Padua zu fahren, um dort eine wichtige Akte bei einem Kollegen abzuholen. Die Kinder würden den Tag bei den Brancas verbringen. Ich könnte mir also Zeit lassen.

Für einen kurzen Augenblick überlegte ich, ob Signore Scarpa nicht doch ein schlechtes Gewissen bekommen hatte und mich nur ein wenig ablenken wollte oder ob es wirklich um die Akte ging. Aber im Grunde war es mir egal, denn das einzig Wichtige war, aus der Stadt zu kommen. Gerne willigte ich ein, und als ich später im Zug saß, genoss ich die Bahnfahrt weg von Venedig und Tobia und all den Erinnerungen.

Aber schon am Abend, als ich in das leere Haus

und mein von der Sonne aufgeheiztes Zimmer zurückkehrte, war es wie eine Heimkehr in die Vergangenheit. Bedrückt öffnete ich die Fenster und betrat den Altan. Im ausklingenden Licht dieses heißen Julitages konnte ich die mir vertraute Aussicht auf Hunderte von Kaminen und Antennen, das Sammelsurium der Dachziegel und die unendlichen Variationen von Farben und Formen, die diese Stadt ausmachten, wahrnehmen, aber sie beglückte mich nicht mehr. Der Tag in Padua hatte mir klargemacht, dass die Welt jenseits der Lagunenbrücke nicht stehengeblieben war, ich aber etwas nachtrauerte, was es so nie wieder geben konnte. Langsam schloss ich die Augen und atmete tief ein. Was würde ich machen? Tobia war dabei, die Stadt zu verlassen. Vielleicht war er auch schon fort. Es war wahrscheinlich, dass ich ihn nie wieder treffen würde, und es ängstigte mich zu wissen, dass Tobia den Rest seines Lebens an der Seite eines Mannes verbringen würde, der ihn möglicherweise zum Krüppel gemacht hatte. Aber wie sollte ich Tobia warnen, wenn er jeden Kontakt unterband, und würde ich ihn überzeugen können? Auch die Polizei würde mir wohl kaum nur auf Grund eines Fotos und einiger nebulöser Verdächtigungen glauben. Für sie war der Fall abgeschlossen. Nein, ich hatte keine Chance. Ich konnte nicht mehr in Venedig bleiben, wenn ich nicht in Depressionen verfallen wollte. Vielleicht würde mein alter Chef mich wieder anstellen? Und das Apartment in Teltow war nur untervermietet.

Müde öffnete ich meine Augen und wollte gerade wieder ins Innere gehen, um mir ein Kündigungsschreiben für die Scarpas zu überlegen, als mein Blick auf Tobias leere Loggia fiel. Verlassen lag die

Balustrade in ihren Ockertönen und mit dem weißen Marmorabsatz im Abendlicht vor mir. Plötzlich durchzuckte mich ein Einfall. Was hätte meine Mutter in einem solchen Augenblick getan, wenn sie noch im Vollbesitz ihrer Kräfte gewesen wäre? Wenn der Mensch, den sie am meisten liebte, keine sechs Meter von ihr entfernt sein Glück nicht ergriff? Wenn dieser Mensch vielleicht in Gefahr schwebte und nie die Wahrheit über seinen Bruder erfahren würde?

Mit einem Schlag wusste ich, was sie gemacht hätte. Ich sprang auf und kletterte langsam über das Gitter. Koste es, was es wolle, ich musste Tobia ein letztes Mal sehen. Es waren lediglich ein paar Schritte, die ich zu überwinden hatte, das Ende unseres Daches, wenige Meter auf dem direkt angrenzenden Dach der Rossi und dann nur ein kurzer Schritt, kein Meter, um auf das Dach des Palazzo zu gelangen. Mit ein wenig Geschick sollte es nicht sonderlich gefährlich sein. Die Dächer waren nicht steil, so dass ich über den Dachfirst klettern konnte, was bedeutete, dass ich mich zu beiden Seiten abstützen könnte, falls ich mich unsicher fühlte. Vorsichtig setzte ich meinen rechten Fuß auf die ersten Ziegel, die bedenklich knirschten. Wie alt mochten sie sein, würden sie nicht durchbrechen?

Schnell trat ich mit dem zweiten Fuß auf, um das Gewicht besser zu verteilen. Jeden Schritt sorgfältig vor den anderen setzend, bewegte ich mich in Zeitlupe voran, bis ich vor der Loggia stand. Kurz dachte ich daran, was ich wohl geantwortet hätte, wenn man mir vor vier Monaten gesagt hätte, dass ich für einen Mann einen Sturz aus zwanzig Meter Höhe riskieren würde. Mit einem Schwung, den ich mir selbst nicht zugetraut hatte, überwand ich die Balustrade.

Ich stand nun da, wo ich Tobia das erste Mal gesehen hatte. Zärtlich berührte ich den Stuhl, auf den er sich gesetzt hatte. Es schien eine Ewigkeit her zu sein.

Dann wandte ich mich der Tür zu. Angst stieg in mir auf – wie groß war die Chance, dass die Tür nicht verschlossen war? Und selbst wenn sie offen war, was würde mich im Palazzo erwarten? Geo würde mich kaum angreifen, er kannte mich zu gut, aber gab es eine Alarmanlage, und würde man meine Aktion nicht als Einbruch bezeichnen? Entschlossen schob ich die Gedanken beiseite und drückte zitternd die Türklinke herunter. Überrascht stellte ich fest, dass mir die Tür entgegenschwang. Sie war tatsächlich nicht verschlossen gewesen.

Ich trat ein und fand mich in einem dunklen Treppenaufgang wieder. Vorsichtig und ohne den Lichtschalter zu betätigen und damit Aufmerksamkeit auf mich zu lenken, schritt ich die Treppe hinunter, bis ich zu einem Flur kam, der zu den Schlafzimmern führen musste. Mein Puls raste. Langsam trat ich auf den Flur, der ebenso dunkel war wie der Gang zuvor. Alle Vorhänge und Fensterläden waren geschlossen und ließen keinerlei Licht in das Innere des Palazzo. Da ich die Canal-Grande-Seite rechts vermutete und wohl an dieser Seite auch Tobias Zimmer liegen würde, entschied ich mich abzubiegen.

So leise ich konnte, schlich ich zu einer Tür, die leicht offen stand. Wieder herrschte Dunkelheit, aber erfreut stellte ich fest, dass von irgendwoher ein Lichtschimmer zu erkennen war. Als ich mich fast an der Tür befand, bemerkte ich, dass der Schein von einem Computer herrührte, der auf einem großen Tisch stand und das Zimmer in ein grünliches Licht tauchte. Hinter diesem Computer saß Tobia, ganz konzentriert darauf, was die leise Computerstimme ihm vorlas. Ich blieb erstarrt stehen. Erschrocken stellte ich fest, dass ich mir während meiner spontanen Aktion bisher nicht überlegt hatte, was ich Tobia sagen wollte. Aber wie lange konnte ich hier stehenbleiben, ohne dass ich mich verraten würde?

In diesem Augenblick hob Tobia den Kopf und lauschte in meine Richtung.

»Wer ist da?«

Sein Gesicht war angespannt. Ich konnte tiefe Augenringe erkennen, während er sich aus dem Stuhl, auf dem er gesessen hatte, erhob und tastend nach seinem Blindenstock griff.

»Ich bin es.«

Nie hätte ich mir den Effekt meiner Stimme so ausmalen können. Tobias Haltung änderte sich schlagartig. Die Spannung, die ihn erfasst hatte, fiel von ihm ab und wandelte sich in einen Ausdruck der Freude.

»Alice?«

Meine Stimme zitterte. »Bitte entschuldige mein Kommen, aber ich war mir nicht sicher, ob man mich auf normalem Wege hereingelassen hätte.«

»Wie bist du denn hereingekommen? Es ist außer mir gar niemand im Haus, der dich hereinlassen könnte.«

»Über das Dach.«

»Über das Dach! Bist du wahnsinnig! Du hättest herunterfallen können.«

»Ich war vorsichtig.«

»Warum hast du das getan?«

»Ich wollte dich noch einmal sehen.«

»Du hast davon gehört?«

»Ja. Du verlässt Venedig.«

Er nickte.

»Warum?« Ich konnte die Trauer in meiner Stimme nicht verbergen.

»Bitte setz dich.«

Er deutete in eine Ecke des Zimmers, aber im schummrigen Licht des Computers konnte ich nur die unmittelbar in nächster Nähe gelegenen Gegenstände sehen.

»Darf ich das Licht anmachen?«

»Aber natürlich.«

Ich trat an den Lichtschalter und legte ihn um. Sofort wurde der Raum in das warme Licht eines altertümlichen Bronzeleuchters getaucht, der von der stuckverzierten Decke baumelte. Ich sah mich um. Soweit ich auf den ersten Blick erkennen konnte, befand ich mich in einem großen Zimmer, das in der Mitte von einem Arbeitstisch beherrscht wurde, auf dem mehrere Computer standen, von denen aber nur einer eingeschaltet war. In einer Ecke befand sich ein eher spartanisches Einzelbett, dessen Laken zerwühlt waren. Mein Blick glitt weiter, und ich erkannte, dass sich in einer anderen Ecke eine braune Ledercouch und zwei dazugehörige Sessel befanden. Ansonsten konnte ich nur noch einen Kleiderschrank und ein überdimensionales Bücherregal ohne Bücher, dafür mit Hunderten von CDs erkennen. Alles wirkte sehr bescheiden und einfach, verglichen mit dem Luxus, der sonst im Palazzo herrschte.

»Du denkst sicher, dass dieses Zimmer nicht zum Rest, den du bisher gesehen hast, passt. Aber Stefano hat das meiste ausgewählt, was im Palazzo steht, nur dieses Zimmer habe ich allein eingerichtet. Einige der Gegenstände, wie zum Beispiel die Couch und das Bücherregal, hatte ich schon vor Malibu, deshalb wusste ich auch, wie sie aussahen. Ich wollte mich in diesem Raum wohlfühlen. Bitte entschuldige die Unordnung. Ich bin Besuch nicht gewöhnt.«

»Wo ist Stefano?«

»Er kommt erst morgen Mittag, um mir beim Packen zu helfen.«

»Und Geo?«

Sein Gesicht verdunkelte sich. »Geo ist beim Tierarzt. Er hat irgendwo Gift gefressen. Tagelang hat er auf der Kippe zwischen Leben und Tod gestanden, aber nun geht es ihm besser.«

»Das tut mir leid.«

Mit Schrecken dachte ich daran, wie hilflos Tobia ohne den Hund war. Ich begriff, dass er wohl auch deshalb das Haus nicht mehr verlassen hatte. Kein Wunder, dass ich ihn nicht entdeckt hatte. Langsam und vorsichtig bahnte ich mir einen Weg über die sorgfältig verlegten und mit Folie auf den Marmorboden verklebten Kabel der Computer. Mir fiel auf, dass alle Möbel im rechten Winkel zueinander standen, damit Tobia sich zurechtfand.

Ich hatte das Sofa erreicht und legte eine Wolldecke zur Seite, um mich setzen zu können. Tobia nahm mir gegenüber auf einem Sessel Platz. Eine Pause entstand. Ich wusste nicht, was ich sagen sollte.

»Tobia?«

»Ja?«

»Es tut mir so leid.«

»Was?«

»Dass es vorbei ist, bevor es angefangen hat. Ich vermisse dich schrecklich.«

Er seufzte laut.

»Ich dich auch.«

»Können wir dann nicht noch einmal von neuem beginnen?«

Sein Lächeln gefror.

»Ich kann keine Beziehung eingehen, in deren Mittelpunkt Mitleid und nicht Liebe steht. Ich liebe dich, Alice, und es zerreißt mir das Herz, hier neben dir zu sitzen und zu wissen, dass wir nicht mehr zusammen sein können, aber ich möchte nicht deine Pflege, sondern deine Liebe.«

»Tobia, ich möchte nicht deine Pflegerin sein, und wenn du auch nur einen Augenblick objektiv wärest, wüsstest du, dass du keine brauchst. Wenn ich wirklich ein Helfersyndrom hätte, wärest du der Letzte, den ich mir ausgesucht hätte.«

»Aber du hast mir nachgestellt. Warum hättest du das getan, wenn nicht aus Mitleid? Stefano hat mir den Artikel vorgelesen. Du leidest am Helfersyndrom und suchst nach Opfern.«

»Tobia, dieser Artikel wurde von einem Mann geschrieben, den ich vor den Kopf gestoßen habe. Ich habe vor dir nie eine Beziehung mit einem Behinderten gehabt. Und dass ich mich um meine Mutter gekümmert habe, ist ja wohl zu verstehen? Du sagst, ich hätte dir nachgestellt. Ist es das, was Stefano mir vorwirft?

Es ist wahr, dass ich mich in dich verliebt habe und wissen wollte, wer du bist, aber ich hätte nie etwas getan, um mich dir zu nähern, weil ich damals eine viel zu große Angst hatte, mich auf eine Beziehung einzulassen.«

Meine Gedanken schweiften ab, zu diesen ersten Nächten, in denen ich Tobia begegnet war.

»Erinnerst du dich nicht, wie ich dich immer beobachtet, aber nie angesprochen habe? Weißt du nicht mehr, dass du es warst, der den ersten Kontakt gesucht hat? Und war es nicht deine Idee, Venedig gemeinsam anzusehen und die Scarpas wegzuschicken? Wenn du nur einmal nicht auf deinen Bruder hören würdest, müsste dir klarwerden, dass ich dir bisher nie nachgestellt habe.«

Erneut näherte ich mich ihm und nahm meinen Mut zusammen. Meine Stimme wurde fester.

»Aber um es ganz eindeutig zu sagen: Heute übernehme ich die Initiative! Ich komme zu dir, weil ich weiß, dass ich es den Rest meines Lebens bereuen würde, zu wissen, dass ich nicht bis zuletzt um dich gekämpft habe.«

Tränen stiegen mir in die Augen, aber meine Stimme blieb entschlossen. Hoffnung war in mir aufgekeimt und gab mir Kraft fortzufahren. Tobia hatte seine Stirn in Falten gelegt, wie er es immer tat, wenn er aufmerksam zuhörte. Seine Hände lagen ruhig auf seinen dunkelblauen Jeans.

»Ich liebe dich, Tobia. Ich liebe einen Mann, der meine Fähigkeiten erkannt hat, der mich versteht und mir zuhört und der nicht an oberflächlicher Schönheit interessiert ist. Ich liebe einen Mann, der weiß, was ich denke, bevor ich es ausspreche, einen Mann, der das Leben so sieht wie ich, weil sein Herz sehen kann.«

Der Raum begann vor meinen Augen zu verschwimmen, da Tränen nun meine Wangen herabliefen. Fast wie in Trance hörte ich meine eigene Stimme.

»Du hast recht – dein Geld kann mich nicht halten, weil es schnell zur Gewohnheit wird und man gegenüber den Annehmlichkeiten, die man erkaufen kann, abstumpft, so wie es bei Giuliemo Fernandi und seinesgleichen der Fall ist. Was mich hält, ist nicht das Geld, sondern deine Nähe zu spüren, dein Lachen zu hören und mit und für dich die Welt zu erfahren. Glaubst du nicht, dass das eine Basis für eine wahre Partnerschaft ist?«

Mit meinem Handrücken wischte ich die Tränen aus meinen Augen und sah endlich, dass auch Tobia zu weinen begonnen hatte. Doch noch immer saß er kerzengerade und abwartend auf dem Sessel.

Entschlossen ließ ich mich auf den Knien vor ihm nieder, um seine Hände in die meinen zu nehmen. Sein Kopf senkte sich, und ich sah, wie er mit sich selbst kämpfte. Insgeheim erwartete ich, wieder zurückgestoßen zu werden. Doch abrupt nahm er meine Hände an seinen Mund und begann sie mit Küssen zu bedecken.

Immer näher rückte sein Kopf an mich heran – er küsste die Arme, die Schultern, meinen Hals, mein Kinn, und endlich fand sein Mund den meinen.

# *Kapitel* ❁ Zwölf

Das Läuten der nahen Kirchenglocken weckte mich am nächsten Morgen. Für einen Augenblick wusste ich nicht, wo ich mich befand. Ich bemerkte, dass ich, nur von einem dünnen Laken bedeckt, auf einer Couch lag. Erstaunt sah ich auf. Tobia saß, in einen Bademantel gehüllt, auf dem Sessel vor mir. Ein versonnenes Lächeln lag auf seinem Gesicht.

»Guten Morgen.«

Tobia musste bemerkt haben, dass ich aufgewacht war.

»Guten Morgen.«

Verschlafen strich ich mir die Haare aus dem Gesicht. Ich konnte nicht fassen, was in der letzten Nacht passiert war. Hätte ich mir je vorstellen können, dass Sex sich so großartig anfühlen konnte?

»Danke.«

»Wofür?«

»Für diese Nacht.«

Er lachte. »Aber ich habe zu danken. Beinahe hätte ich den dümmsten Fehler meines Lebens begangen.«

»Und was wäre das gewesen?«

»Ohne dich abzureisen.«

»Dann bist du dir jetzt sicher?«

»Sicher? Ich weiß, dass ich noch niemals solch eine Nacht mit jemandem verbracht habe. Es war wunderschön.«

Ich legte mich wieder zurück auf die Couch und sah nach oben, so wie ich es so oft in meinem Bett bei den Scarpas getan hatte. Aber nun war ich nicht in meinem kleinen Zimmer, allein mit meinen Tagträumen. Ich war bei dem Mann, den ich mehr als alles andere begehrte und der mir noch gestern unerreichbar erschienen war. Und doch, mit den nächsten Momenten kehrte eine nagende Furcht zurück.

»Was wird passieren, wenn Stefano zurückkommt?«

Tobia seufzte, setzte sich vorsichtig neben mich und begann, mir über das Haar zu streichen.

»Es ist so traurig, dass sich die beiden Menschen, die ich am meisten in dieser Welt liebe, nicht mögen. Ich werde mit Stefano reden und ihm erklären, dass er dich falsch eingeschätzt hat.«

Fröstelnd zog ich das dünne Laken enger um mich.

»Tobia, wieso traust du deinem Bruder so sehr?«

»Er hat mir damals in Malibu das Leben gerettet und mich seitdem unzählige Male aus meinen tiefen schwarzen Löchern geholt. Bitte verzeihe ihm. Mir zuliebe.«

Ich sah den traurigen, besorgten Ausdruck auf seinem Gesicht, seine Angst, dass ich ihn zwingen könnte, sich zwischen seinem Bruder und mir zu entscheiden. Wie nur konnte ich ihm sagen, dass das, was ich dachte, nicht nur eine solche Entscheidung nötig machen, sondern sogar das Ende seiner Bewunderung für Stefano bedeuten würde. Dass es wahrscheinlich war, dass sein Bruder einen Mann angeheuert hatte, um ihn ermorden zu lassen.

Ich spielte für einen kurzen Moment mit dem Gedanken, ihm von Elenas E-Mail und der Tatsache, dass Lerú und Stefano sich kannten, zu erzählen. Verwarf die Idee dann aber wieder, weil ich diesen Moment nicht zerstören wollte. Und so sagte ich nur: »Ich werde mein Bestes tun, aber ich bitte dich, dass du Stefano nicht mehr bedingungslos vertraust und du ihm nie mehr erlaubst, dass er noch einmal einen Keil zwischen uns treibt.«

Tobia ließ seine Hände von meinem Gesicht gleiten und lehnte sich zurück.

»Alice, wieso nur traust du meinem Bruder so wenig? Stefano liebt mich mehr als sein eigenes Leben. Er hat sich damals dem Einbrecher entgegengestellt, um mich zu verteidigen. Er hat alles getan, um mich zu retten, obwohl er mein Alleinerbe gewesen wäre.«

Ich schluckte. Tobia hatte recht – Stefano hatte ihn gerettet, und es blieb die Frage, warum er es getan hatte, wenn er vorher Lerú angeheuert hatte.

»Über das, was damals in Malibu passiert ist, will ich heute nicht spekulieren, Tobia, aber ich bin mir sicher, dass Stefano mich nie und nimmer akzeptieren wird. Stefano hat viel zu verlieren. Er wird alles tun, um mich loszuwerden.«

Ich setzte mich erneut auf und griff nach Tobias Hand.

»Ist dir nie aufgefallen, dass er jetzt alles hat, was du vorher hattest? Er ist Chef deiner Firma, hat deine Autos, Wohnungen und vollen Zugang zu deinem Geld. Er ist der Starke in eurer Beziehung, weil du von ihm abhängst. Er hat durch deine Erblindung enorm profitiert, und ich bin nun für ihn eine

Gefahr, weil er denkt, dass ich seine Rolle übernehmen werde.«

»Wie kannst du so etwas sagen?«

Tobia war bleich geworden und entzog mir seine Hand.

»Weil ich mir sicher bin. Vertraue mir, Tobia!«

»Verlangst du von mir, dass ich meinen Bruder aus meinem Leben verstoße? Ist es das, was du wünschst, Alice?«

Ich konnte spüren, welche Angst er vor meiner Antwort hatte.

Liebevoll nahm ich erneut seine Hand, und er ließ zu, dass ich sie vorsichtig streichelte.

»Nein, ich erwarte nicht, dass du Stefano aus deinem Leben verstößt, so wie er es mit mir gemacht hat, und ich verstehe, dass du ihm dankbar bist, aber lass mich nur eins sagen ... Wenn ich in Stefanos Augen blicke, sehe ich keine Liebe. Seine Augen sind kalt und herzlos. Doch lass uns ein anderes Mal die Sache bereden. An diesem wunderschönen Tag möchte ich uns die Stimmung nicht verderben.«

»Wenn wir von Menschen sprechen, denen wir nicht vertrauen, würde auch ich dich gerne um einen Gefallen bitten, Alice.«

Ich sah ihn überrascht an.

»Bitte kündige bei den Scarpas und zieh bei mir ein. Ich möchte dich nicht mehr mit irgendjemand teilen müssen.«

Ich lachte. »Natürlich, aber bist du nicht dabei auszuziehen?«

Er wurde ernst. »Ich hatte vor, Venedig zu verlassen, um nicht mehr an dich denken zu müssen, weil alles mich an dich erinnert hat. Nun liegen die Dinge anders. Würdest du gerne bleiben?«

Mein Herz stockte – es war das erste Mal, dass Tobia mir die Möglichkeit gab, eine Entscheidung zu treffen.

»Das kommt darauf an.«

»Auf was?«

»Wohin du gehst. Ich weiß nur, dass du abreist, aber nicht wohin.«

Er schmunzelte.

»Ich merke, dass du wenigstens das Gedankenlesen noch nicht beherrschst. Ich hatte vor, mich wieder mehr um meine Firma zu kümmern und zurück nach San Francisco zu gehen. Würdest du mitkommen?«

Wie gerne hätte ich sofort eingewilligt und meine Koffer gepackt, doch mein Balanceakt über das Dach hatte mir bewusst gemacht, dass man etwas wagen musste, auch wenn es den eigenen Stolz verletzte.

»Tobia, ich komme gerne mit dir, aber vorher muss ich noch etwas erledigen.«

»Und das wäre?«

»Ich muss einen Mann sehen.«

Tobia wurde bleich und entzog mir mit einem Ruck seine Hand.

»Es gibt noch jemanden in deinem Leben?«

»Keine Sorge, er ist keine Konkurrenz für dich. Es ist mein Vater. Er ist nach all diesen Jahren wieder aufgetaucht und ist in Südafrika ein reicher Mann geworden, der mich sehen möchte, weil er krank ist und bald sterben wird.«

»Und du wirst zu ihm gehen?«

»Lange meinte ich, dass ich es nicht tun würde. Er hat sich nie um meine Mutter und mich gekümmert, und jetzt, wo er im Sterben liegt, vermute ich, dass er wohl meine Absolution für seine Versäumnisse will. Diesen Gefallen wollte ich ihm eigentlich nicht tun, aber …« Ich verstummte.

»Und was hat deine Meinung geändert?«

»Ich weiß es nicht genau. Ich glaube, ich habe einfach erkannt, dass man nicht immer die Logik über alles stellen darf, so wie wir es bisher in unserem Leben getan haben. Als ich gestern über das Dach zu dir kam, habe ich jeden Stolz und alle meine Vorstellungen über Bord geworfen. Ich habe einfach getan, was ich in diesem Augenblick für richtig hielt. Ich habe erkannt, dass ich mich nicht rächen muss. Ich bin mir endlich sicher, dass meine Mutter keinen Groll gehegt hätte und es ihr Wunsch wäre, dass ich meinem Vater beistehe, auch wenn er es bei ihr nicht getan hat. Deshalb werde ich zu ihm fliegen.«

Tobia wirkte gedankenverloren. Meine Worte schienen in ihm nachzuklingen, aber ich konnte nicht erkennen, ob er mir zustimmte oder nicht.

»Und du wirst eine reiche Erbin werden.«

»Deshalb mache ich es nicht, das weißt du, Tobia.«

»Natürlich weiß ich das. Wenn es jemanden gibt, der sich nicht kaufen lässt, dann bist du es, Alice Breuer. Aber ich prophezeie dir, dass es dennoch ein gutes Gefühl sein wird, unabhängig zu sein.«

»Und mich nicht von dir aushalten lassen zu müssen!«

Er zog mich näher zu sich.

»Darüber reden wir noch mal. Aber zurück zum Thema: Dann verlässt du noch heute die Scarpas, und wir fliegen morgen nach Südafrika?«

»Nein, nicht morgen. Ich weiß, dass die Scarpas furchtbar sind, aber mir tun die Kinder leid. Ich muss ihnen wenigstens ein paar Tage einräumen, damit sie sich arrangieren können. Ich kann sie nicht vom einen auf den anderen Tag mit den Jungs alleine lassen.«

»Und warum nicht? Sie sind schließlich ihre Eltern.«

»Weil das nicht meine Art ist.«

»Die immer zuverlässige Alice.« Leichter Spott lag in seiner Stimme.

»Ich muss jetzt leider gehen. Heute ist Samstag und nicht mein freier Tag. Die Scarpas werden sich fragen, wo ich bin.« Ich blickte auf die Uhr, es war schon nach acht. Ich musste Giorgio und Frederico um neun Uhr zum Rudertraining bringen.

»Wann wirst du es ihnen sagen?«

»Noch heute natürlich.« Ich gab ihm einen Kuss auf die Stirn und stand auf. »Aber ich werde frühestens Ende nächster Woche ausziehen können.«

»Und wann können wir uns wieder treffen?«

»Heute Abend auf dem Altan?«

Mir würde es fortan egal sein, wenn die Jungen mich hörten.

»Soll ich über das Dach klettern?«

Ich schmunzelte bei dem Gedanken, dass er versuchen wollte, über das Dach zu mir zu kommen. Aber zuzutrauen war ihm alles.

»Unterstehe dich. Ich werde rufen, wenn ich auf dem Altan bin.«

Er schüttelte den Kopf. »Schreibe mir lieber eine SMS, bevor die ganze Nachbarschaft zusammenkommt. Ich schicke dir meine neue Nummer auf dein Telefon.«

»Mach das nie wieder, deine Nummer zu ändern, ohne mir die neue zu geben.«

Er zuckte reumütig die Schultern. »Bitte verzeih mir. Ich konnte es nicht ertragen, deine Anrufe zu sehen und sie nicht annehmen zu können.« Liebevoll küsste er mich auf die Lippen. »Bis heute Abend!«

Als ich zurück zum Apartment der Scarpas kam, schlich ich leise die Treppe zu meinem Zimmer hinauf, um schnell unter die Dusche zu gehen und mich dann beim Frühstück zur Familie zu gesellen. Glücklicherweise stellte ich fest, dass ich den Schlüssel in meiner Hosentasche gehabt hatte, und daher vermeiden konnte, über das Dach zurückzumüssen. Verwundert bemerkte ich aber, während ich den Flur durchquerte, dass im Apartment der intensive Parfumgeruch zu hängen schien, den ich sonst nur von Signore Scarpas nächtlichen Arbeitsbesprechungen gekannt hatte. Für einen kurzen Augenblick fragte ich mich, ob er seine Geliebte ins Apartment mitgebracht hatte. Aber wo war dann Signora Scarpa?

Ich kam nicht dazu, meine Gedanken zu Ende zu führen, denn kaum hatte ich die Tür hinter mir geschlossen, als mein Mobiltelefon in der Nachttischschublade klingelte. Für einen Moment dachte ich, es könnte Tobia sein. Hastig zog ich das Telefon hervor.

»Pronto.«

Am anderen Ende war Signore Scarpa.

»Alice, es ist fast neun Uhr morgens, und Sie kommen erst jetzt nach Hause. Ich möchte Sie bitten, sofort nach unten zu kommen, da wir etwas mit Ihnen zu besprechen haben.«

Er legte auf. Erstaunt über seinen Anruf und die Tatsache, dass er mich siezte, warf ich das Telefon auf das Bett und stieg die Wendeltreppe hinab. Ich traf die Familie nicht, wie ich erwartet hatte, im Esszimmer an und konnte auch nicht den Fernseher vernehmen, der sonst lief, wenn die Kinder im Haus waren. Langsam ging ich den Korridor weiter, bis ich den Salon erreichte, in dem Signore Scarpa und seine Frau schon warteten und mich vorwurfsvoll ansahen. Nebeneinander saßen sie auf der Couch, während Signore Scarpa das Wort ergriff.

»Alice, Sie sind jetzt seit mehr als drei Monaten bei uns, und wir sind uns sicher, dass wir Ihnen gute Gasteltern waren und Ihnen genug Freiheiten gelassen haben. Deshalb sind wir umso enttäuschter über das, was heute Nacht passiert ist.«

Ich sah sie erstaunt an. »Was ist denn passiert?«

Scarpa pfiff leise durch die Zähne. »Was passiert ist? Sie sind nicht nach Hause gekommen!«

»Ich bin vierundzwanzig Jahre alt. Ich denke, da muss ich mich nicht dafür rechtfertigen, einmal weggeblieben zu sein.«

»Aber nicht an einem Abend, an dem Sie eigentlich arbeiten sollten!«

»Bitte? Sie hatten mir doch gesagt, dass Sie bei den Brancas zum Essen bleiben würden.«

»Ich hatte gesagt, dass Sie sich Zeit mit der Rückkehr nehmen können, aber nicht, dass Sie gar nicht nach Hause kommen sollen. Wir sind um neun Uhr zurückgekehrt und wollten dann eigentlich noch mit den Brancas auf einen Empfang. Doch als wir nach Hause kamen, um Ihnen die Jungen zu übergeben, waren Sie nicht da, und Sie hatten nicht einmal Ihr Mobiltelefon dabei. Nur das Dachfenster stand offen.«

»Wir mussten zu Hause bleiben!« Signora Scarpa schien den Tränen nah. »So etwas darf nicht passieren.«

»Und noch schlimmer ist«, Signore Scarpa stand auf und trat zu mir. »Noch schlimmer ist, dass ich befürchte, dass Sie wieder bei diesem Manin waren. Ich hatte gehofft, dass Sie endlich zur Vernunft gekommen sind. Schämen Sie sich nicht?«

»Warum?«

»Wieder mit diesem Mann zusammen zu sein, diesem – Krüppel.«

Für einen Augenblick konnte ich nicht antworten, doch dann brach aus mir heraus, was ich schon so lange hätte sagen sollen.

»Tobia Manin ist blind, aber er ist kein emotionaler Krüppel wie Sie und Ihre Frau. Er hat Gefühle, er liebt, er ist ein Mensch. Sie aber umgeben sich nur mit Menschen, die Ihnen nutzen können, Sie tun nur das, was Ihnen Vorteile verschafft. Die Kinder haben Sie wohl, weil das anscheinend zum guten Ton gehört. Das Kindermädchen wird sich schon um sie kümmern.«

Signore Scarpa sah mich erstarrt an, dann schüttelte er den Kopf, während er antwortete: »Ich hatte mir schon gedacht, dass nach Ihrem enttäuschenden Verhalten von heute Nacht an eine Zusammenarbeit nicht mehr zu denken ist, und Ihre Worte bestätigen meine Meinung. Diese Ereignisse machen es uns unmöglich, Sie länger in unserem Haushalt zu beschäftigen. Wir haben daher beschlossen, Sie noch heute aus unserem Dienst zu entlassen.« Ich starrte ihn fassungslos an, während Signora Scarpa mit spitzer Stimme anfügte: »Wir sind um ein Uhr zum Mittagessen eingeladen und würden erwarten, dass Sie zuvor Ihre Sachen gepackt haben und uns den Schlüssel zurückgeben. Da Ihr unentschuldigtes Fehlen ein Grund für eine fristlose Entlassung ist, werden wir Ihnen nur noch den Wochenlohn für diese Woche zahlen.«

Noch nie hatte ich die Scarpas so in Harmonie gesehen. Während sie sprach, griff er bereits in seine Jackentasche und zog fünfundachtzig Euro hervor, die er schon vorbereitet haben musste.

»Was wird aus Giorgio und Frederico?«

Ich dachte voller Mitleid an die beiden Kinder.

»Ich glaube nicht, dass Sie das noch zu interessieren hat, aber es freut mich, Ihnen sagen zu können, dass wir auch ohne Sie sehr gut zurechtkommen. Die Jungs werden die nächsten Wochen zusammen mit dem Sohn von Signore Branca und dessen zuverlässigem Kindermädchen in Jesolo verbringen. Signora Branca war so freundlich, das einzufädeln, nachdem sie von unseren Problemen mit Ihnen gehört hatte. Sie hat die Jungs gerade abgeholt.«

Es tat mir unendlich leid, mich nicht von den Kindern verabschieden zu können. Über all die Wochen, in denen ihre Eltern mich wie ein Nichts behandelt hatten, waren Frederico und Giorgio meine einzige Ansprache und Freude gewesen. Ich würde sie vermissen.

Aber wenigstens wusste ich nun endlich, wessen Parfum in Signore Scarpas Jacken hing. Signora Branca war an diesem Morgen im Apartment gewesen. Und es war der schwere, orientalische Duft nach Jasmin, den ich nicht hatte identifizieren können, der in jeder Faser der Jacketts meines Gastvaters hing, wenn er von seinen Abendterminen zurückkehrte. Unerklärlich, dass Signora Scarpa nicht bemerkt hatte, dass Signora Branca die Geliebte ihres Mannes war.

Benommen nahm ich das Geld aus Signore Scarpas Hand, betrachtete es und legte es dann auf den Tisch und verließ das Zimmer, ohne ein weiteres Wort zu sagen. Nie im Leben hätte ich etwas nehmen können, was mit einer solchen Beleidigung verbunden war.

In meinem Zimmer angekommen, setzte ich mich auf das Bett und rief Tobia an.

»Erinnerst du dich noch an mich?«

»Bist du die heiße Blondine, die ich gerade in meinem Porsche nach Mailand gefahren habe?« Zum ersten Mal hatte er es gewagt, ironisch zu sein.

»Darf ich auf dein Angebot von heute Morgen zurückkommen?«

»Was ist passiert?«

»Die Scarpas haben mich entlassen. Ich soll so schnell wie möglich meine Sachen packen.«

»Das ist ja fantastisch. Wie lange brauchst du zum Packen?«

»Eine Stunde.«

»Das ist zu lange. Ich bin in einer halben Stunde bei dir.«

Mein Umzug von den Scarpas zu Tobia war schnell bewältigt. Tobia hatte seinen Portier, in dem ich den Mann erkannte, der mich vor einer halben Ewigkeit so unfreundlich behandelt hatte und der sich mir jetzt als Flavio vorstellte, gebeten, ihn zu meinem Haus zu begleiten und mein Gepäck zurückzutragen. Die Scarpas waren erstaunt, Tobia Manin in ihrem Haus zu sehen, aber ich hatte ihn so schnell ich konnte den Gang zu meinem Zimmer hinaufgezogen.

Nachdem der Portier meine Koffer genommen hatte und zum Palazzo aufgebrochen war, standen wir beide allein in meinem Zimmer.

»Das ist also das Ende deines Au-pair-Lebens. Tut es dir leid?«, fragte Tobia.

»Nein. Aber ich bin dankbar, dass ich hier wohnen durfte. Ohne dieses Zimmer und den Altan hätte ich dich wahrscheinlich nie kennengelernt.«

»Ich würde gerne diesen berühmten Altan einmal betreten.«

Er reichte mir die Hand, und ich ging mit ihm langsam durch die niedrige Tür. Dann standen wir auf dem Balkon und spürten den Wind. In der Ferne waren die kreischenden Möwen zu hören.

»Von hier hast du mich also beobachtet?«

Seine freie Hand strich über die Balustrade des Balkons.

»Was hast du dir nur dabei gedacht, dich in einen Mann wie mich zu verlieben?«

»Ich habe gedacht, dass ich meinen Prinzen gefunden habe.«

Sanft legte ich meinen Arm um seine Taille, und auch er schmiegte sich an mich, doch seine Stimme klang traurig, als er nachdenklich anfügte.

»Sollte im echten Märchen nicht der Prinz die Prinzessin erretten, statt dass die Prinzessin über Dächer klettern muss, um ihren Prinzen aus seinem Dornröschenschlaf zu wecken? Wie leid tut es mir, dass ich nicht mehr der bin, der ich war, und dir solche Heldentaten nie werde bieten können.«

Ich kam nicht mehr zu einem Einwand, denn in diesem Moment erklang ein schriller Schrei.

»Alice!«

Ich verstand, dass die Scarpas uns endlich aus dem Haus haben wollten.

»Ich glaube, wir müssen gehen.«

Langsam führte ich Tobia zurück ins Zimmer. Er klappte seinen Blindenstock auf, um vorsichtig die steile Treppe hinabzusteigen. Mir blieb nur noch, meinen Rucksack zu nehmen und einen letzten Blick auf das Zimmer zu werfen.

Nachdem auch ich die Treppe hinabgestiegen war, sah ich, dass Tobia schon das Apartment verlassen hatte. Die Haustür stand offen. Die Scarpas saßen angespannt im Salon und warteten auf mich.

»Bitte, hier ist der Schlüssel.« Ich legte ihn auf den Tisch. »Es tut mir leid, dass es so enden musste. Sagen Sie Giorgio und Frederico von mir alles Liebe.«

»Sie verlassen Venedig?«

»Nein. Erst ziehe ich zu Signore Manin.« Als ich sah, dass Signore Scarpa dazu ansetzte, etwas zu sagen, fügte ich an: »Entschuldigen Sie, Signore Scarpa, aber ich glaube, dass weder Sie noch ich dazu mehr zu sagen haben.«

Dann drehte ich mich zur Tür, um das Apartment für immer zu verlassen.

Tobia erwartete mich draußen. Trotz des sonnigen Tages fröstelte es mich.

Als wir zum Palazzo kamen, begrüßte uns schon in der Eingangshalle ein gereizter Stefano.

»Stefano, du bist zurück aus Padua?« Tobia trat erstaunt zu seinem Bruder und streckte ihm freudig die Hand entgegen, doch sein Bruder wich zurück, ohne einzuschlagen. Stattdessen sah er seinen Bruder abfällig an und stieß hervor: »Na, da sind ja die beiden Turteltauben!«

Beißender Spott klang in seiner Stimme. Noch nie hatte ich Tobias Bruder so erregt gesehen. An seiner angespannten Haltung, seinen gehetzt blickenden Augen und den fahrigen Händen, die sich immer wieder durchs Haar rauften, konnte ich erkennen, wie ungeduldig er uns erwartet hatte.

»Stefano, wie schön, dass du wieder da bist. Du bist sicherlich erstaunt, Alice hier zu sehen, aber ...«

Stefano ließ seinen Bruder nicht aussprechen. »Der Portier hat mich schon informiert! Wie konntest du dich nur so umgarnen lassen, kleiner Bruder! Glaubst du wirklich, dass sie dein Wohl im Sinn hat? Man kann es kaum fassen – keine fünf Minuten zusammen und schon wohnt sie hier.«

»Stefano, lass mich dir erklären!«

Wieder einmal bemerkte ich, wie unterwürfig sich Tobia gegenüber Stefano gab. Ich nahm meine Kraft zusammen – jetzt war nicht der geeignete Zeitpunkt, um es zu einer Aussprache kommen zu lassen.

»Bitte lasst uns doch wenigstens erst einmal nach oben gehen.« Ich versuchte, beschwichtigend zu klingen, aber Stefano warf mir nur einen hasserfüllten Blick zu und schob mich beiseite, um den Palazzo zu verlassen.

»Ich muss jetzt erst mal frische Luft schnappen.«

Das Portal fiel krachend hinter ihm zu. Tobia schien Stefanos Verhalten vorhergesehen zu haben. Seine Stimme klang unerwartet entspannt, als er sich mir näherte.

»Er wird sich sicherlich beruhigen, wenn er sieht, wie glücklich wir zusammen sind. Er ist nur besorgt um mich. Und jetzt«, er klatschte in die Hände, »sollten wir dafür sorgen, dass wir nicht verhungern. Meine Haushälterin Auda ist momentan bei ihrer Schwester in Vincenza, und ich weiß nicht, was wir im Haus haben, aber wäre es für dich in Ordnung, zur Bacari um die Ecke zu gehen?«

Erstaunt sah ich ihn an. Mit Schrecken erinnerte ich mich an unser letztes Erlebnis in einer Bacari, als er keinen Bissen heruntergebracht hatte. Vorsichtig fragte ich: »Wird es dir sicher nichts ausmachen, wenn die Leute dich anstarren?«

Er legte seinen Kopf leicht zur Seite. »Nicht, wenn du bei mir bist.«

Erstaunt sah ich, wie Tobia die Blicke der anderen Speisenden vollkommen ignorierte, als wir ins Innere des kleinen Lokals traten. Gelassen folgte er mir an einen freien Tisch, setzte sich ohne jede Anspannung mir gegenüber und konzentrierte sich auf unser Gespräch. Noch nie hatten wir uns so entspannt unterhalten können.

Schließlich, als wir schon beim Dessert angelangt waren, konnte ich mich nicht mehr zurückhalten und musste die Frage stellen, die mich schon die ganze Zeit beschäftigt hatte.

»Wie kommt es, dass du heute hier so ruhig zwischen all diesen Menschen sitzen kannst? Ich war doch auch damals bei dir und es hat nichts geholfen?«

Tobias Gesicht nahm einen nachdenklichen Ausdruck an.

»Bevor ich dich heute bat, hierherzukommen, habe ich mich das Gleiche gefragt, aber seltsamerweise war ich ganz gelassen, weil ich plötzlich deutlich spürte, dass ich ein anderer geworden bin. Ich war mir sicher, dass es mir nichts mehr ausmachen würde, die Blicke zu spüren und schwach zu erscheinen.«

Er griff nach dem Glas Amarone, um es sanft in seiner Hand zu drehen.

»Ich muss dir etwas gestehen.«

Langsam richtete er sich auf. »Was ich dir damals in Torcello über meine Gefühle erzählt habe, entsprach nicht ganz der Wahrheit. Ich habe dir damals gesagt, dass es das Mitleid und die Hilfsangebote waren, die mich irritieren und derentwegen ich mich zurückgezogen hätte. Das war aber nicht der wahre Grund.«

»Aber was war dann der Grund?«

»Es waren nicht die Reaktionen der anderen, es war meine eigene Schwäche!« Er hielt kurz inne, als wolle er die Bedeutung seiner eigenen Worte für einen Moment auf sich wirken lassen. »Die Tatsache, dass ich nicht mehr alles unter Kontrolle hatte und wusste, dass ich auf die Hilfsbereitschaft anderer angewiesen war, brachte mich schier um meinen Verstand. Dieses Gefühl war es, das ich nicht ertragen konnte.«

Er biss sich auf die Lippen und zögerte für einen Moment.

»Schon als ich noch sehen konnte, war es für mich schwer, meine eigenen und anderer Leute Gefühle zu ertragen. Vielleicht war es der frühe Tod meiner Eltern, der mich innerlich erstarren ließ, oder vielleicht war ich auch schon immer so, aber Gefühle und Abhängigkeiten erschienen mir auf jeden Fall, solange ich denken kann, seltsam fremd und irritierten mich.« Ein spöttisches Lächeln huschte über sein Gesicht. »Nie tat ich etwas, ohne vorher über die Konsequenzen nachgedacht zu haben. Meine Entscheidungen, Handlungen und mein Denken waren pure Vernunft. Ich dachte, dass ich das Leben unter Kontrolle hätte und niemals auf jemanden angewiesen sein würde.« Tobia schüttelte den Kopf. »Was war ich dumm damals! Und du hast es mir heute klarer gemacht als je zuvor.« Er legte die Stirn in Falten. »Du hast einmal gesagt, dass es oft Logik ist, die uns fehlleitet, weil wir versuchen, die Realität zu begreifen und zu analysieren, sie dabei aber oft nur aus unserer eigenen Perspektive sehen können und uns daher zu falschen Schlussfolgerungen hinreißen lassen, die wir dann aber als logisch und damit korrekt ansehen.«

Erfreut begriff ich, wie gut Tobia mir zugehört hatte.

»Meine Welt war das Reale, das Messbare, Kontrollierbare. Die Welt der Nullen und Einsen, der Computer und der Logik. Eine Welt, in der das A das B nach sich zog und ich vorhersehen konnte, was morgen passieren würde, weil es eine logische Konsequenz des Heute war. Für Liebe, Schicksal, Gefühle und vor allen Dingen Abhängigkeiten gab es keinen Platz in diesem Programm. Als das Schicksal mir dann mein Augenlicht raubte, zwang mich meine Logik nicht nur, zu realisieren, dass ich selbst mit meinem verachtungswürdigen Lebenswandel wahrscheinlich eine solche Konsequenz heraufbeschworen hatte, nein, was noch viel schlimmer war – ich war auf einmal hilflos.«

Tobia fuhr sich durch die Haare, so wie ich es oft gesehen hatte, wenn er sich konzentrierte und seine Erinnerungen ihn übermannten.

»Ich erschuf mir mein eigenes kleines Universum, das für mich überschaubar war und in dem ich mir das Gefühl, immer noch alles unter Kontrolle zu haben, mit Geld erkaufen konnte – halbleere Luxusrestaurants, ein einsamer Palazzo in einer verlassenen Stadt, Bedienstete, die ohne Widerrede ihre Dienste verrichteten. Wie du dir vorstellen kannst, gab es in solch einer Welt keinen Platz für unsichere Vaporetti-Stationen, für Lokale voller neugieriger Menschen und vor allen Dingen nicht für einen Menschen, den ich nicht kontrollieren konnte. Du warst die bei weitem größte Gefahr für meine Selbsttäuschung.«

Alle Farbe war aus seinem Gesicht gewichen, und ein leichtes Zucken umspielte seinen Mund, als er fortfuhr.

»Frauen waren für mich, bis ich dich kennenlernte, austauschbar gewesen. Entweder hängten sie sich wie Kletten an mich oder ließen sich innerhalb kürzester Zeit von meinem Geld verführen. Nie hatte eine Frau mich fasziniert oder blieb über längere Zeit rätselhaft genug, um mein Interesse zu halten. Und so versuchte ich, als ich feststellte, dass du mich neugierig gemacht hattest, dich mit Luxus zu beeindrucken. Die Einladung zum Fest, ein atemberaubendes Kleid, das Leben im Luxus – es waren nicht nur nette Gesten, es war natürlich«, er betonte dieses Wort, »mein Versuch, dich zu kontrollieren, auch wenn ich mir es damals nicht eingestand. Aber je mehr ich dich kennenlernte, umso mehr bemerkte ich, dass ein Mensch, der träumen konnte, der hinter die Fassaden sah und sich und andere respektierte, nicht käuflich war und stattdessen mich in seinen Bann zog. Ich bemerkte mit Schrecken, wie ich mich zum ersten Mal in meinem Leben verliebte. Erinnerst du dich, wie du mich damals beim Kostümfest gefragt hast, weshalb ich deinen Satz bezüglich der Leere von Guliemo und seinesgleichen beenden konnte und es dir nicht erklären wollte?«

»Natürlich erinnere ich mich.« Keine Sekunde dieses Abends würde jemals aus meinem Gedächtnis gelöscht werden.

»Das dachte ich mir. Deshalb gebe ich dir heute die Antwort. Ich habe es nicht getan, weil es dir mein Innerstes offenbart hätte. Auch ich war einer von ihnen, ein Mensch, der schon alles gehabt hatte und der dachte, er sei der Herr über die Welt. Du kannst dir nicht vorstellen, wie furchtbar es für mich war, erst blind zu werden und dann, als ich dir begegnete, auch noch die Kontrolle über meine Gefühle aufzugeben, dir in deine Welt, die mir unbekannt und gefährlich erschien, zu folgen. Je mehr ich spürte, welche Macht du über mich hattest, desto mehr stürzten meine Illusionen in sich zusammen und es machte mich verletzlich und schwach – daher mein Widerwillen im Bacari und auf San Giorgio. Ich hasste mich für meine Unzulänglichkeit.«

»Und jetzt?«

»Du hast mir meine Illusion endgültig zerstört. Da ich jetzt ernsthaft erfahren habe, dass ich keine Macht ausüben kann, folgte das Kuriosum, ich will es auch nicht mehr.«

»Du willst es nicht mehr?«

»Nein.« Er schüttelte nachdrücklich den Kopf. »Endlich habe ich die Demut gefunden, mein Schicksal anzunehmen. Ich habe es nicht mehr nötig, irgendjemandem etwas vorzuspielen, was ich nicht bin, den starken Mann zu mimen, der ich nicht mehr sein kann.« Er beugte sich näher zu mir. »Ich kann heute ruhig hier sitzen, weil es mir völlig gleichgültig ist, was die Menschen in diesem Lokal oder wo auch immer in mir sehen. Ich versuche nichts mehr zu interpretieren oder zu analysieren, weil ich weiß, dass ich genau der bin, der ich immer sein sollte – ein verletzlicher, schwacher, fühlender Mensch, aber auch ein Mensch, der lieben kann und geliebt wird. Ist es nicht paradox, dass ich anscheinend erst blind werden musste, um wahrlich sehen zu können?«

Was konnte ich darauf antworten? Keine Traurigkeit lag in dem, was er sagte, aber dennoch fühlte ich, wie Tränen langsam meine Wangen hinabliefen. Tobia schien angekommen zu sein, und stolz begriff ich, dass ich Teil dieses Prozesses gewesen war. Es war nicht, wie er ursprünglich geglaubt hatte, meine Liebe, von der er abhing, sondern es war seine Liebe, die ihm bewusst gemacht hatte, wer er wirklich war.

Langsam beugte ich mich zu ihm und küsste ihn sanft.

# Kapitel ❁ Dreizehn

Nachdem wir endlich um die Rechnung gebeten und das Lokal als letzte Gäste verlassen hatten, stellte ich erstaunt fest, dass die Stadt auf einmal vor Geschäftigkeit überzubrodeln schien: Fröhliche Gruppen von Teenagern mit großen Rucksäcken zogen an uns vorbei, Picknickkörbe wurden von geschäftigen Familien zu den Kanälen geschleppt, und kleine Lastkarren rumpelten über das alte Pflaster, um Weinkisten, Kartons und Decken heranzuschaffen. Auf den Kanälen legten Boote an, die mit Lampions, Blumengirlanden und Fähnchen hübsch dekoriert worden waren, um kleine Gruppen von Venezianern und Touristen sowie jede Art von Flaschen und Nahrungsmitteln aufzunehmen. Ich konnte riesige Wassermelonen, sorgfältig in Zellophanfolie verpackte Antipasti-Platten, halbe Parmesanlaibe und Brot in jeglicher Form und Farbe erkennen.

Verwundert fragte ich Tobia: »Ist heute irgendein Festival? Die Stadt ist rappelvoll, und ich sehe überall geschmückte Boote.«

Tobia lauschte den Geräuschen. »Wir haben Ende Juli, wenn ich mich nicht täusche?«

»Ja.«

»Dann ist es vielleicht das Redentore-Fest.«

»Was ist das?« Ich hatte von diesem Fest noch nie gehört – Regatta Storica und der Carnevale, natürlich, aber Redentore?

»Ich glaube, es ist ein antikes Fest zur Erlösung von der Pest. Die Venezianer feiern es im Juli mit geschmückten Booten, Musik, Feuerwerken und Picknicken auf dem Wasser. Eine Pontonbrücke wird über den Giudecca-Kanal von der Redentorekirche zur Punta della Dogana gelegt.«

Ich sah mich um. Picknickdecken wurden auf Booten ausgebreitet, Weinkartons in Schiffe getragen, und auf einer längeren Barkasse konnte ich mehr als zwanzig junge Leute erkennen, die Lautsprecher und eine Musikanlage installierten.

»Es ist amüsant zu sehen, was die Leute alles anbringen. Selbst das kleinste Boot scheint hervorgezogen worden zu sein. Frauen und Kinder behängen die Schiffe mit Lampions und Blumenschmuck, während die Männer sie beladen.« Ich lachte auf. »Gerade fährt ein Boot an uns vorbei, das total mit Jugendlichen überfüllt ist. Sie sind alle als Gondoliere verkleidet und tragen hawaiianische Blumenketten.«

Mein Blick fiel auf das nächste Boot, das gerade abgelegt hatte. Auf ihm drängten sich Hotelgäste in eleganter Abendkleidung.

»Anscheinend gibt es wirklich niemanden, der heute nicht zum Feuerwerk geht. Gerade kommen an uns ein paar äußerst vornehme Gäste vorbei – Smoking, Paillettenkleider und Chiffon. Ich kann mir nicht vorstellen, dass sie den Abend auf einem kleinen Boot verbringen.«

»Wahrscheinlich fahren sie ins Danieli oder eines der anderen Hotels, von denen aus man das Feuerwerk auch sehen kann.«

Ich lehnte mich an Tobia. »Es muss wunderschön

sein, den Redentore miterleben zu können. Schade, dass wir kein Boot haben.«

Erneut betrachtete ich das Treiben auf dem Wasser.

»Da ist Fernandi.«

Gerade hatte ich Giuliemo auf einer längeren Barkasse zusammen mit ungefähr dreißig anderen jungen Venezianern und Venezianerinnen entdeckt, von denen einer attraktiver als der andere war.

Fröhlich winkte ich ihm zu, als er kurz in meine Richtung blickte. Auch er winkte zurück, schien aber völlig damit beschäftigt zu sein, die Musikanlage des Schiffes in Gang zu setzen. Plötzlich ertönte, etwas zu laut, die mir nun schon so bekannte Don-Giovanni-Arie von einer CD in den venezianischen Nachmittag. Belustigt drückte ich Tobias Hand, der ebenso fasziniert dem lustigen Treiben lauschte.

»Das wäre wohl auch dein früheres Motto gewesen, so viele Frauen in aller Welt wie möglich.«

Ich konnte die Grübchen in seinen Wangen sehen.

»Aber ich hatte sicherlich keine tausendunddrei Frauen, erst recht nicht alleine in Spanien.«

Für einen Augenblick sah ich ihn noch glücklich und belustigt an, doch der Gedanke an Spanien hatte in mir wieder meinen furchtbaren Verdacht bezüglich Lerú und Stefano geweckt. Stefano würde zu Hause auf uns warten, und nach seiner letzten Begrüßung war mir klar, dass er die nächste Intrige schon plante. Tobia und ich befanden uns in Gefahr, und auf einmal wusste ich, dass ich es nicht mehr aufschieben durfte, Tobia von Elena Arrudas E-Mail und Foto zu erzählen, aber wie konnte ich es ihm beibringen? Tobia spürte, dass meine Stimmung sich verändert hatte.

»Fühlst du dich nicht wohl, Alice?«

»Lass uns bitte zum Palazzo gehen«, sagte ich gedankenverloren.

»Natürlich.«

Ich sah, wie Tobia um mich besorgt war, und ohne weitere Fragen zu stellen, bahnten wir uns einen Weg durch die Massen zurück zum Palazzo Segantin. »Möchtest du dich hinlegen, Alice?«

Wir waren in den ersten Stock des Palazzo getreten. Ich konnte hören, wie auch dieses Gebäude von den vielen Stimmen und der Musik vom Canal Grande erfüllt wurde. Angespannt öffnete ich eines der großen Fenster und trat auf den Balkon, während Tobia sich kurz entschuldigte. Ich schämte mich für meine Feigheit, Tobia bisher nicht die Wahrheit gesagt zu haben. Plötzlich spürte ich hinter mir eine Bewegung. Es musste Tobia sein, der zurückgekommen war. Doch als ich die Stimme hörte, wusste ich, dass ich mich getäuscht hatte.

»Entschuldige, Alice.«

Stefano stand hinter mir.

»Weswegen?« Meine Stimme klang brüchig. Unauffällig versuchte ich zurück ins Innere zu gelangen, doch Stefano verstellte mir den Weg.

»Ich möchte mich für mein Benehmen von vorhin entschuldigen.« Er verzog das Gesicht zu einem gekünstelten Lächeln. »Es war einfach alles so überraschend. Ich hoffe, du kannst mir meinen Fauxpas verzeihen, Alice.«

Er griff nach meiner Hand, und es kostete mich Überwindung, sie ihm nicht zu entziehen.

»Ich habe dich wohl falsch eingeschätzt. Als Entschuldigung möchte ich euch bitten, heute Abend mit mir zum Redentore zu kommen.«

Entsetzt sah ich ihn an und wollte gerade entschieden ablehnen, als Tobia mit einem Glas Wasser zu uns trat und es mir reichte.

»Was für eine hervorragende Idee, Stefano!« Er strahlte. »Es wäre doch wirklich schade, ein solches Fest zu verpassen. Es wird dich auf andere Gedanken bringen, Alice. Die Sache mit den Scarpas scheint dich mitgenommen zu haben. Eine kleine Abwechslung würde dir guttun ...«

Ich wollte protestieren, wollte herausschreien, dass ich nie auf ein Schiff mit diesem Mann gehen würde, dass ich Angst hatte, aber ich wusste, wie ich Tobia mit diesen Einwänden verletzt hätte. Doch mir wollte partout kein Grund einfallen, der für Tobia plausibel klingen konnte und ihn umstimmen würde, ohne Stefano gleichzeitig die Wahrheit an den Kopf zu schmettern. Sollte ich es also wagen? Sollte ich Tobia endlich sagen, dass sich sein Bruder und der Mann, der auf ihn geschossen hatte, gekannt hatten? Dass es wahrscheinlich sein eigener Bruder war, der den Auftrag zu diesem Schuss gegeben hatte? Meine Lippen zitterten bei dem Gedanken. Warum hatte ich mich eben noch so entschlossen gefühlt, und nun zitterte ich bei dem Gedanken? Und auf einmal wusste ich es: Es war Todesangst – ich konnte nicht riskieren, allein mit dem blinden Tobia einem Mann wie Stefano gegenüberzustehen, einem Mann, der schon einmal einen Mord in Auftrag gegeben hatte und dem alles zuzutrauen war. Er könnte eine Waffe ziehen, könnte Tobia aus dem Fenster stoßen und es dann als Unfall darstellen. Nein, ich konnte es nicht riskieren. Tobia musste es unter vier

Augen erfahren und dann die Polizei rufen, wenn wir Stefano zur Rede stellten. Alles, was ich zu tun hatte, war, ohne großes Aufsehen diese verfluchte Bootsfahrt zu umgehen.

»Bitte, Tobia, ich habe eigentlich gar keine Lust und fühle mich wirklich nicht wohl.«

Stefano antwortete anstelle seines Bruders. »Ich hatte schon ein Schiff organisiert, weil ich ursprünglich mit ein paar Freundinnen erst zum Feuerwerk und dann für die Party und den Sonnenaufgang zum Lido fahren wollte. Aber als wir uns heute so stritten«, er gab seiner Stimme einen besorgten Klang, »habe ich sie ausgeladen, nur damit wir zusammen etwas unternehmen können. Wir wollen doch Freunde werden, oder?« Dabei legte er seine Hand auf meine Schulter und fuhr fort: »Wir müssten aber gleich aufbrechen, um noch einen guten Platz zu ergattern.«

Tobias Gesicht drückte all seine Freude über den Versöhnungsversuch seines Bruders aus.

»Alice, lass es uns doch machen. Ich bin so froh, dass wir endlich wieder gemeinsam etwas unternehmen können. Es wird lustig sein und ein guter Abschied von Venedig werden, bevor wir nach Südafrika gehen.«

»Tobia, wirklich, ich habe keine Lust, bitte zwinge mich nicht.«

»Aber, Alice ...«

Er verstummte, doch sein Gesicht drückte Unverständnis aus, und als sein Bruder auch noch einwandte: »Da siehst du es, Alice will einfach nicht, dass wir endlich Freundschaft schließen!«, und sich zu gehen anschickte, hielt Tobia ihn auf.

»Wenn Alice partout keine Lust hat, eine Einladung meines Bruders anzunehmen, dann gehe ich alleine mit«, waren seine trotzigen Worte.

Verzweifelt sah ich ihn an. »Tobia!«

»Alice, es tut mir leid, aber ich kann es nicht mit ansehen, dass Stefano sich bemüht und versucht nett zu sein, während du ihn immer wieder zurückstößt. Wenn du mich wirklich liebst, verstehst du mich und überwindest dich.« Er streckte eine Hand liebevoll in meine Richtung aus. »Tue es für mich.«

Wirre Gedanken rasten durch mein Hirn. Überlegungen, wie und was ich Tobia wann sagen würde. Nur weniges war klar und ließ mich zu Entschlüssen kommen, aber wenn ich eines wusste, dann, dass ich Tobia nicht allein auf dieses Boot gehen lassen durfte. Er würde in Lebensgefahr schweben. Stefano musste sein Erbe retten, bevor ich zum Risiko werden konnte.

»Ich komme mit.«

»Du kommst?«

Auch Tobia wirkte ungläubig über meinen plötzlichen Sinneswechsel.

»Ich hole mir nur schnell noch meine Jacke. Wartest du auf mich, Stefano?«

Meine Stimme hatte den süßlichen Klang, den Lügen so oft hatten, doch weder Stefano noch Tobia schienen es zu bemerken.

Tobia hauchte mir einen Kuss auf die Wange, und ich lief so schnell ich konnte in den dritten Stock, wo der Portier mein Gepäck in Tobias Zimmer abgestellt hatte. Doch nicht mein Cardigan war es, den ich wirklich holen wollte, sondern eine kleine Dose Pfefferspray, die ich mir vor meiner Abfahrt nach Venedig in Berlin gekauft hatte und die ich nun in meinem kleinen Rucksack zusammen mit der Jacke verstaute.

Ich lächelte, als ich am großen Spiegel in der Halle vorbeikam. Vielleicht würde der Ausflug ja sogar ein Erfolg werden – ein Feuerwerk im Bacino di Venezia zusammen mit Tobia, was hätte ich noch vor zwei Wochen hierfür gegeben.

Als ich in den ersten Stock kam, waren Tobia und Stefano schon zum Steg des Palazzo im Erdgeschoss gegangen. Ich folgte ihnen und sah im Wasser eines der schnittigsten Motorboote, die ich je gesehen hatte. Knallorange und ohne Kabine schien es wohl normalerweise zum Wasserskifahren verwendet zu werden, da ich alle möglichen Seile und Aufhängevorrichtungen erkennen konnte. Jetzt hingen an diesen Streben und dem Rahmen farbige Lampions und ein paar Blumengirlanden.

»Ein MasterCraft!«, erklärte Stefano stolz. »Beschleunigt auf dreißig Meilen in weniger als fünf Sekunden.«

Tobia nahm auf dem Kapitänssitz Platz und machte sich für die Abfahrt bereit.

»Hast du eigentlich einen Bootsführerschein?«, fragte ich.

Ich hatte neben Tobia Platz genommen. Vor und um uns fuhren unzählige Boote aller Größen und Typen durch den Canal Grande, um zum Becken der Giudecca zu kommen. Es würde daher nicht einfach werden, ein so großes Boot sicher durch diese Menge zu navigieren.

Selbstsicher erwiderte Stefano meinen Blick. »Vergiss nicht, dass ich drei Jahre auf Ibiza gelebt habe. Da lernt man so einiges.«

Ich verkniff mir einen Kommentar, während

mein Blick über die verschiedenen Kühlboxen glitt, die im vorderen Teil des Bootes standen. Stefano hatte an alles gedacht. Ich konnte eine eisgekühlte Wassermelone erkennen, schlanke Weißweinflaschen, die ebenfalls zwischen Eiswürfeln steckten, und mehrere Dosen Cola sowie weitere Softdrinks. Auf den Sideboards sah ich Schalen mit Oliven, Baguettestücken sowie Salamischeiben, Crostini und Tramezzini jeder Art.

»Wir werden auf jeden Fall nicht verhungern.«

Tobia, der die Gerüche wahrgenommen haben musste, pickte eine der Oliven und räkelte sich entspannt auf seinem Sitz, während Stefano, noch mit den Armaturen des Boots beschäftigt, uns bat: »Bitte gebt mir eure Mobiltelefone.«

Verwundert schaute ich ihn an. »Warum willst du unsere Telefone?«

Stefano hatte die Leinen eingeholt. Das Boot löste sich vom Steg. Er ließ sich auf den massiven Ledersitz des Bootsführers sinken, um den Motor zu starten.

»Das Boot schwankt sehr, und falls einer von uns über Bord gehen sollte, wäre es doch besser, wenn wenigstens noch das Telefon funktioniert, damit man Hilfe rufen kann, oder?«

Ich konnte zwar nicht glauben, dass wir an einem Tag wie heute ein Tempo erreichen sollten, das dieses Boot wirklich zum Schwanken bringen würde, aber kommentarlos folgte ich Tobia, der seinem Bruder sofort sein Telefon ausgehändigt hatte. Scheinbar gleichgültig warf Stefano die beiden Geräte in ein kleines Handschuhfach, das er abschloss, um dann den Schlüssel in seine Brusttasche zu stecken.

Geschickt steuerte Stefano das Boot vom Steg und in den Canal Grande, um der Masse der Boote zu folgen, die langsam zum Bacino della Giudecca vor der Insel San Giorgio Maggiore fuhren.

Ich betrachtete die Szenerie, die uns umgab. Tobia hing an meinen Lippen, während ich das Aussehen der anderen Schiffe und ihrer Passagiere beschrieb. Zum ersten Mal, seit ich ihn kannte, wirkte er vollkommen entspannt, er war glücklich, dass Stefano und ich unseren Streit beigelegt zu haben schienen.

Staunend musste ich eingestehen, wie hervorragend Stefanos Bootskünste wirklich waren. Wir erreichten das Bacino ohne jeden Zwischenfall, und es fiel Tobias Bruder nicht schwer, einen guten Platz am Rande der Yachten, Fischerboote, Jollen und zahllosen anderen Bootstypen zu finden und unser Boot für das Feuerwerk zu positionieren. Die Sonne senkte sich am Horizont, und die Dämmerung brach herein, während in den Booten die Lampions und Teelichter angezündet wurden.

Stefano schnitt mit einem großen Messer eine Wassermelone auf, die ihren zuckersüßen Saft über uns verspritzte. Lachend wischte ich die Tropfen von Tobia und meinem Gesicht, und wir aßen und tranken, bis wir müde in die Kissen sanken und Stefano kommentarlos die Teller und Servietten abräumte. Fast begann ich Tobias Bruder eine gewisse Sympathie entgegenzubringen – er hatte einen wirklich perfekten Abend für uns inszeniert.

Die Nacht brach herein, und wir erwarteten den ersten Lichtschein des Feuerwerks. Aufgeregt nahm ich Tobias Hand.

»Es geht los!«

Ein riesiger Silberregen ergoss sich hoch oben über der Menge.

Die Feuerwerkskörper kamen in so rascher Folge, dass es für mich unmöglich war, sie zu beschreiben, bevor schon der nächste abgefeuert wurde.

»Genieß es, Alice. Du kannst mir hinterher sagen, was du gesehen hast.«

Tobias Stimme klang angespannt.

»Ist etwas?« Ich blickte zu Tobia.

Er schüttelte den Kopf, aber ich konnte spüren, wie seine Hand zitterte.

»Es ist nichts. Nur ... Die Raketen sind so nah und sie ...«

»Erinnern ihn an Malibu.«

Stefano saß immer noch hinter dem Steuer. Erst jetzt fiel mir auf, dass er das Feuerwerk nicht beachtete, sondern seinen Blick auf Tobia gerichtet hielt. Ich hätte mich ohrfeigen können, dass ich nicht vorhergesehen hatte, wie sich Tobia während eines Feuerwerks fühlen musste – eingekeilt und ohne Fluchtmöglichkeit auf einem schwankenden Boot inmitten von Raketen, die auf ihn zu zielen schienen. Stefano aber hatte es geahnt und bewusst in Kauf genommen.

Und auf einen Schlag erkannte ich endlich, warum Stefano, der mit Lerú den Tod Tobias geplant hatte, um an das Erbe zu kommen, schließlich seinen Bruder gerettet hatte. Es war Rache gewesen! Stefano hatte Tobia gefunden und begriffen, dass sein Bruder niemals wieder gesund werden würde, und er hatte sehen wollen, wie sein erfolgreicher, schöner, intelligenter Bruder nach dem Schuss behindert durchs Leben ging.

Ein Schaudern lief mir über den Rücken. Entsetzt sah ich den leidenden Tobia neben mir, der seine Hände nun auf seine Ohren gelegt hatte, während weiterhin Hunderte von Raketen in den Nachthimmel stiegen und lautstark explodierten. Plötzlich wurde mir eines klar – wir waren wirklich in Gefahr. Stefano würde dafür sorgen, dass wir nicht zurückkehren würden.

Ich versuchte, meine Stimme gelassen klingen zu lassen, als ich sagte: »Stefano, ich würde dich gerne bitten, Tobia und mich sofort nach Hause zu bringen.«

»Aber warum denn?« Er wirkte erstaunt. »Wir können jetzt unmöglich weg – bei all den Booten. Und hinterher gibt es am Lido super Partys. Wir sollten uns das wirklich nicht entgehen lassen. Wein, Musik und dann der Sonnenaufgang über der Lagune! Das ist doch was für Verliebte wie euch!« Ich konnte den Hohn in seiner Stimme hören.

»Tobia brauchte jetzt Ruhe. Bitte bringe uns nach Hause«, erwiderte ich.

»Es geht mir schon wesentlich besser.«

Tobia versuchte sich zusammenzureißen. Er hatte aus unseren Stimmen anscheinend nicht schließen können, welche Spannung an Bord herrschte.

»Tobia, bitte vertraue mir. Wir sollten aufbrechen.«

Doch Tobia ging nicht auf meinen Vorschlag ein. »Wir müssen nicht wegen mir zurück. Du liebst doch solche Romantik. Lass uns an den Strand fahren.«

Ich blickte um mich, um zu sehen ob ich durch Rufen ein anderes Boot auf uns aufmerksam machen könnte, aber erst jetzt bemerkte ich, wie geschickt Stefano uns platziert hatte. »Tobia, ich bin mir sicher, Stefano hat nichts Gutes im Sinn. Bitte lass uns so schnell wie möglich an Land gehen.«

Ich hörte, wie Stefano laut auflachte.

»Alice, du hast eine blühende Fantasie. Aber bitte! Wenn das Feuerwerk vorbei ist, setze ich dich irgendwo ab.«

»Alice, was soll das? Bitte reiße dich zusammen.« Tobia wurde wütend.

»Tobia, du hast Stefano nicht gesehen. Er hat dir schon so viel Leid zugefügt. Vertrau ihm nicht! Komm bitte mit mir vom Boot. Ich habe Angst um dich.«

»Stefano ist mein Bruder. Bitte sage solche Sachen nicht über ihn.«

Ich sah den triumphierenden Blick in Stefanos Augen. Es hatte keinen Sinn, noch etwas zu sagen, ehe wir nicht ans Ufer kommen würden. Meine einzige Chance war, Stefano ans Ufer zu locken und dann Tobia mitzureißen – entweder mit Gewalt oder dank eines vorgetäuschten Schwächeanfalls. Er musste einfach mitkommen.

Das Feuerwerk dauerte nun schon fast eine halbe Stunde. Ich konnte das Ende kaum mehr erwarten. Daher war ich, als die letzten Raketen verstummt, der Applaus und ein Hupkonzert der Boote verklungen waren, ziemlich erleichtert. Die Boote setzten sich wieder in Bewegung.

Stefano startete den Motor, und zusammen mit den anderen Schiffen zogen wir an der Redentorekirche vorbei. Die Insel der Giudecca lag direkt vor mir.

»Stefano, bitte lass mich an der Giudecca aussteigen. Ich laufe über den Ponton zurück.«

Er sah mich nicht an, sondern fuhr weiter. Mein Herz begann zu rasen. Es wurde mir klar, dass er nicht vorhatte, mich abzusetzen.

»Stefano! Bitte fahre zur Giudecca!«

Ich versuchte, so laut wie möglich zu schreien, so dass die Passagiere der anderen Boote, die nun neben uns herfuhren, meine Rufe hören würden, aber die Musik aus ihren Boxen war wieder aufgedreht worden, und mir wurde auf einmal erschreckend bewusst, dass niemand mich bemerken würde. Wir näherten uns in schnellem Tempo der offenen Lagune.

Meine Stimme wurde panisch: »Wohin fahren wir?«

Stefano antwortete mir nicht, und auch Tobia schien unruhig zu werden.

»Bitte, lass Alice aussteigen, Stefano. Ich weiß, dass sie dich beleidigt hat, aber sei nachsichtig.«

Noch immer antwortete Stefano nicht, und ich beschloss, dass ich nichts mehr zu verlieren hatte. Gerade fuhren wir an einer verlassenen Insel vorbei. Stefano musste das Tempo leicht drosseln. Ich würde versuchen, ihn mit dem Pfefferspray außer Gefecht zu setzen und das Steuer an mich zu reißen. Vorsichtig zog ich die Spraydose aus meinem Rucksack, verbarg sie hinter meinem Rücken und glitt von dem Sitz neben Tobia, um mich Stefano von hinten zu nähern. Doch er musste mich im Rückspiegel gesehen haben, denn kaum war ich hinter ihn getreten und wollte das Spray vor mich halten, als Stefano sich ruckartig umdrehte und mich mit einer Faust niederschlug. Ich fiel nach hinten, und das Pfefferspray flog in großem Bogen über die Bordkante und mit einem Klatschen ins Wasser, während mein Kopf hart auf den Schiffsboden schlug.

»Setz dich! Wir sind bald da.« Stefanos Stimme war schneidend.

»Stefano? Was passiert hier?« Auf Tobias Gesicht spiegelte sich Verwirrung wider, während ich mich langsam aufrichtete.

»Was hier passiert, Tobia?« Stefano äffte den Tonfall seines Bruders nach. »Ich führe etwas zu Ende, was ich vor langer Zeit angefangen habe.«

»Was meinst du damit?«, fragte Tobia.

»Deine kleine Freundin ist leider weniger dumm, als ich dachte. Ja, mein Bruderherz, du hättest es vielleicht nicht geglaubt, aber sie hat recht – ich war es, der dich zum Krüppel gemacht hat!« Ein triumphierendes Lächeln überzog sein Gesicht. »Wie gerne hätte ich es dir schon all diese Jahre gesagt, wenn du mal wieder gestolpert warst und am Boden lagst oder mit deinen Händen nach einer simplen Tür tasten musstest. Wie gerne hätte ich dir gesagt, dass ich, dein Versager von Bruder, der nie die Chancen bekommen hatte, die der tolle Tobia erhalten hatte, dass dieser dumme Bruder dir alles genommen hat. Du kannst dir nicht vorstellen, welche Freude ich dabei empfinde, es dir endlich sagen zu können, dass auch ich auf meine Art genial bin.«

Im Licht der Lampions, die im Fahrtwind bedrohlich schaukelten, sah ich, wie Tobia aschfahl geworden war.

»Damals hat das Schicksal mich benachteiligt. Ich war der Ältere. Ich hätte zu unserem Onkel kommen sollen, stattdessen haben sie dich das erste

Los ziehen lassen, den kleinen, unschuldigen, braven Tobia. Mir blieb keine Wahl. Was hätte aus mir werden können, wenn ich deine Chancen gehabt hätte? Ich habe es mich jeden Tag in all diesen Jahren gefragt, und ich wusste, dass die Zeit kommen würde, in der du die Rechnung begleichen musstest.«

»Ich habe dich nach Amerika geholt.« Tobias brüchige Stimme war fast nicht zu hören.

»Ja.« Stefano lachte hämisch. »Ich war dein Schatten und musste dir jeden Wunsch von den Augen ablesen. Ich war komplett von dir abhängig, und du hast es mich jede Minute fühlen lassen. Bei den Frauen warst du es, den sie wollten, die Investoren haben nicht mal mit mir gesprochen, als ich dein Teilhaber wurde – der geniale Tobia war ja so viel interessanter, und in der Firma hat mich jeder als deinen Assistenten gesehen, als deinen Lakaien. Immer hattest du alles unter Kontrolle.«

»Und dann habe ich dich zu meinem Erben gemacht.«

»Und damit hattest du dein Todesurteil unterschrieben. Natürlich musste ich etwas warten – sonst wäre es ein wenig zu offensichtlich gewesen. Ich kann dir schwören, das waren die schlimmsten Monate – zu wissen, dass man alles haben wird, und es sich noch nicht nehmen zu können.«

»Aber dann hast du zugeschlagen!«

Ich schloss die Augen bei dem Schmerz, den auch ich empfand, wenn ich an Tobia dachte und was er in diesem Augenblick fühlen musste.

»Ja.« Stefanos Augen leuchteten voller Triumph. »Ich hatte noch nicht ganz ausgearbeitet, wie ich dich aus dem Leben hebeln könnte, ohne dass ich dafür in den Knast gehen würde. Eigentlich hatte ich an einen Autounfall gedacht, aber dann laufe ich plötzlich am Santa Monica Pier meinem alten Freund Lerú über den Weg. Wir kannten uns von unserer Arbeit auf Ibiza – er hatte sich als Journalist versucht, und ich habe ihm ein paar Aufträge für den Makler, bei dem ich gearbeitet habe, zugeschanzt, aber er war so grottenschlecht, dass er nur für ein paar Monate blieb. Nachdem ich ihn zu einem Drink eingeladen hatte, wusste ich, dass Lerú der ideale Mann war: Er hatte sich inzwischen schon auf fast jeden Dreck eingelassen, hatte kein Geld mehr und, was das Beste war – er vertraute mir.«

Stefano fuhr eine scharfe Kurve vorbei am Lido. Ich sah, dass wir das Ende der Lagune erreicht hatten – es waren kaum noch Inseln und keine Lichter mehr zu erkennen.

»Ich hatte nur wenige Tage, um alles zu organisieren, aber es lief wie am Schnürchen. Ich erzählte ihm, wie sehr ich unter dir litt, damit er sich überwinden würde, dich umzubringen, weil er so etwas noch nie gemacht hatte. Und dann malte ich ihm aus, welches Leben ich ihm ermöglichen könnte, wenn ich dich endlich los wäre. Es ging alles ganz leicht. Er besorgte sich eine Waffe, kam nach Malibu und wartete unter der Treppe, bis ich das Haus verließ und ihm das Zeichen gab. Ich ging dann in die Küche, um unsere Pistole zu holen, und als ich den Schuss hörte, wusste ich, dass er seine Arbeit getan hatte und ich ihn nur noch erschießen musste.«

Er sah mich mit seinen kalten Augen an.

»Der Tölpel hatte gedacht, dass er die ganzen

Wertsachen mitgehen lassen könnte und ich ihm noch dazu eine Unsumme für deinen Tod zahlen würde. Aber das wäre natürlich ein viel zu großes Risiko gewesen, wenn er von der Polizei erwischt worden wäre, und außerdem wäre ich erpressbar geworden. Ich musste ihn beseitigen. Er stand also direkt vor mir und erwartete sogar ein paar lobende Worte, als ich ihn erschoss. So einen erstaunten Blick, als er mich mit der Waffe sah, habe ich selten erlebt.«

Tobia saß in sich zusammengesunken da, sogar seine starren Augen schienen dumpf vor Schmerz.

»Dann ging ich nach oben in dein Schlafzimmer. Du kannst dir nicht vorstellen, wie entsetzt ich im ersten Augenblick war, als ich sah, dass du zwar ein Loch im Kopf hattest, aber immer noch atmetest. Für einen Augenblick dachte ich sogar daran, dir einen Todesschuss zu setzen, aber dann wurde mir klar, dass es meine Pläne komplett zunichtemachen würde, weil man nachprüfen konnte, dass ich geschossen hatte. Und mir kam eine Statistik in den Sinn, die ich kurz zuvor im Fernsehen gesehen hatte – Kopfschüsse bedeuteten in mehr als neunzig Prozent den Tod oder schwerwiegende langfristige Schäden. Wenn du überleben würdest, würdest du für immer ein Krüppel bleiben – das war vielleicht sogar noch besser als dein Tod, bei dem die Tatsache, dass ich Alleinerbe werden würde, vielleicht eine zu genaue Recherche der Polizei nach sich ziehen würde.« Er hielt kurz inne, um mit gespielt mitleidiger Stimme fortzufahren. »Wenn ich dich allerdings retten würde, stände ich in den Augen aller als Held da. Ich rief also den Notarzt und leistete sogar Erste Hilfe.« Er beugte sich zu Tobia vor, um seinen Worten Nachdruck zu verleihen. »Ich kann dir nicht beschreiben, wie glücklich ich war, als die Ärzte mir sagten, dass du stockblind bleiben würdest. Mein Superman-Bruder, dem alles immer in den Schoß fiel, der schöner und klüger war als ich und den alle liebten, war zu einem hilflosen Krüppel geworden, komplett von mir abhängig und mir ergeben. Ich hätte es nicht besser haben können – alle Macht, so viel Geld, wie ich wollte, und auch noch der Triumph über dich. Es fiel mir lediglich schwer, mich als der fürsorgliche Bruder zu profilieren, aber wenn es mir mit all der Fürsorglichkeit zu viel wurde und ich meinen Spaß haben wollte, stellte ich einfach nur ein Möbelstück im Haus um oder legte etwas an einen anderen Ort, und dann konnte ich mich königlich darüber freuen, wie mein genialer Bruder über einen Stuhl stolperte oder tagelang seinen Computer nicht finden konnte.« Sein Grinsen verschwand. »Für mich hätte sich nichts an dieser Situation ändern müssen, und du wärest am Leben geblieben, aber dann tauchte Alice auf. Sie lässt mir keine andere Chance, als mein Werk nun zu Ende zu bringen.«

»Du willst mich umbringen?«

Tobias Stimme war ruhig. Ich war überrascht, wie sehr er sich angesichts der Offenbarungen seines Bruders im Griff hatte.

»Falsch, Bruderherz. Ich will nicht *dich* umbringen. Ich will *euch* umbringen. Erst sie, dann dich. So wie ich den dummen Hund mit dem Gift endlich loswerden wollte, damit du nicht mehr so mobil bist und mir noch mehr Mädels aufhalst. Das hat ja leider nicht geklappt, aber ist ja jetzt auch nicht mehr nötig. Sein liebes Herrchen ist sowieso bald mit seiner großen Liebe im Tode vereint.«

»Du wirst dafür ins Gefängnis kommen.«

»Wirklich?«

Ich bemerkte, dass Stefano nun langsamer fuhr. Wir waren auf offener See. Um uns sah ich nicht einmal in der Ferne kleine Lichtpunkte.

»Ein kleiner Sprung bitte, Alice.«

Ich sah ihn ungläubig an. Dachte er wirklich, dass ich von selbst ins Wasser springen würde?

»Es ist deine einzige Chance.«

Erst da bemerkte ich das Messer in seiner Hand. Mein Blick glitt zu Tobia. Hatte er die Gefahr nun erkannt?

»Du kannst es nicht wagen, mich zu erstechen. Das sähe nicht nach einem Unfall aus. Leg das Messer weg!«

Meine Drohung beantwortete Stefano umgehend. Er schlug mir ins Gesicht. Der Hieb schleuderte mich ins Wasser.

Für einen Augenblick tauchte ich unter, das kalte Wasser schnürte mir meine Brust zusammen. Ich spuckte Wasser, als ich wieder auftauchte. Das Boot lag in der Dunkelheit neben mir. Stefano ließ den Motor aufheulen. Ich erwartete, dass das Boot sich von mir entfernen würde, als ich entsetzt bemerkte, wie Stefano eine Kurve nahm und in meine Richtung zurücksteuerte. Die grellen Scheinwerfer waren angeschaltet worden und blendeten mich. Endlich begriff ich – Stefano wollte mich hier nicht aussetzen und ertrinken lassen, er wollte mich überfahren. Mit aller Kraft tauchte ich ab und bewegte mich zu einer Stelle, an der mich Stefano nicht vermuten würde. Ich konnte nur hoffen, dass er meine Bewegungen nicht gesehen hatte. Schon spürte ich, wie das Boot nur wenige Meter neben mir durch das Wasser schnitt und eine hohe Bugwelle aufwarf.

Als ich wieder an die Wasseroberfläche kam, rief ich aus vollem Hals: »Tobia! Er versucht, mich zu überfahren.«

Ich war mir nicht sicher, ob Tobia mich hören konnte. Schon nahm das Boot erneut eine Kurve, die Lichtkegel erfassten mich, und ich sah das Schiff in voller Fahrt auf mich zukommen. Wieder tauchte ich ab, dieses Mal entschied ich mich aber, am selben Ort zu bleiben. Ich wusste, dass ich eine solche Anstrengung nicht wiederholen konnte, und musste hoffen, dass Stefano vermuten würde, dass ich erneut zur Seite ausweichen würde. Doch kein Sog war zu spüren, und als ich nach einigen Sekunden entkräftet wieder auftauchte, sah ich, dass das Boot seine Fahrt gedrosselt hatte und nun etwa zehn Meter von mir entfernt bedrohlich schwankend im Wasser lag. Noch immer waren die Scheinwerfer angeschaltet und blendeten mich, was es mir unmöglich machte, zu erkennen, was auf dem Boot vor sich ging.

Plötzlich hörte ich einen qualvollen Schrei, der so unmenschlich war, dass ich nicht sagen konnte, von wem er stammte. Hatte Tobia einen Versuch unternommen, seinen Bruder zu überwältigen? Ich versuchte mich zu nähern, aber kaum hatte ich einige Schwimmzüge gemacht, als ich spürte, wie entkräftet ich war. Wie durch einen Nebel vernahm ich Tobias Stimme.

»Alice, wo bist du?«

War dies eine Falle von Stefano? Zwang er Tobia dazu, nach mir zu rufen? Oder war es wirklich Tobia, der mich suchte? Mit aller Kraft, die ich noch hatte, rief ich: »Tobia.«

Dann spürte ich, wie meine Kräfte mich verließen und ich meinen Kopf nicht mehr über Wasser halten konnte. Es war zu spät. Etwas zog mich nach unten zum Meeresboden. Es war seltsam, wie gelassen ich in diesem Moment wurde und dieser Kraft nachgab. Es gab keine Hoffnung mehr. Tobia würde mich niemals finden können, selbst wenn er Stefano überwältigt hatte. Er würde mich nicht sehen.

# Kapitel ❁ Vierzehn

Als ich wieder zu mir kam, befand ich mich im Boot und erkannte Tobias nassen schwarzen Lockenkopf über mir. Wasser tropfte auf mein Gesicht und rann an mir herab, während er mich fest in seinen Armen hielt und mit der Hand über meine Stirn fuhr.

»Was …?« Für mehr reichte meine Kraft noch nicht.

Ich sah, wie ein überraschtes Lächeln sein besorgtes Gesicht überzog, als er meine Stimme vernahm.

»Alice.«

Mehrmals rief er meinen Namen in die Nacht, als wolle er der See mitteilen, dass ich noch am Leben war. Tränen bedeckten sein Gesicht und vermischten sich mit den Tropfen des Wassers.

»Alice, es ist ein Wunder, dass wir leben.«

Er bedeckte meine Stirne mit Küssen, strich mir wieder und wieder über das Haar und legte schließlich erschöpft seinen Kopf an meinen, um in Stille zu verharren.

»Tobia! Was ist passiert?«

Ich erinnerte mich vage daran, aus dem Boot gestoßen worden zu sein. Aber was war dann geschehen? Tobia schien mir nicht antworten zu können. Zögernd kniff ich meine Augen zusammen. Die Lampions waren ausgegangen, und mit dem Motor schienen die Scheinwerfer ebenfalls erloschen zu sein. Im fahlen Licht des Mondes konnte ich kaum etwas ausmachen, doch schließlich fiel mein Blick auf einen leblosen Körper, der seltsam verrenkt keine zwei Meter neben mir zwischen den Kühlboxen lag.

»Stefano ist tot?«

»Bitte verzeih mir. Ich hätte dich niemals zu dieser Bootsfahrt überreden sollen. Beinahe hättest du sie mit deinem Leben bezahlt.«

»Tobia.« Ich hielt seine Hände fest. »Es gibt nichts zu verzeihen. Ich müsste mich genauso schuldig fühlen, weil ich dir nicht schon früher erzählt hatte, dass Stefano Lerú aus Ibiza kannte.«

Er zog verwundert die Augenbrauen zusammen.

»Das wusstest du schon länger?«

»Ich hatte den Zusammenhang überraschend bei den Recherchen mit deinem neuen Programm entdeckt, aber nie den richtigen Moment gefunden, um es dir zu sagen.«

»Ich hätte es dir ohnehin nicht geglaubt.«

Ich schüttelte entkräftet den Kopf. »Was zählt, ist, dass wir überlebt haben. Bitte sag mir endlich, was geschehen ist.«

Tobias Gesicht nahm einen angespannten Ausdruck an.

»Nachdem Stefano gesagt hatte, was er getan hatte, verfiel ich in eine Art Trance. Ich hörte alles nur noch wie aus der Ferne. Mein Körper schien mir nicht mehr zu gehorchen. Um mich war alles nur Dunkelheit und Schmerz. Du kannst dir nicht vorstellen, was es für mich bedeutete, den einzigen Menschen, dem ich vor dir je vertraut habe, so sprechen zu hören.« Tränen traten wieder in seine Augen. »Doch dann musste ich anhören, wie Stefano dich ins Wasser stieß, und in mir stieg Wut auf. Wut auf das, was er mir vor Jahren angetan hatte, Wut darüber, dass er uns töten wollte. Ich spürte, wie meine Kraft wiederkehrte und ich aus der Trance erwachte.« Er atmete tief ein. »Ich überlegte fieberhaft, wie ich mit meinen Voraussetzungen Stefano überwinden könnte. Und ich erinnerte mich, dass du ein Messer in seiner Hand erwähnt hattest. Ich hörte also, dass du ins Wasser fielst und Stefano das Boot startete. Gerade wollte ich ihn von hinten überraschen, als er eine Kurve zog und ich entsetzt bemerkte, dass er dich überfahren wollte. So warf ich mich etwas zu voreilig von hinten auf ihn und hoffte, dass es reichen würde, um dich nicht zu erwischen. Aber auch mit all meiner Kraft konnte ich nichts gegen Stefano ausrichten. Er konnte sehen und ich nicht, so schleuderte er mich zurück.«

Tobia schluckte.

»Ich lag im Heck und war verzweifelt, weil es nichts gab, was ich tun konnte, um dich zu retten, als meine Nase plötzlich einen Geruch wahrnahm.«

Ich setzte mich auf und sah ihn erstaunt an.

»Einen Geruch?«

Der Hauch eines Lächelns überzog sein Gesicht.

»Eine Flasche Bleichmittel kann Wunder wirken.«

Erst jetzt sah ich die Putzmittelflasche, die leer auf dem Boden des Bootes hin und her rollte, und schlagartig wusste ich, wie Tobia mit dieser Flasche den Kampf zu einem Kampf unter Gleichen gemacht hatte.

»Seine Augen ...«

»Stefano hat wenigstens für einen kurzen Moment gespürt, was es heißt, blind zu sein.«

Ein Schaudern lief mir über den Rücken. Die Szene wurde vor meinen Augen lebendig, in der diese beiden ungleichen Brüder einen Kampf auf Leben und Tod gekämpft haben mussten. Jetzt konnte ich mir vorstellen, woher der Schrei, den ich im Wasser gehört hatte, gekommen war.

»Du hast ihm das Bleichmittel in die Augen geschüttet?«

Tobia nickte ohne ein Anzeichen von Reue.

»Aber woher hattest du die Flasche?«

»Sie lag unter den Sitzen, wahrscheinlich hatte die Putzfrau sie vergessen, aber die Nase eines Blinden ist, wie du weißt, nicht zu unterschätzen.« Er lächelte mich schief an. »Als Stefano mit seinen Schmerzen beschäftigt war, tastete ich nach dem Melonenmesser, das ihm beim Schlag gegen dich aus der Hand geglitten war. Eigentlich hatte ich nur vor, ihn damit in Schach zu halten, er war ohnehin nur noch ein jammerndes Elend. Aber dann sammelte er sich plötzlich und versuchte sich auf mich zu stürzen. Er fiel direkt auf mich und in das Messer.«

Ich drückte liebevoll seine Hand.

»Als ich Stefano ausgeschaltet hatte, versuchte ich, dich zu finden. Ich wurde panisch. Ich fürchtete, dass das Boot dich schon getroffen haben könnte.«

»Wie hast du mich gefunden?«

»Du hast noch ein letztes Mal gerufen – ich wusste also, wo du ungefähr sein musstest. So schnell ich konnte, habe ich dann ein Seil ans Boot gebunden und mir das andere Ende ans Bein, so dass ich das Boot wiederfinden konnte.«

Er biss sich auf die Lippen.

»Ich bin dann ins Wasser gesprungen, und es ist ein unwahrscheinliches Glück oder ein Gottesgeschenk oder was auch immer, dass ich dich am Ende schnell genug gefunden habe und ins Boot bekam.«

Er hatte seinen Kopf zu den Sternen gerichtet, und ich sah, welch übermenschliche Tat er vollbracht hatte. Wieder drückte er mich an sich. Sanft flüsterte ich in sein Ohr: »Und du dachtest, dass du nicht mein rettender Prinz sein könntest?«

Für eine Weile saßen wir so da, vollkommen ruhig und dankbar, noch am Leben zu sein. Schließlich löste ich mich aus seiner Umarmung.

»Wir müssen die Polizei verständigen.«

»Wir haben kein Telefon.«

»Warte.«

Ich löste mich aus seinem Griff. Langsam ging ich zu Stefanos Körper und drehte ihn angeekelt zurück. Das Melonenmesser steckte tief in seiner Brust.

So schnell ich konnte, fasste ich in seine Brusttasche und holte den Schlüssel heraus. Dann drehte ich den Körper wieder auf den Bauch, schloss das Handschuhfach auf und nahm eines der Telefone heraus, um die Nummer der Polizei zu wählen.

Es dauerte sehr lange, bis die Karabinieri uns entdeckten. Weder Tobia noch ich hatten beschreiben können, wo wir uns befanden. Die verlassenen kleinen Inseln, die ich in der Ferne erahnen konnte, gaben keinerlei Anhaltspunkte. Und so warteten wir, bis die Sonne sich langsam am Horizont erhob und sich der Schatten eines Polizeischiffs in der Ferne abzeichnete.

# Epilog

Wir waren gezwungen, in Venedig zu bleiben, bis die Polizei Tobias Tat als Notwehr einstufen würde. Zum ersten Mal erschien mir der Gedanke, Venedig verlassen zu können, verlockender, als bleiben zu dürfen. So viel hatte die Stadt mir gegeben – nirgendwo anders hätte ich Tobia kennenlernen können. Aber langsam wurde mir bewusst, dass ich dieser Kulisse nicht mehr bedurfte. Meine Träume waren Realität geworden, und es gab so viel, das ich sehen und mit Tobia erleben wollte. Wir erkannten, dass Venedig auf einmal zu klein geworden war, um unseren Hunger auf Leben zu befriedigen.

So gut es uns möglich war, überbrückten wir die Wartezeit: Tobia begann sich zum ersten Mal seit seiner Erblindung wieder wirklich um seine Firma zu kümmern und realisierte, wie viel Schaden Stefano auch hier angerichtet hatte. Und ich nahm Kontakt mit Piatti auf, der ein erstes Telefonat zwischen meinem Vater und mir organisierte.

Als ich schließlich zitternd zum Telefon griff, um den Anruf anzunehmen, war es seltsam, die Stimme eines Mannes zu hören, der mein engster Verwandter und mir doch vollkommen fremd war. Nach einer kurzen Begrüßung schwiegen wir für eine gefühlte Ewigkeit, und als er endlich sprach und sich für all die verlorenen Jahre entschuldigte, klang seine Stimme alt und gebrechlich. Mir wurde schlagartig klar, wie wenig Zeit mir nur noch blieb, ihn kennenzulernen.

Endlich traf die erlösende Nachricht ein, dass wir Italien verlassen durften, und ohne zu zögern, packten wir ein paar wenige Koffer und flogen nach Kapstadt.

In den nächsten Wochen verbrachte ich jede Minute mit meinem Vater. Entgegen meiner Befürchtungen verteidigte er sich nicht dafür, dass er mich so lange im Stich gelassen hatte, aber mir wurde auch so klar, wie sehr er seine Feigheit bereute. Doch in all den Stunden, die wir miteinander verbrachten, bat mein Vater mich nie um Vergebung, und als ich ihn darauf ansprach, ob es nicht das sei, was er wirklich so kurz vor seinem Tod erwarte, um in Frieden sterben zu können, korrigierte er mich zu meinem Erstaunen. Er hatte keine Angst davor, für seine Taten zur Rechenschaft gezogen zu werden. Der Grund für seinen Wunsch, mich zu sehen, war nicht Vergebung, es war seine unendliche Reue über die verpassten Jahre und die verpassten gemeinsamen Erinnerungen, die wir nie haben würden – mein erstes Lächeln als Baby, meine ersten Versuche auf dem Fahrrad, mein erster Schultag, all die Dinge, die in diesen Jahren geschehen waren und an denen er nicht teilgenommen hatte.

Tobia hielt sich während dieser Tage im Hintergrund und nahm lediglich mit meinem Vater und mir die Mahlzeiten ein. Während der Stunden, in denen mein Vater aber allein mit mir sein wollte, sprach er mit Pedrelli und seinem Team in San Francisco oder setzte sich auf die Veranda der Villa meines Vaters, um dort den Geräuschen der Tiere im nahen Nationalpark zu lauschen.

Wenn ich dann aber, von den Gesprächen ausgelaugt, zu ihm kam, nahm er mich fest in seine Arme. Mir wurde in diesen Augenblicken erneut bewusst, welch seltene Verbindung zwischen uns bestand, in der wir uns ohne Blicke und so oft auch ohne Worte verstanden.

Und so waren es Tobia und ich, die gemeinsam am Sterbebett meines Vaters saßen, seine Hände hielten und ehrliche Tränen weinten, als er zwei Monate nach unserer Ankunft sanft entschlief und ich zur Alleinerbin seines Besitzes wurde.

Für mich aber bedeutete das Erbe neben der Verantwortung vor allen Dingen Erleichterung, dass mir niemand mehr unterstellen konnte, dass ich des Geldes wegen mit Tobia zusammen war.

Oft aber denke ich an die alte Dame zurück, die mir im Zug nach Venedig begegnet war, und stelle mir vor, was sie wohl sagen würde, wenn sie wüsste, was aus mir geworden ist. Wie sicher ich mir damals gewesen war, als ich ihr gesagt hatte, dass ich nicht an einer Liebesgeschichte interessiert sei. Es erschreckt mich, mir auszudenken, was mir entgangen wäre, hätte ich mich an meine eigenen Worte gehalten.

# Danksagung

Ich möchte mich bei folgenden Menschen für die Entstehung dieses Romans bedanken:

Meiner Mutter Beate, deren Weisheit mich davor geschützt hat, zu schreiben, bevor ich die Erfahrung eines Lebens hatte.

Klaus, meinem Stiefvater, ohne den ich niemals zu meinem ersten Karneval nach Venedig gefahren wäre und ohne den mein Leben wohl einen anderen Kurs genommen hätte.

Piero, dem Mann mit den traurigen Augen, mit dem ich meinen ersten Redentore und zahllose Maskenbälle feiern durfte. Niemand sieht in einem Smoking und schwarzem Cape besser aus als du, Piero!

Andrea, den ich mit siebzehn, verkleidet in eine österreichische Garde-Uniform, kennenlernte. Der mich zusammen mit seinen Freunden in Venedig einführte, mir zeigte, wo man nach den Bällen noch warme Brioches finden konnte, und mit dem ich diese hungrig frühmorgens nach durchtanzten Nächten an der Rialtobrücke genießen durfte.

Bruno Tosi, der mich zu meinem ersten Maskenball im Palazzo Malipiero einlud und dessen Großzügigkeit und Freundschaft vielen Venezianern und Venedigliebhabern in ewiger Erinnerung bleiben werden.

Marta, die mich zusammen mit Andrea und ihren Kindern noch einmal einen wunderbaren Redentore erleben ließ und für deren Gastfreundschaft und Herzlichkeit ich mich aufrichtig bedanken möchte.

Meinem Schwiegervater, Jörg, der zu meinen ersten Lesern gehört und mich ermunterte, das Manuskript einzureichen.

Rouven Obst von Obst & Ohlerich, der mein Buch liebevoll und kompetent korrigierte und an mich glaubte.

Uwe Heldt, meinem Agenten, der dem Buch den letzten Schliff gab und dessen Anruf zu den großen Momenten meines Lebens gehört.

Meinem Verleger und Lektor Reinhard Rohn, ohne den dieses Buch niemals seine Leser gefunden hätte.

Meinen Kindern, die sich nie beklagt haben, wenn ich mal wieder einmal versunken in meinem Büro saß statt mit ihnen am Spielplatz.

Und natürlich Florian, meinem Mann, ohne dessen Geduld und Rat dieses Buch nie entstanden wäre.

Danke.